Das geraubte Halsband der Franziska von Hohenheim

DAS GERAUBTE HALSBAND DER FRANZISKA VON HOHENHEIM

Die Abenteuer des Junkers Carl von Schack

Historischer Roman
von
Heiger Ostertag

THEISS

Bibliografische Information der Deutschen Nationalbibliothek
Die Deutsche Nationalbibliothek verzeichnet diese Publikation in der Deutschen
Nationalbibliografie; detaillierte bibliografische Daten sind im Internet über
http://dnb.d-nb.de abrufbar.

Umschlaggestaltung: Stefan Schmid Design, Stuttgart unter Verwendung von:
Alessandro Longhi. Bildnis einer adligen Dame. 1770.
© akg-images/Rabatti – Domingie

Lektorat: Berit Lina Barth, Mössingen
Satz und Gestaltung: Satzpunkt Ursula Ewert GmbH, Bayreuth
Druck und Bindung: CPI – Ebner & Spiegel, Ulm
ISBN 978-3-8062-2731-4

Besuchen Sie uns im Internet: www.theiss.de

Elektronisch ist folgende Ausgabe erhältlich:
ebook (PDF): 978-3-8062-2810-6
ebook (epub): 978-3-8062-2809-0

Für meinen Sohn Malte

Danksagung:

Ich bedanke mich bei allen Unterstützern des Projektes, insbesondere bei Herrn Volker Hühn und Frau Nina Ostertag vom Theiss Verlag, bei Professor Dr. Ulrich Fellmeth von der Uni Hohenheim, bei meiner Lektorin Berit Lina Barth und bei meinem Freund und Historikerkollegen Hans Vastag.

Inhalt

Prolog

Der nächtliche Wintersturm heulte um die Mauern des einsamen Bergschlosses. Finster schien es und verlassen, nur aus zwei Fenstern im ersten Stock des Hauptgebäudes fiel ein karger Schimmer. Dort befand sich ein düsterer, großer Saal, in dessen Mitte ein mächtiger Leuchter stand. Die Flammen seiner sieben Kerzen verbreiteten einen diffusen Schein, der sich mit dem gelbrötlichen Flackern des matten Kaminfeuers zu einem ungewissen Licht verdichtete. Alles Übrige lag im Schatten; das schwere Eibenholz der Wände und der schwarze Samt der Vorhänge ließen den Rest des Raumes fast völlig in Dunkelheit versinken. Ein breiter Eichentisch stand nahe dem Kamin. An ihm befanden sich vier Personen, wie sie unterschiedlicher nicht sein konnten. Den Vorsitz hatte ein hochgewachsener, mächtig wirkender Mann von etwa fünfzig Jahren, dessen ausgeprägtes Kinn große Kraft und Energie verriet, ein Eindruck, der durch seinen durchdringenden Blick und die scharfen Gesichtszüge noch verstärkt wurde. Rechts neben ihm saß eine schöne schlanke Dame in kostbarer Kleidung, deren schwarzes Haar mit silberfarbenen Bändern durchflochten war. Um ihren vollen Mund lag ein eigenartiger Hauch von Melancholie. Ihr zur Seite befand sich ein schwarz gekleideter junger Mann von Mitte zwanzig, dem die scharfe Nase und die stechenden Augen ein fast raubvogelartiges Aussehen verliehen. Der letzte in der Runde war etwas älter als jener Mann. Sein Gesicht war bleich und von ungesunder Farbe, und über die Stirn zog sich eine Narbe wie von einem Degenhieb. Seine Kleidung glich der italienischer Briganten.

„Freunde", begann eben der Älteste der Runde. „Ich habe Euch hierher gebeten, da die Zeit reif ist, unsere Pläne wirklich werden zu lassen. Doch was wir vorhaben, birgt viele Gefahren und Ihr müsst bereit sein, notfalls Euer Leben zu wagen. Wer dies nicht möchte und will, der soll es sagen, und er kann frei und ungehindert von dannen ziehen."

„Lasst uns erst einmal wissen, was es für eine Kasse gibt, Graf", rief der Raubvogelartige hitzig. „Nicht, dass wieder die Baronesse von ..."

„Still, keine Namen", unterbrach ihn der mit „Graf" Angesprochene. „Sonst braucht Ihr nur zu wissen, dass die Bezahlung unseren Mühen voll und ganz entsprechen wird."

„Nein", erwiderte der Mann und schüttelte den Kopf. „Das ist mir zu ungenau. Ich muss wissen, für welche Summe ich mein Leben riskiere und wie geteilt wird."

„Mehr kann und werde ich Euch nicht sagen."

„Dann bin ich so frei, nehme Euer Angebot an und gehe. Morgen früh mit dem ersten Licht breche ich auf."

„Ganz wie Ihr es wünscht", antwortete der Graf ruhig.

„Trinkt noch einen Becher Wein mit mir, bevor Ihr geht", sprach jetzt die Dame, wobei sie nach einem Krug, der nebst Bechern auf dem Tisch stand, griff. „Ihr sollt sehen, dass ich durchaus zu teilen verstehe!"

Sie goss einen tiefroten Wein aus dem Krug in zwei der Silberbecher, nahm einen der Becher in die Hand und stellte den anderen direkt vor den Mann. Dieser schob ihn mit einem Grinsen zurück und griff nach ihrem Becher.

„Lasst uns tauschen, mein Fräulein, ich bin gern vorsichtig, nichts für ungut."

Die schöne Dame lächelte kalt und tat einen herzhaften Schluck. Der Mann tat es ihr gleich und leerte seinen Becher bis auf den Grund.

„Wahrhaftig, ein guter Tropfen. Ich danke!" Er stand auf, verbeugte sich und schritt zur Tür.

Der Bleiche, die Hand schon am Dolch, wollte dem Mann folgen, doch ein Blick des Grafen hielt ihn zurück. Der Vogelgesichtige fasste nach der Klinke – und hielt in der Bewegung inne. Stöhnend griff er an seine Brust, taumelte und stürzte ohne einen weiteren Laut zu Boden, wo er reglos liegen blieb.

Der Graf, der schweigend das schreckliche Geschehen verfolgt hatte, wandte sich nun lächelnd der Dame zu: „Eure Kunst, mein Fräulein, ist nach wie vor bewundernswert, und Eure Fingerfertigkeit bleibt unübertroffen. Ich lasse unseren ‚Gast' entfernen, dann werde ich Euch ausführlich berichten, was ich aus Paris und Potsdam mitgebracht und was wir vorhaben."

1

Ein Hoffest im Neuen Schloss

Vereinzelte Schneeflocken fielen vom Himmel. Junker Carl von Schack zog den Mantel über der Brust enger zusammen und schritt rascher aus. Sein Weg führte ihn durch die Hirschstraße am Gasthof „Ritter St. Georg“ vorbei in Richtung des Marktplatzes. Es war zwei Uhr am Nachmittag, und er wollte wegen einer dringenden Rechtsfrage den Hofgerichtsassessor Weikersreuter aufsuchen, dessen Wohnung unweit des Marktes in der Stiftstraße lag. Links und rechts der Straße ragten schmucke Fachwerkhäuser in die Höhe, in denen die wohlhabenden Bürger Stuttgarts wohnten. Der Junker kam am „Kleinen Kaffeehaus“ und an der Druckerei vorbei, in einer Seitengasse ging es zum „Bebenhäuser Hof“ und zur Kelter. In den Straßen hing der Geruch von Holzfeuer, nur wenige Menschen waren bei dieser Kälte unterwegs.

Von Schack war in Gedanken – am gestrigen Morgen war er zu Herzog Karl Eugen befohlen worden, dem, wie er Carl erzählte, in der Nacht einige hervorragende Gedanken gekommen seien, die er dem Junker hiermit darlege, damit dieser sich ihrer annehme und sie eingehend prüfe. Dann hatte seine Durchlaucht eine gute Stunde über die aktuelle Jagdsaison gesprochen und erst am Ende einige sehr allgemein gehaltene Bemerkungen zur aktuellen politischen Lage im Reich wie auch im Besonderen zur Lage in Frankreich von sich gegeben. Der Herzog und seine Anwandlungen – mitten in seinen politischen Analysen brachte seine Durchlaucht das Gespräch darauf, wie sein Verhältnis mit Franziska von Hohenheim in der Wiener Hofburg und im römischen Vatikan legalisiert werden könne. Junker Carl von Schack solle das Ganze unverzüglich prüfen und entsprechende Maßnahmen in die Wege leiten. Eine Aufgabe, die eigentlich anderen am Hofe aufgebürdet gehört hätte, zum

Beispiel seinem Freund, dem Kammerherrn von Erlenburg – und nicht ihm, fand Carl. Als der Junker den Herzog mit allem gebührenden Respekt auf diese Tatsache hinwies, hatte Durchlaucht nur abgewinkt. Die Angelegenheit dränge nicht, vielmehr gebe es noch ein Anderes, worum es ihm gehe und über das er mit dem Junker bei Gelegenheit sprechen müsse, verkündete der Herzog. Er sei sich jedoch nicht ganz im Klaren darüber, werde aber dem Junker beizeiten mitteilen, was ihn bewege und was er wolle. Mit diesen sehr kryptischen Worten ward Carl entlassen. Seitdem rätselte er, was der Herr von Württemberg genau gemeint haben könne und was er von ihm erwarte.

Der Junker schüttelte den Kopf, heute würde er das herzogliche Rätsel nicht lösen, so sehr ihn die Frage, was Karl Eugen vorhaben mochte, auch unruhig machte. Eben erreichte Carl den breiten Marktplatz der Stadt.

Das zentrale Gebäude des Platzes war das vor über dreihundert Jahren erbaute gräfliche Rathaus, das Herrenhaus. Im Erdgeschoss hatten einst die Bäcker und Metzger ihre Verkaufsräume gehabt. Im ersten Stock befanden sich die Gerber und Buchhändler und der zweite Stock war für Tanzveranstaltungen, Hochzeiten und das Gericht vorgesehen gewesen. Vor drei Jahren hatte Herzog Karl Eugen im Herrenhaus seine Bibliothek eingerichtet, die öffentlich zugänglich war und von den Bürgern eifrig genutzt wurde. Die Idee hatte der Herzog von einer seiner vielen Reisen mitgebracht. Auch Carl von Schack hatte in der Bibliothek schon das eine oder andere nachgeschlagen.

Der Junker wollte weiter, da fuhr eine schwarze Kutsche mit schwarzen Rössern in überaus schneller Fahrt quer über den Platz und verschwand in der nächsten Straße. Carl blieb stehen und blickte dem Gefährt überrascht nach. Wer raste derart durch die ruhigen Gassen der Residenz und vor allem, wer besaß ein solches Gespann? Das konnte nur ein Fremder gewesen sein, doch wusste er von keinem fremden Gast in Stuttgart. Kopfschüttelnd überquerte er selbst den Platz und lief über die Kirchstraße weiter zur Stiftstraße und zur Wohnung Carl August Christian Weikersreuters. Auf sein Läuten wurde ihm sogleich von einem livrierten Diener geöffnet. Junker von Schack trat ein, und die Tür schloss sich.

Draußen begann es stärker zu schneien, ein normales Wetter für einen Januartag.

In Stuttgart war dieser 10. Januar 1780 allerdings ein besonderer Festtag. Am Abend zeigten sich die Fenster des Neuen Schlosses hell erleuchtet und überstrahlten jede Dunkelheit. Der im Zentrum des Schlosses gelegene Marmorsaal funkelte in der märchenhaften Pracht tausender Kerzen. Eine wundersame Musik drang durch die weiten Räume; die Klänge von Henry Purcels „Dido und Aeneas" schwebten durch den Saal und ließen das Kristall der Gläser auf den Tischen sanft erbeben. Die vielen Kerzen brachten die Temperatur zum Steigen, und der Wein gab den Gesichtern zusätzlich Farbe. Überall allem lag der zarte Duft von Flieder, Rosen, Jasmin und anderen Parfums, den da und dort der herbe Geruch von Tabak und Leder durchzog.

Neunzig Gäste füllten den Raum mit ihren Stimmen und ihrem Lachen und boten dem Zuschauenden ein überaus buntes und prachtvolles Bild. Die Roben und Kleider der Damen glänzten in allen Farben, die Militärs trugen ihren dunkelblauen Rock preußischen Stils mit weißen Knöpfen und gelben Kragen.

Der Blick des Betrachters ruhte vor allem auf den weiblichen Gästen und ihren Reizen. Die eigentliche Kleidung auf einem Hoffest bestand aus einem weiten Reifrock mit Unterrock und Überrock sowie einem Mieder und darunter, im Geheimen verborgen, einem Korsett. Zu dem offenen Kleid, welches im Alltag von jüngeren Frauen gerne getragen wurde, gehörte lediglich das Mieder und ein vorne offener, angehängter Rock, der den Unterrock sehen ließ. Einzelne Hofdamen trugen die Robe à l'Anglaise mit einem von den Schultern bis zum Boden reichenden Rückenteil. Der obere Teil dieser Robe war auf Figur gearbeitet, der untere öffnete sich zu einem weiten Rock. Die meisten Damen am Hofe orientierten sich jedoch am Kleidungsstil der französischen Königin Marie Antoinette. Vor allem sah man da und dort Imitationen ihrer bekannten Turmfrisur. Wo das Haar bei einer Dame nicht ausreichte, behalf sich diese mit einer aufwendigen Perücke. Einige waren sogar mit Diamanten, Perlen, Blüten oder Federn geschmückt.

Das Hoffräulein von Baumbach trug zusätzlich einen sogenannten Pouf, ein besticktes Stoffteil, das ihre Kammerjungfer mit Perlen, Federn und einer kleinen Figur in das Haar eingeflochten hatte. Eine weitere modische Ergänzung war der Cul de Paris, ein unter der Kleidung getragenes Polster, welches den verlängerten Rücken deutlich hervorhob. Fräulein von Schragg, die aus Potsdam zu Besuch war, fiel heute in dieser Hinsicht besonders auf. Dazu gab sich die adlige Damenwelt auch gern offen und prunkte und lockte mit verführerischen Dekolletés, wiewohl die höfische Gesellschaft der schwäbischen Hauptstadt sich in dieser Hinsicht etwas mehr zurückhielt als der Versailler Adel. Arm- und Halsbänder sowie Ringe kostbarster Fertigung und Art waren weitere selbstverständliche Bestandteile. Etwas Neues war die aufkommende Hutmode, welche die Perücken ablöste, und deren die Damen, allen voran die Reichsgräfin von Hohenheim, mit Eifer frönten.

Der Anlass der Feier im Schloss war der zweiunddreißigste Geburtstag eben der Reichsgräfin von Hohenheim, der langjährigen Mätresse des allergnädigsten Landesherrn Karl Eugen, des regierenden Herzogs von Württemberg.

Der Tag hatte für Franziska von Hohenheim früh begonnen. Nachts war sie in ein prunkvolles Bett gebracht worden. Dort hatte man ihr dann am Morgen das Frühstück auf kostbarstem Porzellan gereicht. Als erstes Präsent erhielt sie neben Kleidung und anderen Dingen eine von Matthäus Hahn eigens für sie geschaffene Uhr. Dazu wurde ihr ein persönlicher Geburtstagsbrief des Herzogs überreicht. Mit neunundzwanzig Wagen als Ehrengefolge ging es in Begleitung nach dem Ankleiden zur Kirche. Dem gemeinsamen Gottesdienst folgte ein Frühstück mit Hochzeitspaaren aus dem Volke und zweihundert ausgewählten armen Leuten. Weitere Veranstaltungen und Mahle schlossen sich in dichter Folge an, bis schließlich der Abend kam.

Der Geheime Rat von Bühler, ein rundlicher Herr von achtundfünfzig Jahren, als Maître de Plaisir Leiter aller Feste und Vergnügungen, rieb sich zufrieden die Hände. Die Gäste schienen sich prächtig zu amüsieren, das wenigstens hatten ihm, unabhängig voneinander, der Kammerpräsident Baron von Kniestedt und der Generalmajor und Chef des Herzoglichen Husaren-Regiments Freiherr von Buwinghausen-Walmerode nachhaltig versichert. Auch Franz Karl von Bock, ebenfalls Geheimer Rat sowie Oberhofmarschall am Hofe des Herzogs, gab von Bühler zu verstehen, wie gelungen er das Fest finde. Nur sein alter Intimfeind, der herzogliche Reisemarschall Karl Axel Ludwig von Böhmen vom Garde du Corps versuchte in einem schwachen Bonmot Kritik an der Speisefolge zu üben. Aber das zählte nicht, von Böhmen war nur neidisch auf seinen Erfolg und hatte es zudem am Magen. Albrecht Jakob von Bühler war zu Recht mit sich und dem Geschehen völlig zufrieden.

Mitten unter den geladenen Gästen der Hofgesellschaft saßen zwei Herren, die, ungeachtet ihrer reizvollen Nachbarinnen, miteinander ins Gespräch vertieft waren. Der eine von ihnen, ein Mann deutlich in den Dreißigern und damit in den besten Jahren, allerdings mit sich allmählich lichtendem Haar, war von hagerer, sehr schlanker Statur. Das Gesicht mit den scharf blickenden Augen wirkte blass, was die dunkelblaue Kleidung, die er trug, verstärkte. Um seinen Mund lag ein leichtes Lächeln; es schien eingegraben und nicht verrückbar. Es handelte sich um August von Erlenburg, Kammerherr und Diplomat am Hofe Karl Eugens. Der andere Herr, dunkelblond, mit einem etwas kantigen Gesicht und jünger als der Erstere, war in helle Farben gekleidet. Es war der Junker und Kammerherr Carl von Schack, Erlenburgs bester Freund, der Mann, der am Nachmittag durch die Straßen Stuttgarts geeilt war.

Carls offene, heitere Stirn war hochgewölbt. Die Nase trat scharf aus dem Gesicht hervor; seine Lippen bildeten feine Linien, und in den Mundwinkeln lag ein launiges Lächeln verborgen. Der Junker war von mittlerer Größe, kräftig und regelmäßig gebaut und wirkte in seinem ganzen Auftreten militärisch.

Nach einem Kompliment für das Fräulein von Kettenburg, der jüngsten Nichte des Oberhofmeisters von Kettenburg, wandte sich Carl von Schack wieder an seinen Nachbarn zur Linken. „Ihr wart heute früh schon beim Besuch der Akademie dabei, Freund Erlenburg?"

„Das war ich, und es war in der Tat eine imposante Veranstaltung. Vor allem die Almosenspeisung, so nenne ich die Einladung für die zweihundert Armen, war eine gekonnte Inszenierung von Pomp und öffentlicher Wohltätigkeit, eine treffliche Idee, den Ruf des Herzogs und der Gräfin zu festigen und zu stärken. Euer spezieller Freund, der junge Schiller, war ebenfalls zu sehen und zu hören. Nachdem er bereits im letzten Jahr so treffliche Worte zum Wiegenfest Franziskas gefunden hatte, durfte er auch in diesem Jahr eine Rede mit dem schönen Titel halten: ‚Die Tugend in ihren Folgen betrachtet'."

„Warum sollte er auch nicht ihre Tugenden loben?", entgegnete Carl. „Der Reichsgräfin ist es zweifellos zu verdanken, dass unseres Herzogs Geschmack für Wissenschaft, Aufklärung, Erziehung und Volksbildung so trefflich erwacht ist."

„Gut, gut, ich will den guten Einfluss Franziskas von Hohenheim nicht leugnen", gab Erlenburg zu. „Aber Ihr wisst, dass die Kirche in Sachen Tugend ganz anders denkt. Nach wie vor ist die Gräfin vom

Abendmahl ausgeschlossen. Auch wenn ihre erste Ehe mit dem unglücklichen Leutrum längst für aufgelöst erklärt wurde, bleibt die Beziehung des Herzogs zu Franziska schwierig, solange Elisabeth Friederike Sophie von Brandenburg-Bayreuth noch seine offizielle Gemahlin ist. Und mit ihren siebenundvierzig Jahren kann die Herzogin Karl Eugen leicht überleben."

„Das mag sein, dennoch weiß man nie, was alles wird", entgegnete Carl. „Vielleicht erleben wir doch noch, dass aus der Geborenen von Bernerdin eine herzogliche Fürstin wird. Der Herzog hat da neuerdings einige Ideen."

Carl erzählte dem Freund von den geheimnisvollen Worten ihres Landesvaters. Sie rätselten ein wenig hin und her, doch auch der Kammerherr wusste nicht, was der Herzog plante, und so wandten sich beide Herren wieder ihren reizenden Nachbarinnen zu und plauderten mit ihnen über die neuesten Ereignisse am Stuttgarter Hofe.

Nicht ohne Grund nahm der Junker an der offiziellen Geburtstagsfeier der herzoglichen Geliebten teil. Der Herzog hatte den Wunsch geäußert, Carl solle ein waches Auge auf die Anwesenden haben, denn er sorgte sich, dass die Feier durch unliebsame Zwischenfälle gestört werden könne. Einen seiner Hauptkritiker, den Literaten Christian Friedrich Daniel Schubart, hatte Karl Eugen zwar vor rund drei Jahren aus seiner Ulmer Zufluchtsstätte nach Blaubeuren gelockt und ihn dann auf dem Hohenasperg festsetzen lassen. Dennoch fürchtete er andere unliebsame Geister, die die Feier möglicherweise nutzen konnten, um einen Eklat heraufzubeschwören. Carl hielt es für eine völlig unberechtigte Sorge, die er dem Herzog aber nicht auszureden vermochte.

Seit nunmehr sechs Jahren war der erst neunundzwanzigjährige Carl von Schack Leiter der herzoglichen geheimen Polizei. Der Junker stammte aus bester württembergischer Familie. Seine Eltern waren früh verstorben, und er hatte die Jugendjahre bei entfernten Verwandten in Mecklenburg verbracht. Vor Jahren war er dann als Jüngling nach Württemberg zurückgekehrt und in den herzoglichen Dienst getreten. Er fiel durch seine Intelligenz und Leistung auf und wurde, gefördert durch einen Gönner und aufgrund glücklicher Umstände sowie seines Könnens, der zentrale Kopf der herzoglichen Landesgeheimpolizei, mithin der Fachmann für politische Umtriebe im Inneren, für Ranküne und Geheimdiplomatie im Äußeren. Wegen seiner Leistung stand er hoch in der

Gunst des Herzogs, obwohl dieser nur bedingt wusste, was das Land Carl von Schack alles verdankte. So hatte der Junker vor vier Jahren die „Affäre Mömpelgard“ in eigener Regie zu lösen vermocht. Und vor zwei Jahren war es ihm gelungen, im Vorfeld des fünfzigsten Geburtstages des Landesherrn eine üble Kabale gegen den Herzog aufzudecken und die Verschwörer festzunehmen, ohne dass Karl Eugen davon auch nur das Mindeste mitbekommen hatte. Darüber hinaus war Carl ein exzellenter Degenfechter und ein belesener Kopf. Trotz seiner exponierten Stellung verhielt sich Carl politischen Äußerungen gegenüber strikt neutral – und dies besonders unter Freunden. Politisches Denunziantentum gehörte, wie er offen sagte, nicht zu seinen Aufgaben. Carl kannte seinen Herzog und dessen Vorstellungen von der eigenen Macht, Größe und Bedeutung und widersprach Karl Eugen nie. Bei Kontroversen aber gelang es ihm meist, den Herzog unmerklich auf seine Seite zu ziehen. Insgesamt verstand er sich nicht als Gesinnungsschnüffler, sondern sah seine Aufgabe vor allem in der Abwehr von äußeren Feinden und Spionen sowie in der Verfolgung krimineller Machenschaften im Innern des Landes. Wegen einer solchen kriminellen Angelegenheit hatte der Junker auch am Mittag den Hofgerichtsassessor Weikersreuter aufgesucht. Heute Abend gab es für Junker von Schack allerdings nichts zu tun. General von Rieger, der alte Intrigant, lag krank zu Hause. Seine Anhängerschaft hatte sich zudem in den letzten Jahren sehr verringert, am Hofe setzte die Gesellschaft seit ihrem rasanten Aufstieg auf Franziska von Hohenheim und bemühte sich nachhaltig um deren Gunst.

Das Fest war vorüber, und die beiden Freunde fuhren gemeinsam mit der Kutsche zum Haus des Kammerherrn von Erlenburg, das in der sogenannten „Reichen Vorstadt“ ganz in der Nähe des Gymnasiums lag. Eigentlich war dies eine Strecke, die man gut hätte zu Fuß zurücklegen können, doch zu einer herzoglichen Festeinladung konnte ein Herr von Stand nur mit einer Kutsche vorfahren. Zudem ging Kammerherr von Erlenburg grundsätzlich nicht zu Fuß, es sei denn, es handelte sich um einen Spaziergang durch die herzoglichen Parkanlagen und Gärten. Erlenburg, der ursprünglich in Ludwigsburg gewohnt hatte und das dortige Schloss und seinen Prachtgarten sehr schätzte, war dem Herzog bei dessen Rückkehr nach Stuttgart gefolgt. Sein Haus in der Nähe des Ludwigsburger Marktplatzes aber behielt er; man könne nie wissen, wann der Herzog wieder umzöge, argumentierte Erlenburg. Er jedenfalls sei für alles gewappnet. Carl hingegen folgte dem Hofe nur ein Stück und zog mit seinem ganzen Archiv, seinen Karten und Akten in eines der Kavaliersgebäude auf der Solitude, die seit der Verlegung der Karlsschule nach Stuttgart verwaist waren. Dort konnte er in Ruhe all die Informationen sammeln und bearbeiten, die ihm seine Agenten wöchentlich aus dem Herzogtum zukommen ließen und die Carl von den sich außer Landes befindlichen Botschaftern und diplomatischen Vertretern Württembergs sowie anderer Reisender erhielt. In den ersten Jahren seiner Tätigkeit war ihm sein Diener Friedrich bei der Sichtung und Ordnung zur Hand gegangen. Mittlerweile unterhielt Carl einen eigenen kleinen Stab von zwei ihm zugeordneten Offizieren der württembergischen Armee und einigen subalternen Polizeikräften, was die Auswertung der Informationen sehr effizient hatte werden lassen. War es notwendig, über Nacht in Stuttgart zu bleiben, nahm der Junker meist bei seinem Freund August von Erlenburg Quartier.

Die beiden Herren saßen mittlerweile in Erlenburgs mit Bücherregalen angefülltem Privatkabinett. Auf einem Tisch vor ihnen standen Gläser und einige gute Flaschen Heusteiger. Im Kamin brannte ein warmes Feuer, dessen Wärme und einige Kerzen verströmten eine ruhige Behaglichkeit. Ihr Gespräch handelte, wie konnte es auch anders sein, von der politischen Weltlage.

„Es ist wahrlich eine große Zeit, in der wir leben, Freund Schack“, meinte Erlenburg und nahm bedächtig einen Schluck aus seinem Glas. „Überall gibt es Neues, Umbrüche, Entdeckungen und Erfindungen. Und wir können einst erzählen, dass wir dabei gewesen sind!“

„Warum einst, bester Freund?“, lachte Carl. „Wir sind mitten im Leben und mitten im Weltgeschehen. Ich bin sicher, dass unser Tun einen Beitrag leistet, alles so werden und sein zu lassen, wie es ist.“

„Oh“, sagte Erlenburg gedehnt, „das klingt mir denn doch zu philosophisch. Bleiben wir bei den konkreten Ereignissen. Was meint Ihr, werden die Engländer der amerikanischen Rebellion noch Herr?“

„Dies ist eine Frage der Perspektive“, antwortete Carl. „Wenn Ihr die beiden Schlachten im letzten Herbst bei Savannah und Georgia als britischen Erfolg sehen wollt, meinetwegen. Aber trotz dieser ‚Siege‘ geht der amerikanische Krieg bereits ins vierte Jahr, und der britische Löwe sucht, wie Ihr wisst, überall in Europa nach Verbündeten und nach Geld. Es sieht mir nach einem Unentschieden aus.“

„Wie im letzten Jahr der sogenannte Kartoffelkrieg", erwiderte Erlenburg. „Der endete sogar kampf- und schlachtlos; wahrhaftig kein Ruhmesblatt für Österreich und Preußen."

„Ich denke, die Bevölkerung war herzlich froh darüber, dass keine größeren Gefechte oder Schlachten stattgefunden haben", sagte Carl.

Auf diese Weise debattierten die beiden Freunde noch eine Weile. Was immer auch Carl sagte, Erlenburg hielt dagegen, zum Teil aus Freude an der Disputation, zum Teil auch aus Überzeugung. Vorsichtig lenkte Carl das Gespräch in andere Bahnen.

„Leutnant von Neipperg hat mir erzählt, der junge Schiller arbeite weiter an einem Drama. Ich glaube, ich habe vor Jahren eine erste Textprobe gesehen", wechselte er das Thema. Leutnant von Neipperg war ein alter Freund der beiden und für seine literarischen Neigungen und Schwärmereien bekannt. Er hatte Jean-Jacques Rousseaus „Julie ou la Nouvelle Héloïse" sowie Goethes „Werther" gelesen und, wie in fröhlicher Runde behauptet wurde, angeblich auch Wieland. Letzterer galt als unsittlich und war wie der „Werther" an der Hohen Karlsschule streng verboten. Mit Schiller stand Neipperg in enger Verbindung.

„Euer Schiller soll erst einmal seine Dissertation zu einem sauberen Ende bringen", brummte Erlenburg, der aus irgendeinem Grund den Jüngling nicht mochte. „Eine blühende Schreibart ist ihm zu eigen, das ist alles."

„Herzog Karl Eugen hat vom vorzüglichen Genie Schillers gesprochen und die Arbeit ihrer Originalität wegen gelobt", wandte Carl ein.

„Das mag sein, aber seine Durchlaucht hat ebenfalls entschieden, dass die Dissertation nicht gedruckt werden solle und Schiller noch ein Jahr länger an der Akademie bleiben müsse", hielt Erlenburg dagegen.

„Nun, er hat vier Preise bekommen, drei in der Medizin und einen für die deutsche Sprache. Der Autor des verruchten ‚Werthers', der Geheimrat Goethe, war als Begleitung des Herzogs von Sachsen-Weimar ebenfalls bei der Preisverleihung anwesend. Das hat Schiller sicher in seinem literarischen Tun bestärkt", bot Carl seinerseits Paroli. Dann gähnte er dezent.

„Lasst es uns für heute genug sein, Freund. Ich bin müde, und ich fürchte, morgen wartet allerlei trockene Arbeit auf mich. Ich erwarte neue Berichte aus Frankreich, England und Russland, die intensiv studiert werden müssen."

Carl ließ sich in seine Kammer führen, um sich zur Ruhe zu legen. Bevor er zu Bett ging, trat er noch einmal kurz ans Fenster. Es hatte aufgehört zu schneien, alles war friedlich und still. Der Junker wollte sich gerade abwenden, da schoss etwas in rascher Fahrt am Fenster vorüber. Es war wieder die seltsame schwarze Kutsche, die er am Mittag gesehen hatte. Wer in ihr saß, konnte er nicht erkennen, dafür war die Geschwindigkeit zu hoch gewesen. Carl beschloss, der Sache nachzugehen.

Der Januar ging vorüber, der Herzog war auf seine Pläne nicht mehr zurückgekommen, und Carl dachte nicht mehr an das gehabte Gespräch und auch nicht an die Begegnung mit der schwarzen Kutsche. Seine Nachforschungen, woher sie gekommen und wer in ihr gefahren war, hatten zudem keine Ergebnisse gebracht. Dafür kamen aus fernen Ländern verworrene Nachrichten nach Württemberg, die ihn mehr beschäftigten, insbesondere Nachrichten vom amerikanischen Krieg, dessen Verlauf in den europäischen Handelszentren Amsterdam, Frankfurt und Venedig aufmerksam und mit gewisser Sorge betrachtet wurde.

Im letzten Jahr hatten die Engländer begonnen, die Neuenglandstaaten und das mit ihnen verbündete Spanien sowie Frankreich mit einer Seeblockade abzuschnüren. Zum einen, um so den gegnerischen Nachschub nach Nordamerika zu verhindern und zum anderen um mit der Unterbindung des Kolonialhandels der Franzosen und Spanier wirtschaftlichen Druck auf diese auszuüben. Unter der Behinderung des Handels und dem Aufbringen von Handelsschiffen neutraler Staaten litten vor allem die Vereinigten Niederlande, Dänemark, Schweden, Preußen und Russland. Schon im Herbst des letzten Jahres war ein niederländischer Westindien-Konvoi im Ärmelkanal von britischen Schiffen beschossen und in den Hafen von Plymouth abgedrängt worden. Die Spannungen zwischen England und Holland stiegen, und das Geld wurde knapp in Europa.

Für Carl von Schack stand allerdings Russland im Zentrum seiner auswärtigen Betrachtungen. Seit der Vermählung der Prinzessin von Württemberg, Sophie Dorothee Auguste Luise, im Oktober 1776 in Sankt Petersburg mit dem russischen Thronfolger Paul war das Herzogtum mit dem russischen Riesenreich dynastisch verbunden. Ein Jahr später hatte Maria Fjodorowna, wie sich die Prinzessin jetzt offiziell nannte, den Thronfolger Alexander und eineinhalb Jahre darauf den zweiten Sohn Konstantin zur Welt gebracht. Ihr Vater Friedrich Eugen, der Bruder des regierenden Herzogs, war als General im Dienste Friedrichs des Großen im Siebenjährigen Krieg gewesen und hatte sich später mit seiner Familie in das linksrheinische, zu Württemberg gehörige Mömpelgard zurückgezogen. Dort war Sophie Dorothee aufgewachsen und verbrachte in der Sommerresidenz Friedrich Eugens und seiner Familie in Étupes eine glückliche Jugend. Carl hatte Friedrich Eugen vor knapp vier Jahren persönlich kennengelernt, als er wegen eines Spezialauftrags mit seinem Freund Hermann Schott von Schottenstein die Grafschaft Mömpelgard aufsuchte. Russland schien zeitweise selbst Interesse an der fernen Region gehabt zu haben, eine französische Geheimgarantie für den Verbleib der Grafschaft in württembergischem Besitz, die Carl von Schack aufgrund persönlicher Verdienste direkt in Versailles erwirken konnte, klärte jedoch die Situation. Aufgrund dieser Hintergründe war der Junker an Nachrichten und Neuigkeiten aus St. Petersburg oder Moskau besonders interessiert. Dass anderen Ortes sich dunkle Machenschaften anbahnten, entging ihm dabei.

An einem kalten Tag Ende Februar – es hatte in den letzten Tagen ausgiebig geschneit, und die Temperaturen waren in der Nacht auf zehn Grad unter null gefallen – saßen Carl von Schack und seine beiden Mitstreiter, der Leutnant Joseph von Neipperg sowie Ferdinand von Montmartin, der einzige Sohn des vor zwei Jahren verstorbenen ehemaligen Premierministers und Geheimratspräsidenten Samuel Graf von Montmartin, in der warmen Stube ihrer Kanzlei in einem der Kavaliersgebäude auf der Solitude und studierten eifrig die neu eingegangenen Berichte. Leutnant von Neipperg war von mittelgroßer, schlanker Gestalt. Sein Gesicht, geschmückt von einem dünnen Oberlippenbart, machte einen offenen, freundlichen Eindruck. Auffällig an Neipperg waren vor allem seine feingliedrigen Hände, die man eher bei einem Dichter oder einem Pianisten denn bei einem Soldaten erwartet hätte. Ferdinand von Montmartin hingegen wirkte mit seinem Tituskopf und den strengen Gesichtszügen fast wie ein antiker Römer. Lange Zeit war der junge Graf in Zweifel gewesen, welcher Art seine künftige Laufbahn sein sollte. Carls Angebot, ihm im geheimen Nachrichtenwesen als Assistent zur Seite zu stehen, hatte er begeistert angenommen.

Die drei jungen Leute bildeten seit vorletztem Jahr eine effektive Gruppe; von Schacks interner Apparat war auf rund zwei Dutzend Personen angewachsen, die ihm, neben den normalen Polizeikräften des

Herzogtums, in Stuttgart direkt zur Verfügung standen. Weiterhin hatte Carl in den letzten Jahren ein breites Netz eingerichtet, das fast alle württembergischen Städte umfasste und spezielle Kontaktleute einschloss, die seine Zentrale auf der Solitude regelmäßig mit Informationen versorgten. Darüber hinaus stand er in enger Verbindung mit den württembergischen Gesandtschaften und den Botschaftern in St. Petersburg, Wien, Berlin, Paris und London sowie in den Vereinigten Niederlanden, in Madrid, Venedig und Stockholm. Auch nach den Neuenglandstaaten reichte das Netz: Joseph-Paul du Motier, ein Freund Ferdinands von Montmartin, der seinem Cousin, dem Marquis de La Fayette, nach Amerika gefolgt war, versorgte sie von dort mit wichtigen *News*.

„Fürst Potjomkin scheint immer mehr an Macht zu gewinnen", sagte Joseph von Neipperg soeben und wies mit der Hand auf einen Briefbogen. „Vor allem auf der Krim baut der Fürst sich einen eigenen Staat auf."

„Potjomkin ist nicht nur Oberbefehlshaber der Armee, sondern auch Generalgouverneur der südlichen Provinzen und Großadmiral vom Schwarzen Meer, eine größere Machtfülle ist kaum denkbar", meinte Ferdinand von Montmartin. „Das sind die Folgen des vor sechs Jahren geschlossenen Friedens von Küçük Kaynarca", fuhr er fort, „in dem Russland die südliche Ukraine mit den Mündungen von Bug, Dnepr und Don zugeschlagen wurden."

„Es wird nicht der letzte Krieg von Türken und Russen gewesen sein", erklärte Carl. „So sehr ich die Schwächung der Osmanen begrüße, desto bedenklicher scheint mir der russische Machtzuwachs."

Der Junker trat zur großen Karte, die rechts des Kachelofens die restliche Wand einnahm. Auf der gegenüberliegenden Seite des Raumes waren hohe Bücher- und Aktenregale aufgebaut, und unter den Fenstern standen drei Schreibtische, an welchen die Herren die eingegangenen Schriften studieren konnten.

„Seht", sagte Carl und zeigte auf das Schwarzmeergebiet. „Hier sind die neuen Länder in Südrussland. Dazu kommen die im Westen 1774 erworbenen ehemaligen polnischen Gebiete, nicht zu sprechen von den ungeheueren Weiten, die in Asien und Alaska liegen."

Er setzte sich wieder an seinen Schreibtisch.

„So und jetzt prüft die Nachrichteneingänge aus den Hauptstädten, vor allem aus Wien und Berlin. Es gibt neue Gerüchte über eine direkte Beteiligung des Reiches und seiner Staaten an dem Neuenglandkrieg."

Eifrig machten sich die drei Herren an die Arbeit, die Eingänge zu begutachten, jedoch war wenig Brauchbares darunter. Obskure Berichte über das angebliche Treiben und Tun von Freimaurern, Rosenkreuzlern und anderen Geheimbündlern legte der Junker meist ungelesen zur Seite, da diese oft mehr der Fantasie denn der Wirklichkeit entsprangen. Nur eine Nachricht, die am späten Nachmittag – es dunkelte schon – von einem berittenen Boten überbracht wurde, schien von größerer Bedeutung zu sein.

Es war ein kurzer Brief Charles Henry Knowles, eines britischen Seeoffiziers, den Ferdinand von Montmartin in seiner frühesten Jugend auf einer Englandreise in Eton getroffen hatte. Seitdem standen beide in lockerer Korrespondenz, und nahezu alles Wissen, das in Carl von Schacks Geheimapparat zur Royal Navy vorlag, stammte aus dieser Quelle. Knowles war beileibe kein Verräter, nur pflegte er sich in seinen Briefen sehr freimütig über alles zu äußern und ausgiebige Schlachtengemälde zu entwerfen. Somit bot er in Mosaiksteinchen genügend Fakten, die ein kluger Kopf bloß auswerten und zu einem großen Ganzen zusammensetzen musste.

Charles Henry Knowles oder besser Captain Knowles meldete an, dass er auf einer Reise durch die süddeutschen Staaten Ende der Woche Halt in Stuttgart machen werde und, neben offiziellen Treffen, zu denen er geladen sei, gerne seinen Freund Montmartin besuchen wolle.

„Ich hoffe nur, dass der Herzog sich nicht wieder dazu überreden lässt, unsere braven Württemberger als Soldaten zu verkaufen", sagte Carl mit einem Stirnrunzeln. „Am besten, Ihr bringt den Captain mit zu Melchior von Talheims Kollegium", schlug er Ferdinand vor. „Charles Henry Knowles kann uns sicher einiges über die Lage Englands und seinen Auftrag, der ihn nach Stuttgart führt, berichten."

„Eine gute Idee", pflichtete ihm Leutnant von Neipperg bei. „Es ist sicher interessant, aus erster Hand zu erfahren, wie es wirklich um den Krieg in den Kolonien steht."

Franziska von Hohenheim schätzte die kühle Jahreszeit wenig. Zwar fiel ihr Geburtstag mitten in den Winter – und er war in diesem Jahr besonders gefeiert worden –, doch das Fest war überaus anstrengend gewesen, wie sie in ihrem Tagebuch festhielt. Seit dem ersten Januar hatte die Gräfin begonnen, ein Tagebuch wie Lavater, den sie mit Herzog Karl Eugen vor fünf Jahren in Zürich besucht hatte, zu schreiben. Trotz allem – ein hartnäckiger Schnupfen plagte sie bis in den Februar hinein – waren die letzten Wochen überaus erfolgreich für Franziska von Hohenheim verlaufen. Noch Mitte Januar hatte sie ein großes Freigut in Oberensingen einschließlich Fischgerechtigkeit und Bürgerrecht erworben, und die Bemühungen des Herzogs um sie verstärkten sich zunehmend, wie seine Briefe zeigten.

Herzallerliebstes Franzele!, schrieb er und weihte ihr im folgenden Text *jeden Augenblick seines Lebens*. Nur die Vermählung, die er ihr schon lange versprochen, konnte Karl Eugen bislang nicht vollziehen, denn seine offizielle Ehefrau Elisabeth Friederike Sophie war gesund und munter und eine Scheidung ausgeschlossen.

Jetzt war Karl Eugen auf eine neue Idee gekommen, wie er Franziska für das ganze Ungemach ihrer schwebenden Existenz entschädigen könne. Vor drei Stunden war er, trotz des schlechten Wetters, unerwartet in Hohenheim in ihrer kleinen „Meierei" erschienen und hatte ihr, wie ein Kind, das nichts für sich behalten konnte, voller Freude von seinem neuesten Plan erzählt, einem Plan, den er bereits im Januar erwogen hatte.

„Franzele! Allerliebste! Ich werde dich zu schmücken wissen, wie keine andere sonst in deutschen Landen geschmückt sein wird!"

Die Pariser Juweliere Böhmer und Bassenge, berichtete der Herzog dann, hätten vor etlichen Jahren Juwelen der reinsten Art für ein Collier gesammelt, eine prachtvolle Halskette mit 647 sorgfältig aufeinander abgestimmten Diamanten ersten Wassers, das sie zuerst an Madame Dubarry und dann an Marie Antoinette zu verkaufen hofften. Vor zwei Jahren habe Ludwig XVI. der Königin vorgeschlagen, für sie das Collier für den Preis von sechzehn mal hunderttausend Livres zu erwerben. Doch Marie Antoinette habe abgelehnt und den Preis als zu hoch bezeichnet. Nun versuchten die Juweliere, deren ganzes Vermögen in dem Schmuck stecke, verzweifelt, das Collier an anderen Höfen Europas zu verkaufen, bislang jedoch vergebens. Das sei eine gute Gelegenheit, günstig an den wunderbaren Schmuck zu kommen und diesen für vielleicht fünfhundert- oder sechshunderttausend Gulden Abschlag erwerben zu können.

„Ich küsse Ihre gnädige Hand, geliebter Karl!", erwiderte Franziska demütig. „Wie könnt Ihr nur denken, ich sei ein so schlechter Mensch und würde zulasten des Landes annehmen, was selbst die Königin von Frankreich wegen des ungeheuren Preises ablehnen musste?"

„Papperlapapp", rief Herzog Karl Eugen verärgert und erklärte, er habe vor fünfzehn Jahren dreizehn Millionen Gulden Schulden gehabt und habe dabei sehr gut und durchaus angenehm gelebt. Franziska solle ihm nicht die Freude verderben, ihr ein gebührendes Geschenk machen zu können.

„Zunächst erfährt niemand etwas und alles bleibt geheim, die Landesstände brauchen nichts von meinen Plänen zu wissen. Ich lasse die Juweliere Böhmer und Bassenge aus Paris direkt nach Hohenheim kommen, und sie sollen den Schmuck gleich zur Ansicht und Prüfung mitbringen. Mein Franzele legt das Collier an, ganz allein für mich, und wir erfreuen uns an der doppelten Schönheit und dem doppelten Glanz. Ob wir den Schmuck behalten und zu welchem Preis, werden wir dann genauer betrachten und mit Umsicht und Bedacht entscheiden."

Darauf hatte der Herzog, sichtlich erfreut, diesen Plan so rasch und, aus seiner Sicht, klar gefasst zu haben, noch ein wenig über Hofbelange geplaudert und war, nachdem er mit Behagen eine dampfende Tasse heißer Schokolade zu sich genommen und Franziska innig umarmt hatte, wieder zu Pferde nach Stuttgart aufgebrochen, wo es am Mittag im alten Schloss zu einem Brand gekommen war.

Franziska von Hohenheim stand am Fenster und schaute der Silhouette des Herzogs sinnend nach, die im Schneetreiben verschwand. Noch immer fühlte sie sich von dem Gespräch und seinem Inhalt aufgewühlt. Ein Collier im Preis von sechzehn mal hunderttausend Livres! Eine ungeheuere, unvorstellbare Summe. Das Schloss, das Ludwig XIV. in Versailles bauen ließ, sollte rund 77 Millionen Livres gekostet haben, wie ihr kürzlich der Kammerherr von Erlenburg erklärt hatte. Ein derartig kostbarer Schmuck für sie, an so eine Gabe hätte die Gräfin nie zu denken gewagt. Ein wunderbares, doch eigentlich auch erschreckendes Geschenk: sechzehn mal hunderttausend Livres!

Franziska wandte sich vom Fenster ab, trat zu dem großen Spiegel, der die halbe Wandseite ihres Boudoirs einnahm, und blickte prüfend hinein. Forschend betrachtete sie ihr Bild. Eigentlich war sie mit dem, was sie dort sah, zufrieden: die hohe Stirn, das volle Haar und die wachen Augen – eine berückende Schönheit war Franziska sicher nicht, das gestand sich die Gräfin ohne Wenn und Aber ein. Sie berührte mit den Fingerspitzen vorsichtig ihren Hals und lächelte. Ein solch kostbares und teures Collier aus den edelsten Diamanten, die es geben mochte, würde sie schmücken und gegenüber allen anderen Frauen hervorheben. Sicher, alle irdische Schönheit war eitel und vergänglich. Sie war im Elternhause streng pietistisch erzogen worden und jeglicher Eitelkeit abhold; doch gegenüber einer solchen Versuchung schien es unmöglich, standhaft zu sein und zu bleiben. Andererseits würde sie das herzogliche Geschenk ja nicht annehmen und behalten. Sie wollte den Schmuck nur einmal anlegen und tragen; ein einziges Mal nur. Es war des Herzogs Wunsch, ein kleiner Wunsch, den Franziska ihm zu bewilligen geneigt war; ansehen und anprobieren bedeutete nicht, das Collier wirklich zu erwerben! Sie setzte sich nieder, um in ihr Tagebuch zu schreiben. Über den Schmuck wollte sie lieber kein Wort verlieren, dies sollte vorerst ein Geheimnis zwischen dem Herzog und ihr bleiben. Sie setzte sich an ihren Sekretär, öffnete die Schreibkladde, tauchte die Feder in die Tinte und begann zu notieren:

Stuttgart, Samstag, den 26. Februar
Das Wetter war die ganze Nacht über sehr stürmisch, es schneite auch. Ihro Durchlaucht ritten aus, nach Mittag wurde das Wetter aber gar zu übel mit Wind und Schneien, dass er nicht mehr länger ausreiten konnte. Unterwegs kam ein Feuerreiter mit der Nachricht, dass es im altem Schloss brenne. Wie man hinkam, war alles schon gelöscht …

Die neue Woche ging rasch vorüber, und es kam der März mit ersten zaghaften Frühlingsansätzen. Am nächsten Samstagabend saß eine fröhliche Runde im Hause Melchior von Talheims am Kaffeeberg in Ludwigsburg. Melchior, ein guter Freund Carls, hatte vor einigen Jahren eine Brautreise nach Paris unternommen und den Junker, der ebenfalls dorthin reiste, von Straßburg aus eine gewisse Strecke begleitet. Es stellte sich heraus, dass der Ruf der erwünschten Braut zweifelhaft gewesen war, weswegen Melchior von Talheim in ein Pistolenduell mit Graf Geoffroy du Breuil geriet. Trotz der schweren Verwundungen, die sich beide zufügten, entspann sich aus dem Renkontre eine enge Freundschaft. Talheims Reise blieb dennoch nicht ohne Erfolg und Folgen. Auf der Rückreise lernte Melchior ein Fräulein aus bestem Adel kennen, dessen Anmut ihn völlig gefangen nahm. Sofort hatte er um sie geworben und Madeleine von Nassau-Dillenburg ein Jahr später geehelicht. Die junge Frau, eine wahre Schönheit mit langem, dunklem Haar, von hohem Wuchs und sehr fraulicher Gestalt, wusste genau, was sie wollte und brachte rasch Ordnung in den bislang sehr nachlässig geführten Junggesellenhaushalt Melchior von Talheims. Bald war es vorbei mit den ständigen Festen, teueren Jagdveranstaltungen und verschwenderischen

Gelagen. Nach zwei Jahren wurde von Talheim zudem stolzer Vater eines Zwillingspärchens und war, mittlerweile etwas rundlich geworden, auf dem Weg zu einem recht biederen, schwäbischen Hausvater. Einmal im Monat allerdings traf sich bei Melchior der alte Freundeskreis, um im Stile eines Tabakkollegiums – denn es wurde mächtig gequalmt – zu politisieren, die neuesten Anekdoten auszutauschen und dabei zahlreiche Becher fröhlich zu leeren.

Auch heute war eine muntere Herrengruppe zusammengekommen. Der Salon, in dem sie saßen, war mit dunklem Holz getäfelt. An den Wänden hingen verschiedene Stiche, die Jagdszenen zeigten. In der Mitte des Zimmers stand ein mächtiger Eichentisch, um den herum die Herrengesellschaft Platz genommen hatte. Über dem Ganzen lag der Geruch von Tabak und Leder.

Neun Personen saßen auf den mit Leder bespannten Stühlen und unterhielten sich angeregt. Neben dem Gastgeber Melchior von Talheim, Carl von Schack, Kammerherr August von Erlenburg, Joseph von Neipperg und Ferdinand von Montmartin waren vom alten Freundeskreis der ebenfalls immer rundlicher werdende Hermann von Bilfinger und der seit einem Jahr verehelichte Alois von Waldburg-Zeil-Hohenems anwesend. Der Graf, dem am Hofe eine steile Karriere vorhergesagt worden war, stand seit seiner Hochzeit wegen des Reichshofs Lustenau und des Reichslehens Hohenems aus dem Besitz der Familie seiner erst achtzehnjährigen Frau in einer Dauerfehde mit Österreich. Dieser Rechtsstreit nahm fast seine ganze Zeit in Anspruch, sodass er sich vom Hofleben zurückgezogen hatte und sich selten in Gesellschaft zeigte. Die übrigen Freunde aus der alten Zeit waren ihre eigenen Wege gegangen. Der ehemalige Secondlieutenant Hans Seutter von Lötzen diente mittlerweile als Hauptmann in der bayerischen Armee. Der stille Wilhelm von Gültlingen studierte mit seinem Freund Franz von Linden in Tübingen. Hermann Schott von Schottenstein, der mit Carl das Mömpelgarder Abenteuer von Anfang bis Ende miterlebt hatte, befand sich seit zwei Jahren in der Schweiz, wo er in der Nähe von Basel einen Meierhof erworben hatte und sich um die Hand der jungen Elisabeth Silbermann, der Nichte des bekannten Orgelbauers Silbermann, bemühte. Bislang vergeblich, denn das junge Mädchen gab ihm einen Korb nach dem anderen, da es Schott von Schottenstein nicht gelungen war, die Zustimmung seines Vaters zu dieser in adligen Augen nicht standesgemäßen Ehe zu erhalten.

Zwei Gäste befanden sich heute zusätzlich in Melchiors Runde. Zum einen Graf Geoffroy du Breuil, der alte Duellgegner des Gastgebers. Der Graf war vierunddreißig Jahre alt. Seine früher düsteren Züge hatten sich in den letzten Jahren geglättet. Noch immer kleidete sich du Breuil äußerst kostbar und ließ keine Gelegenheit zu einem Zweikampf, gleich mit welchen Waffen, aus. Er war am gestrigen Mittag aus Paris eingetroffen und hatte bereits Herzog Karl Eugen seine Aufwartung gemacht; in zwei Tagen sollte er vom Herzog zu einem weiteren Gespräch empfangen werden. Heute nutzte du Breuil den Abend, um bei Melchior von Talheim mit den Freunden über alte Zeiten zu plaudern und dabei einige Flaschen des guten Württemberger Weines zu leeren, den er dem Wein aus seinen einheimischen Gewächsen vorzog.

Der andere Gast war der von Ferdinand von Montmartin mit in den Kreis gebrachte Charles Henry Knowles. Carl hatte richtig vermutet; Charles Henry Knowles war einer der Männer, die auf diplomatischen Reisen überall in Europa Unterstützung für England gewinnen sollten, und dies möglichst in Form von Soldatenanwerbungen. Knowles, ein erfahrener Seeoffizier, der sich nach seiner Zeit in Eton, Glasgow und Edinburgh freiwillig zur Marine gemeldet hatte, erfüllte diese Aufgabe nur ungern. Er war kein Diplomat und hielt auch wenig davon, unfreiwillige, zum Militärdienst gepresste Rekruten in sinnlosen Gefechten zu verheizen. Der Captain war ein Seeoffizier reinsten Blutes, ein Mann der Praxis, von großer, muskulöser Gestalt und kantigem Gesicht, eine auffällige Persönlichkeit, der man die seemännische Tätigkeit ansah. Er hatte an der Seeschlacht von Grenada und erst kürzlich an der Schlacht bei Kap St. Vincent teilgenommen. Von letzterem Kampf erzählte der Engländer gerade.

„Die Wellen schlugen schwer an die Schiffsplanken, der Wind pfiff eisig und drehte auf Nordwest. Hoch über der aufgewühlten, wild wogenden See leuchtete der gelblich blasse Vollmond. Noch immer rollten und grollten die Geschützfeuer, und Feuergarben fuhren mit rötlichem Blitzen durch das Dunkel der Nacht. Da gab Admiral Rodney endlich das Kommando: ‚Verfolgung abbrechen und Rückkehr zu Formation!' Es war mittlerweile zwei Uhr nachts, das Gefecht, das über dreizehn Stunden getobt hatte, ging zu Ende …"

Mit großer Freude berichtete der Seeoffizier ausführlich jedes Detail der Seeschlacht.

„Kurz nach vier Uhr eröffneten unsere Schiffe das Feuer auf die Linie der Spanier. Ladung auf Ladung jagten wir dem Gegner in die Breitseite und in die Takelage. Qualm und Rauch zogen über die Decks. Unser Geschützfeuer war verheerend, und vierzig Minuten später explodierte in einem gewaltigen Flammenball das erste feindliche Schiff, die *Santo Domingo*. Nun dunkelte es, und die Winternacht zog auf, doch das schreckliche Ringen setzte sich ohne Unterbrechung fort. Die riesigen Schiffskörper bewegten sich wie dunkle Schatten aufeinander zu. Unsere Kartäschen und Kugeln warfen Tod und Verderben unter die spanischen Matrosen, sodass es uns bis zum nächsten Morgen gelang, weitere sechs spanische Linienschiffe zu nehmen, darunter die *Fénix*, das Flaggschiff *De Lángaras*. Unsere Verluste waren zum Glück sehr gering, die Spanier dagegen hatten mehrere Hundert Tote und zahlreiche Gefangene zu beklagen. Allerdings ließ ein enger Freund meiner Familie, der junge Herzog von Worshire, bei der Verfolgung der Feinde sein Leben."

„Der Herzog von Worshire?", fragte Carl nach.

„William von Worshire", bestätigte Charles Henry Knowles. „Er war im Dezember gerade dreißig geworden und hinterlässt seine junge Frau Aurelie allein und ohne Kinder."

Tausend Gedanken schossen Carl durch den Kopf. Aurelie, die Tochter des Grafen von Weilingen, seine große Liebe, wegen der er in württembergische Dienste gegangen war, schien wieder frei zu sein. Vor vier Jahren hatte sie, für Carl völlig überraschend, jahrelang hatte er von ihr nichts gehört und sie nicht mehr gesehen, in London den Herzog von Worshire geheiratet. Aurelie, er sah das Bild vor sich, wie sie ihn bei ihrer letzten Begegnung im Ludwigsburger Schlosspark angelächelt hatte. Da stand sie vor ihm im hellen, leicht anliegenden Kleid, das lange, dunkle Haar sorgsam in Flechten gelegt. Dazu die braunen Augen, kirschrote Lippen, ein sanft gewölbter Nacken, ihr Gesicht, das sich ihm zuneigte …

„Carl, träumt Ihr mit offenen Augen?", stieß ihn August von Erlenburg an. „Was ist Euch, Freund?"

„Nichts, gar nichts", antwortete der Junker und leerte sein Glas.

Charles Henry Knowles hatte inzwischen weitererzählt. Ende Januar bekam Knowles von Admiral Rodney das Kommando für das 18-Kanonen-Schiff *HMS Minorca* übertragen und wurde zum Captain befördert. Vor drei Wochen hatte er wegen seines neuen Auftrags, für England auf Werbereise zu gehen, die Führung des Schiffes kurzfristig an seinen ersten Offizier Charles Hornby abgegeben. Hornby war ein verlässlicher

Mann, doch Knowles trennte sich sehr ungern von seinem Schiff und machte sich ohne große Freude, aber den Weisungen der Londoner Admiralität gehorchend, auf seine Reise durch die süddeutschen Staaten. Zuvor war er in München gewesen, in den nächsten Tagen wollte er Herzog Karl Eugen seine Aufwartung machen und dann weiter nach Mannheim reisen.

Carl, der sich inzwischen wieder gefangen hatte, wandte sich jetzt an Graf Geoffroy du Breuil und fragte diesen nach seiner Meinung zum amerikanischen Krieg.

„Nun", sagte dieser mit einer Verbeugung Knowles gegenüber. „Dass Frankreich seit Ausbruch der Rebellion die Aufständischen mit Waffen und Ausrüstung beliefert, ist bekannt. Eine Flotte unter Graf d'Estaing segelte im letzten Jahr aus der Karibik nach Beaulieu, vierzehn Meilen südlich von Savannah, und lud dort Truppen aus, um von dort einen Angriff auf die Briten zu beginnen. Das Unternehmen hatte bekanntlich großen Erfolg …"

„Das ist eine verdammte Lüge", rief Knowles aufspringend. „Den Unsrigen gelang es, obwohl wir nur etwas mehr als dreitausend Mann zählten, einen Angriff von fünfzehnhundert Amerikanern unter General Lincoln und von fünftausend Franzosen aus d'Estaings Flotte abzuwehren und blutig zurückzuschlagen!"

„Das war ein taktischer Rückzug, weiter nichts", entgegnete der Graf ruhig. „Im Übrigen wird mein Vetter, der Comte de Rochambeau, in naher Zukunft mit Euch Engländern in Amerika aufräumen."

„Unsinn", entgegnete Knowles schroff, „bei Charleston sehen wir uns wieder!"

„Besser, unser Renkontre findet bereits hier statt", erwiderte der Graf kalt. „Pistolen oder Degen, wählt mein Herr!"

„Das ist mir gleich", antwortete Knowles noch immer hitzig, „allerdings würde ich es bevorzugen, wenn ich Schiffsplanken unter meinen Füßen hätte. Doch es mag auch so angehen."

„Wenn Ihr Euch auf dem Wasser besser fühlt", entgegnete Geoffroy du Breuil mit einem überlegenen Lächeln, „lasst uns das Treffen auf dem Neckar austragen. Mein Großonkel Louis Antoine de Bougainville hat mit seiner Weltumsegelung gezeigt, dass Frankreich in der Seefahrt mit jeder Nation mithalten kann. Auch wenn uns sein Schiff *L'Étoile* nicht zur Verfügung steht, finden wir sicher einen Kahn, der als Ersatz dienen kann."

„Ein Zweikampf zu Wasser, warum nicht?", antwortete der Captain leichthin. „Unsere Sekundanten mögen Näheres klären."

Bestürzt hatte die Gesellschaft die Entwicklung des Streites verfolgt. Melchior von Talheim und August von Erlenburg versuchten vergeblich, die beiden Männer dazu zu bringen, sich zu versöhnen. Sowohl der Graf als auch der Captain blieben störrisch und der Abend endete mit einem Missklang. Die Herren wählten ihre Sekundanten, Carl von Schack trat Geoffroy du Breuil zur Seite und Ferdinand von Montmartin seinem Freunde Charles Henry Knowles. Man kam überein, das Treffen am nächsten Morgen zur Zeit des Sonnenaufgangs auf einem Neckarschiff unterhalb Marbachs stattfinden zu lassen. Dort lag, wie Leutnant von Neipperg wusste, ein alter Schleppkahn vor Anker, der für das Vorhaben der Kämpfer genügend Raum bot. Das Duell selbst sollte mit schweren Säbeln ausgefochten werden.

Es ging bereits auf Mitternacht zu, und die Beteiligten zogen sich zurück, um vor dem Treffen noch ein wenig Schlaf zu bekommen.

Carl blieb im Hause Melchior von Talheims – ein Ritt zur Solitude war nicht sinnvoll, da er wenige Stunden später schon wieder hätte aufbrechen und zurückkehren müssen. Doch auch so fand Carl kaum Schlaf. Immer wieder dachte er daran, was er über Aurelie erfahren hatte, und in seiner Fantasie entstanden bunte und angenehme Zukunftsbilder. Dann wieder fiel ihm ein, wie wenig bislang von seinen Neigungen und Wünschen in Erfüllung gegangen war. Er gedachte der blonden Baronesse von Korff und ihren verführerischen Lockungen, und er erinnerte sich an die Schwärmereien, denen er damals in Versailles im Hinblick auf die Königin Marie Antoinette und ihre Schönheit erlegen war. Alles Chimären, dachte Carl, schloss die Augen und schlief endlich ein.

Einen kurzen Moment später, so schien es Carl wenigstens, gerade im schönsten Träumen, weckte ihn sein Diener Friedrich.

„Herr Junker, aufgewacht! Herzog Karl Eugen verlangt dringend nach Euch. Ihr sollt Euch unverzüglich bei seiner gnädigsten Durchlaucht einfinden."

Carl fuhr in die Höhe. Friedrich stand mit einer Kerze vor dem Bett. Der Blick des Junkers wanderte zum Fenster. Draußen war es stockdunkel, in der Nähe schlug eine Uhr. Es war halb zwei Uhr nachts, er hatte höchstens eine Stunde geruht. Friedrich berichtete, der Herzog habe gegen Mitternacht einen Boten geschickt und Junker von Schacks unverzügliches Erscheinen befohlen. Als Carl eine halbe Stunde später noch nicht aus Ludwigsburg zurückgekehrt sei, habe er, Friedrich, sich auf den Weg gemacht, um seinen Herrn über den dringlichen Befehl zu informieren. Der Junker kleidete sich rasch an und gab dann Friedrich den Auftrag, falls er nicht rechtzeitig zum Duell zurückkäme, Melchior von Talheim über den Grund seiner Abwesenheit zu unterrichten und ihn zu bitten, notfalls für Carl als Sekundant einzuspringen.

Endlich verließ Carl das Haus, von der Kirche am Markt schlug es soeben zwei. Friedrich brachte ihm sein Pferd, Carl schwang sich in den Sattel und sprengte auf seiner Stute gegen das ferne Stuttgart. Zum Glück schien der Mond, sodass der Weg sichtbar war und das Pferd nicht fehltreten konnte. Er passierte bald Kornwestheim, dann Zuffenhausen und schließlich Feuerbach.

Während der Junker durch die Nacht galoppierte, überlegte er, was sich am Hofe ereignet haben mochte. War ein Unglück geschehen, stand ein Krieg vor dem Ausbruch oder gab es einen schweren diplomatischen Zwischenfall, dass ihn der Herzog mitten in der Nacht zu sich beorderte? Carl wusste keine Antwort und hoffte, dass es nichts allzu Schlimmes sein möge, was ihn in Stuttgart erwartete.

Kurz nach drei Uhr gelangte er endlich am Siechentor an, das ihm nach längerem Klopfen und Rufen von einem verschlafenen Wächter geöffnet wurde. Wenig später war Carl am Schloss und sprang vom Pferd. Er eilte zu einem Nebeneingang der Residenz, wo, wie der Junker wusste, die Pforte stets offen war und ein Soldat Wache hielt, der dafür sorgte, dass eilige Botschaften den Herzog unverzüglich erreichen konnten. Dort erwartete Carl eine Überraschung, denn statt eines Soldaten fand er Georg Dannecker vor, den Leibkutscher des Herzogs, der in einem Sessel saß, neben sich auf einem Tisch eine brennende Kerze, und schlummerte. Bei Carls Eintritt fuhr der Alte aus seinem Schlaf auf und erhob sich mühsam.

„Ah, kommt Ihr doch noch, Junker von Schack. Ihr wisst, unser allergnädigster Landesvater Herzog Karl Eugen wollte Euch dringend sprechen. Aber dann war der gnädige Herr müde und hat sich zur Ruhe begeben. Ihr sollt morgen Mittag kommen, lässt der Herzog Euch bescheiden, Schlag zwölf wünscht seine Durchlaucht, Euch auf der Solitude zu sehen. Jetzt entschuldigt mich, ich bin ein alter Mann und ebenfalls sehr müde."

Georg Dannecker griff das Licht und schlurfte mit hängenden Schultern davon. Carl blieb im Dunkeln zurück. Kopfschüttelnd verließ er das Schloss. Welch ein Aufwand für eine herzogliche Grille, ein nächtlicher Eilritt von Ludwigsburg hierher, nur um zu erfahren, dass des Herzogs Anliegen so dringlich nicht sein mochte. Andererseits war Carl erleichtert – nichts von dem, was er befürchtet hatte, schien eingetreten zu sein. Es blieb ihm sogar Zeit, in Ruhe nach Ludwigsburg zurückzureiten und Graf Geoffroy du Breuil zu sekundieren.

Der Rückweg zog sich hin. Sein Pferd ließ den Kopf hängen und war nur mit Mühe dazu zu bringen, sich überhaupt noch zu bewegen. Auch der Junker war kurz davor, einzunicken. Aus diesem Dämmerzustand riss ihn plötzlich das Geräusch galoppierender Hufe und das laute Rumpeln von Wagenrädern. Eine schwarze Kutsche schoss an ihm vorbei und verschwand wie ein Spuk in der Nacht. Carl starrte der entschwindenden Erscheinung nach. War dies das gleiche Gefährt, das er im Jänner gesehen hatte? Oder hatte ihm der Halbschlaf träumerische Fantasiebilder vorgegaukelt? Er beschloss, der Sache nachzugehen, irgendwoher musste die Kutsche doch gekommen sein, und vielleicht war es ganz gut, zu wissen, wer derart durch die herzoglichen Lande raste.

Gegen halb sechs erreichte der Junker Ludwigsburg und Melchior von Talheims Wohnung, wo der gute Friedrich auf ihn gewartet hatte. Friedrich brachte ihm einen Eimer kalten Wassers, und Carl wusch sich, wie er es bei dem Schweizer Arzt Johann Siegmund Hahn gelesen hatte. Fast alle seine Bekannten, so sie von Carls morgendlicher Gepflogenheit wussten, waren über dies ungesunde Treiben entsetzt. Wasser galt, besonders wenn es äußerlich angewendet wurde, als überaus schädlich und förderlich für Krankheiten aller Arten.

Nach dem Waschen schlüpfte Carl in ein sauberes Hemd und in eine saubere Hose, die der Diener besorgt hatte, und begab sich, erfrischt und wacher, in die große Gästestube des Hauses, wo Graf Geoffroy du Breuil, Ferdinand von Montmartin, Charles Henry Knowles und Melchior von Talheim schweigend auf ihn warteten. Es roch überaus appetitlich, denn gerade brachte eine Magd eine große Terrine mit dampfender Morgensuppe und füllte mit einer Kelle die Teller. Captain Knowles schob seine Suppe wortlos zu Seite, die anderen aber leerten hungrig ihre Teller.

Anschließend erhoben sich die Männer und verließen das Haus. Melchior von Talheim führte die Gruppe zu Fuß hinunter zum Fluss, der Diener Friedrich folgte mit den Waffen und einem Korb mit Verbandszeug. Nach einer guten Viertelstunde erreichten sie den Neckar. Dort lag ein älterer Flusskahn von etwa fünfundvierzig Fuß Länge und zwölf Fuß Breite, dessen Inneres durch Planken abgetrennt war und an dessen Heck sich ein hölzerner Kajütenaufbau befand. Joseph von Neipperg hatte diesen mithilfe einiger Soldaten vertäuen und Planken vom Ufer zum Schiff legen lassen, um leichter an Bord gehen zu können.

Die Männer spürten die Kälte. Der Morgen war sehr frisch, die Temperaturen waren zu dieser frühen Stunde frostig, und Raureif hatte die Büsche am Ufer mit weißem Silber überzogen. Über dem ruhig fließenden Wasser lagen dichte Nebelschleier, die alles in grauen Schemen versinken ließen.

Die Kombattanten und ihre beiden Begleiter sowie Melchior von Talheim und Friedrich betraten das Schiff, die Übrigen warteten am Ufer. Graf Geoffroy du Breuil und Charles Henry Knowles wählten die Säbel und bezogen dann in zehn Schritt Abstand ihre Position. Melchior ging wieder von Bord. Er trat zu Neipperg und bedeutete dem Leutnant, dass die Kämpfer bereit seien. Joseph von Neipperg blickte nach Osten. Dort war soeben der rote Sonnenball aufgegangen. Er gab den wartenden Soldaten ein kurzes Kommando. Die Planken wurden rasch ans Ufer gezogen, daraufhin kappte ein Mann die Vertäuung mit einem Beil, und drei andere stießen das Schiff mit Stangen vom Ufer in die Flussmitte.

Die Sekundanten traten, als sie merkten, dass der Kahn Fahrt aufnahm, zur Seite.

„Eins, zwei, drei – los!"

Graf du Breuil und Captain Knowles drangen sofort mit den Säbeln aufeinander ein. Der Graf war ein erfahrener Fechter und Duellant, Knowles dagegen hatte mehrfach im Kampf gestanden und nur durch seine Säbelkunst überlebt. Mit schnellen Stößen und kurz angesetzten Paraden und Finten versuchten beide Männer, ihren Gegner im Angriff zurückzutreiben und so den Zweikampf rasch für sich zu entscheiden. Graf du Breuil konnte zunächst einen Vorteil erringen und Knowles bis zur Bordwand drängen, wo er ihn mit einem Hagel von Kreuzschlägen eindeckte. Eine plötzliche Bewegung des Bootes ließ den Grafen jedoch auf dem glitschigen Boden straucheln, was der Captain nutzte, um unter einem Angriff durchzutauchen und in die Mitte des Schiffsdecks zu springen. Dort wirbelte er herum und bedrängte nun seinerseits den Grafen heftig. Er fing einen harten Streich, den dieser gegen ihn führte, elegant auf und trat seinem Gegner gleichzeitig gegen das Standbein, sodass du Breuil erneut das Gleichgewicht verlor und beinahe stürzte. Er kam im Nu wieder auf die Beine, führte einen kurzen Schlag gegen das vordere Drittel des Säbels seines Gegners, wodurch es ihm gelang, die Klinge nach rechts abzulenken. Dadurch bot ihm der Captain unfreiwillig eine Blöße, die du Breuil nutzte, um einen Treffer an der Schulter zu landen, der den Engländer taumeln ließ. Doch Charles Henry Knowles war längst nicht besiegt und, auch wenn die Wunde blutete, nicht willens, den Kampf aufzugeben. Er sprang auf eine breite Kiste und wehrte aus dieser erhöhten Position die Attacken du Breuils mit allen ihm bekannten Paraden, Finten und Ausfällen ab. Gegenstoß, Sperrstoß, ein weiter Ausfall, dann hielt er die Klinge in die Vertikale, und es folgte ein fallender Stoß. Doch wieder parierte der Graf, und schon kam du Breuils Gegenangriff. Die beiden Kämpfer wirbelten und sprangen, die blitzenden Klingen ihrer Säbel schienen überall zu sein, fast war es, als zerteilten ihre Hiebe den Nebel. Auf dem schwankenden Boden folgte Stoß auf Stoß und Hieb folgte Hieb – da krachte es plötzlich entsetzlich, ein heftiges, ruckartiges Schlingern. Das Schiff bebte in all seinen Streben und Planken und kippte derart stark zur Seite, dass alle, Kämpfer wie Sekundanten und Diener, ihr Gleichgewicht verloren und zu Boden stürzten und wild durcheinander fielen. Da merkten sie, dass das Schiff zu sinken begann.

2

Blutdiamanten

Junker von Schack rollte gegen eine Holzplanke und war kurz davor, über einen Abgang in das Schiffsinnere zu stürzen, da gelang es ihm im letzten Moment, ein Spannseil zu packen und seinen Fall aufzuhalten. Er richtete sich an dem Seil halb auf und zog sich dann an einem seitlichen Pfosten vollends in die Höhe. Carl blickte um sich. Links sah er Ferdinand, der ebenfalls einen Halt gefunden hatte. Das Deck war jetzt völlig in der Schräge und alles – Werkzeug, Kisten und andere Behältnisse – rutschte nach Backbord. Das Schiff bekam eine immer größere Schräglage und geriet dadurch in Teilen tief unter Wasser.

„Wir müssen von Bord!“, schrie Carl. Er hangelte sich zur Steuerbordseite und setzte zum Sprung in den Fluss an. Über die Schulter blickend nahm er wahr, dass sich auch die anderen bereit machten, den sinkenden Kahn zu verlassen. Carl holte tief Luft und sprang ins eisige Wasser. Er tauchte tief unter in das grünlichgraue Dunkel.

Der Schock der Kälte fuhr ihm durch Mark und Bein, und einen Augenblick hatte er das Gefühl, sein Herz stände still. Dann schoss er mit einem kraftvollen Stoß wieder in die Höhe, tauchte auf und schnappte mit offenem Mund nach Luft. Links von ihm war im Grau des Nebels die schwärzliche Masse des untergehenden Schiffes zu erkennen, rechts lag das Ufer, an dem Menschen aufgeregt umherliefen und etwas riefen, was Carl nicht verstand. Er merkte nur, wie ihn die Kälte mehr und mehr zu lähmen drohte.

Gerade noch schaffte er es, das rettende Ufer zu erreichen, wo ihn hilfreiche Arme packten und ans Land zogen. Leutnant Neipperg half dem Durchnässten auf die Beine. Neben ihm wurden Ferdinand von

Montmartin und Friedrich ebenfalls an Land geholt. Carl schaute sich um, der Graf und sein Gegner waren nirgends zu sehen.

„Wo sind Graf du Breuil und Captain Knowles?", fragte er atemlos.

„Sie sind noch immer im Wasser", antwortete Neipperg.

„Boote, wir brauchen Boote", rief Carl. „Wir müssen sie suchen!"

Zwei der Soldaten waren bereits losgelaufen, um von einer weiter oben gelegenen Anlegestelle ein Ruderboot zu besorgen. Kurze Zeit später kehrten sie mit einem Boot zurück. Carl wollte, trotz seiner nassen Kleidung, die ihn die Kälte scharf spüren ließ, mit nach den Vermissten suchen. Aber Melchior von Talheim hielt ihn zurück.

„Lasst Neipperg nach Graf du Breuil und Captain Knowles suchen. Ihr müsst Euch erst trockene Kleidung anziehen, sonst holt Ihr Euch den Tod. Ich habe einen Boten um eine Kutsche nach Hause geschickt. Bis diese kommt, nehmt meinen Mantel. Ich will den Männern helfen, ein Feuer zu entzünden, dass Ihr alle Euch wärmen könnt."

Ferdinand von Montmartin und der Diener Friedrich hatten von den Soldaten ebenfalls Mäntel bekommen. Trotzdem schien vor allem der ältere Friedrich unter der Kälte zu leiden, denn er zitterte stark. Mittlerweile wurde es acht, und der Nebel löste sich allmählich auf. Neippergs Boot war am gegenüberliegenden Ufer zu sehen, wo der Leutnant und ein Soldat nach den Vermissten forschten. Gerade, als nach vielen vergeblichen Versuchen, das feuchte Holz zu entzünden, das Feuer endlich qualmend zu brennen begann, rollte eine Kutsche vor, aus der überraschenderweise Melchior von Talheims Frau Madeleine sowie eine Magd stiegen. Resolut übernahm Frau von Talheim die Versorgung der Durchnässten. Alle drei wurden sofort in Decken gehüllt und ins Haus am Kaffeeberg abtransportiert.

Dort ließ die Hausfrau in Holzzubern heiße Bäder zubereiten und verabreichte zudem jedem einen heilsamen Kräutertrunk. Es ging auf zehn Uhr morgens zu, als sich Carl von Melchior und seiner Gattin dankend verabschiedete und zur Solitude aufbrach. Friedrich, der das unfreiwillige Bad schlechter überstanden hatte, und hustete und schniefte, sollte später folgen. Von Graf Geoffrey du Breuil und Captain Knowles war noch immer keine Spur gefunden.

Frisch gewandet ließ sich der Junker Punkt zwölf beim Herzog melden. Herzog Karl Eugen war bereits am Vormittag zur Solitude gefahren, um dort später am Tag mit ausländischen Gästen einen Jagdausflug zu unternehmen und dabei einige Gespräche zu führen, anschließend wollte er nach Grafeneck. Der Herzog war mit seinen Gedanken bereits bei dem geplanten Wildtreiben, als Carl von einem Lakaien in das Privatkabinett des Herzogs geführt wurde. Karl Eugen, der bei Carls Eintreten an seinem Sekretär gesessen hatte, erhob sich und trat auf ihn zu. Gekleidet war der kräftige Mann in einen grünen, pelzverbrämten Jagdrock, der an den Ärmeln mit Stickerei verziert war. In seinem glatten, vollen Gesicht mit der langen Nase und den geschwungenen Brauen saßen ein paar listig funkelnde Augen. Der Junker vollführte die zeremonielle Verbeugung, was seine Durchlaucht mit einem kurzen Nicken beantwortete. Er betrachtete Carl und schien sich zunächst kaum darauf zu besinnen, weswegen er den Junker zu sich bestellt hatte. So sprach der Fürst recht allgemein über die Lage im Lande und die politischen Fragen im Reich und war schon dabei, Carl zu entlassen, als ihm offenbar einfiel, warum er ihn hatte kommen lassen.

„Ah, bester Schack. Jetzt weiß ich wieder, warum ich Ihn sehen wollte", bekannte Karl Eugen freimütig. „Ich habe für Ihn einen Spezialauftrag. Er hat sicher von der Halsbandgeschichte gehört. Er weiß schon", fuhr der Herzog etwas ungeduldig fort, als Carl ihn überrascht ansah, „die Sache mit dem Collier der Pariser Juweliere Böhmer und Bassenge. Der Schmuck, den Marie Antoinette von Ludwig nicht annehmen wollte. Wir sprachen doch im Januar bereits darüber. Ich ...", der Herzog schwieg kurz und suchte offenbar nach den richtigen Worten. „Ich denke, ich habe einen Interessenten für das Collier gefunden. Kurz, sorge Er dafür, dass die Herren Böhmer und Bassenge hierherkommen und mir den Schmuck präsentieren. Anfang April will ich die Angelegenheit geklärt sehen. Wie Er das macht, ist seine Sache. Ich weiß, Er hat seine französischen Connectionen, die Er zu nutzen versteht", fügte seine Durchlaucht mit gnädigem Lachen hinzu.

Damit war der Junker entlassen.

Überrascht und nachdenklich kehrte dieser in sein Domizil zurück. Er hatte in der Tat von der sonderbaren Schmuckgeschichte gehört. Ein Collier für den Preis von sechzehn mal hunderttausend Livres, das war eine schier undenkbare Summe. Was wollte der Herzog mit dem Schmuck? Dass seine Durchlaucht unter die Diamantenhändler gegangen war, schien Carl gar zu unglaublich. Wollte er das Halsband vielleicht selbst erwerben? Etwa als Geschenk für die Reichsgräfin zu Hohenheim? Auch dieser Gedanke war zu aberwitzig und zu abenteuerlich, als dass Carl ihn für wahrscheinlich hielt. Seinen Informationen nach waren die herzoglichen Kassen ziemlich geleert, jedenfalls nicht gefüllt genug, um eine derartige Summe auch nur im Entferntesten aufbringen zu können. Zumindest war ihm jetzt klar, was der Herzog damals im Januar mit seinen geheimnisvollen Worten gemeint hatte. Worte, über die er tagelang nachgegrübelt hatte, und deren Sinn sich jetzt höchst einfach erklärte. Nur, was wollte Karl Eugen mit dem französischen Halsband? Und hatten womöglich die Reisenden in der seltsamen Kutsche mit den herzoglichen Wünschen zu tun?

Zu Hause traf er den hustenden Friedrich an, dem das morgendliche „Badevergnügen" noch stark zusetzte, sodass Carl ihn von einem anderen Bediensteten zu Bett bringen und durch eine Magd versorgen ließ. Ihm selbst hatte sein Tauchgang im Neckar wenig geschadet, eine Tatsache, die Carl auf sein allmorgendliches Kaltwasserritual zurückführte. Von Ludwigsburg und den Vermissten hatte Friedrich nichts Neues berichten können. Daher entschloss sich der Junker, nochmals Melchior von Talheim aufzusuchen, um zu erfahren, ob der Graf und sein englischer Kontrahent endlich gefunden wären. Hoffentlich hatte das Duell für die beiden Männer nicht tödlich geendet.

Zum dritten Mal innerhalb der letzten vierundzwanzig Stunden ritt der Junker nach Ludwigsburg, um Melchior von Talheim aufzusuchen. Nach einem raschen Ritt auf frischem Ross kam er gegen zwei am Kaffeeberg an. Carl übergab sein Pferd einem Knecht und ließ sich bei Melchior melden. Er wurde von einem Diener in die Gästestube geführt, wo er zu seiner Überraschung die komplette Morgenmannschaft beim Mittagessen antraf. Alle saßen da: der Gastgeber Melchior von Talheim, der etwas blasse Ferdinand von Montmartin, Joseph von Neipperg und, in friedvoller Zweisamkeit, Graf Geoffroy du Breuil sowie, mit verbundener Schulter, der Captain der Royal Navy Charles Henry Knowles!

„Freund Carl!", rief Melchior hocherfreut. „Gut, dass Ihr auch kommt. Wir haben überall nach Graf Geoffroy und Charles Henry Knowles gesucht und wollten schon aufgeben, da haben wir unsere Vermissten vor einer guten Stunde schließlich doch noch gefunden. Und wo, denkt Ihr, fanden sich die beiden Streithähne? Ihr ratet es nie! In Marbach, in einer Schenke am Fluss, saßen die Herren gemütlich in Decken gehüllt am warmen Feuer, während eilfertige Mägde deren Kleidung trocken bügelten. Bei einer Bouteille guten Bottwartälers lösten Graf Geoffroy und

Captain Henry ihre eigenen und dazu alle englischen, französischen und amerikanischen Probleme. Das nenne ich wahre Diplomatie!"

Der Junker war froh, dass die Dinge eine derart gute Wendung genommen hatten. Allerdings meinte er, der Graf und sein vorheriger Kontrahent hätten die anderen ein wenig früher über den guten Ausgang ihres unfreiwilligen Ausflugs ins Wasser informieren können.

Ferdinand von Montmartin, der offenbar ähnlich empfand, wandte sich an seinen englischen Gast: „Wisst Ihr, Henry, beim nächsten Mal, wenn Ihr in Eurem Gemüt die Lust nach einem Zweikampf verspürt, stürzt Euch gleich ins kalte Wasser und trinkt dann mit Eurem Gegner auf das gegenseitige Wohl. Das scheint mir besser, als wenn andere Euch beim Badengehen ebenfalls begleiten müssen."

Lachend gelobte der Captain Besserung, allerdings nur für den Fall, dass Geoffroy du Breuil den gleichen guten Vorsatz fassen würde. Der Graf schloss sich sofort an und versprach, künftig Wasser und Flüssen mehr positive Aufmerksamkeit zu schenken, was zwar etwas Anderes war, von der Gruppe dennoch mit Gelächter quittiert und angenommen wurde.

„Was gibt es bei Euch Neues?", wandte sich Melchior von Talheim an den Junker. „Friedrich sagte, der Herzog habe Euch schon heute Nacht sehen wollen?"

„Es geht um einen Auftrag, so viel, denke ich, darf ich sagen", antwortete Carl. „Ich habe für unseren gnädigsten Landesherrn bestimmte Persönlichkeiten von Paris nach Stuttgart zu laden und unter Umständen auch von dort hierher zu geleiten. Wer das ist und weshalb er oder sie in die Residenz kommen sollen, das ist allerdings eine nicht öffentliche Angelegenheit."

„Ein Geheimauftrag", rief Melchior von Talheim, „das bedeutet neue Abenteuer. Freund Carl, da bin ich natürlich dabei."

„Wo seid Ihr dabei, Melchior?", fragte eine weibliche Stimme von der Tür her. „Doch nicht bei irgendwelchen gefährlichen Reisen oder Euren berüchtigten Mantel- und Degenfahrten?"

Es war Madeleine von Talheim, Melchiors schöne und energische Gattin, die, gerade nach den Gästen schauend, die Worte ihres Gemahls gehört hatte.

Melchior drehte sich überrascht zu seiner Madeleine um. Ihre Blicke begegneten sich und führten ein kurzes, aber nachhaltiges Gefecht aus. Schließlich wandte der Gastgeber sich wieder seinen Freunden zu, wobei eine leichte Röte sein Gesicht überzog. „Nun, Freunde", begann er, „ich muss sehen, ob" – doch er wurde von Carl unterbrochen, der verstanden hatte, was vor sich gegangen war, und der Melchior helfen wollte, sein Gesicht zu wahren.

„Ich danke Euch für das Angebot, Melchior. Aber der Auftrag hat bestimmte Aspekte, die mich zwingen, nahezu allein nach einer Lösung zu suchen. Der Herzog wünscht absolute Diskretion, daher habe ich schon fast zu viel erzählt und muss Euch alle bitten, die Geschichte umgehend zu vergessen."

Die Übrigen, froh, dass Carl Melchior aus der peinlichen Lage geholfen hatte, stimmten rasch zu. Auch Melchiors schöne und doch strenge Gattin schien mit der Wendung zufrieden und kehrte, nachdem sie sich noch um das leibliche Wohl der Runde gekümmert und frisches Brot sowie einige neue Flaschen hatte bringen lassen, der munteren Gesellschaft den Rücken.

Das Gespräch der Herren wandte sich dem Thema des Tages, mithin dem Schiffsuntergang zu, und bald war der kleine Zwischenfall vergessen. Vor allem überlegte man, warum das Neckarschiff so plötzlich leck geworden und gesunken war. Im März lag nach der Schneeschmelze der Pegelstand des Neckars zwischen Ludwigsburg und Marbach meist bei elf bis zwölf Fuß. Ein Auf-Grund-Laufen war daher auszuschließen, vielleicht war das Boot auf etwas unter Wasser gestoßen, das nicht sichtbar gewesen war. Verschiedene Varianten wurden betrachtet und meist verworfen. Letztlich blieb die Angelegenheit ungeklärt.

Der junge Neipperg und Ferdinand von Montmartin, die etwas abseits saßen, eröffneten eine neue Gesprächsrunde, indem beide eifrig über die von Johann Gottfried Herder in den letzten beiden Jahren herausgebrachten „Volkslieder" zu debattieren begannen.

„Ich schätze Herder durchaus", sagte Neipperg, „doch noch mehr begrüße ich, dass der Berliner Buchdrucker Himburg Goethes gesammelte Schriften jetzt schon in dritter Auflage herausgegeben hat."

„Ich halte das für verfrüht. Goethe wird sicher noch mehr schreiben als das, was er bisher publiziert hat. Ich bin überzeugt, dass er die deutsche Literatur noch stark beeinflussen wird. Wie sieht es denn mit der englischen Literatur aus?", wandte sich Montmartin an seinen Freund Knowles. „Gibt es bei Euch ein Goethe ähnliches Talent?"

„Ich bin kein großer Leser", gab der Captain zu. „Meine Schwester jedenfalls liebt Henry Fieldings ‚Tom Jones' über alles."

„‚Tom Jones' ist in der Tat amüsant", ließ sich Geoffroy du Breuil hören. „Ich allerdings habe mich köstlich über ‚Tristram Shandy' amüsiert. Euer Laurence Sterne hat eine wirklich skurrile Art, die Dinge zu beschreiben."

„Und die ‚Candide' Eures Landsmanns Voltaire, bester Graf", fragte Knowles, „das Buch ist doch sicher ebenfalls nach Eurem Geschmack?"

Es entspann sich eine ausgiebige Diskussion über die zeitgenössische Literatur, über Voltaire, Lichtenberg, Wieland und Klopstock, über das Sentimentale und, wie sollte es auch anders sein, über Goethe.

Am späten Nachmittag endlich brachen die Gäste auf. Der Junker verabschiedete sich von Melchior und den Freunden und wollte gerade sein Pferd besteigen, da trat Geoffroy du Breuil auf ihn zu und zog Carl zur Seite. Dieser überließ das Pferd dem Diener und schaute den Grafen fragend an.

„Hört, Carl", begann Geoffroy. „Ich denke, ich weiß, warum Euch der Herzog nach Paris senden will. Und ich weiß auch, dass Ihr den Besuch von Paris liebend gern vermeidet. Lasst mich an Eurer Stelle dorthin reisen. Die Herren Böhmer und Bassenge sind mir gut bekannt und ich dächte, ich hätte eher Erfolg, die beiden zum Besuch Stuttgarts und zum Transport des kostbaren Schmuckes über eine solche Entfernung zu überreden, als wenn Ihr dies versuchtet."

„Woher wisst Ihr von dem Wunsch des Herzogs?", fragte Carl überrascht.

Der Graf lächelte. „Ihr vergesst, dass ich bereits vorgestern mit Eurem Landesherrn ein kurzes Gespräch hatte. Karl Eugen fragte mich ganz nebenbei, ob ich die Herren Böhmer und Bassenge kennen würde und wisse, welchen Preis sie aktuell für das von ihnen für Madame Dubarry gefertigte Collier verlangten. Ich antwortete, dies sei sicher ganz im Belieben der beiden Herren, und ich mit dem Metier der Juwelierkunst zu wenig vertraut, um verlässliche Preisangaben machen zu können. Sicher aber wäre es möglich, über derlei Dinge direkt zu verhandeln. Karl Eugen schien die Auskunft zu gefallen, und er entließ mich sehr gnädig mit dem Versprechen, morgen meinem Anliegen mehr Zeit zu widmen."

„Euer Anliegen ist sicher das Gleiche wie jenes Eures Duellgegners Charles Henry Knowles", mutmaßte der Junker.

„Das mag sein, jedenfalls hat mir der Captain mehr erzählt, als er wohl vorhatte. Aber seid beruhigt, es geht nicht darum, Eure Landeskinder in französische Uniformen zu stecken und zum Kriegsdienst zu pressen. Frankreich genügt die württembergische Neutralität, also kein ‚Regiment Rieger', damit ist Versailles schon zufrieden."

„Besucht mich morgen in der Solitude", schlug Carl vor. „Dann können wir in Ruhe über alles sprechen und vielleicht zu einem gemeinsamen Plan kommen."

Geoffroy du Breuil stimmte zu, und der Junker bestieg endlich sein Ross und trabte in Richtung seiner Wohnung davon. Der Graf kehrte in Melchiors Haus zurück. Dass seine Unterredung mit Carl von Schack aufmerksam verfolgt worden war, entging ihm dabei.

Franziska von Hohenheim saß in ihrem Boudoir und las zum wiederholten Male den Brief, den ihr Herzog Karl Eugen vor Kurzem mit eigener Hand geschrieben hatte.

Herzallerliebste Franzele!
Könnt ich doch noch heute alle deiner Ungemächlichkeiten auf mich nehmen, um Dir zu zeigen, dass nichts meiner Liebe, der zärtlichsten aller Lieben vor Dir gleichet. So will ich denn schauen, dass ich Dir das zu eigen geben kann, was ich Dir zu geben kürzlich versprach ...

Oh bester Karl, dachte sie und nahm das Medaillon mit seinem Porträt in ihre Hand. Ich hoffe, Ihr steht zu Eurem Wort und werdet mich einst ehelichen. Das wäre mir weit wichtiger als alle Colliers und aller Schmuck dieser Welt. Obwohl, denke ich, einer Anprobe werde ich nicht abgeneigt sein.

Am nächsten Morgen gegen elf, man schrieb den neunten März, meldete Friedrich, dem es wieder besser ging, seinem Junker den Grafen Geoffroy du Breuil.

Es war ein warmer Vorfrühlingstag, und die beiden Herren beschlossen, ein wenig im Walde zu spazieren, um die gute Luft und die ersten Sonnenstrahlen zu genießen.

„Ich habe über Euren Vorschlag nachgedacht, bester Graf", nahm Carl das gestrige Gespräch wieder auf. „Ich denke, das ist eine vorzügliche Idee, und es wäre eine große Hilfe für mich, wenn Ihr den gewünschten Kontakt herstellen würdet und die Juweliere Böhmer und Bassenge direkt hierher brächtet. Allein, verzeiht mir die Frage: Was ist Euer Vorteil bei der Sache?"

„Nun", versetzte der Graf mit einem Lächeln, „zum einen pflege ich meinen Freunden zu helfen, zum anderen denke ich, dass es gut wäre, wenn dieses Collier Frankreich verließe. Ich fürchte, dem Schmuck haftet etwas an, was für das Wohl des Landes und der Krone von üblen Folgen sein könnte."

„Und da wollt Ihr das Übel lieber nach Württemberg verfrachten, als dass es länger bei Euch bliebe?", meinte Carl skeptisch.

„Nein, versteht mich nicht falsch. Der Schmuck wurde, wie Ihr wisst, zuerst für Madame Dubarry, der Mätresse von Ludwig XV., angefertigt. Dann wollte vor zwei Jahren Ludwig XVI. Königin Marie Antoinette das Collier schenken. Es war nicht der Preis, weswegen die Königin das Geschenk ablehnte, es war Madame Dubarry und die Tatsache, dass das Halsband ursprünglich für jene gedacht gewesen war, was ihr das Geschenk verleidete. Ihr kennt die Königin, denn sie hat Euch nach Eurer *Löwentat* sogar die Gunst eines Privatempfanges gewährt. Dann wisst Ihr sicher, wie es in ihrer Umgebung aussieht. Intrigen und Kabalen, eine Grube voller Skorpione ist dagegen ein angenehmer Aufenthaltsort."

Carl nickte zerstreut. Er erinnerte sich noch gut, wie er auf seiner Reise nach Paris einer unbekannten Dame begegnete und diese vor einem aus einer Menagerie entlaufenen Löwen gerettet hatte. Die schöne Dame war die junge Königin Marie Antoinette gewesen, und zum Dank hatte sie Carl mit hohen Gunstbeweisen belohnt, die ihm nebenbei den Neid des Hofes und die Todfeindschaft des Grafen de Polignac eingebracht hatten. Dass er sich darüber hinaus im jugendlichen Überschwang in die Königin verliebt und diese ihm ebenfalls Sympathie entgegengebracht hatte, war sein großes Geheimnis geblieben.

Mittlerweile hatten sie das Ufer des Bärensees erreicht. Carl bückte sich, nahm einen flachen Kiesel und ließ den Stein über die Wasseroberfläche tanzen. „Wie stellt Ihr Euch den Ablauf vor?", fragte er den Grafen, während er dem springenden Stein nachsah.

„Die Angelegenheit erscheint mir recht einfach zu sein", sagte Geoffroy. „Ich habe heute Audienz bei Eurem Herzog und werde seiner Durchlaucht die Vorschläge des Versailler Hofs im Hinblick auf das von Frankreich gewünschte Abkommen vorlegen. Ich gehe davon aus, dass Karl Eugen in Absprache mit seinen Beratern, darunter wohl auch Kammerherr von Erlenburg, die eine oder andere Änderung des Textes fordert;

das ist der diplomatische Brauch. Mit der Neufassung in der Tasche reise ich übermorgen zurück nach Versailles und bin spätestens in drei Wochen zusammen mit dem Collier und mit einem der Juweliere, sei es Böhmer oder Bassenge oder ein anderer Beauftragter, wieder in Stuttgart. Vielleicht seht Ihr die Herren auch eher, so es das Schicksal will. Ihr präsentiert die Herren und den Schmuck Eurem Herzog, und der Auftrag ist erledigt."

„Ihr glaubt nicht, ich solle besser persönlich nach Paris reisen?", forschte Carl nach.

„Das wird nicht nötig sein", erwiderte Geoffroy du Breuil. „Ich sagte bereits, dass Ihr unter Umständen schon früher Böhmer oder Bassenge begegnen werdet."

„Wie meint Ihr das, Graf? Ich fürchte, ich verstehe Eure Andeutungen nicht", fragte Carl.

„Ich habe Kenntnis von Gerüchten, dass es die genannten Herren vorgezogen haben, wegen gewisser widriger Umstände Paris zu verlassen", antwortete du Breuil gedehnt. „Doch mehr kann ich mangels exakten Wissens nicht sagen."

„Das klingt leicht mysteriös", sagte der Junker.

„Wie alles, das mit dem Versailler Hof zu tun hat", antwortete der Graf leichthin.

Über andere Dinge plaudernd wanderten die Herren zur Solitude zurück.

Am übernächsten Tage reiste Geoffroy du Breuil ab, wobei er Carl von Schack eine Nachricht zukommen ließ, er müsse sich um nichts weiter sorgen, die bewusste Angelegenheit sei bei ihm in guten Händen.

Der Junker begrüßte es, die Aufgabe auf diese Weise bearbeitet zu sehen, denn andere Ereignisse machten es erforderlich, dass er sich ihrer schnellstens annahm. In Heilbronn, Stuttgart und Ludwigsburg kam es gehäuft zu Einbrüchen und Diebstählen. Der Junker befürchtete zunächst ein Wiederaufleben der alten Mainhardter Räuberbande, die fast ein Dutzend Jahre raubend und mordend vor allem den Mainhardter Wald, aber auch andere Landesteile aufs Grausamste unsicher gemacht hatte, bevor ein Großteil ihrer Mitglieder vor sieben Jahren in Pfedelbach mit dem Schwert hingerichtet worden waren. Gewisse Anzeichen deuteten darauf hin, dass die damaligen Raubzüge gesteuert gewesen waren. In Verdacht war damals der Wirt des Mainhardter Gasthauses „Zur

Linde", ein Mann namens Weiß, geraten. Dieser, ein herzoglich-württembergischer Zöllner und zudem Gemeinderat, nahm an den Räubereien natürlich nicht in Person teil, sondern agierte im Hintergrund als Räuberhauptmann, Diebswirt und Hehler. Dem Wirte allerdings konnte nie etwas bewiesen werden, und Weiß solle, so hieß es, im letzten Jahr friedlich im Bett gestorben sein.

Carls Nachforschungen zu den aktuellen Diebstählen wiesen stark auf einen Berufsgenossen des sauberen Herrn Weiß hin: Johann David Linse, ältester Sohn des aus Stuttgart stammenden Metzgers Häusser und der Klara Wildermuth aus Rielingshausen, war eine Zeit lang Kellermeister und Kellner in Heidelberg gewesen. Seine Eltern betrieben die Gastwirtschaft „Zum Weißen Rößle", die außerhalb der Stadtmauern von Großbottwar lag. Nach dem Tod ihres ersten Mannes ehelichte die Mutter den ebenfalls aus Stuttgart stammenden Metzger Andreas Linse. Nach dessen Ableben kehrte Johann David nach Großbottwar zurück, um mit der Mutter und seinen Schwestern das Gasthaus weiterzuführen. Schon im letzten Jahr hatte die Polizei Johann David für den Diebstahl von 160 Gulden bei der Witwe Grönninger in Großbottwar verantwortlich gemacht, ihm aber die Tat nicht nachweisen können. Das außerhalb der Stadtmauern liegende Gasthaus „Rößle" galt als Treffpunkt für das fahrende Volk und Personen von zweifelhaftem Ruf und Linse als ihr heimlicher Hehler.

Junker von Schack ließ das Gasthaus und die Wirtsleute von mehreren Agenten rund um die Uhr beobachten, um so weitere Aktivitäten der Räuber im Keim ersticken zu können. Dies besonders, da zur gleichen Zeit eine Bijouteriefabrik – *Les Entrepreneurs en Bijouterie* –, welche Uhrketten aus Gold und Silber und andere Galanterien dieser Art herstellte, ihren Sitz aus Pforzheim nach Ludwigsburg verlegte. Daneben ließ Carl nach der ominösen Kutsche fahnden. Doch die Hinweise, die seine Leute erhielten, führten nicht weiter.

Dafür gab es andere Erfolge. Denn acht Tage später bekam der Junker die Meldung, einer seiner Polizeiagenten, ein gewisser Sebastian Scheyer – wegen seiner Vorliebe für Uniformen auch „der blaue Bastel" genannt – habe einen größeren Fang getan.

Scheyer hatte bei den Dörflern keinen besonders guten Ruf. Er trank gern das eine oder andere Glas Branntwein, und man erzählte sich, dass der blaue Bastel gegenüber Dieben und Gaunern oft sehr großzügig sei. Wenn er die Körbe verdächtiger Weiber kontrolliere, verhielte er sich bei jüngeren Gaunerweibern häufig sehr wohlwollend, besonders, wenn diese hübsch waren.

Doch in diesen Märztagen schien Scheyer seine Arbeit als Landstreifer ernst genommen zu haben. Nördlich von Ochsenbach im Zabergäu, wo er derzeit wohnte, sah Scheyer am Weg hinter einer Hecke Rauch aufsteigen. Das schien ihm weit abseits des Ortes merkwürdig zu sein. Er schlich näher heran, spähte vorsichtig durch das Buschwerk und erblickte dort eine Gruppe von Leuten, die ihm äußerst verdächtig vorkam, vor allem weil er glaubte, unter ihnen den bekannten Fälscher und Dieb Fritz Demath zu erkennen. Demath, ein untersetzter, dicklicher Mann mit grau meliertem Haar und rötlichem Gesicht, dem ein Auge fehlte, stach mit seinem hellen Rock und dem roten Kamisol deutlich aus der Gruppe hervor. Scheyer holte rasch Verstärkung herbei und nahm die ganze Bande, darunter mehrere Weiber und Kinder, fest. Die Gefangenen wurden nach Ochsenbach geführt, wobei die Weiber nur langsam liefen und immer wieder Gründe fanden, zurückzufallen und anzuhalten. Eine behauptete, sie müsse dringend ihre Notdurft verrichten und verschwand dann im Unterholz. Auch anderen Weibern gelang die Flucht. Doch die Männer, denen vorsorglich Ketten angelegt worden waren, konnten alle nach Ochsenbach gebracht werden. Dort wurden sie vernommen und gründlich durchsucht. Dabei trat genug Belastendes zutage, so mehrere Beutel mit falschen Münzen, etliche gefälschte Pässe und einiger, offenbar gestohlener Schmuck. Das Wichtigste aber war die Festnahme des Fritz Demath, in dessen Kleidern die falschen Pässe gefunden worden waren. Demath war in den letzten Jahren als Betrüger und Falschmünzer vielfach in Erscheinung getreten und hatte auf Bestellung auch als Fälscher jede Art von Urkunde hergestellt. Mehrfach verhaftet, konnte er bislang jedes Mal entwischen; seine Festnahme war ein schöner Erfolg für die herzogliche Polizei.

Etwas mehr als zwei Wochen waren mit solchen und ähnlichen Beschäftigungen vergangen und die Osterfeiertage gerade vorüber, da wurde Carl die Botschaft gemeldet, die beiden Juweliere Böhmer und Bassenge seien in Ludwigsburg eingetroffen und warteten untertänigst darauf, sich Herzog Karl Eugen zu präsentieren.

Der Herzog war mit einem Gast, dem preußischen General Graf von Wurmser, unterwegs. Junker von Schack und Leutnant von Neipperg machten sich daher mit einem Trupp Soldaten zu Pferde auf den Weg nach Ludwigsburg, wo die Herren am Marktplatz unweit der Manufaktur Quartier genommen hatten, um diese abzuholen und sicher in die Residenz zu geleiten.

Von Neipperg und Carl wurden nach ihrer Ankunft sogleich zu den Herren geführt, die sie mit großer Höflichkeit begrüßten. Böhmer war ein untersetzter, rundlich wirkender Mann mittleren Alters, dessen Haar sich deutlich gelichtet hatte. Sein Kinn war schwach ausgeprägt und zu dem fast weiblich wirkenden Mund passte die hohe Fistelstimme. Ganz anders wirkte Bassenge auf den Junker. Er war ein ernster, streng blickender Mann von hoher, schlanker Gestalt, dessen tief liegende Augen die Besucher misstrauisch musterten.

„Verzeiht mir, Ihr Herren", sagte Bassenge, nachdem sie einige Höflichkeitsfloskeln gewechselt und Carl erklärt hatte, der Herzog sei abwesend und sie würden von Neipperg und ihm als Gäste nach Stuttgart eskortiert werden. „Wir führen, wie Ihr wisst, ein nicht unbedeutendes Schmuckstück mit uns. Wir dachten, Herzog Karl Eugens Residenz befände sich in Ludwigsburg, nun sprecht Ihr von Stuttgart. Wer gibt uns die Sicherheit, dass Ihr berechtigt seid, uns aufzusuchen, und dass Ihr uns wirklich zu dem gewünschten Ansprechpartner für unseren Handel führen werdet?"

„Ihr müsst uns nicht folgen", antwortete der Junker kühl. „Ihr könnt hierbleiben und ich werde zu Eurem Schutz einen Trupp Soldaten postieren. Aber glaubt mir, in der neuen Residenz werdet Ihr es bequemer haben als hier."

Die Herren wechselten kurz einige Worte in einer Sprache, die Carl nicht verstand, denn es war nicht Französisch. Dann nahm Böhmer das Wort, indem er Carl, diesmal auf Deutsch, ansprach. So wie es klang, schien der Mann Elsässer zu sein. „Ihr entschuldigt, Herr von Schack, unser Misstrauen. Doch es wird sicher das Beste sein, wir bleiben hier und warten auf die herzogliche Order."

„Wie Ihr wollt", erwiderte Carl mit einer Verneigung. „Ich empfehle allerdings zumindest den Umzug in den Gästeflügel des Schlosses von Ludwigsburg."

Dieser Vorschlag wurde nach kurzer Diskussion angenommen, und die beiden Juweliere zogen nebst einigen Dienern, von Neippergs Soldaten begleitet, in das Schloss um, wo ihnen Carl durch den Verwalter rasch einige Räume richten ließ. Nachdem er den Verwalter noch angewiesen hatte, auch für das leibliche Wohl der Gäste zu sorgen, und die

Bewachung geregelt war, verabschiedete sich der Junker. Leutnant von Neipperg hingegen blieb als wachhabender Offizier vor Ort.

Herzog Karl Eugen kehrte am nächsten Abend nach Stuttgart zurück. Carl von Schack fand erst am folgenden Morgen Gelegenheit, den Herzog über die Ankunft der Juweliere zu unterrichten. Seine Durchlaucht war von dieser Tatsache sehr angetan und lobte die schnelle Arbeit des Junkers. Für den Abend befahl er um acht Uhr die Präsentation des Schmuckes im Marmorsaal des Neuen Schlosses. Die Vorbereitungen dazu hatten in aller Stille zu erfolgen, die Reichsgräfin von Hohenheim solle mit dem Collier überrascht werden, erklärte seine Durchlaucht. Der Junker möge alles Diesbezügliche mit dem Kammerherrn von Erlenburg besprechen. Dann ließ sich der Fürst berichten, was Carl im Hinblick auf das neu aufgekommene Räuberwesen bisher unternommen hatte. Auch mit diesen Maßnahmen war der Herzog sehr zufrieden. Carl wurde gnädigst entlassen und begab sich sofort zu August von Erlenburg, um mit diesem die abendlichen Abläufe zu besprechen.

Die beiden Freunde kamen überein, die Anreise der Juweliere und vor allem den Transport des Schmucks durch Leutnant von Neipperg und einen Reitertrupp begleiten zu lassen. Erlenburg schlug außerdem vor, den Herren in der Kanzlei Räume anzuweisen, wo eine Bewachung leichter möglich schien. Sicher war sicher.

„Ich frage mich nur, wie die Herren unbehelligt von Paris bis nach Ludwigsburg gekommen sind", sagte der Junker nachdenklich.

„Wahrscheinlich hat niemand bei ihnen größere Schätze vermutet, und so unsicher sind die Straßen nicht in deutschen Landen."

„In deutschen Landen nicht, womöglich aber in Frankreich."

„Das mag sein, wie es wolle", erwiderte Erlenburg lachend. „Die Herren Böhmer und Bassenge und ihr Collier sind heil angekommen, alles andere muss uns nicht kümmern."

Erstaunlicherweise vollzog sich die Übersiedlung nach Stuttgart ohne große Komplikationen; Böhmer und Bassenge schienen verstanden zu haben, dass von Neipperg zu ihrem Schutz antrat und weder ihnen noch dem wertvollen Gepäck seitens des Leutnants irgendwelche Gefahren drohten.

Etwas Anderes störte allerdings den geplanten Ablauf. Franziska von Hohenheim, der der ganze Aufwand galt, fühlte sich an diesem Freitagabend, es war der 31. März, aufgrund der Anstrengungen der letzten Tage und ihrer Tätigkeit in der „Ecoll" im höchsten Grade ermüdet, und die Präsentation wurde auf den kommenden Sonntagmittag in Hohenheim verschoben.

Der Herzog schien mit der Verlegung des Termins seltsam zufrieden. Er empfing die Juweliere zunächst nur in Carl von Schacks und August von Erlenburgs Gegenwart – und begann über den Preis zu verhandeln!

„Der Preis von sechzehn mal hunderttausend Livres ist natürlich höchst fantastisch", eröffnete Karl Eugen das Gespräch. „Ich weiß, es handelt sich bei dem Collier um eine besondere Kostbarkeit", wehrte seine Durchlaucht sogleich Bassenge ab, der darauf antworten wollte. „Aber sagt selbst, Ihr Herren, wer soll Euch diese Summe zahlen?"

„Eure Durchlaucht verzeihen", ließ sich jetzt die Fistelstimme Böhmers hören, „aber Eure gnädigste Durchlaucht braucht den Schmuck nicht zu kaufen. Wenn das Collier oder der Preis missfällt, braucht Eure Durchlaucht nur zu befehlen, und wir reisen, nach Zahlung unserer Reisespesen, unverzüglich wieder ab."

Diese Worte schienen dem Herzog wenig zu schmecken.

„Aber was wäre", fragte er lauernd, wobei er Junker von Schack und dem Kammerherrn bedeutungsvolle Blicke zuwarf, „was wäre, wenn ich den Schmuck einfach behielte?"

„Wir vertrauen darauf, dass Eure Durchlaucht solches sicher nicht tun werden", meldete sich jetzt mit ernster Stimme Bassenge. „Für eine solche Tat ist Eure Durchlaucht zu edelmütig und von zu nobler Gesinnung. Im Übrigen haben wir vorgesorgt und Kopien angefertigt. Nur ein wahrer Juwelenkenner kann den echten vom falschen Schmuck unterscheiden."

„Wahrlich, Ihr habt vorgesorgt", bestätigte der Herzog mit trockenem Lachen. „Doch ich könnte Euer gesamtes Gepäck konfiszieren lassen", fügte er drohend hinzu.

„Das würde Eurer Durchlaucht nichts nützen, denn wir haben den echten Schmuck vorgestern an einem speziellen Ort in Sicherheit gebracht und nur die Kopie dabei. Sollte das Collier als solches Euch zusagen und wir uns über den Preis einigen, dann würde einer von uns das Original holen und Euch dieses untertänigst überreichen."

„Schlau, schlau", erwiderte der Herzog, dessen Miene Carl ansah, dass ihn die Antworten sehr verärgerten.

„Aber", sprach der Juwelier schnell weiter, der wohl erkannt hatte, wie bedenklich nah sie sich einem Ausbruch des herzoglichen Zornes befanden, „natürlich haben Eure Durchlaucht nur gnädiglich gescherzt, und wir werden im sicheren Wissen Eurer herzoglichen Großmut und Ehre Euch das wirkliche und echte Collier am Sonntag wie befohlen präsentieren."

„Gut, gut", antwortete der Herzog, immer noch leicht verstimmt, doch sichtlich zufriedener. „Aber wehe Euch, wenn Wir am Sonntage nicht den wahren Schmuck zu sehen bekommen!"

Mit einem Wink waren Böhmer und Bassenge entlassen.

„Ein aufrührerisches Duo, diese Juweliere", wandte sich der Herzog an den Kammerherrn und an Carl und verzog das Gesicht. „Sie sollten froh sein, dass sie mein Gastrecht genießen, sonst würde ich ...", er hielt inne und ließ offen, was er dann zu tun gedächte.

„Nun", sagte er schließlich an Carl gewandt. „Ihr solltet die beiden jedenfalls gut bewachen lassen."

Eine Stunde später saßen August von Erlenburg und Carl von Schack in Erlenburgs Wohnung und unterhielten sich bei einer edlen Flasche Cannstatter über das Geschehen.

„Die Herren haben ihre Karten hoch ausgereizt", meinte Carl. „Einige Worte mehr und der Herzog wäre in Rage geraten. Die Folgen wären für beide sicher höchst unangenehm gewesen. Es ist mancher schon für weniger Widerworte auf dem Hohenasperg gelandet."

„Die Herren sind für ihre seltsamen Auftritte bekannt", erklärte Erlenburg. „Böhmer soll kürzlich vor der Königin weinend auf die Knie gefallen sein. ‚Madame', rief er, ‚ich bin ruiniert, bankrott, entehrt, wenn Sie weiterhin die Kette zurückweisen. Ich gehe von hier aus geradewegs zum Fluss und ertränke mich!' Marie Antoinette antwortete, dass sie dies für keine schlechte Idee halte – und Böhmer stand auf und entfernte sich. Ein völlig verrücktes Verhalten!"

„Jedenfalls hat er nicht das Gewünschte erreicht", erwiderte der Junker. „Das Collier ist nach wie vor unverkauft. Aber dass die Herren sich vorsehen, erscheint mir durchaus vernünftig zu sein."

„Gewiss, da habt Ihr recht. Ich denke auch, dass der Herzog gar zu plump vorging. Mit Drohungen ist bei solchen Leuten wenig zu erreichen. Die einzige Sprache, welche sie verstehen, ist die des Geldes."

„Mag sein, nur fürchte ich, unser Herzog ist in dieser Sprache außerordentlich wortkarg. Die Zeiten eines Joseph Süß Oppenheimers, der aus Nichts Geld zu machen verstand, sind längst vorüber", erwiderte Carl.

„Nicht aus Nichts", korrigierte Erlenburg. „Der Mann war aktiv. Er gründete eine Tabak-, Seiden- und Porzellanmanufaktur und die erste Bank des Landes, die er natürlich selbst betrieb."

„Das klingt mir zu positiv", entgegnete Carl. „Oppenheimer drehte kräftig an der Steuerschraube und verkaufte gegen hohe Gebühren Handelsrechte für Salz, Leder und Wein."

„Und er handelte mit Edelsteinen und Edelmetallen", sagte Erlenburg. „Oppenheimer wäre in der jetzigen Situation der richtige Mann, um mit unseren schlauen Juwelieren handelseinig zu werden."

„Das wird nicht mehr zu machen sein, nachdem Oppenheimer vor über vierzig Jahren gehängt worden ist", sagte Carl abschließend. „Schon schauerlich, dass sein Leichnam sechs Jahre lang in einem eisernen Käfig öffentlich zur Schau gestellt wurde und erst unser Herzog Karl Eugen ihn bei seinem Regierungsantritt abhängen und verscharren ließ."

August von Erlenburg sagte nichts weiter zu diesem Thema, und das Gespräch wandte sich anderen Gebieten zu.

Der Sonntagabend kam und mit ihm die Stunde der Präsentation des Schmuckes. Der Herzog hatte in seiner Ungeduld der Gräfin schließlich erzählt, was er geplant und arrangiert hatte. Der Herzog wählte das weiter im Park gelegene Gartenhaus aus, um dort Franziska das Collier zu überreichen, damit sie das Halsband im Glanze der Spiegel anlegen und sich ihrem Geliebten in trauter Zweisamkeit präsentieren könne. Das Gartenhaus, das eigentlich den Namen „Wirtshaus zur Stadt Rom" trug, war das erste Gartenbauwerk und vor vier Jahren errichtet worden. Es lehnte sich mit seiner Rückseite an drei hohe Bögen an, welche die „Bögen vom Goldenen Haus des Neros" genannt wurden. Im Innern des Gartenhauses gab es neben einem ovalen Saal ein gelbes und ein rotes Gemach sowie eine Bauernstube. Carl von Schacks Aufgabe war es, für die Sicherheit Sorge zu tragen und die Juweliere wohlbehalten von Stuttgart nach Hohenheim zu geleiten. Dort sollte er von Böhmer und Bassenge den Schmuck entgegennehmen; die Herren hatten auf eine Übergabe vor Ort bestanden. Darauf hatte Carl das Collier dem Herzog weiterzugeben, der das Halsband der Reichsgräfin von Hohenheim höchstpersönlich überreichen und anlegen wollte.

Junker von Schack, Leutnant von Neipperg und Ferdinand von Montmartin sowie ein Trupp Reiter holten die Herren um sieben Uhr abends direkt an der Kanzlei ab. Die Juweliere stiegen, begleitet von zwei Dienern, die ein dunkles Kästchen mit sich führten, in eine bereitstehende Kutsche. Dann fuhren sie gen Hohenheim, von ihrer Eskorte links und rechts sorgsam bewacht. Nach einer halben Stunde abendlicher Fahrt war das alte Garbsche Schlösschen mit den neuen, in der Entstehung befindlichen Bauten erreicht. Vor dem Gebäude zeigten sich im Schein von unzähligen Lampen und Lichtern die neuen Flügel, der Kavaliers- und der Wirtschaftsbau. Die Kutsche fuhr hinunter zum Parkeingang und hielt dort. Böhmer und Bassenge stiegen aus und überwachten die Übergabe des Kästchens an Junker von Schack. Böhmer ließ das Behältnis vorsichtig öffnen und überprüfte im Beisein Leutnant von Neippergs und Ferdinand von Montmartins den Inhalt im Schein einer kleinen Lampe. Das Collier glitzerte und funkelte in allen Spektralfarben. Sorgfältig nahm der Juwelier es heraus und untersuchte die Fassung der Steine und den Kettenverschluss. Dann klappte Böhmer den Kasten eigenhändig zu und überreichte ihn dem geduldig wartenden Carl von Schack. Der Junker drehte sich um und trug das Kästchen hin zum nahenden Herzog, der eben vom Corps de Logis, in welchem der Fürst und Franziska ihre Wohnräume hatten, hinab zum Park schritt. Mit einer Verbeugung übergab Carl den Schmuck. Karl Eugen übernahm persönlich die Schatulle und wandte sich nun, von vier Gardesoldaten und dem Junker begleitet, in ruhigem Schritt zu dem im Park gelegenen Gartenhaus. Dort bezogen die Soldaten Posten, Carl von Schack öffnete die Eingangspforte, und der Herzog betrat das Gebäude. Der Junker schloss die Tür und kehrte zum Vorplatz zurück.

Zusammen mit Leutnant von Neipperg brachte er die Herren Böhmer und Bassenge zurück nach Stuttgart.

Franziska von Hohenheim stand im roten Gemach vor einem großen Kristallspiegel und betrachtete sich ausgiebig. In ihrem weiten, orangeroten Gewand mit dem Spitzenoberteil machte sie eine gute Figur, und sie wusste die Augen Karl Eugens auf sich gerichtet. Doch ihre eigene Aufmerksamkeit galt nur dem Collier, das ihren schlanken, weißen Hals so wundersam schmückte. An einer Diamantenkette hingen in Doppelreihen vier Juwelenbänder, die sich wie Zöpfe öffneten. Oben waren in drei Halbkreisen weitere Schmuckelemente angeordnet. In der

Mitte leuchtete und strahlte ein Diamant von ungeheurer Reine und Klarheit. Wie von einem Magnet angezogen, als ob jene Ätherkräfte, jenes Fluidum, welches Friedrich Anton Mesmer zwischen den lebendigen Körpern annahm, zwischen ihr und den Steinen existierte, tauchte ihr Blick völlig in den leuchtenden Glanz ein. Szenen und Bilder zogen an ihrem Inneren in rascher Folge vorüber. Sie war in einem weiten Ballsaal inmitten einer Vielzahl festlich gekleideter Paare, die sich fröhlich im Tanz und im Takt der Musik drehten. Dann erlebte sie einen abrupten Wechsel der Szene: Um sie ballte sich eine tobende Menge, die laut einen Namen schrie, den Franziska nicht verstand. Die Männer und Frauen trugen rote Hüte und starrten hasserfüllt auf einen Herrn in schwarzer Robe und weißer Perücke. Das nächste Bild zeigte ein auf den Boden gepresstes, halbnacktes Weib, in dessen Schultern sich glühende Eisen bohrten. Eine Dame von großer Schönheit betrachtete von einem Alkoven die düstere Szene, während aus ihren Augen bittere Tränen flossen. Weitere Orte und Plätze schlossen sich an, Menschen über Menschen, ein einziges Wogen und Fließen.

Starr und unbeweglich verharrte die Gräfin in ihrer inneren Schau, atemlos in erschreckter Betrachtung gebannt. Herzog Karl Eugen, der nicht verstand, was mit ihr geschah, trat besorgt zu Franziska hin und legte ihr sacht die Hand auf die Schulter.

„Franzel, was ist dir? Was hast du? Gefällt dir der Schmuck nicht? Sag was!", bat er und strich ihr in einer hilflosen Geste übers Haar. „Franzel?"

Da erwachte Franziska von Hohenheim aus ihrer Starre. Blinzelnd schaute sie sich um, als ob sie nicht recht wisse, wo sie sich befände. Dann sah Franziska das besorgte Gesicht Karl Eugens und lächelte wie erlöst. Entschlossen griff sie mit beiden Händen in den Nacken, öffnete den Verschluss des Colliers und löste es vorsichtig von ihrem Hals. Sie zögerte kurz, betrachtete es noch einmal und schüttelte dann verneinend den Kopf. Sie wandte sich zum Herzog und gab ihm, mit einem tiefen Knicks, den Schmuck zurück.

„Ich danke Euch, liebster Karl, für den Schmuck und dass ich ihn sehen und anlegen durfte. Es ist ein herrliches Collier, und es sind wahrhaftig wunderbare Juwelen, deren Glanz alles übertrifft, was ich je an Schmuckstücken sehen durfte. Doch ich fühle, es geht eine gefährliche Macht von diesen Steinen aus, und mir ist, als ob Blut aus ihnen flösse und ich flüssiges Feuer an meinem Halse trüge."

Noch einmal warf die Gräfin einen fast begehrlichen Blick auf den Schmuck, dann rief sie laut: „Ich will dieses Halsband nicht, nicht für diesen Preis und für das Schicksal, das es in sich birgt!"

„Dir gefällt das Collier also nicht?", fragte der Herzog halb enttäuscht, halb erleichtert. „Bist du dir wirklich sicher?"

„Das, liebster Karl, das bin ich wirklich" bestätigte Franziska mit fester Stimme, „und nun lasst uns das Halsband in seine Schatulle legen, damit es mir aus den begehrlichen Augen kommt."

Der Herzog tat, worum sie ihn gebeten, öffnete den Kasten, legte das Collier hinein, schloss ihn sorgfältig und stellte dann das Behältnis auf einen kleinen Tisch am Fenster. Daraufhin reichte Karl Eugen Franziska den Arm und beide begaben sich in den Nebenraum, wo ein Nachtmahl für sie zubereitet war. Dort erwartete die Gräfin eine weitere Überraschung. Eine kleine Schachtel lag neben ihrem Platz. Als sie diese öffnete, fiel ihr Blick auf ein prächtiges siebenreihiges Perlenhalsband, in dessen Mitte ein großer Smaragd glänzte. Sie nahm es mit einem Ruf der Freude hervor, legte es sogleich an und wandte sich zum großen Seitenspiegel, wo sie sich hin- und herdrehte und das Halsband von allen Seiten betrachtete.

„Gefällt dir der Schmuck?", fragte der Herzog, trat nahe an sie heran und strich ihr mit der Hand sanft über den zarten Nacken.

„Das Halsband ist wunderschön", sagte die Gräfin mit einem Lächeln. „Es ist kostbar und doch von einfacher Eleganz und kleidet mich weitaus besser als der französische Tand. O Karl, ich danke Euch aus vollem Herzen!", rief sie und umarmte Karl Eugen ungestüm.

„Nun, nun", sagte der Herzog und rückte seine Frisur zurecht. „So stürmisch? Da muss ich es recht getroffen haben. Ich dachte mir schon, dass meinem Franzel das fremde Collier nicht gefällt", meinte er dann selbstgefällig. „Dieses Halsband bringt deinen weißen Hals viel besser zur Geltung als das ganze glitzernde Übermaß aus Paris."

Der Rest des Abends verging mit angenehmen Plaudereien, gefälligen Scherzen und amourösen Tändeleien.

Carl von Schack, der bei August von Erlenburg genächtigt hatte, erhielt am nächsten Morgen die Nachricht, er möge am Mittag die Herren Böhmer und Bassenge nach Hohenheim geleiten und ihnen dort das Collier wieder aushändigen. Seine Durchlaucht verzichte auf den Schmuck, und daher bestehe kein Grund, diesen länger als nötig in Hohenheim zu lassen. August von Erlenburg solle bei der Übergabe ebenfalls anwesend sein und den Juwelieren einen Beutel von 300 Gulden als Ausgleich für die Reiseauslagen überreichen. Ein Trupp Soldaten habe dann die fremden Gäste bis zur nördlichen Landesgrenze hinter Vaihingen an der Enz zu begleiten.

Mittags um ein Uhr holten Schack und Erlenburg zusammen mit Ferdinand von Montmartin und Leutnant von Neipperg die Herren Böhmer und Bassenge mit einer Kutsche und in Begleitung einiger Reiter ab. Unterwegs informierte Erlenburg die Juweliere über die Entscheidung des Herzogs, den Schmuck nicht zu erwerben, was beide, ohne eine Miene zu verziehen, zur Kenntnis nahmen. Auch das Reiseentgelt wurde ohne Einwand akzeptiert.

Um halb zwei erreichten sie Hohenheim und der Junker sowie der Kammerherr und ein Soldat wurden von einem Bediensteten zum Gartenhaus geführt. Vor dem Gebäude stand seit gestern Abend ein Doppelposten, der beim Anblick Neippergs Haltung einnahm und salutierte.

„Melde, Herr Leutnant, keine Vorkommnisse!“, schnarrte der ältere der beiden Soldaten.

Neipperg dankte und Carl ließ durch den Diener die Eingangstür aufschließen. Der Mann geleitete die Herren weisungsgemäß zu dem Tisch, auf dem gestern Abend das Schatzkästchen abgestellt worden war. Auf einen Wink des Junkers öffnete der Bedienstete den Kasten und Carl stellte fest, dass sich das Collier im Innern befand. Er ließ den Deckel wieder schließen und das Behältnis vom begleitenden Soldaten übernehmen. Sie verließen das Gartenhaus und brachten den Schmuckkasten zur Kutsche, vor der Böhmer und Bassenge bereits warteten. Der Soldat wollte seine Last in das Kutscheninnere stellen, doch Bassenge stoppte ihn mit einer gebieterischen Armbewegung.

„Ihr erlaubt, Herr von Schack?“, wandte er sich mit einer Verbeugung an den Junker. „Nur ein Blick, dass keine Verwechslung geschieht.“

Carl nickte Neipperg zu, der dem Soldaten einen kurzen Befehl gab. Dieser öffnete erneut das Schmuckbehältnis. Bassenge trat an den Kasten heran, griff hinein und nahm das Collier heraus. Er hielt es gegen das Licht und betrachtete das Gesamtwerk. Dann zog er ein besonders geschliffenes Glas aus einer Tasche seines Obergewandes und studierte eingehend einzelne Steine und den Verschluss. Kopfschüttelnd wandte er sich an Böhmer, der neben ihm stand und das Vorgehen seines Kollegen aufmerksam beobachtet hatte. Die beiden wechselten einige Worte in der gleichen Sprache, die sie bereits bei ihrer Ankunft benutzt hatten. Dann nahm der Elsässer den Schmuck in die Hand und unterwarf ihn der gleichen akribischen Prüfung wie Bassenge. Darauf sagte er, ebenfalls kopfschüttelnd, einige Worte und legte das Collier in das Kästchen zurück.

Nun wandte sich Bassenge an den Kammerherrn von Erlenburg. „Sie entschuldigen, verehrter Herr Kammerherr", sagte er mit schiefem Lächeln, „es liegt hier wohl ein Irrtum vor. Das da drinnen", er wies mit einer verächtlichen Handbewegung auf den Kasten, „das ist nicht unser Schmuck, sondern ein geschicktes Imitat. Ich bedauere, aber diese Imitation sehen wir nicht als unser Collier an und werden es auch nicht als solches annehmen. Wir ersuchen Euch höflichst, uns das richtige und echte Halsband zu übergeben!"

Erlenburg und Schack standen wie vom Donner gerührt. Was faselte der Mensch da? Der Schmuck, den sie soeben aus dem Gartenhaus geholt hatten, sollte eine Fälschung sein? Das konnte nicht stimmen, Bassenge musste sich irren oder ... Doch an eine Alternative mochte Carl nicht denken. Jedenfalls war das eine ungeheuere Anschuldigung, auf die er reagieren musste.

Der Junker wandte sich an Leutnant von Neipperg. „Herr von Neipperg, nehmt bitte die Herren zu ihrem Schutz in Haft, bis wir die Angelegenheit geklärt haben."

„Setzt uns nur fest, wenn es dem Auffinden des Schmuckes dienlich ist", sagte Bassenge in ironischem Tonfall. „Doch will ich nicht hoffen, dass wir derart unserer Juwelen, des zu zahlenden Preises und dazu der Freiheit verlustig gehen sollen. Ich denke, König Ludwig wird über solche Tatsachen und vor allem über die Verhaftung seiner Hofjuweliere nicht sehr erfreut sein."

„Darüber können wir später sprechen", meinte Carl trocken. „Zum Glück ist Ludwig weit weg, und die Königin ist, wie ich gehört habe, Euch weniger wohlgesonnen."

Der beiden Herren wurden in die Kutsche verfrachtet und unter Begleitung nach Stuttgart abtransportiert.

„Was geschieht nun?", fragte von Erlenburg, als die Kutsche im Staub der Straße verschwunden war.

„Der Herzog sollte unverzüglich informiert werden, und ich muss gleichzeitig herausfinden, was geschehen ist. Zunächst lasse ich das Collier von dritter Seite überprüfen, um festzustellen, ob Bassenges Behauptung den Tatsachen entspricht."

„Gut, tut das, Carl", erwiderte Erlenburg. „Ich selbst habe Zweifel an den Aussagen des Herrn Bassenge. Selbst wenn das Collier eine Fälschung sein sollte, muss das nicht heißen, dass jemand Anderes den Austausch vorgenommen hat. Denkt an den Freitagabend, als sich Bassenge und Böhmer gegenüber Herzog Karl Eugen rühmten, sich gegen jedweden Versuch, ihnen den Schmuck widerrechtlich oder zu einem anderen als den von ihnen gewünschten Preis zu nehmen, abgesichert zu haben."

„Das stimmt", erklärte der Junker. „Ich erinnere mich ebenfalls an die diesbezügliche Bemerkung: ‚Im Übrigen haben wir vorgesorgt und Kopien angefertigt.' Und dann sagte Bassenge, nur ein wahrer Juwelenkenner könne den echten vom falschen Schmuck unterscheiden."

„Ihr erinnert Euch richtig", bestätigte der Kammerherr. „Am Schluss behauptete der Mann noch, sie hätten den echten Schmuck an einem speziellen Ort versteckt und nur die Kopie dabei."

„Nichtsdestoweniger könnte es auch sein, dass der Schmuck wirklich durch einen Dritten ausgetauscht wurde. Hier in Hohenheim oder auch anderswo, bei seiner Prüfung gestern in nächtlicher Stunde mag Bassenge sich getäuscht haben", überlegte Carl.

„Zumal Böhmer den Schmuck prüfte und nicht Bassenge", warf Montmartin ein, der bisher geschwiegen hatte.

„Ihr habt recht", sagte Carl. „Aus dieser Tatsache ergibt sich natürlich noch eine ganz andere Möglichkeit! Vielleicht hat Böhmer uns getäuscht oder zu täuschen versucht."

„Das mag sein oder auch nicht", meinte Erlenburg skeptisch. „Doch sagt, wer soll das Collier auf seine Echtheit prüfen? Habt Ihr einen zuverlässigen Mann zur Hand?"

„Ich werde August Heinrich Kuhn hinzuziehen. Kuhn wird das Halsband auf seine Echtheit hin überprüfen. Der Mann ist ein geschickter Goldschmied und Juwelier und versteht wirklich sein Handwerk. Der wird klären können, ob Bassenge mit seiner Behauptung recht hat oder nicht. Zudem ist Kuhn verschwiegen, was zum jetzigen Zeitpunkt des Falles absolut notwendig ist."

„Des Falles?", fragte Ferdinand von Montmartin.

„Genau", bestätigte Carl. „Der Fall des Halsbandes der Reichsgräfin von Hohenheim!"

Carl beauftragte einen Soldaten damit, den Juwelier August Heinrich Kuhn aus Stuttgart nach Hohenheim bringen zu lassen. Herzog Karl Eugen und die Reichsgräfin hatten das Schloss am Morgen mit unbekanntem Ziel verlassen. Somit war es möglich, in aller Ruhe das Halsband auf seine Echtheit zu prüfen und die Behauptung des Franzosen, dass das Collier eine Fälschung sei, zu bestätigen oder zu widerlegen. Ferdinand von Montmartin ritt zur Solitude, um noch einige Korrespondenz zu erledigen.

August von Erlenburg und Carl von Schack nutzten die Zeit bis zur Ankunft des Stuttgarter Juweliers, um durch den neuen Schlosspark zu flanieren, sich die reizvolle Anlage und ihre baulichen Neuerungen anzuschauen und dabei die zu erwartenden Folgen eines Raubes oder Austauschs des kostbaren Schmuckes zu erörtern.

Die Natur hatte in den letzten Tagen einen kräftigen Sprung gemacht. Überall duftete es nach Frühling, es blühte und grünte, und der Park von Hohenheim leuchtete in den exotischsten Farben. In den letzten vier Jahren hatten Herzog Karl Eugen und Franziska Reichsgräfin von Hohenheim die Anlagen des Parks vielfältig umgestalten lassen. Eine fiktive Ortschaft, das „Dörfle“, war auf imaginären römischen Ruinen errichtet worden, alle notwendigen Gebäude und öffentlichen Einrichtungen, samt gotischer Kapelle und mittelalterlichem Kloster, wurden maßstäblich entworfen und nachgebaut. Ein Rathaus fehlte ebenso wenig wie das genannte „römische Wirtshaus“, die Meierei und eine Köhlerhütte. Daneben gab es eine Cestius-Pyramide, Säulen vom Tempel des Jupiter, Hüttchen und Heuwagen, oft aufs Feinste dekoriert und als elegante Boudoirs ausgestattet. Auch an den Wasseranlagen war in der letzten Zeit viel getan worden. Aus Bruchsal war extra der Ökonomierat Schwartz gekommen, um den Herzog und die Reichsgräfin entsprechend zu beraten und zu unterstützen.

„Natürlich ist es denkbar, dass uns die Herren Böhmer und Bassenge zu täuschen versuchen“, sagte soeben der Kammerherr, „und darauf hoffen, dass der Herzog zur Vermeidung eines Skandals zur Zahlung einer großen Entschädigung bereit wäre.“

„Nun, dann haben unsere Franzosen die Rechnung ohne den Wirt gemacht“, erwiderte der Junker. „Nie im Leben wird unser gnädigster Landesherr auch nur einen Kreuzer freiwillig zahlen. Sicher könnte ein Täuschungsversuch vorliegen, aber irgendwie glaube ich einfach nicht daran."

„Was aber wäre, wenn Böhmer und Bassenge mit ihrer Aussage recht hätten und ein Dritter das Collier entwendet hat?", fragte Erlenburg.

„Das müsste von langer Hand vorbereitet gewesen sein", erklärte Carl. „Jemand hätte von außen kommen und den Austausch vollziehen müssen. Das könnte hier in Hohenheim oder bereits vorher geschehen sein und bei der Überprüfung des Schmuckes gestern Abend wäre dann entgangen, dass der Schmuck falsch war. Doch", unterbrach Carl seine Darstellung, „sollten wir unsere Überlegungen und Spekulationen hinten anstellen, bis wir sicher sind, was sich ereignet hat und ob wirklich eine Fälschung vorliegt."

Sie hatten das untere Ende des Parks erreicht und spazierten in einem Bogen langsam zurück.

Der Juwelier August Heinrich Kuhn war inzwischen eingetroffen. Er wurde zum Gartenhaus geführt, wo Carl das „Halsband" hatte verschließen und bewachen lassen. Dort wurde die Schatulle mit dem angeblich gefälschten oder vielleicht doch echten Collier hervorgeholt, damit es bei Tageslicht im Schein der Sonne untersucht werden konnte. Um die Überprüfung zu erleichtern, brachte man einen Tisch aus dem Haus und bedeckte ihn mit einem weißen Leinentuch. Der Juwelier Kuhn breitete das Halsband auf dem Tisch aus, zog aus einem Stofftäschchen eine feine Lupe hervor und begann seine Arbeit. Er nahm Teile des Schmuckes vorsichtig hoch. Im Sonnenlicht glitzerten und funkelten die Steine, sodass weder Carl noch der Kammerherr hätten sagen können, ob es sich um Juwelen oder wertloses Glas handelte. Kuhn betrachtete Stein für Stein und prüfte Zentimeter für Zentimeter des Geschmeides. Dann legte er das Halsband langsam zurück.

„Und?", fragte Kammerherr von Erlenburg ungeduldig, der es vor Spannung kaum aushielt. „Ist das Collier echt?"

Kuhn schaute auf, blickte einen Augenblick sinnend in die Ferne und schüttelte dann wie zweifelnd den Kopf. „Es ist seltsam", sagte er, „der Schmuck ist echt und er ist nicht echt."

„Was meint Ihr mit dieser Aussage?", fragte Carl. „Entweder ist das Collier echt oder es ist falsch, wie kann es beides sein?"

„Nun", erwiderte Kuhn, „die Sache ist einfach. Ein Teil der Steine ist lediglich aus gut geschliffenem Glasimitat. Der andere Teil dagegen besteht aus lupenreinen Diamanten!"

Carl von Schack warf August von Erlenburg einen überraschten Blick zu. Die Angelegenheit wurde immer merkwürdiger.

„Von den über sechshundert Steinen", erklärte Juwelier Kuhn, „sind, soweit ich das sehe, die großen Juwelen in der Mitte des Schmuckes entfernt worden, also die sechs im Zentrum und sämtliche im Bereich der sogenannten Zöpfe. Die äußere Umfassung dagegen ist zum Großteil echt."

„Warum macht man so etwas?", fragte Erlenburg. „Diesen Austausch müsste doch jeder Kenner sofort entdecken."

„Das ist richtig, Herr Kammerherr, doch warum die Steine wohl auf diese Art vertauscht worden sind, entzieht sich naturgemäß meiner Kenntnis."

„Was schätzt Ihr, ist das Collier in diesem Zustand noch wert?", wandte sich Carl an Kuhn.

„Es ist nach wie vor eine schöne Arbeit und mehr als die Hälfte der Diamanten sind echt. Sie müssten herausgenommen und zu einem neuen Collier verarbeitet werden. Dann könnte ein geschickter Händler mit ihnen vierzig- oder fünfzigtausend Gulden erzielen, vielleicht auch mehr."

Carl ließ die Aussagen August Heinrich Kuhns von einem Sekretär protokollieren, bedankte sich bei ihm und entließ dann den Juwelier.

Carl von Schack, August von Erlenburg sowie Ferdinand von Montmartin und Leutnant von Neipperg saßen in Erlenburgs Wohnung und besprachen bei einem kleinen Essen das Erlebte. Der Herzog und die Reichsgräfin wurden erst in drei Tagen von ihrem gemeinsamen Frühlingsausflug zurückerwartet. Bis dahin war es notwendig, das weitere Vorgehen geklärt zu haben und vor allem erste Ergebnisse zum Fall präsentieren zu können.

„Es scheint sich in der Tat um einen veritablen Fall zu handeln", eröffnete der Junker die Gesprächsrunde. „Lasst uns überlegen, was zu seiner Aufklärung zu tun ist und wie wir die Angelegenheit systematisch angehen können."

„Am besten", meinte Ferdinand von Montmartin, „listen wir auf, was alles über die Ankunft der beiden Juweliere und des Halsbandes an Fakten vorliegt."

„Dieses Vorgehen würde uns helfen, den möglichen Zeitpunkt des Austausches einzugrenzen“, stimmte der Junker zu.

„Wenn die Juwelen überhaupt bei uns im Herzogtum ausgetauscht worden sind“, warf Erlenburg ein, „woran ich meine Zweifel habe.“

„Das klären wir später“, entgegnete Carl, „lasst uns jetzt Ferdinands Vorschlag folgen und alles aufschreiben, was uns bekannt ist. Also: Am Mittwoch, dem 29. März erreichen die Herren Böhmer und Bassenge zusammen mit drei Dienern Ludwigsburg, wo die Herren am Marktplatz unweit der Manufaktur Quartier nehmen. Neipperg und ich reiten mit einigen Soldaten dorthin, um die Franzosen abzuholen und sicher in die Residenz zu geleiten. Die Herren weigern sich, uns zu folgen, sind aber bereit, in den Gästeflügel des Ludwigsburger Schlosses umzuziehen. Leutnant von Neipperg bleibt als wachhabender Offizier zurück.“

Der Junker wandte sich an Neipperg. „Gab es irgendetwas Besonderes, Joseph?“

Der Leutnant schüttelte den Kopf. „Das Schloss war die Nacht über an den Eingängen wie üblich bewacht. Ich selbst habe die Posten um Mitternacht und um sechs Uhr morgens kontrolliert. Vorkommnisse gab es keine.“

„Das heißt“, sagte Montmartin, „die Eingänge waren sicher, aber sonst könnte jemand zwischen Mitternacht und sechs Uhr morgens in das Schloss eingestiegen sein und den Austausch vorgenommen haben.“

„Oder der große Unbekannte befand sich bereits im Gebäude und agierte von innen heraus“, schlug Erlenburg vor.

„Oder es ist überhaupt nichts passiert, und das alles sind reine Mutmaßungen“, schaltete sich Carl ein. „Lasst uns erst einmal die Liste vervollständigen, bevor wir uns in wilden Spekulationen verlieren.“

Ein Diener räumte die Teller ab und brachte auf Erlenburgs Befehl hin eine Karaffe mit Wein. Er stellte vor jedem einen Becher und schenkte den Herren nacheinander ein.

„Böhmer und Bassenge blieben bis zum Freitagmorgen in Ludwigsburg“, erklärte Leutnant von Neipperg und trank einen Schluck. „Dann wurden sie von mir und einem Reitertrupp nach Stuttgart geleitet und in der Kanzlei einquartiert.“

„Die Präsentation am 31. fand nicht statt, anstelle dessen führte der Herzog ein Gespräch mit den Juwelieren“, fuhr Erlenburg fort. „In der Unterredung kam es zu den Aussagen Bassenges, es beständen Kopien beziehungsweise das Original sei verborgen, was den Herzog erzürnte.

Dann kehrten die Herren in die Kanzlei zurück und blieben dort bis zum Sonntagabend."

„Halt", unterbrach ihn Carl. „Haben die beiden am Freitagabend das Halsband mit ins Schloss gebracht?"

„Nein", antwortete Neipperg bestimmt. „Ich wollte die Juweliere gerade abholen, da kam die Nachricht, dass die Präsentation verschoben sei, der Herzog aber dennoch Böhmer und Bassenge zu sich befehle. Ich ließ die Herren zu ihm geleiten, ein Kästchen hätte mir auffallen müssen, doch ein solches war nicht dabei."

„Dadurch besteht die Möglichkeit, dass der Austausch in der Kanzlei erfolgte", überlegte Carl. „Aber weiter. Am Abend des 2. Aprils kam es schließlich zur Übergabe des Schmucks. Dieser verblieb in seiner Schatulle im Gartenhaus bis zum späten Vormittag des folgenden Tages. Dann erst wurde die Fälschung entdeckt."

„Die zum Teil keine Fälschung ist. Aus meiner Sicht spricht vieles dafür, dass das saubere Duo Böhmer und Bassenge selbst die Geschichte geplant und durchgeführt hat", sagte August von Erlenburg. „Der Herzog wird sicher zum gleichen Ergebnis kommen."

„Wenn dem aber nicht so ist", erwiderte der Junker ruhig, „dann könnte etwas ganz Anderes dahinterstecken."

„An was denkt Ihr, Carl?", fragte Ferdinand von Montmartin.

„Ich denke an eine Intrige", antwortete Carl, „darauf angelegt, das Ansehen des Herzogs und natürlich auch der Reichsgräfin von Hohenheim zu beschädigen."

„Da könnte etwas daran sein", überlegte August von Erlenburg, „die deutschen Höfe haben sich bislang der herzoglichen Dame gegenüber ablehnend verhalten. Vor allem die Herzogin von Braunschweig schätzt unsere Reichsgräfin sehr gering."

„Aber dass die Herzogin deswegen gleich eine Intrige anzetteln würde, scheint mir doch allzu unwahrscheinlich", warf Ferdinand von Montmartin ein.

„Im Hinblick auf Juwelenfälschung und Unterschlagungen ist in Braunschweig gerade ein Fall anhängig", sagte Carl nachdenklich.

„Was für ein Fall?", fragte August von Erlenburg. „Erzählt, Carl!"

„Es handelt sich um den Fall des Simson Alexander David, ein Sohn des braunschweigschen Hof- und Kammeragenten Alexander David", begann Carl von Schach. „Vor zwei Jahren richtete David ein Geschäft als Kunst- und Galanteriewarenhändler ein. Daneben fungierte er als offizieller Einnehmer des hessischen Lottos für das Braunschweiger Gebiet. Dieses Geschäft wurde von David offenbar nicht ordnungsgemäß geführt, und so klagte ihn die hessische Behörde letztes Jahr wegen Untreue und Betrugs an. Es wurde ferner behauptet, David habe, als einer der Lieferanten von Juwelen für die Mätressen des Thronfolgers, diesen mit gefälschten Steinen, die er aus Holland und Frankreich bezog, betrogen. Die Braunschweiger Behörden ermitteln. Ein interessanter Fall, aber wahrscheinlich ohne Bezug zu dem hiesigen Geschehen", schloss Carl seinen Kurzbericht.

„Jedenfalls eine merkwürdige Angelegenheit", meinte der Kammerherr nachdenklich.

„Mir ist am Samstagabend auch etwas Merkwürdiges aufgefallen", sagte Leutnant von Neipperg, der längere Zeit geschwiegen hatte. „Ich kehrte gerade in meine Wohnung in der Altstadt zurück, da sah ich zwei Damen der besseren Gesellschaft in Begleitung eines eigentümlich wirkenden Herrn in eine dunkle Kutsche steigen, die sich augenblicklich in Bewegung setzte und im raschen Tempo an mir vorbei in Richtung Holzmarkt und Esslinger Vorstadt fuhr."

„Was meint Ihr mit ‚eigentümlich wirkend', Joseph?", fragte Carl, dem seine eigenen Kutschenbegegnungen deutlich vor Augen traten.

„Lasst mich weitererzählen, dann werdet Ihr verstehen, was ich gemeint habe", antwortete der Leutnant. „Der Mann, ich denke, er muss wohl um die vierzig sein, trug einen langen, schwarzen Mantel und eine Maske!"

„Eine Maske?", fragte August von Erlenburg überrascht. „Der Mann war maskiert?"

„Wie ich eben sagte", fuhr von Neipperg fort. „Das Gesicht des Herrn war durch eine schwarze Maske verborgen. Die Damen dagegen trugen Schleier, die ebenfalls ihre Gesichter verdeckten. Doch beim Einsteigen verrutschte einer der Damen der Schleier und", der Leutnant stockte einen Moment und strich sich mit der Hand über die Stirn. Er schien unruhig zu sein, stellte Carl verwundert fest.

„Ich glaubte, die Frau zu erkennen, aber ich muss mich geirrt haben." Gedankenverloren nippte Neipperg an seinem Becher.

„Nun sagt schon, Joseph", drängte Ferdinand von Montmartin. „Wen glaubt Ihr, erkannt zu haben?"

„Ich glaubte, in ihr ‚Arlecchina' erkannt zu haben, jene Frau, die ich auf der venezianischen Redoute in Ludwigsburg vor jetzt sechs Jahren kennenlernte. Ihr wisst, Carl, dass ich die Dame und ihre Freundin, eine Colombina, vor den Zudringlichkeiten zweier anderer Masken, einem Pantalone und einem Brighella, schützte, weswegen diese mich zum Duell forderten."

„Ihr meint, die eine Dame sei jene Arlecchina gewesen?", fragte Carl. „Ihr erinnert Euch, dass Ihr vor vier Jahren glaubtet, sie ähnle jener Toten vom Monrespos-See?"

„Ihr sprecht von der geheimnisvollen Botin des Conte Caracanti, von Baronesse Melissa?", forschte August von Erlenburg.

Der Junker nickte und wandte sich wieder an Neipperg. Der Leutnant überlegte kurz und bestätigte Carls Annahme.

„Ihr habt recht, Carl, die Frauen sahen sich ähnlich."

„Könnte es nicht sein, dass Eure alte Bekannte, die Baronesse Sylvia von Korff erneut im Spiel ist?", fragte Erlenburg. „Soviel ich weiß, ähnelte sie ebenfalls der Toten und Eurer Arlecchina."

„War Arlecchina blond?", wandte sich Carl an Neipperg.

„Nein, Arlecchina hatte dunkles, geradezu nachtschwarzes Haar", antwortete der Leutnant träumerisch.

„Wie dem auch sei", meinte August von Erlenburg. „Haare kann man färben, Damen haben in dieser Hinsicht spezielle Kenntnisse und Fähigkeiten. Sicher auch die Baronesse von Korff."

„Die Baronesse von Korff", wiederholte Carl nachdenklich. „Nein, werter Freund, da geht mit Euch die Fantasie durch. Wir sollten bei den Fakten bleiben. Was könnt Ihr noch über den Mann und die Kutsche sagen, Joseph?", fragte er den Leutnant.

„Der Mann wirkte recht groß, er schien glatt rasiert, und von der Art seines Auftretens war er sicher ein Herr von Stand."

„Dann müsste es ein Leichtes sein, festzustellen, wo er und die Damen in Quartier gewesen sind", rief Ferdinand von Montmartin. „Die Polizeiordnung verpflichtet unsere braven Wirte, die Ankunft und Abreise von Reisenden zu melden."

„Falls die Fremden in einem Gasthof abgestiegen sind", warf Erlenburg ein. „Ich halte es für wahrscheinlicher, dass der Herr und die Damen auf einem privaten Besuch waren."

„Auch das lässt sich klären", meinte Carl. „Von unsren mehr als siebzehntausend Einwohnern kommt nur ein sehr kleiner Teil als Gastgeber infrage. Aber vorerst gibt es außer der Maske nichts, was auf einen Zusammenhang mit dem Juwelentausch hinweisen könnte. Was war mit der Kutsche?"

„Die Kutsche war eine zweispännige Kalesche", antwortete Leutnant von Neipperg. „Sie hatte eine dunkelbraune Farbe, die Pferde, ich glaube, sie waren ebenfalls braun oder vielleicht auch schwarz. An den Kutscher kann ich mich nicht erinnern."

„Gab es ein Wappen?", fragte der Junker nach.

„Jetzt, wo Ihr fragt, erinnere ich mich", sagte Neipperg. „Es gab ein Wappen oder vielmehr eine Art Emblem. Ein Dreieck, in dessen Mitte sich drei Zirkel befanden!"

„Ein adliges Wappen mit dieser Aufmachung kenne ich nicht", meinte Erlenburg kopfschüttelnd. „Nur Handwerker und Baumeister benutzen Zirkel."

„Das ist alles Spekulation", meinte Carl und erzählte kurz von seinen eigenen Begegnungen mit der ominösen schwarzen Kutsche.

„Wir brauchen Fakten. Ferdinand und ich werden erst einmal die Herren Böhmer und Bassenge eingehend befragen. Joseph kann währenddessen klären, woher seine geheimnisvollen Fremden kamen."

„Ich werde mich wegen des Wappens an Reinhard Ferdinand Heinrich Fischer wenden", erklärte August von Erlenburg. „Fischer ist, wie Ihr wisst, von Hause aus Bildhauer und von Philippe de La Guêpière zum Architekten ausgebildet worden. Seit fünf Jahren lehrt er als Professor für Civilbaukunst an der Militärakademie der Hohen Karlsschule. Wenn einer weiß, was die Zirkel bedeuten, dann Professor Fischer."

Carl von Schack, Ferdinand von Montmartin und Leutnant von Neipperg verabschiedeten sich von ihrem Gastgeber und brachen auf, um ihren jeweiligen Untersuchungen und Befragungen nachzugehen.

3

Spurensuche in Hohenheim

Zwei Stunden lang verhörten der Junker und Ferdinand die Herren Böhmer und Bassenge, ohne dass sie von den Juwelieren mehr als das, was sie bereits wussten, erfuhren. Die beiden Franzosen blieben dabei, ihr Schmuck sei echt gewesen, wovon sie sich am Abend der Übergabe des Halsbandes an Herzog Karl Eugen bekanntlich überzeugt hätten. Die Aussage des Stuttgarter Goldschmiedes und Juweliers August Heinrich Kuhn, das Collier sei in Teilen gefälscht, wiesen sie vehement zurück. Bassenge verstieg sich gar zu der Behauptung, der Herzog selbst stecke hinter dem Austausch, um derart wohlfeil an das sonst für ihn nicht erschwingliche Halsband zu gelangen. Carl ermahnte ihn nachdrücklich, solcherlei Reden zu unterlassen, widrigenfalls er genötigt sei, ihn in Ketten zu legen.

„Ihr solltet besser mit uns zusammen versuchen, Eure Wege und Routen zu rekonstruieren, sowohl im Hinblick auf die Anreise von Paris, als auch während Eures hiesigen Aufenthaltes", forderte der Junker die Juweliere auf. „Möglich, dass der Austausch bereits unterwegs, ohne dass Ihr es merktet, stattgefunden hat."

Doch die Herren, die zuvor durchaus gesprächig, ja geradezu geschwätzig gewesen waren, zogen es nun vor, keine weiteren Angaben mehr zu machen, und verlangten ansonsten, der Junker solle den Grafen du Breuil vorladen, aufgrund dessen Versprechen sie nach Stuttgart gelockt worden seien und der ihnen jetzt gefälligst zu helfen habe.

„Wir hätten auf das Angebot des Kardinals de Rohan eingehen sollen", jammerte Böhmer. „Der Kardinal hat großes Interesse an dem Collier gezeigt, und er ist verlässlich!"

Mehr war aus den Juwelieren nicht herauszubekommen. Carl ließ die beiden unter strenger Bewachung zurück und verließ mit Ferdinand die Kanzlei. Mittlerweile war es Abend geworden, und die Dämmerung brach herein.

„Was haltet Ihr von dem Auftritt eben?", fragte Montmartin. „Ich glaube, die feinen Herren wissen mehr, als sie uns sagen."

„Das denke ich auch", erwiderte Carl. „Dennoch habe ich den Eindruck, als hätten sie mit dem direkten Austausch nichts zu tun. Als wir sie mit Kuhns Feststellungen konfrontierten, schienen Böhmer und Bassenge wirklich überrascht."

„Ich weiß nicht", entgegnete Ferdinand, „mir kamen die beiden ziemlich verschlagen vor. Aber vielleicht wissen wir morgen mehr. Für heute erlaubt, dass ich mich verabschiede. Ich bin mit Hans Seutter von Lötzen verabredet, der im Auftrage seines neuen Dienstherren, dem Herzog Karl Philipp Theodor von Bayern, aus München nach Stuttgart gekommen ist und morgen früh mit der Kutsche weiter in die Pfalz fährt, um in Landau Militärangelegenheiten zu klären."

„Sagt unserem Freund meinen herzlichen Gruß", antwortete Carl. „Ich hätte Hans gern getroffen. Doch ich muss heute Abend unbedingt Graf Geoffroy aufsuchen, der gestern aus Paris in Ludwigsburg angekommen sein soll und morgen ebenfalls weiterreist – allerdings in die Gegenrichtung, nach München."

„Geoffroy ist im Lande?", sagte Ferdinand überrascht. „Ich dachte, er wäre in Paris. Dann könnte er möglicherweise Auskunft über die Juweliere und deren Geschäftsgebaren geben."

„Genau deswegen reite ich nach Ludwigsburg. Geoffroy wohnt bei Melchior, und ich werde ihm erzählen, was passiert ist. Vielleicht hat er Informationen, die uns bei der Aufklärung des Falles helfen können."

Die beiden jungen Männer verabschiedeten sich voneinander und Carl ritt in Richtung Norden davon, die Uhr der Stiftskirche schlug acht.

Es war mittlerweile völlig dunkel geworden, die Sicht wurde schlecht und am Himmel zog zudem ein heftiges Wetter auf. Der Ritt wurde ungemütlich, denn der Wind wehte stark und Regentropfen fielen, sodass sich der Junker fester in seinen Mantel hüllte und den Hut in die Stirn zog. Er hatte nunmehr gut die Hälfte der Strecke nach Ludwigsburg zurückgelegt und befand sich kurz vor Kornwestheim, als er trotz des Regens rechts des Weges einen hellen, flackernden Lichtschein wahrnahm. Gleichzeitig bemerkte er einen starken Brandgeruch. Brannte dort ein Feuer? Wer zündete an diesem regnerischen Aprilabend im Freien ein Feuer an? Oder war etwas passiert? Dort drüben lagen der Ort Zazenhausen und das Feuerbachtal. Carl lenkte sein Ross in die Richtung des Feuerscheins und ließ das Pferd, so gut es in der Dunkelheit ging, kräftig ausgreifen.

Vor etwas mehr als vierzig Jahren hatte Herzog Carl Rudolf das Rittergut der Schertel von Burtenbach in Zazenhausen erworben. Zazenhausen bildete mit Stammheim das Kammerschreiberei-Stabsamt Stammheim, gewisse Rechte des Ritterkantons Kocher blieben dennoch am Ort bestehen. Achtundzwanzig Häuser und halb so viel Scheunen sowie sonstige Gebäude bildeten zusammen das ganze Dorf. Eine Besonderheit bildete die Nazariuskirche. Sie war nach einem Märtyrer aus dem frühen 4. Jahrhundert benannt, auf dem zu ihr gehörenden Kirchplatz war ein begehbares Labyrinth in das Pflaster eingelassen, welches eine verkleinerte Darstellung des Labyrinths aus der Kathedrale in Chartre zeigte. Der Pfarrer von Kornwestheim, Philipp Matthäus Hahn, wusste Carl, war dort Prediger und geistlicher Beistand für die Bewohner. Die Dörfler waren allerdings kein einfaches Völkchen, immer wieder klagte Hahn über ihr eigensinniges Verhalten. Und nun schien es dort zu brennen, jedenfalls wurde der rötliche Schein immer heller, je näher er dem Dorfe kam.

Endlich konnte Carl erkennen, was da brannte. Mitten auf einem Acker stand eine Kutsche und loderte in hellen Flammen. Im Licht des Feuers sprangen einige Gestalten umher, die in einem bizarren Tanz gefangen schienen. Nein, das war kein Tanz, korrigierte sich Carl, das war ein Kampf, den sich ein gutes Dutzend von Bewaffneten mit Degen und auch Pistolen – es fielen Schüsse – vor der Brandkulisse lieferten. Handelte es sich um einen Überfall oder was geschah hier? Der Junker gab seinem Reittier die Sporen und galoppierte mit gezogenem Degen in der Rechten und seinem Pistol in der Linken mitten unter die Kämpfer.

„Halt!", brüllte er, „legt die Waffen nieder und hört auf!"

Kurz stockten die Kämpfenden. Als sie aber sahen, dass nur ein Reiter auf sie eindrang, wandten sie sich ihm geschlossen zu, um den Junker gemeinsam zu erledigen. Carl nutzte seinen Vorteil als Reiter. Den ersten Angreifer überritt er und schoss den zweiten dabei mit seinem Pistol nieder, während er einem dritten den Degen in den Leib stieß. Doch dann waren die restlichen Kerle, es mochten noch acht oder neun sein, über ihm. Trotz seines Kampfeseifers wäre es ihm arg ergangen, wenn nicht zwei weitere Reiter auf der „Walstatt“ erschienen wären, die sofort auf Carls Seite in das Geschehen eingriffen. Weitere Schüsse krachten, Degen blitzten im grellen Flackern des Feuers, und Schmerzensschreie belegten die Wirkung ihrer Hiebe und Schläge. Bald waren die Halunken auseinandergetrieben, geflohen oder ausgeschaltet. Carl, der im Eifer des „Gefechts“ seinen Hut verloren hatte, wandte sich seinen beiden Helfern zu, um sich zu bedanken – und erkannte in ihnen überrascht Graf Geoffroy du Breuil und seinen Freund Hermann Schott von Schottenstein!

„Hermann, ich glaubte Euch in der Schweiz und dass Geoffroy längst in Melchior von Talheims Haus angelangt sei. Stattdessen seid Ihr hier!“

Die Freunde sprangen von ihren Pferden und umarmten einander.

„Nun“, ergriff Hermann Schott von Schottenstein das Wort, „das hätte für Euch böse ausgehen können, wenn Geoffroy und ich nicht hier erschienen wären. Erzählt, Carl, in was für Schwierigkeiten seid Ihr jetzt schon wieder geraten? Allein, wie Ihr ausseht: kein Hut, der Mantel in Fetzen, am Arm eine blutende Wunde; Ihr seid der reinste Straßenräuber! Fast möchte ich meinen, dem Falschen geholfen zu haben“, fügte er lachend hinzu.

Vom Dorf waren mittlerweile einige Bauern mit Sensen, Knüppeln und Mistgabeln erschienen, die nicht recht wussten, was sie tun sollten. Hermann beruhigte sie und hieß die Männer, die Toten fortzutragen und den Verwundeten zu helfen. Drei der Kämpfer waren getötet und vier schwer verwundet worden, der Rest schien geflohen. Es handelte sich, wie die Dörfler eifrig versicherten, nicht um Leute aus dem Ort, sondern um Fremde. Die Verwundeten wurden in eine Scheuer gebracht und dort versorgt.

Eine braune Kutsche sei am späten Abend durch Zazenhausen gefahren und habe, so berichtete ein älterer Dorfbewohner, hier oben gehalten. Dann sei eine andere Kutsche dazu gekommen, ganz schwarz sei diese gewesen.

„Und dann? Wie kam es zu dem Feuer und dem Kampf?“, fragte der Junker.

Ein anderer Mann, groß gewachsen und muskulös, es handelte sich um den Müller, ergriff das Wort.

„Die zweite Kutsche hielt, und aus der ersten stiegen drei Personen in die schwarze. Von da, wo ich stand, konnte ich sie nicht genau erkennen. Aber ich glaube, es handelte sich um zwei Frauen und einen Mann. Ein Kommando ertönte, dann fuhren sie los.“

„Wo kamen die Männer her, die hier gekämpft haben?"

„Ich weiß es nicht", antwortete der Müller. „Plötzlich ging die braune Kutsche in Flammen auf und von überall kamen Kerle angelaufen und begannen zu kämpfen. Ich rannte ins Dorf, um Hilfe zu holen."

„Und die Pferde?", fragte Hermann Schott von Schottenstein.

„Welche Pferde?"

„Die Kutschpferde."

„Das weiß ich auch nicht", erwiderte der Müller. „Die Pferde waren plötzlich verschwunden."

Trotz allen Befragens war aus den Dörflern nicht mehr herauszubekommen. Auch über den Verbleib der Kutschreisenden konnte der Mann nichts sagen. Der Junker wies den Müller, der wohl der Sprecher war, an, dafür zu sorgen, dass die Verwundeten gut bewacht würden und vorerst niemand den Schauplatz des nächtlichen Kampfes betreten solle.

Dann schaute Carl nach seinem Hut und fand diesen, ziemlich mitgenommen, am Boden. Er hob ihn auf, bestieg sein Ross und wollte gerade mit den Freunden nach Ludwigsburg aufbrechen, da zügelte der Junker überrascht sein Pferd. Soeben trugen zwei Dörfler die Leiche eines der Kämpfer vorbei. Er schien Carl bekannt, das blasse Gesicht mit der stark hervorragenden Nase und dem schwarzen Schnurrbart hatte er schon einmal gesehen.

„Wartet!", befahl er den Trägern und stieg ab. „Legt den Toten für einen Augenblick dort drüben ab und bringt ein Licht."

Einen Augenblick später beugte er sich im Schein einer Lampe, die einer der Bauern hielt, über den Getöteten und untersuchte ihn. Auf den ersten Blick war keine Verwundung zu erkennen, an welcher der Mann erlegen sein konnte. Carl hieß den Trägern den Leichnam umdrehen. Auf dem Rücken, in Höhe der Schulter war ein blutverkrustetes Mal. Eindeutig, der Tote war von hinten ermordet worden! Wieder ließ der Junker ihn umdrehen und begann dann seine Taschen zu durchsuchen. In der linken fand er einen zerknüllten Zettel, auf dem er mit Mühen die Buchstabenfolge *Vit...rio A...f* entzifferte. Carl steckte den Zettel ein, erhob sich und warf nochmals einen forschenden Blick auf den Mann.

„Kommt endlich, Carl", rief Hermann Schott von Schottenstein ungeduldig. „Wir werden nässer und nässer, und bis nach Ludwigsburg ist es noch ein gutes Stück. Was immer hier passiert sein mag, Ihr werdet es heute Abend nicht klären können."

Hermann hatte recht. Der Junker schwang sich in den Sattel, und die drei Reiter brachen endlich in Richtung Ludwigsburg auf.

Im Hause von Talheim erwartete man den Grafen bereits und zeigte sich freudig überrascht, als statt des einen Freundes gleich drei Besucher gemeldet wurden. Melchior begrüßte vor allem Hermann, der nahezu ein Jahr nicht mehr im Lande gewesen war. Bald saßen die Freunde im großen, eichenholzgetäfelten Herrenzimmer. Rings an den Wänden hingen einige Jagdtrophäen sowie verschiedene ältere Waffen, darunter gekreuzte Hellebarden, eine Armbrust und mehrere uralte Flinten und Pistolen. Auf dem Tisch dampfte in einer großen Terrine ein von Madeleine von Talheim eigenhändig zubereiteter Punsch, der im Hinblick auf das nasskalte Aprilwetter entschieden das richtige Getränk für die Herrenrunde darstellte.

Man trank ein oder zwei Becher des nach Zimt und Nelke duftenden Getränks. Die Zungen lösten sich, und nach einigen Worten über die Reise des Grafen und Hermanns kam das Gespräch bald auf das seltsame Geschehen des Tages.

„Sapperlot!", rief Melchior begeistert aus, „das nenne ich mal wieder ein Abenteuer. Ich dachte schon, in unserem braven Württemberg passiere rein gar nichts mehr. Und das Schönste ist, Freunde, es hat sich sozusagen direkt vor meiner Haustür ereignet, und ich", er senkte die Stimme zu einem verschwörerischen Flüstern, „kann völlig unauffällig daran teilnehmen."

Die Freunde lachten, denn sie kannten, bis auf Hermann, Madeleine von Talheims Einstellung gegenüber Abenteuern.

„Und, Hermann", wandte sich nun Melchior, der in das Lachen mit eingestimmt hatte, mit dröhnender Stimme an Hermann Schott von Schottenstein. „Seid Ihr jetzt auch auf dem Wege, ein ehelicher Hasenfuß zu werden, wie ich es längst bin? Oder bleibt Euer Fräulein Silbermann dabei, Euch mit immer schöneren Körben zu erfreuen?"

Hermanns Gesichtsausdruck sprach Bände. Nach einem herzhaften Zug aus seinem Punschglas begann Hermann zu erzählen, was ihn zurück nach Württemberg geführt hatte.

„Elisabeth und ich sind uns einig, im Mai wird sie volljährig, und wir können heiraten, auch wenn das meinem Vater nicht schmecken sollte. Allein, Elisabeth möchte den Segen sowohl ihres Onkels Johann Andreas Silbermann als auch des Pfarrers Rössler aus Arlesheim. Beide halten von adligen Herren nicht viel, wären aber bereit, ihren Segen zu geben. Doch stellen sie eine Forderung."

„Eine Forderung?", wiederholte Geoffroy du Breuil verwundert. „Was kann so ein Bürgervolk fordern, wo sie sich doch glücklich preisen können, dass ein Weib aus ihrer Mitte das Wohlgefallen eines Herrn von Adel erweckt hat. Der sogar bereit ist, das Mädchen zu ehelichen."

„Nun", entgegnete Hermann hitzig, „für Elisabeth Silbermann würde ich alle Schätze der Welt geben, und wer daran zweifelt ..."

„Langsam, langsam, Hermann", griff Carl ein, der das feurige Temperament seines Freundes kannte. „Echauffiert Euch nicht, wir alle haben von Euch genug über die Qualitäten der Jungfer erfahren, und ich selbst sah sie persönlich, sodass wir Eure Gefühle verstehen. Aber Ihr spracht von einer Forderung, was meintet Ihr damit?"

„Ich will das sogleich erklären", antwortete Hermann und strich sich über das blonde Haar. „Es war am Ostersonntag, da war ich nach der Kirche zum Mittag ins Pfarrhaus geladen. Die ganze Familie hatte sich versammelt, Johann Andreas Silbermann war aus Straßburg extra angereist. Nach dem Tischgebet und der Suppe erhob sich, während wir auf den Braten warteten, Silbermann und hielt eine Rede, in der er meine reinen Absichten auf Jungfer Elisabeth löblich hervorstrich, sogleich aber verlangte, ich hätte fünf Aufgaben zu lösen, um zu zeigen, dass ich nicht nur adlig von Geburt, sondern auch von Geist, Herzen und Können sei. Dann legte er mir ...", Hermann griff in seine Innentasche und holte einen gefalteten Bogen von feinstem Büttenpapier hervor. „Dann legte er mir diesen Aufgabenkatalog vor."

Hermann hielt das Blatt in die Höhe und schwenkte es in der Luft.

„Das ist gar zu köstlich", meinte Melchior. „Legen ein Pfarrer und ein Orgelbauer einem geborenen Schott von Schottenstein eine Klauselsammlung vor, deren Nichterfüllung bewirkt, dass er deren Mündel beziehungsweise Nichte nicht ehelichen darf, obwohl die Jungfer bald volljährig ist. Das Bürgervolk wird immer kecker, zumal in Schweizer Landen und im Elsass."

„Ereifert Euch nicht, Melchior!", mahnte Carl. „Ihr wisst selbst, was Ihr alles für Eure Madeleine tun würdet. Gegen die Liebe ist nun mal kein Kraut gewachsen."

„Das mag wohl sein", gab Melchior zu. „Gut, dann lasst uns endlich hören, was für herkulessche Aufgaben die beiden Herren von Euch verlangen. Ich hoffe nicht, dass Ihr dem braven Pfarrer einen Höllenhund präsentieren oder seinen heimischen Augiasstall säubern müsst."

„Nein, ich muss nichts dergleichen tun", erwiderte Hermann. „Doch es drohen andere Schrecken. Am besten, ich lese Euch die Klauselsammlung vor, damit Ihr versteht, was ich meine."

Er nahm das Blatt und begann zu lesen:

Also wird hiermit testiert und verlässlich festgelegt, dass der hochwohlgeborene Ritter Hermann Schott von Schottenstein die ehrsame Jungfer Elisabeth Silbermann bei deren höchstselbigen Mündigkeit soll vor Gott dem Allmächtigen als angesehene und rechtmäßige Gattin zur Ehe nehmen dürfen, wenn er folgende Klauseln binnen eines Jahres erfüllt haben mag.

Der Klauseln erste: Besagter Ritter Hermann Schott von Schottenstein soll als Landmann die Ernte eines guten Morgen einfahren, das Korn desselben alsbald dreschen und zu Mehl vermahlen lassen, um aus diesem Brot – allein oder mit einer Hilfe – zu backen und es eigenhändig an die Armen von Basel zu verteilen.

Der Klauseln zweite: Besagter Ritter Hermann Schott von Schottenstein soll als Baumeister einen Turm entwerfen und diesen mit Ziegeln eigenhändig – allein oder mit einer Hilfe – zu einem fertigen und begehbaren Rund errichten und mauern.

Der Klauseln dritte: Besagter Ritter Hermann Schott von Schottenstein soll als Händler ein guten Handel auf der Messe in Nürnberg tätigen und die Ware nach Basel – allein oder mit einer Hilfe – befördern.

Der Klauseln vierte: Besagter Ritter Hermann Schott von Schottenstein soll als Musikus ein trefflich mehrstimmiges, geistliches Lied für die Orgel komponieren und es – allein oder mit einer Hilfe – des Sonntags in der Kirche zu Arlesheim vortragen.

Der Klauseln fünfte: Besagter Ritter Hermann Schott von Schottenstein soll anstelle des Pfarrers an selbigem Orte eine erbauliche Predigt halten, auf dass das Volk erfreut und geläutert werde.

Während der Lesung mussten Geoffroy und Melchior, trotz der wütenden Blicke Hermanns, des Öfteren herzlich lachen. Auch der Junker hatte mehrfach den Kopf geschüttelt.

„Das alles sollt und wollt Ihr tun?", fragte Carl nun verblüfft. „Lieber würde ich gegen Drachen und Riesen kämpfen, als zu predigen, zu handeln oder den Musikus oder Bauern zu spielen. Ihr seid arg dran, Freund

Hermann und solltet Euch gut überlegen, ob die Jungfer das rechte Weib für Euch ist."

Hermann wollte schon aufbrausen, da wurde heftig an die Tür gepocht. Alle blickten zum Eingang. Wieder pochte es.

„Immer nur herein", rief Melchior von Talheim.

Die Tür wurde geöffnet, und es zeigte sich den überraschten Freunden der völlig außer Atem seiende Leutnant von Neipperg.

„Joseph, das nenne ich eine Überraschung!", begrüßte ihn Melchior. „Setzt Euch und trinkt ein Glas Punsch mit uns, dann erzählt, was Euch zu dieser Stunde noch zu uns führt. Ich meinte, Ihr hättet Wachdienst?"

„Böhmer und Bassenge sind entflohen", stieß Neipperg hervor, „und das Halsband ist ebenfalls aus Hohenheim verschwunden!"

„Unglaublich!", rief Melchior. „Ein so unkluges Verhalten hätte ich von Böhmer und Bassenge nicht erwartet. Erst der Austausch und jetzt die Flucht."

„Ihr seid sicher, dass meine Landsleute überhaupt etwas mit dem Austausch zu tun haben?", fragte Geoffroy skeptisch. „Die Herren haben in Paris und am Hofe als Juweliere einen sehr guten Ruf, den sie wegen eines kurzfristigen Gewinns sicher nicht aufs Spiel setzen würden."

„Sechzehn mal hunderttausend Livres sind keine Kleinigkeit", gab Carl zu bedenken. „Doch lasst Neipperg erst einmal berichten, was genau passiert ist. Erzählt, Joseph!"

Der Leutnant nickte.

„Bei der Wachablösung um acht Uhr überprüfte der Posten die Räumlichkeiten, die Böhmer und Bassenge angewiesen bekommen hatten, und fand diese leer. Der Mann alarmierte mich, ich verständigte die Torwachen und schickte aus einer Ahnung heraus einen Reiter nach Hohenheim, um nachzuschauen, ob dort alles in Ordnung sei. Er kehrte mit der Meldung zurück, dass am Gartenhaus, von den Wachsoldaten unbemerkt, ein Fenster zerschlagen worden und jemand in das Innere eingedrungen sei und das Collier samt Schatulle entwendet habe. Mittlerweile war es halb zehn geworden, und ich entschloss mich, Euch, Freund Carl, direkt über das Geschehen zu informieren. Was sollen wir tun?"

„Wir benachrichtigen alle Polizeiposten im Lande", entschied der Junker. „Ansonsten halte ich die Angelegenheit für weniger problematisch, als es auf den ersten Blick den Anschein hat. Die Herren sind abgereist, wenn auch überstürzt, und sie haben das Collier mitgenommen, obwohl sie behaupteten, es handle sich bei diesem um eine Fälschung."

„Eine geschickte Lösung“, stimmte Hermann zu. „Damit könnt Ihr Euch beruhigt der brennenden Kutsche und deren Bewandtnis ganz zuwenden.“

„Böhmer und Bassenge sind keine Einbrecher“, widersprach Geoffroy du Breuil.

„Dann hat eben jemand anders den Einbruch für sie erledigt“, erklärte Melchior leichthin. „Einer ihrer Diener oder ein Dritter.“

„Nein“, entgegnete der Graf. „Das ganze Verhalten ist nicht sinnvoll, so würden die beiden Juweliere nie handeln.“

„Wir müssen auf jeden Fall klären, wie sie ungesehen aus der Kanzlei entkommen konnten“, erwiderte Carl. „Das Gartenhaus in Hohenheim werde ich morgen früh untersuchen, gleich nach dem Brandort in Zazenhausen.“

„Zazenhausen?“, fragte Leutnant von Neipperg. „Hat es im Dorf gebrannt?“

Der Junker berichtete ihm kurz von seinem Abenteuer.

„Schon wieder geht es um eine Kutsche, und ich meine fast, dass es sich der Beschreibung nach um dieselbe Kutsche handelt, die ich kürzlich gesehen habe. Ihr wisst, die dunkelbraune mit dem Zirkelwappen. Übrigens hat mir Erlenburg mitgeteilt, er habe mit Reinhard Ferdinand Heinrich Fischer gesprochen, der ihm bereits eine Antwort auf seine Anfrage habe zukommen lassen. Augenblick.“ Neipperg griff in die Innentasche seines Rockes und zog ein Papier hervor, das er entfaltete. „Erlenburg reichte sie an mich weiter, doch aufgrund der Ereignisse kam ich bisher nicht dazu, mir den Brief anzuschauen. Am besten, ich lese Euch vor, was Professor Fischer schreibt:

Seiner gnädigsten Durchlaucht Herzog Karl Eugen überaus geschätzten Kammerherrn August von Erlenburg zur Antwort und gefälligen Kenntnis von Reinhard Ferdinand Heinrich Fischer, Professor für Civilbaukunst an der Militärakademie der Hohen Karlsschule zu Stuttgart.
Werther Herr Kammerherr. Auf Eure Anfrage hin muss ich gestehen, dass ein solches Wappen, wie Ihr es geschildert habt, mir nicht bekannt und auch in meinen Büchern und Unterlagen nicht zu finden ist. Winkel und vor allem Zirkel, das gebe ich zu bedenken, sind allerdings zwei der bekanntesten freimaurerischen Symbole …

Leutnant von Neipperg hielt im Lesen inne. „Was meint Fischer mit ‚freimaurerischen Symbolen‘?“

„Die Freimaurer“, erklärte Geoffroy du Breuil, „sind eine idealistische Geheimgesellschaft. Ihr Ziel ist die individuelle geistige Vervollkommnung des Einzelnen. Die Freimaurerei basiert auf den mittelalterlichen Traditionen der Maurerzünfte. Sie haben Verbindungen zu Templern und Rosenkreuzern. Vieles, was sie an Ritualen und Riten praktizieren, erscheint Außenstehenden seltsam und bedrohlich. Sie kommen in Logen zusammen und treffen sich wöchentlich zu einer geschlossenen Sitzung. Dort werden Arcana, also Geheimnisse, ausgetauscht und mit bestimmten Symbolen komplizierte Weihehandlungen zelebriert.“

„Woher wisst Ihr das alles, Geoffroy?“, fragte Melchior erstaunt. „Seid Ihr etwa selbst Mitglied einer solchen mysteriösen Geheimgesellschaft?“

„Nein, wahrhaftig nicht“, gab der Graf lachend zur Antwort. „Allein, ich kenne genügend Persönlichkeiten, die einer solchen Loge angehören, und habe in Gesprächen das eine oder andere über das Geschehen dort in Erfahrung bringen können. Ein guter Freund von mir, Alexandre Louis Roëttiers de Montaleau ist Mitglied der Pariser Loge ‚Les Neuf Soeurs‘. Der Cousin unseres gemeinsamen Bekannten Joseph-Paul du Motiers, Marquis de La Fayette, soll in Amerika zusammen mit dem Rebellenführer George Washington in die ‚St. Johns Lodge Nr. 1‘ von New York eingetreten sein. Und der berühmte Lavater ist Mitglied der Züricher Loge ‚Modestia cum Libertate‘.“

„Ihr wisst wahrlich Bescheid“, meinte Melchior wiederum bewundernd. „Von all dem habe ich noch nie im Leben etwas gehört. Geht es Euch ähnlich, Carl?“

„Das will ich nicht behaupten“, antwortete der Junker mit einem feinen Lächeln. „Vergesst nicht, Wissen gehört zu meinem Metier. So weiß ich zum Beispiel, dass die von uns geschätzten Literaten Gottfried August Bürger und Friedrich Gottlieb Klopstock Logenmitglieder sind. Insbesondere weiß ich, dass in Stuttgart vor sechs Jahren die Loge ‚Zu den drei Cedern‘ gegründet wurde.“

„Ei“, rief Leutnant Neipperg, „das passt zum letzten Satz des Schreibens, hört: *Was die drei Zirkel betrifft, so meine ich gelesen und gehört zu haben, Alexander Graf von Cagliostro verwende gern solche als Symbol und Wappen, insbesondere, wenn er sich auf Logenfahrten befindet.*“

„Graf Cagliostro“, wiederholte der Junker die Worte. „Den Namen habe ich des Öfteren gehört. Hat er sich nicht vor Jahren in der besseren

Gesellschaft Londons und von Paris einen Namen als Chemiker und Heilarzt gemacht? Angeblich soll er in Griechenland, Ägypten und Persien studiert haben."

„Glaubt diese Lügen nicht", entgegnete Geoffroy. „Zwar soll Cagliostro vor drei Jahren der Londoner Loge ‚Esperance Lodge No. 289' beigetreten sein; im Eigentlichen aber ist der Mann ein Hochstapler, der davon lebt, Liebestränke, Jugendelixiere, Schönheitsmixturen und andere alchemistische Pulver zu verkaufen. Ich selbst bezweifle, dass Cagliostro überhaupt von Adel ist."

„Nun", sagte der Junker, „er könnte dennoch hier gewesen sein und die Stuttgarter Loge besucht haben. Das geheimnisvolle Auftreten des Maskierten und die seltsamem Ereignisse passen dazu. Ferdinand, Joseph und ich werden der Sache morgen nachgehen", fügte er gähnend hinzu. „Für heute ist es zu spät. Morgen …", schloss Carl mit einem Blick auf Hermann, der den ganzen Geschichten schweigend gelauscht hatte. „Morgen werde wir auch überlegen, wie wir Hermann bei seinen Brautwerbeabenteuern helfen können."

Die Freunde stimmten zu und nutzten die von Melchior angebotene Gastfreundschaft, denn für einen Heimritt war es für den Junker und Leutnant von Neipperg zu spät geworden, zumal draußen heftiger Regen fiel.

Am nächsten Morgen ritten der Junker und Leutnant von Neipperg in Begleitung eines herbeigeorderten Polizeitrupps zunächst nach Zazenhausen, um dort den Schauplatz des gestrigen Kampfes und Brandes zu untersuchen und die Verwundeten zu befragen. Von den vieren war in der Nacht ein weiterer verstorben. Den Brandverletzungen nach musste es sich um ein Opfer der Auseinandersetzungen handeln, die bei Carls Ankunft bereits zugange gewesen waren. Von den verbliebenen Männern waren zwei ansprechbar. Der eine verstand offenbar kein Deutsch, sondern antwortete auf alle Fragen in einer eigentümlichen Sprache, die Leutnant von Neipperg, der Italienisch verstand und sprechen konnte, für einen Dialekt hielt, in dem sich Bewohner der Apenninen zu verständigen pflegten.

Der andere Mann sprach deutsch und war hörbar aus dem Schwäbischen. Er erzählte, er stamme aus Biberach und sei erst vor vier Tagen als Kutscher in die Dienste eines adligen Fräuleins getreten und habe gestern Abend den Auftrag erhalten, das Fräulein mitsamt ihrer Gesellschafterin von Stuttgart erst nach Hohenheim und von dort nach Ludwigsburg zu kutschieren. In Hohenheim habe er abseits der neuen Gebäude halten müssen. Die beiden Damen seien ausgestiegen, und das Fräulein sei nach gut einer Stunde – es habe schon gedunkelt – ohne die Gesellschafterin, aber in Begleitung eines ihm unbekannten, vornehmen Herrn zurückgekehrt. Der Herr habe befohlen, nach Zazenhausen zu fahren, was ihn sehr verwundert habe. Dort habe er außerhalb des Dorfes halten und warten sollen. Nach einiger Zeit sei er vom Kutschbock gestiegen, um nach den unruhig gewordenen Pferden zu schauen. Da habe ihn ein ungeheuerer Schlag auf den Kopf getroffen, und er sei ohnmächtig zu Boden gestürzt. Erst vor Kurzem sei er hier in diesem Hause wieder aufgewacht, wo ihm keiner habe sagen wollen, was überhaupt vorgefallen sei. Er, Jakob Christian Lerch, stamme aus der Freien Reichsstadt Biberach, in die er schnellstens zurückkehren wolle. Denn solches, was sich hier im Herzogtum Württemberg ereignet habe, würde ihm an der Riss nie und nimmer geschehen. Seine Papiere habe er zum Glück im „Gasthaus zum Ochsen" verwahrt, wo er vor seiner Anstellung Quartier genommen habe.

Der Junker beruhigte den Mann; wenn seine Angaben stimmten, könne Lerch, sobald er sich wohlfühle, getrost nach Biberach zurückkehren. Er schickte einen seiner Leute los, im Stuttgarter Ochsenwirtsgäßle nachzufragen und die Papiere Jakob Christian Lerchs zu überprüfen. Die Informationen jedenfalls, die er ihnen gegeben hatte, klangen, obwohl sie seltsam waren, durchaus glaubwürdig. Carl wusste nur noch nicht, wie er sie einordnen sollte und was Lerchs Aussagen bedeuteten.

Darauf widmeten Schack und Neipperg ihre Aufmerksamkeit wieder dem gestrigen Kampfplatz. Über allem lag beißender Brand, der zu Husten reizte. Drüben befanden sich die verkohlten Überreste der Kutsche. Wodurch diese in Brand geraten war, ließ sich aus ihnen nicht mehr feststellen. Auch sonst war der Anger ziemlich zertreten und durch den nächtlichen Regen aufgeweicht und matschig. Spuren deuteten darauf hin, dass die Dorfbewohner wohl schon alles Verwertbare aufgelesen und mitgenommen hatten. Einzig ein zerfledertes, zerrissenes Buch, das einer der Polizeidiener am Rande des Platzes fand und dem Junker brachte, war ihrer Aufmerksamkeit entgangen oder sie hatten es für wertlos erachtet.

Der brüchige, fleckige Ledereinband war ohne Titulatur, Carl schlug die ersten Seiten auf. Die Blätter bestanden aus einer Art von Pergament, doch viele waren herausgetrennt oder beschädigt worden. Auf der ersten Innenseite war ein Gelehrter an einem Schreibtisch abgebildet, der mit einem Stab auf einen Globus zeigte. Weiter hinten lagen Bücher und durch ein Fenster fiel der Blick des Betrachters auf Sonne, Mond und Sterne. Oben auf der zum Teil eingerissenen Seite stand *Orus Apollo, fils de Osiris, roi de Ægipte niliaque, des notes hieroglyphiques*. Der Rest war nicht zu entziffern. Carl blätterte weiter. Die folgenden Seiten waren, soweit vorhanden, in Hebräisch, Altgriechisch und Arabisch verfasst. Kopfschüttelnd gab der Junker das Werk einem der Polizeidiener mit der Weisung, es einzupacken und mitsamt anderen Fundstücken zur Solitude zu bringen.

„Ein seltsames Buch", meinte Neipperg, der dem Junker über die Schulter geschaut hatte. „Aber es sieht nicht aus, als ob es andere Fundstücke gäbe."

„Ich lasse unsere Leute noch weiter suchen. Wir reiten gleich nach Hohenheim, um uns ein Bild von dem Einbruch zu verschaffen."

Carl erteilte entsprechende Anweisungen und ritt mit dem Leutnant in Richtung Stuttgart davon.

Es war gegen Mittag, und sie machten zunächst in der Kanzlei Halt, wo der Junker die Soldaten, die am gestrigen Abend Wache gestanden hatten, im Hauptkanzleiraum ausgiebig befragte. Es stellte sich nach einigem Hin und Her heraus, dass einer der Männer gegen halb sieben Besuch von seiner Liebsten erhalten hatte. Zwar war der Posten nicht verlassen worden, doch schien der Soldat hinreichend abgelenkt gewesen zu sein, dass die Franzosen diese Zeit zur Flucht genutzt haben mochten, zumal ihre Tür nicht verschlossen gewesen war. Der Mann jammerte und beteuerte, wie sehr ihm seine Pflichtvergessenheit leidtäte. Allein es half ihm nichts, er wurde in den Kerker des Wachhauses abgeführt.

„Nun wissen wir wenigstens, dass Böhmer und Bassenge keine Hexenmeister sind, die durch Wände gehen können", meinte Neipperg.

„Aber wir wissen nicht, wie sie die Stadt verlassen konnten und wer ihnen sonst geholfen hat", erwiderte Carl. „Es sei denn, diese nächtliche Kutschfahrt, von der uns der brave Biberacher erzählte, hätte mit der Angelegenheit zu tun. Dass die Fahrt zunächst nach Hohenheim ging, spricht dafür."

„Und würde erklären, wie Böhmer und Bassenge den Schmuck rauben konnten, ohne selbst in Hohenheim gewesen zu sein", warf Ferdinand von Montmartin ein, der soeben durch die Tür kam.

„Ihr seid bereits informiert, Ferdinand?", fragte der Junker überrascht.

„Das ist er", sagte ein zweite Stimme, „und leider aus gutem Grunde." Es war Kammerherr August von Erlenburg, der nun ebenfalls in den Raum eintrat.

„Herzog Karl Eugen ist mit der Reichsgräfin am Vormittag überraschend zurückgekehrt – das Wetter war wohl zu schlecht – und hat von Böhmers und Bassenges Flucht und der Mitnahme des Colliers erfahren. Zunächst schien seine Durchlaucht amüsiert und, so denke ich, auch etwas erleichtert, dass sich die Geschichte auf diese Weise zu lösen schien. Er scherzte über Juweliere, die weder echt noch unecht und als wahre Franzosen auch nicht Mein und Dein unterscheiden könnten. Dann zeigte sich, dass die Angelegenheit komplexer ist, als wir dachten, und des Herzogs Laune sank. Doch kommt mit, Carl, Herzog Karl Eugen befiehlt Euch und mich höchstpersönlich zu sich!"

Eine Viertelstunde später wurden Carl von Schack und August von Erlenburg von einem Bediensteten in das Arbeitszimmer des Herzogs geführt. Der Herzog stand am geöffneten Fenster und blickte hinaus auf den Hofgarten. Von draußen war das Rollen von Kutschen, irgendwo in der Ferne waren militärische Kommandos zu hören. Plötzlich wandte sich Karl Eugen um, trat direkt auf Carl zu und blieb knapp einen Meter vor ihm stehen.

„Hör Er, Schack, ich bin mit Ihm nicht zufrieden. Dass diese windigen Franzosen entflohen sind und ihren teueren Schmuck mitgenommen haben, mag angehen, wiewohl ich die feinen Herren liebend gern zum Hohenasperg verfrachtet hätte. Anderseits weiß man nicht, wie Frankreich darauf reagierte ..."

Der Herzog ließ offen, was er meinte, und polterte jetzt los: „Es ist ungeheuerlich, was in meiner Residenz und dazu in meiner Abwesenheit passiert. Wenn der Löwe aus dem Hause ist, scheint die Bürgerkanaille zu glauben, sie könne tun und lassen, was ihr gerade in den Kopf kommt. Da ist Sein Landesvater für ein paar Stunden unterwegs, lässt sein Hab und Gut in Seiner Obhut, Schack, und als ich mit der Reichsgräfin zurückkehre, sind wir beraubt. Freche Diebe sind einfach in

Hohenheim eingestiegen! Und der kostbare Schmuck, den die Gräfin anstelle des französischen Tands aus meiner eigenen Hand erhalten hat, ist gestohlen!"

Karl Eugens Stimme war immer lauter geworden, und sein Gesicht verfärbte und rötete sich derart, dass Carl schon fürchtete, den Herzog träfe gleich der Schlag.

„Ich will, dass Er unverzüglich aufklärt, was geschehen ist, und mir zur Kenntnis bringt, welcher Schandbube es gewagt hat, in die Gemächer seines Herzogs einzudringen und seinen Landesherrn zu berauben. Und ich will, dass Er das geraubte Halsband der Reichsgräfin findet und dieses binnen zehn Tagen unversehrt zurückbringt. Kammerherr von Erlenburg hat Ihn dabei zu unterstützen. Hör Er, Schack! Zehn Tage hat Er Zeit, mehr nicht! Mache Er sich also unverzüglich an die Arbeit!", befahl der Herzog, dann entließ er beide mit einem leichten Wink seiner linken Hand.

Schweigend folgten sie dem Lakaien, der sie aus dem Schloss geleitete. Draußen machte Erlenburg seinem angestauten Ärger Luft.

„Es ist impertinent, dass wir für eine Sache geradestehen sollen, die wir nicht zu verantworten haben", rief er aus. „Weder Ihr, Freund Carl, noch ich wussten von dem zweiten Halsband, welches unser allergnädigster Landesvater in seiner großen Güte der holden Franziska donierte, pardon der Reichsgräfin Franziska von Hohenheim. Was mag das ‚kleine Geschenk' wohl gekostet haben? Sicher fünfzigtausend Gulden, vielleicht noch mehr!"

„Still, werter Freund, still. Wir sind zwar nicht mehr im Schlosse, aber wer weiß, wo hier überall offene Ohren unserem Gespräch mit Aufmerksamkeit lauschen."

„Ihr habt Recht, Carl", gab August von Erlenburg zu und senkte seine Stimme, „dennoch ist es ärgerlich, wie der Herzog uns und vor allem Euch behandelt hat. Es kann aber nicht nur die Halsbandgeschichte sein, die ihn derart aufregte. So zornig habe ich seine Durchlaucht schon lange nicht mehr gesehen."

„Ich glaube, dass Karl Eugen das Verhalten der anderen Höfe, insbesondere auch das seines Bruders, Franziska von Hohenheim gegenüber sehr verdrießt. Seine Bemühungen um eine Anerkennung ihrer Stellung als Landesmutter haben bislang wenig gefruchtet", entgegnete der Junker sachlich. „Beim Volk hat er dagegen viel erreicht. Franziska gilt als

Wohltäterin, und man lobt wahrlich aller Orten ihren guten Einfluss auf den Herzog."

„Der ihr drüben in Birkach sogar eine Kirche baut. Eine frühe Seligsprechung, zumal Franziska nicht katholisch ist", bemerkte der Kammerherr spöttisch.

„Lasst einmal", mahnte der Junker. „Wir sollten uns besser um unsere Aufgabe kümmern. Wisst Ihr eigentlich, wie das verlorene Schmuckstück aussieht?"

„Nach meinen Informationen hat August Heinrich Kuhn für den Herzog den Schmuck besorgt und von diesem auch eine Skizze angefertigt. Es handelt sich um ein Perlenhalsband mit einem großen Smaragd in der Mitte. Ich habe bereits einen Mann zu ihm geschickt, der die Skizze holt und uns bringt, damit wir wenigstens wissen, wonach wir suchen."

„Gut", sagte Carl. „Ich werde erst einmal mit Ferdinand nach Hohenheim reiten und den dortigen Tatort besichtigen. Vielleicht erfahren wir etwas über die geheimnisvolle Kutschfahrt, oder es gibt andere Hinweise, die uns weiterhelfen. Wir treffen uns heute Abend in der Kanzlei, um zu besprechen, was wir unternehmen und wie wir vorgehen werden."

Die Herren verabschiedeten sich. August von Erlenburg ging in sein Kanzleibüro, um einige Akten einzusehen, die mit dem „Halsbandfall" nichts zu tun hatten, aber der Klärung harrten. Der Junker indes holte Ferdinand von Montmartin aus der Wachstube ab und ritt mit ihm aus der Stadt fort nach Hohenheim. Leutnant von Neipperg „beschäftigte" sich währenddessen mit der Loge „Zu den drei Cedern" und den Wegen der dunklen Kutsche und ihrer Insassen.

In Hohenheim übergaben der Junker und Montmartin ihre Pferde den Stallknechten und wandten sich zum „Wirtshaus zur Stadt Rom". Dort ließen sie sich von einem Soldaten der Gardelegion zu dem Fenster führen, durch das der oder die Einbrecher angeblich ins Gebäude eingedrungen waren.

Der Regen der Nacht hatte den Boden vor dem Fenster aufgeweicht und durchnässt, sodass keine Spuren mehr zu sehen waren. Das Fenster selbst, das zum Park hin lag, war mit einem scharfen Gegenstand, wahrscheinlich mit einem Messer, aufgehebelt worden, und einer der Täter – Carl neigte dazu, von einer kleineren Gruppe auszugehen – musste direkt in den Raum eingestiegen sein.

Der Junker und Ferdinand setzten ihre Untersuchung im Innern fort. Dort entdeckten sie einen Schuhabdruck am Boden direkt unterhalb des Einstiegfensters. Es war der Abdruck eines Stiefels, auf dessen Sohlenmitte ein Dreieck oder ein ähnliches Gebilde eingekerbt oder genagelt worden war. Carl sah sich um. In der Mitte des Raums stand ein hübsch gedrechselter Speisetisch, der von vier Polsterstühlen umgeben war. An einer Wand befand sich eine französische Anrichte, und die dem Fenster gegenüberliegende Wand wurde von einem großen Spiegel eingenommen. Den Boden bedeckte ein chinesischer Seidenteppich. Auf diesem entdeckte der Junker weitere Spuren der „Dreieckssohle", die am Beistelltisch, auf dem der Schmuck gelegen hatte, vorbei zur Tür des Nebenraums führten. Offenbar war der Einbrecher auch dort eingedrungen. War er gezielt auf Suche gewesen, etwa auf der Suche nach dem neuen Halsband der Reichsgräfin? Nur, woher hatte der Täter gewusst, dass der Schmuck dort zu finden war, oder war das Finden der wertvollen Beute Zufall gewesen?

Gerade wollte Carl in das nächste Zimmer gehen, um dort die Untersuchung fortzusetzen, da öffnete sich die Tür, und Franziska von Hohenheim trat ein. Carl und Ferdinand unterbrachen ihr Tun und verneigten sich vor der Gräfin.

„Herr von Schack und Herr von Montmartin, ich freue mich Euch hier anzutreffen", begrüßte die Gräfin sie. „Wie ich sehe", sprach sie, „sind die Herren bereits dabei, das Geschehen zu untersuchen und damit hoffentlich bald aufzuklären." Sie raffte ihr helles Kleid und ließ sich auf einem der Stühle nieder.

Dass Franziska von Hohenheim selbst am „Tatort" erschien, zeigte, wie sehr sie sich durch den Raub des Halsbandes, das ihr der Herzog geschenkt hatte, betroffen fühlte. Carl dachte, die Gelegenheit zu nutzen und die Gräfin selbst nach dem Hintergrund zu befragen.

„Gnädigste Reichsgräfin", begann er.

„Seid so gut, Herr von Schack und Herr von Montmartin, und nehmt Platz. Es spricht sich besser im Sitzen", unterbrach ihn die Gräfin und wies auf die Polsterstühle am Tisch.

Der Herren dankten und setzten sich.

„Gnädigste Gräfin", wiederholte Carl seine Anrede, „lasst uns zu allererst unser Bedauern über das Geschehen ausdrücken. Ihr habt recht, dass wir bereits an der Untersuchung arbeiten. Dabei wäre es hilfreich, wenn Ihr uns einige Angaben zum Schmuck machen könntet."

„Gewiss", entgegnete die Gräfin. „Fragt nur, Junker von Schack. Soweit es in meiner Macht steht, werde ich Euch bei der Aufklärung gerne behilflich sein."

„Könnt Ihr uns sagen, wo Ihr das Halsband verwahrt und wann Ihr genau sein Fehlen bemerkt habt?", fragte Carl.

Die Gräfin überlegte kurz, dann erklärte sie: „An dem Abend, als mir das französische Collier präsentiert wurde und ich mich gezwungen sah, dieses abzulehnen, überreichte mir seine Durchlaucht der Herzog als Überraschungspräsent ein Perlenhalsband mit einem Smaragd in der Mitte. Das Halsband habe ich anbehalten und erst spät am Abend in meinem Schlafzimmer mithilfe meiner Kammerjungfer abgelegt."

„Verzeiht, gnädigste Gräfin", entgegnete Carl überrascht. „Habe ich richtig verstanden? Das Halsband befand sich nicht hier im ‚Wirtshaus zur Stadt Rom', sondern im Cavaliersbau?"

„So ist es", antwortete die Gräfin. „Warum sollte ich das Halsband hier im Gartenhaus ablegen? Leider vergaß ich bei unserer frühen Abreise am nächsten Morgen, den Schmuck mitzunehmen. Als wir heute Vormittag wegen des schlechten Wetters zurückkehrten, stellte ich sein Fehlen fest. Ich bin mir aber nicht sicher, wo ich das Collier abgelegt habe. Entweder oben in meinem Ankleidezimmer, vielleicht aber auch unten im *Vestibule* des Meiereiflügels. Ich bin, was Schmuck angeht, leider sehr vergesslich."

„Wer hatte Zugang zu Ihren persönlichen Räumen, gnädigste Gräfin?", fragte Ferdinand von Montmartin.

„Das vermag ich nicht zu sagen", antwortete Franziska von Hohenheim nach kurzem Nachdenken. „Vermutlich jeder vom Personal, der drüben beschäftigt ist; wie viele Menschen das sind, wird Hofjunker von Lützow klären können. Mit seiner Durchlaucht und mir reisten meine Kammerfrau Marie, der Leibchirurg Christian Gottlieb Reuss, der Kammerdiener Andrä, der Kammerdiener Potot, der Büchsenspanner Georg Bechtner, ein Kurier sowie der Kammerknabe von Gemmingen und fünf weitere Bedienstete."

„Das heißt", sagte Carl ruhig, „wenn sich das Halsband bei Euch im Flügel befand, standen der Einbruch in das ‚Wirtshaus zur Stadt Rom' und der Raub Eures Schmuckes, gnädigste Gräfin, in keinem sichtbaren Zusammenhang. Die Koinzidenz der Ereignisse war reiner Zufall und in keiner Weise vorhersehbar."

„Ich verstehe gut, was Ihr andeuten wollt, Herr von Schack", erwiderte die Reichsgräfin mit einem Nicken. „Ihr wart beim Herzog und habt seinen Zorn erlebt und gehört, dass Karl Eugen Euch für den Verlust meines Halsbandes verantwortlich macht."

Sie blickte Carl und Ferdinand mit großen Augen fragend an. Die Herren zogen es vor, die Aussage als rein rhetorisch anzusehen.

„Ihr Schweigen", fuhr Franziska von Hohenheim nach kurzer Pause fort, „ist mir Antwort genug. Doch ich bitte Euch, nehmt dem Herzog sein Verhalten nicht übel. Karl Eugen war glücklich, mir eine Freude machen zu können, und das Halsband hat mein Herz wirklich sehr erfreut und beglückt. Jetzt ist seine Durchlaucht enttäuscht und verärgert – dies auch aus anderen Gründen –, und sein Zorn suchte eine Möglichkeit, sich zu entladen. Aber", jetzt lächelte die Gräfin, und das Lächeln verlieh ihren sonst eher einfachen Gesichtszügen einen ganz eigenen Reiz, „ich bitte Euch, vergesst das Verhalten des Herzogs und geht, unbelastet von allem, was Karl Eugen gesagt haben mag, auf die Suche nach dem Halsband. Ich bitte Euch von Herzen, sucht mir den Schmuck und bringt mir das Halsband zurück. Tut dies für eine Dame. Ich weiß, Herr von Schack, dass Ihr auch in dieser Hinsicht ein vollkommener Kavalier seid."

Die Gräfin schwieg und schien auf eine Antwort zu warten. Carl von Schack verneigte sich.

„Verehrte Reichsgräfin, wir danken Euch für Eure offenen Worte und werden uns alle Mühe geben, Euren geschätzten Schmuck wiederzufinden. Allein, verzeiht, wenn ich das offen ausspreche – Seine Durchlaucht Herzog Karl Eugen hat Herrn von Erlenburg und mir eine sehr knappe Frist gesetzt. Binnen zehn Tagen soll das Halsband gefunden werden, ansonsten uns Ungnade droht. Auch geht der Herzog davon aus, der Schmuck sei zusammen mit dem Collier aus dem Gartenhaus geraubt worden."

„Seine Durchlaucht wird sich beruhigen", versicherte die Reichsgräfin. „Glaubt mir, Herr von Schack, dafür werde ich Sorge tragen. Doch sagt mir, wollt Ihr meiner Bitte nachkommen und das Halsband für mich finden?"

„Wir werden uns alle Mühe geben, den Schmuck Ihnen, gnädigste Gräfin, zurückzubringen", antwortete Carl.

„Euer Wort genügt mir, Junker", sagte die Gräfin und erhob sich. „Ich werde Euch jetzt Euren weiteren Untersuchungen überlassen. Ich habe mit Leutnant von Milius einiges wegen der Wasseranlagen zu klären. Doch nehmt schon heute meinen Dank an für alles, was Ihr tun werdet."

Die Reichsgräfin nickte den beiden Herren huldvoll zu und öffnete die Tür, um das Zimmer zu verlassen. Nur ein Hauch von Fliederduft blieb im Raum zurück.

Carl und Ferdinand, die gleichfalls aufgestanden waren, blickten ihr nach, dann schloss sich die Tür.

„Eine erstaunliche Frau", sagte Ferdinand von Montmartin. „Langsam verstehe ich, was der Herzog an der Gräfin findet."

„Mein bester Ferdinand", neckte ihn Carl. „Ihr wollt Euch doch nicht auf einen Wettbewerb mit seiner Durchlaucht einlassen?"

Montmartin wurde puterrot, und Carl lachte derart, dass Ferdinand endlich mitlachen musste.

„Genug gescherzt", meinte der Junker schließlich, „wir haben Einiges zu tun. Ich werde mir die Wachen vornehmen und diese eingehend befragen. Könnt Ihr Euch um das Personal im Meiereiflügel kümmern? Möglicherweise ist der Fall sehr einfach, und es geht lediglich darum, eine diebische Kammerelster zu einem Geständnis zu bewegen."

„Und Ihr meint, das sei genau die Art von Aufgabe, die ich bewältigen könnte?", entgegnete Ferdinand mit einem Stirnrunzeln.

„Nein, natürlich nicht. Es wird Euch sicher nicht gelingen, so ein siebzehnjähriges Kammerkätzchen seiner ruchlosen Taten zu überführen", antwortete der Junker mit todernstem Gesicht.

„Wenn Ihr nicht mein Freund wäret", meinte Ferdinand, der wohl merkte, dass Carl ihn aufzog, „schickte ich Euch für Eure Bosheit morgen meinen Sekundanten. Aber da Ihr nun einmal vorgebt, mit mir befreundet zu sein, werde ich jetzt gehen, um Elstern, Katzen und anderes Gesindel in die Enge und zu einem Geständnis zu treiben. Am besten beginne ich mit der Kammerjungfer der Gräfin, wie hieß sie noch mal?"

„Die Jungfer hieß Marie", sagte der Junker. „Wie ich die Gräfin einschätze, sicher ein hübsches Ding."

„Das Aussehen der Kammerjungfer, werter Freund, tut nun wirklich nichts zur Sache", erklärte Ferdinand von Montmartin würdevoll. Er stand auf und begab sich, vom fröhlichen Lachen Carls verfolgt, schnellen Schrittes hinüber zum Schlossgebäude.

Es dauerte eine Weile, bis Ferdinand den Hofjunker Julius von Lützow auftrieb, denn der junge Mann hatte mit seinem Freund Ludwig von

Böhmen und dem Kammerknaben von Gemmingen ein Wettreiten veranstaltet und war erstaunt und erzürnt zugleich, dass man ihn bei seinen Vergnügungen störte. Er verwies Ferdinand von Montmartin zum Wirtschaftsflügel und zu den Nebengebäuden, wo bei Besuchen die weiblichen Mitglieder des kleinen Hofes der Reichsgräfin lebten. Neben dem Herzog hatte Franziska ihren eigenen Hofstaat, der allerdings kleiner war als der des Herrschers und der sich zumeist in Stuttgart aufhielt. An der Spitze stand die Kammerfrau Gräfin von Görz, der die übrigen Kammerfrauen sowie das weibliche Dienstpersonal unterstellt waren. Unter den Kammerfrauen selbst rangierten zurzeit die Vorleserin Fräulein von Schach und die Kammerjungfer Marie an vorderer Stelle. Gräfin von Görz, eine schlanke Dame Ende dreißig, deren helle, wache Augen und ihr würdevolles Auftreten verdeutlichten, mit welcher Klarheit und Bestimmtheit sie ihr Amt ausübte, teilte Montmartin mit, die Kammerjungfer Marie sei vor drei Stunden zu einem Besuch ihrer Zieheltern im esslingenschen Dorfe Möhringen aufgebrochen. Diese, so erzählte Fräulein von Görz, seien einfache Bauersleute, die mit sieben Kindern in der Nähe des Spitalhofes wohnten. Marie sei ein Findelkind gewesen und von den Bauersleuten aufgenommen worden; sie sei der Reichsgräfin vor zwei Jahren bei einem Besuch des Fasanenhofs durch ihr sauberes und angenehmes Äußeres aufgefallen. Franziska habe das junge Mädchen angesprochen, und die frische Art und Weise, wie die fünfzehnjährige Dirne auf ihre Fragen antwortete, habe die Gräfin derart berührt, dass sie das Bauernkind sofort in ihre Dienste nahm und zur Kammerjungfer erziehen ließ, zumal sie in Hohenheim keine Bedienung und keine Gesellschaftsdame gehabt habe.

„Es ist auch etwas Besonderes um so ein Findelkind", erklärte die Oberhofmeisterin, „man weiß nie, ob die Herkunft nicht von ganz besonderer Art ist, zumal besagte Marie sehr verständig wirkt und eine rasche Auffassungsgabe besitzt."

Ferdinand dankte der Gräfin für die Auskunft und entschied, zunächst die übrigen Bediensteten zu befragen, die Kammerjungfer konnte warten.

Carl vernahm währenddessen die Wachsoldaten. Sie gaben an, ihren Posten während der gesamte Nacht, in der das Collier geraubt worden war, außer zur Ablösung, nicht verlassen zu haben. Von einer Kutsche wussten sie nichts. Einer der Männer erzählte allerdings, er habe während seiner Ruhezeit im Wachthaus draußen Geräusche gehört. Die

Nacht zum 3. April sei überaus warm gewesen, und sie hätten daher im Wachthaus die Fenster geöffnet gehabt.

„Trotzdem war es stickig, und ich konnte nicht schlafen. Da hörte ich draußen Stimmen, eine weibliche und eine männliche, die lautstark miteinander stritten. Es muss gegen drei Uhr nachts gewesen sein. Ich habe aus dem Fenster geschaut, aber niemanden gesehen. Ich glaube aber, die Stimmen kamen von unten aus dem Meiereiflügel."

„Weiß Er, ob die Stimmen direkt aus dem Gebäude kamen?"

„Jawohl, Herr. Auch dort waren die Fenster geöffnet, und ich bin sicher, dass die Sprechenden sich im Obergeschoss befunden haben, Herr. Ich habe nämlich zwei Schatten gesehen."

Carl ließ sich zeigen, an welchem Fenster der Soldat seine Beobachtung gemacht hatte, lobte den Mann und beorderte ihn dann zum Dienst zurück.

Darauf schickte sich der Junker an, zunächst zum Corps de Logis zu gehen, da trat Ferdinand aus dem Seitentor des Meiereiflügels.

„Wie sieht es bei Euch aus?", fragte Carl, „Seid Ihr bereits auf etwas gestoßen?"

Ferdinand schüttelte den Kopf. „Keiner der Bediensteten will etwas gesehen haben. Die Kammerjungfer, die den Schmuck verwahrt hat, ist am Mittag zu einem Besuch nach Möhringen aufgebrochen und soll in den nächsten ein oder zwei Stunden zurückkehren."

„So lange will ich nicht warten", erwiderte Carl. „Lasst uns der Jungfer entgegenreiten und sie direkt befragen, vielleicht kann sie auch etwas zu den nächtlichen Stimmen sagen, von denen mir berichtet wurde."

Der Junker erzählte kurz von der Aussage des Soldaten.

„Sollte tatsächlich die Kammerjungfer den Schmuck gestohlen haben?", überlegte Ferdinand, während sie ihre Pferde bestiegen. „Das klingt gerade so, als ob sie einen Komplizen gehabt hätte, der sich mit dem Halsband davon machte; vielleicht in dieser ominösen Kutsche."

„Wir sollten das Mädchen erst einmal befragen", entgegnete Carl, „bevor wir zu viel spekulieren."

Die beiden Männer ritten in Richtung des Dorfes Möhringen, wobei sie dem Lauf der Körsch folgten. Es war erneut ein für die Jahreszeit sehr warmer Tag. Das herrliche Sonnenwetter der letzten beiden Wochen hatte, zusammen mit den Regenfällen der vergangenen Nächte, nicht nur in Hohenheim Bäume und Büsche zum Grünen und Blühen gebracht.

Überall zwitscherte und sang es, und der Frühling ließ sein helles Band fröhlich durch die Lüfte flattern.

Carl und Ferdinand ritten gerade durch eine schmale Senke, da hörten sie aus dem vor ihnen liegendem Waldstück eine Frauenstimme laut um Hilfe rufen. Sie verständigten sich kurz mit Blicken und galoppierten auf die Stelle zu, woher die Rufe erklangen. Ferdinand brach mit seinem Ross als erster durch die Büsche; vor ihm, auf einer kleinen Lichtung wehrte sich ein junges Frauenzimmer mit allen Kräften gegen zwei Kerle, die sie bedrängten und zu Boden reißen wollten. Ein dritter stand, mit einer Flinte in der Hand, ein wenig abseits und beobachtete die Szene ungerührt. Ferdinand lenkte sein Pferd direkt zur bedrängten Jungfer, während Carl, der, hinzukommend, die Lage blitzschnell erfasste, den Gewehrträger attackierte. Dieser hob die Waffe und legte auf den Junker an. Ein Schuss krachte, Carl duckte sich instinktiv, und die Kugel pfiff knapp über ihn hinweg, wobei sie die Krempe seines Hutes streifte, sodass dieser zu Boden fiel. Dann war der Junker schon über dem Schützen, hieb ihm mit der Klinge seines Degens über den Kopf, sodass der Mann wie leblos zur Erde stürzte.

Die anderen Kerle, die sich an die Jungfer herangemacht hatten, stießen ihr Opfer grob zur Seite, dass dieses fiel. Als sie sahen, wie ihr Kumpan getroffen wurde, nahmen sie das Hasenpanier und verschwanden derart rasch im Unterholz, dass Ferdinand ihnen nicht zu folgen vermochte. Dies auch, da seine Aufmerksamkeit ganz von der geretteten Jungfer gefesselt war, die sich soeben benommen aufrichtete. Ferdinand sprang vom Pferd und half ihr galant beim Aufstehen. Die Jungfer war allerliebst. Ihr langes, dunkelbraunes Haar war in zwei Zöpfe geflochten, die ihr bis zur schlanken Taille reichten. In ihrem frischen Gesicht blitzten zwei grünbraune, wache Augen. Die Lippen waren voll und sanft geschwungen, und am Kinn hatte sie ein niedliches Grübchen. Gekleidet war das junge Mädchen – Ferdinand schätzte sie auf siebzehn, höchstens achtzehn Jahre – in die einfache Tracht einer schwäbischen Bürgertochter. Sie dankte Ferdinand artig für seine Hilfe, löste sich aber rasch von seinem Arm, den er zur Unterstützung um sie gelegt hatte.

„Ich danke Euch, Herr", sprach sie, „für Eure gütige Hilfe. Wäret Ihr nicht gekommen, wer weiß, was mir hätte geschehen können."

Dabei begann sie, sorgfältig ihren Rock abzuklopfen, der beim Sturz beschmutzt worden war. Auch Carl war inzwischen abgestiegen und schaute zunächst nach dem Schützen, der leblos dalag. Sein Hieb hatte den Räuber gut getroffen, am Kopf klaffte eine tiefe Wunde, doch der Mann atmete noch. Der Junker zerriss das Hemd des Ohnmächtigen und verband die Wunde. Mit den übrigen Streifen fesselte er die Hände des Mannes und band ihm mithilfe seines Gürtels die Füße. Dann erhob sich Carl, nahm seinen Hut vom Boden auf und trat zu Ferdinand und der Jungfer.

„Seid mir gegrüßt, Jungfer", sprach Carl sie an. „Kannte Sie die Männer, die Sie bedrängt haben?"

Die junge Schönheit, deren Blick einige Zeit bei Ferdinand verweilt hatte, wandte sich dem Junker zu.

„Oh nein, Herr. Ich kenne die Männer nicht und weiß auch nicht, warum sie mir aufgelauert haben, außer, dass sie wohl Schändliches in Sinn hatten."

„Erlaubt mir die Frage", wandte sich Ferdinand von Montmartin an das Mädchen. „Wie heißt Sie, Jungfer?"

„Ich", antwortete das Mädchen mit einem gewissen Stolz in der Stimme, „bin die Marie Billinger und der Reichsgräfin von Hohenheim höchsteigene Kammerjungfer. Und wer seid Ihr? Ihr scheint Eurer Kleidung nach Herren von Stande zu sein", fügte sie nach einem taxierenden Blick auf Ferdinands Äußeres hinzu.

Carl musste über das Auftreten der Jungfer lächeln. Als Angehöriger des Volkes einen Herrn von Stand derart direkt nach dem Namen zu fragen, zeugte entweder von großer Naivität oder besonderem Selbstbewusstsein. Letzteres besaß die Kammerjungfer offenbar zur Genüge.

„Junker Carl von Schack", antwortete er, sich um Ernsthaftigkeit bemühend, „und das hier ist Ferdinand von Montmartin. Wir waren Ihr gern zu Diensten, Jungfer Marie, zumal wir Sie gesucht haben."

„Ihr suchtet mich, warum, Herr von Schack?", fragte die Jungfer überrascht.

„Es geht um den verschwundenen Schmuck Eurer Herrin, der Reichsgräfin, um das Perlenhalsband mit dem Smaragd."

„Da bin ich gern behilflich", antwortete die Kammerjungfer eifrig. „Die Reichsgräfin hat sich sehr über das kostbare Geschenk Seiner Durchlaucht gefreut und war ganz unglücklich, dass sie es vergessen hatte, das Halsband auf ihrem Ausflug mitzunehmen. Umso mehr war die gnädigste Gräfin erschrocken, als der Schmuck nach unserer Rückkehr nicht mehr zu finden war."

„Sie kann sich nicht vorstellen, wer das Halsband gestohlen haben könnte?"

„Nein, das weiß ich nicht, Herr Junker. Ich begleitete die Gräfin auf ihrer Reise und kann nicht sagen, was während ihrer Abwesenheit im Schloss geschehen ist."

Carl nickte, die Kammerjungfer schien ihm glaubwürdig, und er überließ es Ferdinand, weitere Fragen zu stellen. Er wandte sich nochmals dem verwundeten Mordschützen zu und kniete nieder, um dessen Taschen genauer zu untersuchen. Der Mann war kräftig gebaut und von mittlerer Größe. Er trug einen dunklen Vollbart und das Tuch seiner Kleidung war von guter Qualität. In seinen Taschen fanden sich ein paar Münzen, ein schmutziges Sacktuch und in der Weste, die der Mann anhatte, schließlich ein Brief. Carl überflog diesen kurz, der Inhalt schien belanglos, er drehte sich weitgehend um Viehhandel; Anrede und Grußformel fehlten. Er steckte das Schreiben in seine Brieftasche ein, wobei ihm der Zettel in die Hände kam, den er dem Toten in Zazenhausen abgenommen und dann völlig vergessen hatte. Carl warf einen Blick auf das Papier, aber noch immer wusste er nicht, was die Buchstabenfolge *Vit...rio A...f* bedeutete. Auch dieses Rätsel und das der dunklen Kutsche harrten weiterhin der Lösung. Während Carl ihn durchsuchte, war der Gefangene zu sich gekommen. Er bäumte sich in den Fesseln auf, erkannte aber rasch, dass diese gut angelegt waren, und verhielt sich wieder ruhig.

„Du bist aufgewacht, Kerl", fuhr ihn der Junker an. „Wer hat dich geheißen, eine Jungfer zu überfallen? Oder war das deine eigene Idee, Schurke?"

Der Räuber gab keine Antwort, sondern blickte den Junker aus seinen dunklen Augen nur zornig und von Hass erfüllt an.

„Du magst schweigen, doch es wird Mittel geben, eine Kanaille wie dich zum Reden zu bringen", sagte Carl ruhig und wandte sich ab.

Ferdinand von Montmartin hatte die Kammerjungfer inzwischen weiter nach dem Schmuck befragt. Marie gab an, sie habe das Halsband in ein mit Samt ausgeschlagenes Kästchen gelegt und dieses auf einem Konsoltisch im Spiegelzimmer deponiert. Das sei das zweite Zimmer im Erdgeschoss des Meiereiflügels. Dort ständen zwei Konsoltische mit vergoldeten Gestellen und Marmorplatten, worüber zwei große Spiegel in ebenfalls vergoldeten Rahmen hingen, und dieses Zimmer nutze die Gräfin ab und zu als Umkleideraum. Ob das Kästchen am Morgen ihrer

Abreise noch vor Ort gewesen sei, wisse sie nicht, und sie könne auch sonst nichts über den Verbleib oder den mutmaßlichen Dieb sagen. Sie waren soweit gekommen, und die Junker wollten soeben nach Hohenheim zurückkehren, da deutete die Jungfer mit weit aufgerissenen Augen auf die Büsche. „Seht dort, jemand beobachtet uns!"

Carl fuhr herum und sah im Laub eine gebückte Gestalt, die sich, als sie erkannte, dass sie bemerkt worden war, umwandte und eilig in dem dichten Buschwerk verschwand.

„Bleibt und schützt die Jungfer, Ferdinand!", rief Carl. Er schwang sich auf seinen Grauschimmel und sprengte dem Flüchtenden direkt hinterher. Doch obwohl der Junker sofort die Verfolgung aufgenommen hatte, behinderten das Gesträuch und die Wurzeln seinen Ritt derart, dass die Gestalt bald entkommen war. Weiterzureiten war sinnlos, und der Junker kehrte zur Lichtung zurück.

„Zwecklos, der Kerl ist verschwunden. Lasst uns rasch nach Hohenheim zurückkehren und die Wache verständigen, dass uns wenigstens dieser Bursche hier nicht entkommt."

Ferdinand bot der Jungfer an, hinter ihm auf dem Rücken des Pferdes Platz zu nehmen, was diese nach kurzem Zögern annahm. Ferdinand stieg auf, Jungfer Marie schwang sich, ohne Carls Hilfe zu nutzen, behänd in die Höhe und ließ sich seitlich im Damensitz hinter Ferdinand nieder, wobei sie zur Stütze einen Arm leicht um ihn legte.

So ritten sie nach Hohenheim zurück, wo die Kammerjungfer in Sichtweite der Gebäude Ferdinand anzuhalten bat und abstieg, um zu Fuß weiterzugehen.

„Es gibt böse Mäuler, die es nicht schicklich fänden, wenn ich hinter Euch sitzen bliebe, Herr, und die ihre Zungen wetzen, um allerlei Gerüchte in die Welt zu setzen", erklärte sie kurz.

Sie erreichten Hohenheim, und Marie eilte in den Meiereiflügel. Der Junker begab sich zum Wachgebäude an der Militärstraße, wo er einem Sergeanten den Ort des Überfalls auf die Jungfer beschrieb und diesen mit einem Trupp Soldaten losschickte, den Gefangenen zu bergen.

Wie die Junker erfuhren, war Franziska von Hohenheim mit einer Kutsche nach Stuttgart aufgebrochen, hatte aber vorher strikte Anweisungen gegeben, den Herren in jeder Weise bei ihrer Untersuchung behilflich zu sein. Die Kammerjungfer ließ es sich daher nicht nehmen, ihre Retter persönlich durch die Gemächer der Reichsgräfin zu führen.

Carl und Ferdinand unterzogen die Räume zunächst einer kurzen Inspektion, ohne dabei auf irgendetwas Verwertbares zu stoßen oder weiterführende Hinweise zu entdecken. Die Gräfin hatte in ihrem Schlafraum geruht, in den man durch das davor gelegene Ankleidezimmer gelangte. Daneben befand sich eine kleine Kammer, in der sich Marie nachts aufzuhalten pflegte, falls Franziska von Hohenheim ihrer bedürfe. Ankleidezimmer und Jungfernkammer waren durch Türen mit einem Vorraum verbunden, der wiederum über einem Flur zum gräflichen Salon und zum Lesezimmer Franziskas von Hohenheim führte. In diesem Flur befand sich tagsüber und in der Nacht ein Diener, um der Reichsgräfin bei Bedarf zur Verfügung zu stehen und etwaige Wünsche weiterzuleiten. Ferdinand hatte bei seinem ersten Besuch alle Diener, die in der fraglichen Nacht dort gewesen waren, befragt, doch niemand wollte etwas Besonderes bemerkt haben. Dort jedenfalls war der Schmuck nicht zu finden.

Jungfer Marie führte Carl jetzt in den Meiereiflügel. In diesem waren vor zwei Jahren im Erdgeschoss außer der Küche und Ställen einige Zimmer für den herrschaftlichen Gebrauch eingerichtet worden. Die Räume waren an den Wänden jeweils mit einer Garnitur von grün gestrichenen Tapeten mit vergoldeten Bordüren bespannt, und die Fenster zierten weiße Vorhänge. Venezianische Kronleuchter erhellten die Räume. Im ersten Zimmer standen gelb angestrichene Rohrsessel, die von der Solitude stammten. Im zweiten Zimmer befanden sich die bewussten Konsoltische. Auch der dritte und vierte Raum waren mit Konsoltischen und Spiegeln sowie gelb angestrichenen Rohrsesseln möbliert. Die Wände dieser Räume waren dicht an dicht mit Gemälden behängt.

Carl sah sich prüfend um. Der Tisch war direkt unter ein Fenster geschoben, sodass ein Zugriff von außen denkbar schien. Carl untersuchte das Fenster zunächst von innen, dann öffnete er es und betrachtete das Holz und Glas von außen. An der Stelle, an der im Innern der Griff befestigt war, hatte jemand das Holz kaum merklich aufgehebelt, um auf diese Weise das Fenster mithilfe eines Hakens oder mit einem ähnlichen Werkzeug zu öffnen. Carl und Ferdinand begaben sich hinaus, um den Boden vor dem Fenster auf Abdruckspuren hin zu untersuchen. Die Kammerjungfer folgte neugierig. Der Regen der letzten Nacht hatte die meisten Spuren vernichtet, und so sehr die beiden Männer auch suchten, sie fanden keinen Hinweis und keine Spur, die auf einen Eindringling hingewiesen hätten.

Der Junker ließ seinen Blick über die Fassade des Baues gleiten. Direkt über dem „Spiegelzimmer" lag das Fenster, welches ihm der Wachsoldat gezeigt hatte. Konnte es sein, dass der Diebstahl, um Spuren zu vermeiden, von oben erfolgt war?

„Wer bewohnt die Zimmer oberhalb dieser Räume, Jungfer Marie?", wandte sich der Junker an die Kammerjungfer, indem er zum Fenster wies.

„Die Räume im ersten Stock gehören alle zum Wohnbereich der Kavaliere und der Bedienten", antwortete Marie. „Kammerdiener Andrä und der Chirurgus Reuss, der Kammerdiener Potot, Hoffourier Dalinger, der Jäger Bauer, Unterinspektor Schumacher und Sekretär Beuerlein sind in ihnen untergebracht."

„Kommt mit, Ferdinand", sagte Carl. „Ich denke, wir sollten uns das Zimmer näher ansehen."

Die Jungfer blieb unten zurück, und ein Diener führte sie in den Flügel und in den ersten Stock, wo sich eine Reihe Kammern befanden. Die beiden Junker schauten hinein. Die Räume waren für die nichtadeligen Bedienten gedacht und dem Rang ihrer Bewohner gemäß höchst einfach mit eisernen Öfen, Bettladen, Kommoden, hölzernen Tischen und Stühlen sowie mit Tuch beschlagenen Sesseln, Spiegeln und eisernen Leuchtern möbliert. Auch einige zur Suite gehörende Herren waren hier untergebracht, so die Herren von Gemmingen, von Lützow und von Böhmen. Ihre Zimmer besaßen Bettalkoven und waren mit Tapeten aus Papier, blanken Kommoden, goldgerahmten Spiegeln und polierten Tischen sowie einigen Sesseln ausgestattet. Endlich kamen sie zu einem Raum, der oberhalb des „Spiegelzimmers" liegen musste und in dem der Wachsoldat in der Nacht Schatten gesehen und laute Stimmen gehört haben wollte. Der Diener öffnete, Carl und Ferdinand traten hinein. Hier roch es muffig und nach alten Stoffen. Die Kammer diente offenbar als Möbellager, so angefüllt war sie. Der Junker drängte sich durch eine Gruppe Stühle zum Fenster und öffnete es. Die Kammerjungfer war angewiesen worden, sich unten vor das Fenster des „Spiegelzimmers" zu stellen. Carl lehnte sich hinaus und schaute prüfend nach unten.

„Das Zimmer ist es nicht, die Jungfer steht mehr links. Wir müssen es nebenan versuchen", beschied er Ferdinand.

Sie verließen die Kammer und gingen über den dunklen Flur zu dem nächsten Dachraum. Der Diener steckte den Schlüssel ins Schloss, um auch die dortige Tür zu öffnen, doch diese war unversperrt und schwang langsam nach innen auf. Carl stieß die Tür vollends auf und hielt in der Bewegung inne. Ein gänzlich anderer Geruch als in der ersten Kammer kam ihm entgegen, ein widerwärtiger, übler Geruch nach Verwesung und Tod – und dann sah er, was die Ursache war. Drinnen lag mitten im Staub des Bodens in einer Lache getrockneten Blutes der leblose Körper einer Frau! Sie war tot, ein dunkler Fleck in Höhe ihrer Brust auf dem matten Weiß ihres Samtkleides ließ keinen Zweifel zu. Vorsichtig, um keine mögliche Spur zu verwischen, trat Carl zu der Toten, beugte sich nieder und schob das lange, dunkle Haar, das über das Gesicht der Frau gefallen war, zur Seite.

4

Nächtlicher Albritt

Überrascht fuhr der Junker zurück. Er kannte die Tote. Es handelte sich um Josepha von Ellrichshausen, der angeblichen Base der Baronesse von Korff! Langsam erhob sich Carl aus seiner knienden Stellung und trat ans Fenster. Seine Gedanken verloren sich. Es war im Sommer 1776 gewesen, als Hermann und er der Baronesse von Korff und Josepha von Ellrichshausen begegnet waren. Sie hatten die Damen aus einer gefährlichen Situation gerettet und sie ein Stück des Weges bis nach Mömpelgard begleitet. Hermann schien sich dabei in das Fräulein Josepha verliebt zu haben und er, nun, wenn Carl ehrlich war, hatte er die Baronesse sehr anziehend gefunden und geglaubt, auch bei ihr Interesse für seine Person zu verspüren. Dann war alles anders gekommen, und am Ende des Abenteuers sah es ganz danach aus, als hätten die beiden Fräulein nur mit ihren Gefühlen gespielt und diese für ihre höchsteigenen Zwecke zu nutzen gesucht. Sylvia von Korff entpuppte sich als Beauftragte einer fremden Macht, hatte womöglich auch gemordet, und ihre Base war bei allem ihre Gehilfin gewesen.

Wie war Josepha von Ellrichshausen nach Hohenheim gekommen? Carl fiel ein, was Leutnant von Neipperg und der Biberacher Kutscher erzählt hatten. Neipperg glaubte, in einer der Damen, die er gesehen hatte, „Arlecchina" erkannt zu haben. Er hatte sich gewiss geirrt; eines aber stimmte, Josepha von Ellrichshausen hatte ebenso dunkle Haare wie Neippergs entschwundene Geliebte, eine Verwechslung mochte durchaus möglich sein. Carl schob die Gedanken beiseite und wandte sich um.

Während er in seinen Betrachtungen versunken gewesen war, hatte Ferdinand die Zeit genutzt und sich in der Kammer umgesehen. An der

Seite stand ein schlechtes Bett, auf denen einige verblichene Tücher lagen. In der Ecke befand sich ein schmaler Schrank, ansonsten war der Raum leer. Ferdinand von Montmartin zog den Schrank auf, er war gänzlich ohne Inhalt.

„Es gibt im Staub keine Spuren eines Kampfes", sagte er zu Carl. „Offenbar hat die Tote den Täter bei seinem Tun überrascht, und er stach sofort zu. Ich frage mich, was hat die Frau hier oben gesucht? Zum Schlosspersonal gehörte sie sicher nicht."

„Josepha von Ellrichshausen war nicht zufällig in diesem Zimmer", erwiderte der Junker. „Ich weiß nicht wie, aber ich bin überzeugt davon, dass unsere Tote mit dem Raub in Verbindung stand."

„Ihr kennt die Ermordete?", fragte Ferdinand erstaunt. Carl gab einen kurzen Bericht über die Zusammenhänge, und Ferdinand erinnerte sich wieder, dass der Freund den Namen Josepha von Ellrichshausen früher bereits erwähnt hatte. Gemeinsam machten sie sich daran, das Zimmer gründlich zu untersuchen. Im Staub des Bodens zeigte sich eine schmale Schleifspur, als ob dort eine Schlange entlang gekrochen wäre.

„Seht die Spur, Carl", sagte Ferdinand, „sie könnte von einem Seil stammen, mit dem sich jemand von diesem Zimmer aus heruntergelassen hat."

Carl trat zum Fenster und fuhr mit der Hand über den Rahmen. An drei Stellen waren schwere Eisenhaken ins Holz geschraubt worden, die offenbar zum Halten des Seiles gedient hatten.

„Hier muss das Seil befestigt worden sein", sagte er zu Ferdinand. „Fräulein von Ellrichshausen ist bestimmt nicht hinabgestiegen, das wird die zweite Person, die der Wachsoldat beobachtet hat, also der Mann, getan haben. Er steigt also hinab, holt den Schmuck und kehrt am Seil zurück, sodass jede Spur vermieden wird. Anschließend kam es wohl, wie der Soldat berichtete, zum Streit; entweder, weil Josepha ihn überraschte oder es ging um die Beute. Der Mann zieht einen Dolch, stößt zu und verschwindet mit dem Halsband."

„Aber warum nimmt der Mörder das Seil mit? Das muss ihm doch auf seiner Flucht hinderlich gewesen sein", fragte Ferdinand.

„Vielleicht gab es am Seil Merkmale, anhand derer der Mann identifiziert werden könnte", schlug der Junker vor. „Oder wir sollten es nicht sofort entdecken. Wir müssen die übrigen Kammern durchsuchen, möglicherweise hat der Täter die Tatwaffe und das Seil irgendwo hier oben entsorgt. Und wir brauchen einen Medikus, der uns sagen kann, wie lange das Fräulein bereits tot ist."

Ein Diener wurde losgeschickt, einen Arzt zu holen. Währenddessen machten sich die beiden Männer daran, mit dem Schlüssel des Dieners die Nachbarkammern zu öffnen und zu durchsuchen. Es bot sich überall das gleiche Bild. Ein Bett, ein Schrank, mitunter auch ein Stuhl bildeten das Mobiliar, dazu kamen allerlei Gerümpel, diverse Kisten und andere Behältnisse. Endlich, im vierten Raum, wurden sie fündig. Gleich am Eingang, halb unter einem Tuch verborgen, lag das gesuchte Seil. Es war rund dreißig Fuß lang und hatte am Ende einen Bleiabschluss, um das Ausfasern zu verhindern, in dem ein Zeichen eingeprägt war, das sie im Halbdunkel schlecht erkennen konnten.

Inzwischen war auch der Medikus eingetroffen. Es handelte sich zur Überraschung Carls um den Eleven der Karlsschule Friedrich Schiller. Obwohl er seine Dissertation nochmals neu erstellen musste, besaß er genügend medizinische Kenntnisse, vor allem der Anatomie, dass er, wenn sonst kein Arzt aufzutreiben war, als Medikus auftreten konnte.

Der bald einundzwanzigjährige Schiller war in den letzten Jahren hoch aufgeschossen, und sein Gesicht schien Carl nun noch ausgeprägter und konturierter zu sein. Schiller kam auf Carl zu, ergriff freimütig seine Hand und schüttelte sie freudig.

„Ihr seid Herr von Schack? Ich bin froh, Euch wiederzusehen, und ich danke Euch vielmals dafür, dass Ihr damals eines Jünglings Tun nicht verraten habet. Ich habe erst später erfahren, wer der freundliche Gönner war, der mir das Liebste, was ich besaß, mein Oktavheft mit meinen ersten dramatischen Versuchen, zurückgab."

Erneut ergriff Schiller Carls Rechte, um diese zu schütteln.

„Nun, nun", antwortete der Junker mit einem Lächeln und entzog dem Dichtermedikus vorsichtig die Hand. „Ganz so schlimm wäre es sicher nicht geworden, wenn seine Durchlaucht, unser allergnädigster Herzog, Euer Büchlein erhalten hätte."

„Oh nein, Herr von Schack, verzeiht meinen Widerspruch, doch Ihr wisst nicht, was ich alles schon wegen meinen ‚Alfanzereien', wie der Herzog meine Dichtkunst zu bezeichnen liebt, habe erleben und erleiden müssen."

„Warum hört Ihr nicht auf zu dichten und widmet Euch ganz Eurem medizinischen Beruf?", fragte Carl.

„Dies wird niemals so sein", rief Schiller voller Enthusiasmus. „Mein ist es zu schreiben, was mir von den Musen eingegeben wird. Die Gedanken sind frei, so also auch die Worte! Vaterlandshimmel! Vaterlandssonne! – Oh, Ihr Flure und Hügel und Ströme und Wälder! Seid alle, alle mir herzlich gegrüßt! – wie so köstlich wehet die Luft von meinen Heimatgebürgen! Wie strömt balsamische Wonne mir entgegen! Elysium, dichterische Welt! Doch genug davon", fügte er etwas ernüchtert hinzu, „entschuldigt mein Schwärmen, ich bin noch ganz in meinem Drama gefangen, an dem ich noch immer arbeite. Sagt also, warum habt Ihr mich rufen lassen, Herr von Schack?"

„Ich muss Euch bitten, Schiller, eine Tote zu untersuchen und zu bestimmen, wann diese ungefähr gestorben ist. Folgt mir bitte!"

Etwas befremdet und überrascht zugleich ging Schiller mit Carl in die Kammer, in der die tote Josepha von Ellrichshausen noch immer so lag, wie die beiden Junker sie gefunden hatten. Dort aber trat der junge Chirurgus ohne Zögern an den Leichnam heran und kniete sich nieder, um die Tote genauer zu betrachten. Er zog aus einer mitgeführten Ledertasche einen Holzspatel und untersuchte mit dessen Hilfe sorgfältig den Hals- und Rachenraum. Daraufhin streifte er vorsichtig die Ärmel des Kleides hoch und beschaute ausgiebig die Unterarme und die Handgelenke.

„Seht", sagte Schiller und deutete auf das linke Handgelenk. „Die Totenflecken, die Livores, sind teilweise wegdrückbar, da ein Teil des Blutes noch innerhalb der Adern und darin beweglich ist. Die Totenstarre ist voll ausgeprägt und beginnt sich an den Extremitäten schon wieder leicht zu lösen. Das heißt, die Frau muss innerhalb der letzten achtzehn bis vierundzwanzig Stunden ermordet worden sein. Mehr vermag ich nicht zu sagen. Wenn Ihr die Tote in einen ruhigen Raum bringen lasst, kann ich die Wunde noch genauer untersuchen."

„Gut, ich werde Entsprechendes veranlassen", sagte Carl. „Gebt uns über das Ergebnis Bescheid. Ich danke Euch jedenfalls für Eure Auskunft und Euer Kommen."

Er gab dem Diener einen Wink, die Tote in einen Raum des Untergeschosses zu bringen. Während sie warteten, wandte sich Ferdinand an Schiller.

„Ihr seid am Dichten?", fragte er. „Wie heißt das Stück, an dem Ihr arbeitet?"

„*Die Räuber*", rief Schiller emphatisch, „ein Stück von der Freiheit, denn die Freiheit brütet Kolosse aus!"

Der dichtende Medikus verließ die Kammer und folgte den Dienern, die Josepha von Ellrichshausen davontrugen.

„Die Räuber", wiederholte Carl in Gedanken. Der Titel passt zu den Problemen, die uns beschäftigen, doch was Schiller mit Freiheit meint ...

Er bückte sich und griff nach einem gelblichen Zettel, der Schiller aus der Tasche gefallen war.

„3 Gran Brechsteinwein sollen in 4 Unzen heißen Wassers gelöst werden", las der Junker langsam vor. „Eine wirkliche Doktorenschrift", meinte er lächelnd „und das Rezept scheint mir wenig appetitlich."

Soeben kamen die Soldaten aus dem Möhringer Wald mit dem gefangenen Räuber zurück, der vorerst in eine Zelle der Wache gesperrt wurde. Mittlerweile war es Abend geworden, und Carl und Ferdinand entschlossen sich, nach Stuttgart zurückzukehren, um zu erfahren, was Leutnant von Neipperg und August von Erlenburg inzwischen herausgefunden haben mochten. Bei ihrem Aufbruch zeigte sich an einem Fenster des Cavalierflügels die Kammerjungfer Marie. Ferdinand grüßte sie mit einem kurzen Lüften seines Hutes. Carl tat, als habe er nichts bemerkt und dachte sich seinen Teil.

Nach einer halben Stunde erreichten sie Erlenburgs Stuttgarter Wohnung. Sie übergaben dem Hausknecht die Pferde und ließen sich von einem Diener in den Salon führen. Dort erwarteten sie zur ihrer Überraschung neben August von Erlenburg und Leutnant von Neipperg auch Hermann Schott von Schottenstein, Melchior von Talheim und ihr französischer Gast Graf Geoffroy du Breuil.

„Guten Abend", begrüßte sie der Kammerherr. „Ihr kommt gerade recht, soeben befahl ich, die Suppe aufzutragen. Ich dachte, bei einem guten Essen und einem guten Trunk wird uns der Austausch leichter fallen, denn es gibt sicher einiges, was zu berichten wäre."

Die Junker setzten sich zu den Freunden an den Tisch, und bald war die Runde mitten im Gespräch über das abenteuerliche Geschehen des Tages. Vor allem der Tod der früheren Begleiterin der Baronesse sorgte für Aufregung.

„Josepha von Ellrichshausen ist ermordet worden!", rief Hermann betroffen, der sich wohl an seine erste Begegnung mit der angeblichen Base der Baronesse von Korff erinnerte. „Hat ihr Tod etwas mit dem Raub zu tun?"

„Das wissen wir nicht", antwortete Carl. „Auf jeden Fall aber haben wir jetzt neben dem Raub noch einen Mordfall aufzuklären. Was habt Ihr inzwischen erfahren?", wandte er sich an Neipperg. „Erzählt!"

„Ich war bei den hiesigen Logenbrüdern", berichtete der Leutnant. „Von einem Grafen Cagliostro wissen die Herren aus dem Hause ‚Zu den drei Cedern' nichts, übrigens biedere Schwaben, die lediglich etwas mystifizieren wollen und ganz sicher keine üblen Absichten hegen. Zur Loge gehört unter anderen Georg Heinrich von Roßkampff, seit elf Jahren dritter Bürgermeister der Freien Reichsstadt Heilbronn."

„Ein geachteter Mann", bestätigte August von Erlenburg. „Die Roßkampffs stammen aus Westfalen und sind mit Peter Roßkampff 1677 nach Heilbronn gekommen. Dieser war der Großvater Georg Heinrichs, gehörte in Heilbronn dem ‚Inneren Rat' an und wurde 1690 vom Kaiser geadelt. Das sind respektable Leute."

„Ich schließe mich Euren Worten an", sagte Neipperg, „dennoch war es gut, mit den Stuttgarter Logenbrüdern gesprochen zu haben. Die Herren sind sehr empfindlich, wenn es um ihre Loge geht, und offenbar sind in letzter Zeit mehrfach Betrüger aufgetreten, die vorgaben, Abgesandte von anderen Logen zu sein."

Carl nickte zustimmend. „Solche Leute wie der Reichsfreiherr Karl Gotthelf von Hund und Altengrotkau", sagte er, „ein Mann, der angeblich mit dem französischen Templerorden in engem Kontakt gestanden haben will, aber darüber nichts Genaueres verlautbaren wollte."

„Ein völlig verwirrter Mensch", mischte sich Geoffroy ein, „ein Cousin von mir war einmal zu Besuch auf dem Gut von Hunds, wo der Reichsfreiherr eine Gemeinschaft der Tempelritter aufstellte. Er selbst nannte sich ‚Carolus eques ab Ense' oder ‚Chevalier de l'epée', ein schöner Ritter vom Degen!"

Eine kurze Pause trat ein, in der ein duftendes Wildragout nebst Spätzle serviert und dazu etliche neue Flaschen gebracht wurden. Die Herren langten kräftig zu.

„Der Name des Reichsfreiherrn von Hund und Altengrotkau wurde in der Loge nicht erwähnt", führte der Leutnant schließlich seinen Bericht weiter, „nur die Tatsache, dass die Loge sich häufiger Betrüger zu erwehren habe und deswegen Besuchern vorsichtig und mit einem gewissen Misstrauen begegne. Vor ein paar Tagen soll sich in der Loge ‚Zu den drei Cedern' ein italienischer Herr angemeldet haben, ein gewisser Cavaliere Alfiere. Er sei Sonderbotschafter der Republik Venedig behauptete er und direkt vom Dogen Alvise Giovanni Mocenigo bevollmächtigt. Aus Gründen der Diskretion wolle er inkognito bleiben und im Logenhaus wohnen. Man habe Zweifel gehabt, da der Cavaliere aber mit klingender Münze zahlte, sei ihm Unterkunft gewährt worden, erst gestern Nachmittag sei er weitergefahren."

„Ein Cavaliere Alfiere?", rief Carl von Schack aus. „Gibt es eine Beschreibung des Mannes?"

„Es sei ein Mann von Mitte zwanzig gewesen, von blasser Gesichtsfarbe und mit einem schwarzen Schnurrbart", antwortete der Leutnant. „Kennt Ihr den Mann?"

„Ich bin ihm nur einmal begegnet", erwiderte der Junker ruhiger. „Zumindest glaube ich, dass es dieser Mann war. Es handelt sich bei diesem angeblichen Cavaliere um Giovanni Morante. Morante ist der Sohn eines Banditen, dessen Gefangennahme und Aburteilung mein Mentor, der Graf von Gersdorf, und sein Freund, der Conte Caracanti, gemeinsam bewirkten. Graf von Gersdorf und der Conte wurden, wie Ihr wisst, Jahre später umgebracht, sehr wahrscheinlich steckte der rachsüchtige Morante hinter den Mordtaten. Giovanni Morante ist zusammen mit einem gewissen Vittorio Alfieri, seinem Milchbruder, aufgezogen worden. Beide galten als enge Freunde; nichtsdestoweniger ermordete Morante während einer gemeinsamen Reise Alfieri heimtückisch, um an dessen Papiere und sein Vermögen zu gelangen, wobei er dafür sorgte, dass der Leichnam des Toten für seinen eigenen gehalten wurde. Eine komplizierte Geschichte, die Conte Caracanti kurz vor seinem gewaltsamen Ende Hermann und mir erzählte. Ich selbst hatte mit Morante in Basel zu tun, wo er aus einem Hinterhalt auf mich schoss. Zumindest glaube ich, dass er der Schütze war."

„Giovanni Morante stand auch im engen Kontakt zur Baronesse von Korff", warf Hermann ein.

Carl nickte bedrückt. „Ihr wisst, dass ich das bezweifelte, aber heute glaube ich, dass Caracantis Gehilfe Alessandro recht hatte mit seiner Aussage, die Baronesse im vertrauten Gespräch mit Morante gesehen zu haben."

„Die Schatten der Affäre Mömpelgard sind lang", bestätigte August von Erlenburg. „Wenn Morante und die Baronesse mit dem Raub des Halsbandes der Reichsgräfin in Verbindung stehen, dann verbirgt sich hinter dem Ganzen womöglich eine größere Intrige. Ich erinnere mich, dass die Baronesse im Dienste Russlands handelte. Wer weiß, welche neuen politischen Absichten mit dem Diebstahl anvisiert sind."

Alle schwiegen. Die Diener kamen und servierten den nächsten Gang: Forelle, Zander und Barsch.

„Es werden keine guten Absichten sein", nahm nach einer Weile Geoffroy du Breuil das Wort. „Wir sollten dem Manne und seiner Begleiterin unverzüglich folgen."

„Wenn es tatsächlich Morante ist und die Baronesse mit ihm reist", sagte Erlenburg zweifelnd. „Ich gestehe, Freunde, dass ich bislang nicht erkenne, welche Absicht hinter dem Raub des Halsbandes verborgen sein könnte und was Morante und die Baronesse mit der Angelegenheit verbindet."

„Es muss sich um Morante handeln", erklärte Carl und zog den Zettel hervor, den er in Zazenhausen gefunden hatte. *Vit...rio A...f*", las er die Schrift vor, „die Buchstaben stehen für *Vittorio Alfieri*."

Es klopfte und ein Bote trat ein, der eine Nachricht für Junker von Schack überbrachte. Carl entschuldigte sich und überflog das Schreiben, dann wandte er sich wieder seinen Tischgenossen zu.

„Es ist eine Mitteilung des Chirurgen Schiller. Josepha von Ellrichshausen wurde durch einen langen, spitzen Gegenstand getötet."

„Vermutlich eine Art Stilett?", schlug der Graf vor.

„Das würde zu einem italienischen Briganten passen", stimmte ihm der Junker zu. „Wobei ich nicht verstehe, warum Morante seine Komplizin getötet hat."

„Vielleicht waren die zwei gar nicht Komplizen", wandte Ferdinand ein, „sondern Konkurrenten, die beide den Schmuck wollten, und Morante hat sich des Fräuleins kurzerhand entledigt?"

„Ich hingegen verstehe nicht", meldete sich Melchior, der die ganze Zeit geschwiegen hatte, nun polternd zu Wort, „warum wir hier sitzen und ewig beratschlagen. Tatsache ist doch, dass dieser Alfieri oder Morante in einer Kutsche in Begleitung einer Dame, die wahrscheinlich Eure Baronesse ist, Freund Carl, mitsamt dem Schmuck das Weite gesucht hat. Während wir palavern, ist das feine Pärchen sonst wohin unterwegs, und es wird immer schwieriger, ihre Spur zu finden, geschweige die beiden einzuholen!"

„Das Finden ist das kleinere Problem", meinte Leutnant von Neipperg und strich sich über seinen Schnurrbart. „Ich weiß, wo das Ziel der Kutsche ist, mit der Eure Verdächtigen unterwegs sind."

Die Mitteilung Neippergs überraschte die Freunde, und ein Stimmengewirr erhob sich.

„Lasst mich zu Wort kommen, dann sage ich, woher mein Wissen stammt und was ich weiß", erklärte der Leutnant. „Ich habe mir das Zimmer genauer angeschaut, in dem der angebliche Cavaliere Alfiere nächtigte. Nichts deutete auf die frühere Anwesenheit des Herren. Doch in einer Ecke fand ich unter einer Anrichte verborgen ein Blatt, auf dem jeweils ‚Schloss Urach' und ‚Schloss Schorndorf' stand. Dazu war von geübter Hand eine Art Reiseroute gezeichnet. Das Blatt muss unbemerkt vom Tisch gefallen sein und ist, so denke ich, ein mehr als deutlicher Hinweis, wohin der saubere Herr Alfiere oder Morante unterwegs ist."

„Zwischen Urach und Schorndorf ist schon ein gewisser Unterschied", meinte Melchior und nahm einen tiefen Schluck aus seinem Weinglas.

„Vielleicht soll uns das Blatt auch in die Irre führen", gab Ferdinand zu bedenken.

„Das glaube ich nicht", erklärte der Junker. „Ich denke, Joseph liegt völlig richtig mit seiner Vermutung, dass sich hinter den Schlossnamen die nächsten Reiseziele Morantes verbergen. Aber ich bin mir immer noch nicht sicher, ob es sich bei dem Paar in der Kutsche wirklich um diesen Italiener und Sylvia von Korff handelt. Zumal ich nicht weiß, wer die zweite Frau gewesen ist; es sei denn, Josepha von Ellrichshausen wäre später getötet worden."

Ein Rehrücken mit Rotkraut wurde gerade aufgetragen.

„Es sieht auch so aus, als wären mehrere Parteien im Spiel", merkte August von Erlenburg an, während er als Hausherr den Rehrücken anschnitt. „In Zazenhausen jedenfalls kämpften zwei Gruppierungen gegeneinander. Die französischen Juweliere dagegen scheinen mir auf eigene Faust gehandelt zu haben."

„Dazu kommt die Bande aus dem Möhringer Wald", ergänzte Ferdinand eifrig. „Die Kerle, welche die Jungfer Marie überfallen haben. Die Burschen dürfen wir nicht vergessen."

„Das war schlichtes Diebesgesindel", erwiderte Carl. „Obwohl es durch den Zettel Verbindungen gibt und möglicherweise auch die Kammerjungfer mit dem Raub des Halsbands zu tun haben könnte."

„Das halte ich für unwahrscheinlich", entgegnete Ferdinand sofort, der Carls Lächeln nicht bemerkte.

„Es sieht so aus", fasste jetzt August von Erlenburg die Beiträge zusammen, „als ob wir uns aufteilen müssten."

„Das sehe ich genauso", sagte der Junker. „Wir sind mit Geoffroy sieben Personen, wobei Hermann seine fünf Aufgaben lösen muss und Melchior sich um seine Familie zu kümmern hat."

„Was mich nicht hindert, bei einem echten Abenteuer dabei zu sein", rief Melchior von Talheim. „Zumal wir in der Region bleiben."

„Ich bin auch dabei", versicherte Hermann Schott von Schottenstein. „Meine Aufgaben werden mir schon nicht weglaufen."

Graf Geoffroy du Breuil sagte nichts, sondern klopfte als Zeichen seiner Bereitschaft mit der rechten Hand auf seinen Degen.

„Ich mache ebenfalls mit", sagte Leutnant von Neipperg, „doch ich habe eine Fülle von Polizeiaufgaben vor Ort zu erledigen."

Ebenso äußerte sich Ferdinand von Montmartin. Aufgaben gebe es genug, Gefangene und Zeugen seien zu vernehmen und Ähnliches mehr. Auch der Kammerherr meinte, er sei am Hof und in der Beobachtung höfischer Intrigen für die Gruppe wertvoller, als wenn er sich mit dem Degen engagieren müsse. Besonders die Haltung des Kammerherrn von Gemmingen und die des Obristleutnants von Klinkowström bereite ihm derzeit Sorgen.

„Dann schlage ich Folgendes vor", sagte Carl. „Joseph und Ferdinand kümmern sich um die hiesigen Spuren, und August widmet sich ganz dem Hofgeschehen. Wir übrigen vier teilen uns auf. Melchior und Geoffroy reiten morgen in der Früh nach Schorndorf, Hermann und ich brechen in Richtung Urach auf. Gemeinsam werden wir den Mörder Morante schon fassen!"

Carls Vorschlag wurde angenommen, und die Herren wandten sich mit großem Appetit dem Nachtisch, einer Süßspeise aus eingemachten Kirschen, gezuckerten Pflaumen und mit Sahne unterlegtem Gries, zu. Man besprach noch ein wenig die Details des morgigen Aufbruchs, gab den Dienern entsprechende Anweisungen und verabredete, sich in spätestens einer Woche wieder im Hause des Kammerherrn zu treffen, um über die Ergebnisse der jeweiligen Suche und das weitere Vorgehen zu sprechen, andernfalls man sich benachrichtigen würde.

Dann wandte sich die Unterhaltung anderen Themen zu, vor allem der Frage, wie Hermann bei der Bewältigung seiner Aufgaben am besten unterstützt werden könnte. Verschiedene Vorschläge wurden betrachtet und wieder verworfen. Vor allem die vierte Klausel, die Hermann zum Komponieren eines Orgelstückes verpflichtete, wollte diesem wenig schmecken. Geoffroy meinte schließlich, er kenne einen guten Komponisten, der Hermann sicher mit Ideen für sein mehrstimmiges Orgelstück aushelfen werde.

„Louis-Emmanuel Jadin ist mit seinen einundzwanzig Jahren bereits hoch angesehen und ein begabter Mann, der sicher Karriere machen wird. Schon sein Vater Jean-Baptiste war Violinist in der Hofkapelle zu Versailles. Mein Cousin Gustav hat Louis-Emmanuel Cembalo spielen gehört und war hellauf begeistert."

Ansonsten, fügte der Graf hinzu, müsse es leicht möglich sein, einen Bauern sowie einen Maurer und einen Händler für die ersten drei Aufgaben zu finden, die entsprechende Arbeiten für Hermann erledigen könnten.

„Das Predigen aber werdet Ihr wohl allein können, werter Freund", sagte Geoffroy abschließend. „Oder hättet Ihr damit ein Problem?"

„Zu predigen vermag ich schon, doch ich weiß nicht", entgegnete Hermann zweifelnd, „ob das von Euch vorgeschlagene Verfahren im Sinne der Aufgabenstellung der Klauseln korrekt wäre."

„Ei, warum nicht?", rief Melchior. „Habt Ihr nicht vorgelesen, die Arbeiten seien ‚allein oder mit einer Hilfe' zu bewältigen?"

„Das ist richtig", meinte Hermann zögernd, „aber …"

„Kein ‚Aber', werter Freund, die Lösung ist gefunden. *Nunc est bibendum, non disputandum!*", wischte Melchior jeden Einwand beiseite und hob sein Glas. Die übrigen Freunde taten es ihm nach.

Die Sonne war an diesem 6. April soeben prächtig aufgegangen, als drei Reiter durch das eigens für sie geöffnete Esslinger Tor in den frischen Morgen sprengten. Vorweg ritt auf seinem Grauschimmel Junker Carl von Schack, neben ihm saß auf einem trefflichen Rotfuchs Hermann Schott von Schottenstein. Der Diener Friedrich folgte auf seiner braven Stute und hielt ein Gepäckpferd am Zügel. Der Weg führte die Reisenden zum Neckar, an dem sie bis Plochingen entlangreiten wollten. Bald waren die drei über einen freien Bergrücken hinweggezogen. Die Morgensonne funkelte ihnen fröhlich entgegen. Vor ihnen lag das Neckartal mit Esslingen im Morgenschimmer. „Viktoria!", rief Hermann fröhlich und schwang seinen Hut. „Es geht nichts übers Reisen, wenn man in die weite Welt hinein unterwegs ist. Aus den Wäldern von den hohen Bergen und aus Gesichtern, die einen aus bunten Gärten grüßen, blickt uns das noch nicht gekannte Leben ernst und fröhlich entgegen!"

„Das Reisen", erwiderte Carl lächelnd, „ist fast dem Leben vergleichbar. Ein ewiges Weiter und Weiter. Das Leben der meisten Menschen freilich ist mehr eine Geschäftsreise von einem Markt zum nächsten."

„Nein!", rief Hermann, „das ist mir denn doch zu prosaisch. Für mich ist das Leben ein freies, unendliches Reisen hin zu Abenteuern, Ruhm und Ehre."

„Nun, so wollen wir sehen, welches Abenteuer uns in Schloss Urach erwartet", antwortete der Junker.

So ritten sie den ganzen Tag, bis sie am Nachmittag das Städtchen Urach erreichten.

„Vor über fünfhundert Jahren", erzählte Carl dem Freund die Geschichte der Stadt, „wurde Urach württembergisch, knapp zehn Jahre, nachdem Stuttgart durch die Heirat des Grafen Ulrich I. mit Mechthild von Baden Teil des Landes geworden war. 1445 kam hier Graf Eberhard im Barte zur Welt. Er ließ das vom Grafen Ludwig I. errichtete Stadtschloss erweitern und prachtvoll ausbauen. Aus der Zeit stammen der Palmensaal und der Goldene Saal sowie die Halle im Untergeschoss. In der Teilungszeit Württembergs war das Schloss sogar Residenz des Uracher Landesteils. Später gelang dem Grafen durch den Münsinger Vertrag die Wiedervereinigung Württemberg-Urachs und Württemberg-Stuttgarts. Er verlegte die Residenz zurück nach Stuttgart und regierte von dort das frisch geeinte Land. Im Juli 1495 wurde Württemberg endlich zum Herzogtum und Graf Eberhard V. durch Kaiser Maximilian I. auf dem Reichstag zu Worms zum Herzog von Württemberg erhoben."

„Württembergs Geschichte ist wahrhaftig von bunter Gestalt", meinte Hermann. „Doch sagt, glaubt Ihr wirklich, dass Morante und seine Begleitung hierher gefahren sind?", fragte er zweifelnd, als die Reiter vor dem Schlossbau in Urach hielten und abstiegen. „Mir scheint es stimmiger, dass sie von Zazenhausen direkt nach Schorndorf aufgebrochen sind."

„Das mag richtig sein, aber ich glaube, Morante wird, aus welchen Gründen auch immer, von Schorndorf hierher kommen. Auf jeden Fall sind Melchior und Graf Geoffroy diesem Morante und seiner Begleiterin dicht auf den Fersen und treiben uns die beiden möglicherweise zu."

Die beiden Junker wurden in den Goldenen Saal geführt. Prächtige Malereien schmückten die Wände, und an einer stand der Wahlspruch Graf Eberhards: „Attempto". Der Schlossverwalter, ein älterer, überaus hagerer Mann, dessen schmales Gesicht düster und grimmig wirkte, begrüßte die Herren mürrisch; offenbar hatten sie ihn bei seinem Mittagsmahl gestört. Der Junker machte nicht viel Federlesens mit dem Vogt. Er fragte ihn, ob ein Cavaliere Alfiere angekommen sei oder erwartet werde, was der Verwalter verneinte. Auch von einer Baronesse von Korff wisse er nichts, versicherte der Mann.

„Gut", sagte Carl, „dann lass Er unser Gepäck zum ‚Haus am Gorisbrunnen' bringen, wir werden ein oder zwei Tage bleiben und auf den Cavaliere warten. Sodann lass Er uns etwas zu essen bringen."

Der Vogt erklärte, zu essen könne er den Herren heute nur Hirsebrei und dazu Dünnbier bieten. Ansonsten sei, wagte er einzuwenden, das „Haus am Gorisbrunnen" nur für besondere herzogliche Gäste bestimmt.

Carl trat an den Mann derart dicht heran, dass dieser erschrocken an die Wand zurückwich.

„Hör Er, Vogt, ich bin Junker Carl von Schack, und dies ist Hermann Schott von Schottenstein. Wir reisen in Herzog Karl Eugens Auftrag, und weder der Herzog noch wir schätzen es, wenn uns jemand widerspricht. Also, mache Er sich an die Arbeit und bereite das Haus für uns unverzüglich vor!"

Unter einer gestammelten Entschuldigung sowie zahlreichen Verbeugungen und der Versicherung, alles würde sogleich zur Zufriedenheit geregelt, zog sich der Schlossverwalter eilig zurück.

„Das wäre erledigt, jetzt, denke ich, ist es Zeit, etwas zu uns zu nehmen", meinte Carl. „Aber nicht Hirse und Dünnbier."

„Es ist mir gleich, was es gibt, doch wir sollten nicht im Schloss essen", wandte Hermann ein, „denn so, wie der Vogt aussieht, ist hier Schmalhans der Küchenmeister. Lasst uns lieber in eines der hiesigen Wirtshäuser gehen. Dort wird uns sicher gut und reichlich aufgetischt werden."

Sie verließen das Schloss und wandten sich ins Stadtinnere in Richtung Marktplatz. Ihr Weg führte sie an dem prächtigen Gebäude der Uracher Privilegierten Leinwandhandlungs-Compagnie und am Sprandelschen Haus vorbei. Das letztere diente ursprünglich dem gräflichen Hof zu Kanzlei- und Wohnzwecken. Angeblich hatte dort einstmals der württembergische Landtag getagt. Die Junker erreichten den großen Marktplatz. Um diesen standen Fachwerkhäuser und dazwischen die dreihundert Jahre alte Apotheke. Vorne war der kunstvoll angefertigte Marktbrunnen zu sehen mit seiner fünfstöckigen Brunnensäule und dem Tabernakel mit dem Heiligen Christophorus. Weiter rechts die Straße hinunter lag der „Gasthof Fass". Dorthin lenkten die Freunde ihre Schritte.

Bald saßen sie an einem Tisch direkt am Fenster der altdeutsch eingerichteten Wirtsstube vor einem Teller Käsespätzle mit Albkäse, geschmelzten Zwiebeln und Schweinebraten und ließen es sich wohl schmecken. Zum Mahl dazu gab es ein würziges, leicht bitter schmeckendes Zwickelpils, welches in großen Krügen ausgeschenkt wurde.

Hermann leerte mit einem tiefen und langen Zug seinen Krug und winkte der drallen Wirtsmagd, ihm einen neuen zu bringen. „Wie geht es weiter?", fragte er Carl. „Wollen wir wirklich hier sitzen und warten, bis etwas geschieht oder auch nicht?"

„Schmeckt Euch das Bier nicht oder warum seid Ihr so ungeduldig, Freund Hermann?", entgegnete der Junker.

„Das Bier ist süffig, und gegen die Spätzle und den Braten lässt sich wahrhaftig nichts einwenden. Doch Essen und Trinken sind nicht die Abenteuer, die ich erwartet habe", antwortete Hermann und lachte.

Da wurde die Tür zum Wirtshaus geöffnet, und zwei Männer traten ein. Beide waren groß gewachsen und steckten in dunkelbraunen Beinkleidern und Hemden aus Leder, worüber der erste eine rote und der zweite eine blaue Weste gezogen hatte. Dazu trugen sie breite Hüte mit Federbüschen sowie hohe Stulpenstiefel. In ihren Gürteln steckten lange Dolche. Sie sahen sich im Gastraum um, wobei ihr prüfender Blick kurz Hermann Schott von Schottenstein streifte. Carl, der etwas zurückgelehnt in der Ecke saß, entging ihrer Aufmerksamkeit, wogegen er die neuen Gäste sehr wohl wahrgenommen hatte. Er schätzte sie auf Anfang dreißig. Ihre Gesichter waren wegen der Fülle ihrer Bärte kaum zu erkennen, es lag etwas Wildes und Gewalttätiges in ihren rohen Zügen.

„Die Burschen gefallen mir nicht, Carl", meinte Hermann halblaut, „das sind wahrhaftige Galgengesichter."

„Da habt Ihr wohl recht, Freund", entgegnete der Junker. „Die Aufmachung erinnert stark an die italienischer Briganten. Was suchen die Kerle nur in diesem braven schwäbischen Gasthof?"

Dem Wirte, einem fröhlichen Dickwanst, dem man seine guten Kochkünste wohl ansah, schienen die Fremden ebenfalls nicht geheuer zu sein. Er trat zu dem Tisch, an dem die zwei Platz genommen hatten, und fragte vorsichtig, was die Herren wollten. „Woher kommt Ihr Herren? Von weither? Dann seid Ihr gewiss hungrig. Die Speisezeit ist allerdings vorbei, doch einen guten Trunk und etwas Brot, Wurst und Käse könnt Ihr allemal haben."

„Dann bring uns rasch zwei Krüge Bier", ließ sich der größere der beiden vernehmen, ohne auf die neugierigen Fragen des Wirtes näher einzugehen.

Der Junker horchte auf. Der Mann hatte einen Akzent, der in der Tat auf eine Herkunft jenseits der Alpen hinwies.

„Wartet einen Augenblick, Wirt", sprach der Fremde und hielt diesen, der eben gehen wollte, am Arm zurück. „Wir wollen einen Freund treffen und wissen nicht, ob er schon hier gewesen ist."

„Wie sieht Euer Freund aus?", entgegnete der Wirt. „Ins ‚Fass' kommen täglich viele Gäste."

„Ihr könntet Euch an ihn sicher erinnern, wenn er hier gewesen wäre. Unser Freund kleidet sich meist in Schwarz und ist von blasser Gesichtsfarbe."

Der Wirt schüttelte den Kopf. „Nein, einen solchen Gast habe ich weder heute noch in den letzten Tagen im Hause gehabt. Die einzigen Fremden, die ich außer Euch zu Besuch hatte, sind die Herren dort am Fenster", sagte er und wies mit der Hand in Richtung der Junker. „Vielleicht haben sie Euren Freund gesehen."

In der Meinung, alles gesagt zu haben, was zu sagen war, ging der Wirt zum Schanktisch, um frisches Bier zu zapfen.

Der fremde Sprecher unterhielt sich kurz mit seinem Genossen. Dann erhob er sich und steuerte auf den Tisch der Junker zu, um diese wohl auch nach seinem Bekannten zu befragen; da hielt er, als er Carl entdeckte, mitten in der Bewegung inne, rief seinem Kumpan ein scharfes Kommando zu und sprang wie ein Wiesel zum Ausgang. Sein Spießgeselle folgte ihm auf dem Fuße, wobei er die Magd, die soeben die gefüllten Krüge zum Tisch bringen wollte, derart anstieß, dass sie zu Boden stürzte. Dadurch wurde Carl, der aufgrund des verdächtigen Verhaltens ebenfalls aufgesprungen war, um dem Kerl zu folgen, der Weg versperrt, und erst nach einigem Hin und Her konnte der Junker den Flüchtenden nach draußen folgen. Auf der Straße blickte sich Carl suchend um. Links ging es zum Grafenecker Tor und zum Zollhaus, dort war niemand zu sehen; aber oben an der Ecke zum Marktplatz konnte er gerade noch eine Bewegung ausmachen. Carl rannte los. Kurz nach ihm erschien Hermann, der dem Wirt ein paar Münzen hingeworfen hatte und dem Freund nun gleichfalls folgte. Beide Männer liefen zum Markt. Dort war das übliche abendliche Treiben, Frauen und Mädchen mit Körben liefen umher, die Händler packten ihre Waren ein, und geschäftige Bürger überquerten den Platz. Doch von den Gesuchten war im ganzen Getümmel nichts zu sehen. Da entdeckte Carl, dass vor der Tür der „Herberge zum Goldenen Kreuz" einige Unruhe war.

„Kommt", rief er Hermann zu. „Dort drüben scheint etwas passiert zu sein, vielleicht hat das Treiben mit den beiden Kerlen zu tun."

Sie eilten zum Fachwerkhaus, vor dem eine Gruppe von Frauen sich um ein armes altes Weib, der Kleidung nach eine Bettlerin, bemühte, die am Boden lag und verletzt zu sein schien.

„Was ist passiert?", fragte der Junker.

„Zwei Männer haben die alte Liese umgerannt. Sie scheint sich etwas gebrochen zu haben. Diese ungehobelten Rüpel!", schimpfte eine der Bürgersfrauen.

„Wo sind die Kerle hin?"

Die Frau zeigte die Straße hinunter. „Die Männer sind in Richtung des Pfleghofs davongeeilt. Lauft nur kräftig zu, dann holt Ihr die beiden gewiss noch ein!"

Hermann und Carl bogen in die Straße und folgten der Richtung, die ihnen die Bürgerin gewiesen hatte. Ihr Weg endete an der Stadtmauer und dem Diebsturm; die von ihnen Verfolgten waren nirgends zu sehen und schienen entkommen.

„Die Kerle sind wie vom Erdboden verschwunden", sagte Hermann. „Sie haben uns tatsächlich abgehängt, obwohl wir doch wie die Teufel gerannt sind."

Er lehnte sich an eine Hauswand, um ein wenig zu verpusten.

„Sagt, Carl, warum haben wir die beiden eigentlich verfolgt?"

„Ihr habt gehört, nach wem der eine fragte, nach einem Mann in Schwarz von blasser Gesichtsfarbe. Das könnte der gesuchte Morante sein. Dazu der italienische Akzent und die plötzliche Flucht, als der Wortführer mich sah. Alles Gründe, sich mit den Burschen näher zu unterhalten."

„Kanntet Ihr denn den Mann?"

„Nein, eben nicht", erwiderte Carl. „Aber anscheinend kannte er mich, was bedeutet, dass er mir früher bereits begegnet ist."

„Offenbar fürchtete der Kerl Euch, und wenn er und sein sauberer Kumpan mit Morante in Verbindung stehen, ist es natürlich klar, dass die Burschen lieber verschwinden, als sich der Gefahr auszusetzen, von Euch und mir festgehalten und genauer befragt zu werden."

„Das mag richtig sein. Aber ich denke, die Kerle wären Manns genug gewesen, uns Widerstand zu leisten. Es muss einen weiteren Grund geben, warum sie so plötzlich aufbrachen."

Während ihrer Rede waren sie zum Marktplatz zurückgekehrt. Die Alte wurde gerade von freundlichen Helfern auf eine Trage gelegt, um sie zum Spital am anderen Ende der Stadt zu bringen, wo ihr Bein, das wohl gebrochen war, versorgt werden sollte. Carl fühlte Mitleid mit dem alten Weiblein und steckte einem der Träger ein paar Kreuzer zu, dass dieser der Alten später die Münzen gäbe.

Sie schlugen einen Bogen am alten Rathaus vorbei, passierten den Mönchshof und die Stiftskirche und langten wieder am Schloss an. Auf die beiden vermeintlichen Italiener trafen sie dabei nicht.

Es war mittlerweile später Abend geworden, und die Junker ließen sich in die Kanzlei des Schlosses führen, um dort in Ruhe die Lage und das weitere Vorgehen besprechen zu können. Die Kanzlei war ein mit Aktenschränken vollgestellter, dunkler Raum, in dessen Mitte an einem breiten Schreibtisch ein älterer Schreiber saß, der trotz des schlechten Lichts mit Kopien von Akten und Papieren aller Art beschäftigt war. Der Junker schickte den Mann hinaus und befahl ihm, draußen auf etwaige Befehle zu warten.

Hermann Schott von Schottenstein ließ sich in einen Stuhl hinter dem schweren Eichentisch fallen und lehnte sich zurück. „Was nun, Freund Carl?", fragte er. „Meint Ihr, dass Morante noch nach Urach kommen wird?"

Der Junker, der vor eine Karte getreten war, die an der einen Wandseite des Raumes hing und das Gebiet der ehemaligen Grafschaft Württemberg-Urach zeigte, wandte sich um.

„Ich fürchte, Morantes ‚Freunde' werden ihren Anführer vor uns warnen. Ich gehe davon aus", fuhr er fort, „dass sie außer dem ‚Gasthof Fass' für den Notfall einen weiteren Treffpunkt vereinbart haben."

„Meint Ihr, dieser Ausweichort befindet sich ebenfalls in Urach?"

„Das können wir rasch klären. Wir geben eine Beschreibung der Männer heraus und lassen an den Stadttoren prüfen, ob diese Urach verlassen haben."

Carl öffnete die Tür des Kanzleiraumes und hieß den Schreiber, wieder hereinzukommen. Er diktierte dem Mann einen kurzen Steckbrief der beiden Gesellen und befahl ihm, die Beschreibung umgehend zu kopieren und an die Torwächter zu senden. Die Wächter sollten unverzüglich berichten, ob Personen, auf welche die Beschreibung zutraf, die Stadt verlassen hätten, beziehungsweise solche Personen, so man ihrer ansichtig werde, sofort festnehmen. Der Kanzlist fertigte rasch die benötigten Kopien an und eilte hinaus, um Carls Anweisungen auszuführen.

„Das hätten wir gleich veranlassen sollen", meinte Hermann und blickte dem Mann nach, „aber ich habe auch nicht daran gedacht, die Stadtwachen zu verständigen."

„Das ist richtig", meinte Carl trocken, „doch jetzt sind die Wachen verständigt, und wir werden bald erfahren, ob Morantes Genossen die Stadt verlassen haben oder sich noch immer in Urach befinden."

„Wenn sie keinen anderen Weg aus der Stadt gefunden haben als einen, welcher durch eines der Tore führt", erwiderte Hermann. „Warum lassen wir Morante, so er denn kommt, nicht ebenfalls am Stadttor festsetzen?"

„Ich möchte ihn und seine Begleitung in Sicherheit wiegen. Unter Umständen können wir so eher etwas über ihre Absichten erfahren, als wenn wir ihn verhafteten. Außerdem stützen wir uns nahezu gänzlich auf Vermutungen. Keines der Verbrechen, die auf Morantes Konto gehen, können wir derzeit sicher beweisen."

Draußen wurde es empfindlich kalt, so schön der Tag auch begonnen hatte, zum Abend hin schien es frostig zu werden, und es mochte in der Nacht richtig frieren; ein echtes Aprilwetter. Die Junker begaben sich zum „Haus am Gorisbrunnen", leerten noch ein paar Krüge Bier und legten sich dann in ihren Kammern zur Ruhe.

Sie erwachten in den frühen Morgenstunden, da die Kälte in den schlecht beheizten Räumen recht empfindlich wurde; in der Nacht war Schnee gefallen.

Carl erhob sich alsbald; er wusch sich und zog sich gerade an, als es an der Tür pochte.

„Herr", rief die Stimme Friedrichs, „Es ist ein Bote vom unteren Tor gekommen, der eine dringende Meldung für Euch hat!"

„Bring den Mann zu mir, Friedrich!", befahl der Junker und schloss rasch die Knöpfe seines Hemdes.

Kurz danach führte Friedrich den Stadttorwächter zu Carl. Der Mann meldete, er sei Stadtwächter und heiße Wilhelm Seiler. Bis heute Morgen habe er zusammen mit einem Kameraden am unteren Tor Wache gestanden. Vor Kurzem sei eine Kutsche auf das Stadttor zugefahren, schon habe er das Tor geöffnet, da sei ein Mann auf die Kutsche zugelaufen und habe diese angehalten.

„Ich glaubte an einen Überfall, Herr, und wollte schon eingreifen. Doch dem war nicht so, denn der Mann sprach lediglich mit einem Insassen der Kutsche. Bald darauf schaute ein Herr aus dem Fenster und gab dem Kutscher ein Kommando, auf das hin dieser in einem Bogen nach rechts fuhr. Der fremde Mann stieg auf den Bock, und dann fuhr das Gespann an der Stadtmauer entlang davon. Das Ganze kam mir äußerst verdächtig vor, ich erinnerte mich an den gestrigen Befehl und bin daher gleich zu Euch gelaufen, Herr. Mein Kamerad Johann Kugler bewacht währenddessen allein das Tor."

„Gut gemacht, Mann", lobte der Junker den Wächter und drückte ihm ein paar Münzen in die Hand. „Eilt zurück zu Eurem Kameraden und lasst niemanden ein noch aus!"

Dann befahl er Friedrich, die Pferde satteln zu lassen und Hermann zu wecken, sie würden sofort aufbrechen. Hermann war bereits auf, und so dauerte es keine zehn Minuten, bis die beiden Junker im scharfen Trabe zum unteren Stadttor ritten. Dort erwartete sie der Wächter Wilhelm, der bereits zurückgekehrt war; er öffnete das Tor und führte sie zu der Stelle, wo er das Zusammentreffen von Kutsche und Fremden beobachtet hatte. Die Freunde stiegen von ihren Pferden und betrachteten aufmerksam den Boden.

In der dünnen, bereits tauenden Schneedecke waren die Räderspuren der Kutsche, und dass diese abgebogen war, gut zu erkennen. Carl bückte sich, um die Schuhabdrücke des Fußgängers genauer zu untersuchen. Er stutzte. Der Schnee zeigte den Abdruck eines Stiefels, auf dessen Sohlenmitte ein Dreieck oder ein ähnliches Gebilde eingekerbt oder genagelt worden war; diese Sohlenspur kannte er von Hohenheim. Dort hatte Carl die Spur vor dem Fenster des Gartenhauses und im Haus selbst gefunden!

Der Junker erläuterte Hermann kurz seine Entdeckung, dann schwangen sie sich in den Sattel und folgten der Kutschenspur. Keine dreihundert Fuß weiter musste die Kutsche gehalten haben, eine weitere, fast undeutliche Fußspur führte von einer kleinen Pforte, die in der Stadtmauer war, zur Wagenspur – offenbar war ein weiterer Reisender hinzugekommen. Hinter der Mauer erhob sich ein prächtiges Gebäude.

„Das muss das Jägerhaus sein", sagte Carl, „der herzogliche Oberförster Johann Georg Stoß hat es vor sechs Jahren direkt an und in die Stadtmauer gebaut. Über diesen Weg sind unsere beiden ‚Bekannten' unbemerkt aus der Stadt hinausgekommen."

„Und Ihr meint, in der Kutsche säße Morante?", fragte Hermann.

„Das wäre möglich", rief der Junker. „Hinterher!"

Er gab seinem Schimmel die Sporen, und beide Männer galoppierten der Spur folgend davon.

Franziska von Hohenheim füllte mit mühevoller Schrift ihr Tagebuch:

Freitag, 7. April 1780. Heute früh war der Boden ein wenig weiß von Schnee. Der übrige Tag war wie gestern, es wurden im Carlshof viele Bäume gesetzt. Ihro Durchlauchts Hals geht es ein wenig besser. Beim Nachtessen kam die Nachricht, dass die Herzogin recht übel erkrankt sei. Ansonsten bin ich sehr gespannt, ob ich meinen Schmuck wiederbekomme.

Sie hielt im Schreiben inne. Die Herzogin war erkrankt, schwer erkrankt, hatte die Botschaft gelautet. Sie tat ihr von Herzen leid, doch tief in ihrem Innern spürte die Reichsgräfin, dass sich womöglich ihr Schicksal neu gestaltete. Sollte Elisabeth Friederike Sophie wirklich sterben, dann wäre Karl Eugen frei, frei von allen Verpflichtungen und frei für sie. Dass er sein fürstliches Wort halten und sie ehelichen würde, daran zweifelte Franziska keinen Augenblick. Aber was würden die Landstände sagen? Was wohl sagte des Herzogs Bruder, wie äußerte sich die Kirche? So viele gab es, die ihr die Zuneigung Karl Eugens neideten, die sie verleumdeten, die sie hassten. Und einer oder mehrere von ihnen hatten sogar ihren Schmuck gestohlen, nur, um ihr ein Leid anzutun. Oder steckte noch anderes dahinter? Eine politische Intrige vielleicht? Franziska zuckte die Achseln, sie wusste es nicht. Sie hoffte nur, dass Junker von Schack, der Leiter der herzoglichen geheimen Polizei, sein Handwerk verstand und ihr das Halsband heil und unversehrt zurückbringen würde. Dann beugte sich die Reichsgräfin vor und strich die Stelle im Tagebuch über den Schmuck sorgfältig durch. Wer wusste, wem ihre Aufzeichnungen einmal in die Hände gerieten. Die Halsband-Angelegenheit sollte, wie vieles andere, das sie erlebte, ein Geheimnis bleiben. Vielleicht sollte sie damit beginnen, ein zweites, geheimes Tagebuch zu schreiben?

Es musste gegen acht sein, als Melchior von Talheim und Graf Geoffroy du Breuil die Stadt Urach erreichten. Beide waren gestern am späten Mittag am Schloss Schorndorf angekommen und hatten dort vergeblich nach Morante und der Kutsche geforscht. Erst am Abend war es ihnen gelungen, einen Hinweis zu erhalten, dass eine Kutsche, auf die ihre Beschreibung zutraf, zum Kloster Adelberg gefahren sei. Sie ritten unverzüglich zu der anderthalb Meilen entfernten Klosteranlage und erreichten Adelberg, als es soeben zur Nacht schlug. Man ließ sie an der Pforte ein und führte von Talheim und den Grafen, trotz der späten Ankunft, zum kommissarischen Prälaten des Klosters, Balthasar Sprenger. Sprenger, eigentlich Professor am Collegium zu Maulbronn und zugleich mit dem dortigen Pfarramt betraut, war ein wohlbeleibter Herr Mitte fünfzig mit einem runden, freundlichen Gesicht. Er war mit Melchior bekannt, freute sich über den Besuch ungemein und hätte sich liebend gern mit den beiden über seine Hauptinteressengebiete, den Weinbau und speziell die Herstellung von Champagner, unterhalten, zumal er mit Recht in Geoffroy du Breuil einen Kenner vermutete. Melchior erläuterte rasch den eigentlichen Grund ihres Besuches und erfuhr, dass in der Tat am gestrigen Tag ein Cavaliere Alfiere mitsamt einer tief verschleierten Dame vorgefahren sei und darum gebeten habe, im Kloster einen Tag ausruhen zu dürfen, zumal er von den Experimenten Sprengers gehört habe und sich gern über die Ergebnisse informieren wolle.

„Der Cavaliere zeigte erstaunliche Kenntnisse über die Arbeiten aus meiner Zeit am Seminar des Klosters Maulbronn und die dortigen Rebenzüchtungen und Schaumweinversuche. Er kannte sogar mein erst vor zwei Jahren veröffentlichtes Werk ‚Anweisung zur gründlichen und dauerhaften Verbesserung der Weine'", erzählte Sprenger voller Begeisterung. „Ein kenntnisreicher Mann, ich kann mir kaum vorstellen, dass dieser Herr ein Verbrecher sein sollte."

„Morante ist für sein großes Talent, in fremde Rollen zu schlüpfen, bekannt", meinte Graf du Breuil trocken. „Doch sagt, wer war die Dame, die den sogenannten Cavaliere Alfiere begleitete?"

„Es hieß, die Dame sei eine Baronesse und sie fühle sich nicht wohl. Daher ließ der Cavaliere sie sogleich in ihren Schlafraum geleiten, wo sie auch allein speiste", antwortete der kommissarische Prälat. „Einen Namen hat die Baronesse nicht genannt", erklärte Sprenger weiter. „Was in der Tat seltsam ist", fügte er nachdenklich hinzu. „Auch dass sie als Dame von Stand ohne Zofe reiste. Außer dem Kutscher und zwei Bediensteten waren sie gänzlich ohne Personal."

„Wo sind die Reisenden jetzt?", fragte Melchior.

„Vor gut drei Stunden kam ein Bote, der unbedingt den Cavaliere Alfiere zu sprechen verlangte. Ein ziemlich abgerissenes Subjekt, der Bruder am Tor wollte den Mann zuerst nicht vorlassen. Aber dieser machte sein Anliegen derart dringlich, dass der Cavaliere schließlich doch bei unserer gemeinsamen Abendmahlzeit gestört wurde. Er ging zur Pforte, wo er einige Worte mit dem Boten wechselte. Der Cavaliere kehrte eilig zurück und entschuldigte sich, er und die Baronesse müssten sofort aufbrechen. Keine halbe Stunde später fuhr die Kutsche davon."

„Wisst Ihr, wohin sie gefahren sind?", rief der Graf.

„Das sagte der Cavaliere nicht, aber der Richtung nach, die sie einschlugen, muss ihr Ziel Göppingen gewesen sein."

Es folgte ein scharfer Nachtritt auf den Spuren Morantes. Als die Reiter nach einer halben Stunde Göppingen erreichten, waren die Stadttore längst geschlossen und der Einlass wurde ihnen verwehrt. Nur mit Mühe und einigen Münzen gelang es, einen der Wächter dazu zu bewegen, ihnen Auskunft zu geben. Nach vielem Hin und Her erfuhr Melchior, dass die gesuchte Kutsche gleich weiter in Richtung des Dörfchens Boll gefahren sei. Melchior und Geoffroy folgten unverzüglich. Vom nach Schwefelquellen riechenden Dorf Boll aus gelangten die Verfolger nach Weilheim, Dettingen, Owen, Erkenbrechtsweiler, Hülben und schließlich nach Urach.

Es war ein eigentümlicher Ritt gewesen; die Nacht war frostig kalt und finster und der Boden vielfach aufgeweicht. Mehrfach verfehlten Melchior und der Graf im Dunkeln den Weg, manchmal schien es, als sei die Kutsche zum Greifen nah, ja, einmal meinte du Breuil, das Rollen der Räder zu hören, doch es war leider ein Irrtum, wie sie bald feststellten. Mitunter verloren sie die Spur der Verfolgten ganz, und in Owen entschied Melchior, dass sie direkt nach Urach reiten sollten, wo beide am Morgen todmüde ankamen.

Hier trafen sie am Stadttor auf Friedrich, der gerade die dortigen Wächter nach Junker von Schack und Hermann Schott von Schottenstein befragte. Doch die Stadtwache konnte keine Auskunft darüber geben, wohin sich die Junker gewandt hatten. Melchior und Graf Geoffroy suchten sich eine Herberge und gingen erschöpft zu Bett.

Die Kutsche hatte den Spuren nach und laut Auskunft eines Holzfuhrmanns den Weg zur Hanner Steige genommen. Carl war guten Mutes, das Gefährt und seine Insassen bald einholen zu können, denn die Straße zog sich in Serpentinen steil den Hang hoch; eine Kutsche musste viel langsamer vorankommen als ein paar gute Pferde. Sie trieben ihre Rösser an und folgten im schnellen Tempo der Straße. Ihre Eile hatte Erfolg, schon bei der zweiten Haarnadelkurve hörten sie vom Weg oben Räderrollen.

„Wir haben die Kutsche bald eingeholt", rief Hermann. „Höchstens noch eine Viertelstunde, dann …"

Er verstummte plötzlich, denn das Rollen verwandelte sich in ein dumpfes Grollen und Poltern. Das hässliche Geräusch wurde immer lauter und lauter, dann fielen mit einem geradezu ohrenbetäubenden Krachen Dutzende von Felsbrocken auf die Straße.

„Weg hier!", schrie Carl und gab dem Pferd die Sporen; Hermann folgte ihm augenblicklich. Beide Reiter jagten inmitten des stürzenden Gesteins die Straße entlang und es gelang ihnen, ohne dass die Pferde nennenswert getroffen wurden und ohne größere Blessuren davonzutragen, dem Steinschlag zu enteilen. Erst an der nächsten Kurve zügelte der Junker sein Pferd, beruhigte das zitternde Tier und blickte dann zurück in die Richtung, aus der sie gekommen waren. Den Weg, den sie vor Kurzem genommen hatten, bedeckte nun ein breites, graues Geröllfeld, über dem eine Staubwolke schwebte. Es schien, als ob eine Steinlawine abgegangen oder gar der halbe Hang herabgerutscht wäre.

„Ein Bergsturz", sagte der Junker. „Wir haben ziemlich viel Glück gehabt, nicht unter den Trümmern begraben worden zu sein!"

„Sehr viel Glück", bestätigte Hermann. „Wie mag es der Kutsche ergangen sein?"

Sie trabten los, bogen um die Kurve und rissen ihre Tiere in letzter Sekunde scharf zurück. Vom oberen Hang donnerte eine weitere Lawine herab, die diesmal nur aus Schlamm und Erde zu bestehen schien. Der ganze Erdrutsch dauerte lediglich einen kurzen Augenblick, dann schien das schreckliche Naturgeschehen beendet. Carl und Hermann stiegen von ihren Pferden und bewegten sich, die Tiere am Zügel, mit äußerster Vorsicht vorwärts. Vor ihnen, in etwa fünfhundert Fuß Entfernung ragte etwas Braunes eine Handbreit aus den Schutt- und Gesteinsmassen. Es musste das Dach der Kutsche sein, die Lawine hatte sie und ihre Insassen nahezu verschüttet. Die beiden Junker banden die Pferde an einen aus dem Geröll ragenden Baumstumpf und begannen, sich zu Fuß über die Felsen und die Erde zur Kutsche vorzuarbeiten. Nach einigen Minuten erreichten sie das eingedrückte Dachteil; Carl klopfte an das Holz, von innen kam ein stöhnender Laut.

„Auf, Hermann, ganz gleich, wer in der Kutsche sein mag, wir müssen helfen!"

Mit den bloßen Händen räumten die Männer hastig den Schutt und die Steine zur Seite. Nach mühevoller und harter Arbeit gelang es endlich, den Zugang zur Kutsche freizulegen. Das Dach war zum Teil eingebrochen, sodass einige Felsenbrocken ins Innere gestürzt waren. Eine Person lag, von mehreren Brocken getroffen, mit verrenkten Gliedern tot in der Ecke. Der Livree nach zu urteilen, war es der Diener gewesen. Der zweite Insasse schien schwer an der Brust verletzt. Sein Atem ging rasselnd, und er stöhnte vor Schmerz. Es war der Kleidung nach einer der Fremden aus dem „Fass". Auf der Stirn des Mannes sammelte sich Schweiß.

„Wasser", bat er mit krächzender Stimme, „gebt mir Wasser."

Hermann kroch aus dem Wagen und eilte, so gut es ging, fort, um die Wasserflasche, die er stets am Sattel mit sich führte, zu holen. Carl blieb bei dem Verletzten, dem es immer schlechter zu gehen schien. Auf einmal versuchte der Mann, sich aufzurichten. Er stieß mehrmals einen Satz in einer Sprache hervor, die der Junker nicht verstand – er hielt es für eine Art Italienisch –, und sank dann mit einem letzten Seufzer in sich zusammen; es war zu Ende.

Hermann kehrte gerade mit dem Wasser zurück. „Ist der arme Kerl tot?", fragte er.

Carl nickte. „Er hat noch etwas gesagt, ich habe leider nichts verstehen können, nur ein Wort habe ich mir gemerkt: *Stratios*!"

„*Stratios*? Was soll *Stratios* bedeuten?", fragte Hermann.

„Ich weiß es nicht, wir sollten uns das Wort merken. Doch bevor wir uns in Spekulationen verlieren, lasst uns das Nächstliegende klären. Wo sind die übrigen Insassen der Kutsche? Konnten sie aussteigen und dem schrecklichen Steinschlag entfliehen? Und wo ist der Kutscher?"

Sie verließen das Innere und begannen, um die Kutsche herum Geröll zu entfernen, um nach den Anderen zu suchen. Der Kutscher war bald gefunden. Die Lawine hatte ihn vom Bock geworfen und ein Stück mitgerissen. Sein Arm ragte aus einer Felsspalte und bot einen gespenstischen Anblick. Die übrigen Reisenden aber, Morante und die Dame in seiner Begleitung, blieben, trotz aller Suche, verschwunden. Schließlich gaben die Junker ihre Bemühungen, diese zu finden auf, und kletterten über die Geröllmassen zurück zu ihren Pferden.

„Lasst uns wieder nach Urach reiten", schlug Carl vor. „Ich glaube, dass die beiden Flüchtenden vorher ausgestiegen sind und uns die Falschen haben verfolgen lassen."

„Dann müsste jemand etwas bemerkt haben. Entweder, dass Morante mit Begleitung ausstieg, oder die beiden wurden später gesehen. Wir müssen jeden befragen, den wir treffen."

Nachdem die Junker vorsichtig mit den Pferden am Zügel die erste Geröllfläche überquert hatten, stiegen sie in den Sattel und ritten im raschen Tempo in Richtung Urach. Unterwegs befragten sie den einen oder anderen, der ihnen begegnete, aber niemand wollte Morante und seine Begleitung beziehungsweise zwei Personen, auf die ihre Beschreibung zutraf, gesehen haben.

Es war Mittag, als sie nach Urach zurückkehrten und dort von dem erleichterten Friedrich empfangen wurden, der ihnen die am Morgen erfolgte Ankunft Graf Geoffroy du Breuils und Melchior von Talheims meldete.

Später saßen die vier Freunde zusammen im „Gasthof Fass" und erzählten einander bei einem guten Mahl ihre Erlebnisse.

„Jetzt sind wir wenigstens sicher, dass es sich bei Morantes Begleitung wirklich um die Baronesse handelt", meinte Hermann, nachdem Geoffroy und Melchior von ihrem Klosterbesuch in Adelberg berichtet hatten.

„Wenn nicht jemand anders ihre Rolle spielt", wandte Carl ein, der nach wie vor im Hinblick auf die Baronesse sehr empfindlich war.

„Am besten, wir holen das Pärchen ein und überzeugen uns selbst, wer und was sich hinter dem Namen Cavaliere Alfiere und dem Titel

Baronesse verbirgt", sagte Melchior mit einem Lächeln. „Bis dahin mag Freund Carl glauben, was er will."

„Um das tun zu können, müssen wir die beiden allerdings erst einmal finden", entgegnete Carl. „Weit weg können unsere Vögel jedoch nicht geflogen sein."

„Was kann nur dieses Wort bedeuten, dass Ihr gehört habt, Carl?", fragte Hermann. „Vielleicht wären wir weiter, wenn wir wüssten, was es bedeutete?"

„*Stratios*", wiederholte der Junker das Wort des sterbenden Briganten.

„Ihr wisst nicht, was *Stratios* bedeutet, verehrte Herren?", meldete sich eine tiefe Stimme vom Nebentisch. „Ihr verzeiht, meine Herren, dass ich mich einmische, aber Ihr habt so laut gesprochen, dass Ihr nicht zu überhören wart."

Sie drehten sich zum Sprecher um. Alles an dem Mann war länglich und hager. Sein Gesicht, von der Stirn bis zu dem langen, zugespitzten Kinn, maß wohl eine gute Mannesspanne; seine Finger, mit denen er auf dem Tisch nervös klopfte, hatten beinahe etwas Spinnenartiges, und seine langen, dünnen Beine waren weit unter dem Tisch ausgestreckt. Er trug einen Schnurrbart und hatte um seine Nase beinahe etwas Hochfahrendes; er sah aus wie einer, der viel mit vornehmen Herren umgegangen ist, ihre Art und Weise angenommen hat, aber doch seine eigene, einfache Herkunft nicht verleugnen konnte. Gekleidet war der Mann in ein sauberes, dunkles Gewand, das ihn ohne jeglichen Schmuck und Zierrat umhüllte.

„Ich bin, Ihr Herren", stellte er sich mit einer Verbeugung vor, „sozusagen ein fahrender Scholast, der auf den Spuren des alten Württembergs durch die Gaue wandert und dabei Land und Leute näher kennenzulernen sucht."

„Ein fahrender Scholast, so, so", erwiderte Carl. „Wie heißt Er denn, der Herr Scholast?"

„Ihr habt recht, mich nach meinem Namen zu fragen, Herr Junker", antwortete der Fremde nach einem raschen Blick auf die Kleider von Carl. „Ein guter Mann hat einen guten Namen und der meine ist Nicodemus Kunckel, Sohn von Johann Nicodemus Kunckel weiland Sohn des Johann Kunckel von Löwenstern."

„Euer Großvater war der berühmte Alchemist Johann Kunckel?", fragte Melchior erstaunt und wechselte dabei die Anrede. „Kunckel ist der Erfinder des Goldrubinglases und Autor des berühmten Werkes ‚Ars

Vitraria Experimentalis oder vollkommene Glasmacher-Kunst'", erklärte Melchior der Runde voller Begeisterung.

„Ich bin Melchior von Talheim", stellte er sich dem Scholasten vor. „Eurem Großvater verdankt meine Familie viel, Herr Kunckel. Kommt und setzt Euch zu uns", forderte Melchior ihn auf. „Erzählt, was Euch hierher verschlagen hat und was Ihr uns über das Wort *Stratios* zu sagen vermögt."

Die Übrigen blickten Melchior befremdet an, vor allem der Graf rümpfte die Nase ob der Zumutung, dass ein Scholast neben ihm zu sitzen käme.

„Danke, Herr von Talheim, es ist sehr gütig, dass Ihr Euch meines Großvaters so freundlich erinnert. Allein, erlaubt mir, an meinem Tisch zu bleiben. Bei so vielen hohen Herren wird das Gemüt eines einfachen Scholasten leicht bange", sagte er mit feinem Spott, wobei Nicodemus Kunckel ganz unschuldig dreinschaute.

„Gut, so bleibt, wo Ihr wollt", mischte sich Carl ein. „Doch sagt sogleich, was es mit dem Wort *Stratios* für eine Bewandtnis hat."

„Das, hoher Herr, dessen Namen ich nicht kenne, ist leicht zu beantworten", entgegnete der Scholast. „Das Wort kommt aus dem Griechischen und ist ein Beiname des Gottes Zeus. Es könnte einen Zusammenhang mit dem Wort Strategos, also Feldherr, geben, was andere allerdings bezweifeln."

Carl nickte. „Ich danke Euch, Herr Scholast, vielleicht, dass wir zum Dank für Eure Auskunft die Zeche übernehmen dürfen?"

„Nein, Herr, das ist nicht nötig", wehrte Nicodemus Kunckel ab. „Ich teile mein Wissen gern und brauche dafür keine Gegengabe."

Er erhob sich und reckte seine hagere Gestalt. „Ihr entschuldigt mich, ich muss wieder weiterwandern."

Der Scholast drehte sich zur Tür, um zu gehen, doch er hielt in der Bewegung inne und wandte sich noch einmal zu den Junkern um. „Ich hätte es fast vergessen, ich habe noch eine zweite Antwort auf eine Eurer Fragen, Ihr Herren. Ihr sucht eine Frau, hörte ich. Wisst, als ich heute in der Früh am Jägerhaus vorbeikam, es muss um die neunte Stunde gewesen sein, sah ich dort eine tief verschleierte Dame an einem offenen Fenster. Neben ihr stand ein Mann, der, als er meine Neugier bemerkte, eilig das Fenster schloss und dies mit einem Vorhang verhüllte. Ich meine, Ihr hättet von einer solchen Dame gesprochen. Vielleicht, dass Ihr diese dort im Jägerhaus findet?"

Bei diesen Worten wandte der Scholast sich endgültig ab und war schon aus der Tür, bevor sich die Runde von ihrer Überraschung über den Hinweis erholt hatte. Dann sprangen Melchior und Hermann auf und eilten hinaus, um den Scholasten genauer zu befragen. Doch als sie die Straße erreichten, war dieser längst im Gewirr der Gassen verschwunden.

Sie kehrten in das Gasthaus zurück, wo Carl und Geoffroy ruhig am Tisch saßen.

„Der Kerl ist uns entwischt", brummte Hermann. „Ich hätte diesen fahrenden Scholasten gern näher befragt."

„Lasst gut sein, Hermann", sagte Carl. „Der Bursche ist uns, was die Kenntnis der Stadt betrifft, offenbar über. Doch sein Hinweis könnte hilfreich sein. Wir haben heute Morgen schon festgestellt, dass vom Jägerhaus aus ein ungesehenes Verlassen und Betreten der Stadt möglich ist. Es ist denkbar, dass Morante und die ihn begleitende Baronesse sich später, nachdem wir der Kutsche folgten, zur Pforte begaben und durch diesen Eingang nach Urach gelangten."

„Dann lasst uns umgehend das Haus aufsuchen und – wenn das Pärchen sich wirklich dort befindet – es an der Weiterreise hindern", schlug Geoffroy vor. „Auf dem Weg dorthin mag uns Melchior erzählen, was er beziehungsweise seine Familie mit Johann Kunckel von Löwenstern zu tun hat."

Sie brachen auf, wobei der Junker Friedrich zu der Stadtwache schickte, dass diese einen Posten vor der bewussten Pforte aufstellte, damit den Gesuchten dieses Schlupfloch verwehrt war. Unterwegs erzählte Melchior den Freunden die Geschichte des Johann Kunckel.

„Schon Kunckels Vater war Alchimist und Glashüttenmeister. Er selbst befasste sich zunächst mit Pharmazie und Chemie. Johann Kunckel stellte Versuche mit Metallen an und experimentierte mit Phosphor. Auf zahlreichen Reisen, vor allem nach Murano bei Venedig, erwarb er hervorragende Kenntnisse auf dem Gebiet der Glasherstellung. Zeitweise war er Alchemist am Hofe des Kurfürsten Johann Georg II. von Sachsen in Dresden und später in Brandenburg beim Kurfürsten Friedrich Wilhelm tätig. Mit beiden Herrschern beziehungsweise ihren Nachfolgern gab es Probleme – der Glasspezialist geriet vor allem durch einen Brand, der seine Glashütte und das Laboratorium auf der Insel Pfauenwerder zerstörte, in große finanzielle Bedrängnis und Not. Mein Urgroßvater selig, der selbst gern alchemistisch experimentierte, lieh Kunckel in dieser Situation, als niemand ihm helfen wollte, eine größere Summe Geldes, wodurch jener seine Schulden zahlen konnte und nach Schweden abreiste. Seine besonderen Fähigkeiten verschafften ihm dort rasch hohe Anerkennung, und er wurde durch König Karl XI. in den Adelsstand erhoben. Ihm gelang es, ein neues Vermögen zu erwerben, und er zahlte meinem Ahnen nicht nur das geliehene Geld mit Zins und Zinseszins zurück, sondern schenkte ihm eine seiner Entdeckungen zum eigenen Nutzen und Frommen. Daraus entstand meiner Familie ebenfalls ein großes Vermögen, sodass es uns möglich ward, den früheren Besitz derer von Talheim durch Kauf wieder an uns zu bringen."

Melchior endete. Carl nickte nachdenklich. Mit seiner früheren Vermutung, Melchiors großer Reichtum sei dem Goldmachen entsprungen, hatte er offenbar gar nicht so falsch gelegen.

Sie erreichten das Jägerhaus und klopften an die Eingangspforte. Niemand antwortete, auch nach mehrmaligen Pochen blieb es im Hause still. Hermann stieß ärgerlich an die Tür, die sich darauf öffnete und langsam ins Hausinnere schwang. Die Männer zogen ihre Degen und traten vorsichtig in das dämmrige Dunkel.

5

Auf wilder Jagd

Der breite Flur, in den sie traten, war von dämmrigem Licht erfüllt und auf den ersten Blick leer. Hinten zeigten sich im Halbdunkel einige Türen, durch die man weiter ins Innere gelangte, rechts führten steile Holztreppen nach oben. Die Männer verständigten sich durch Blicke. Hermann blieb an der Treppe stehen, während der Graf, Melchior und Carl rasch die hinteren Zimmer durchsuchten. Es handelte sich um Küchen-, Lager- und Dienstbotenräume, die merkwürdigerweise völlig verlassen waren, obwohl in einem Raum, kenntlich an Spinnrad und Wolle, erst vor Kurzem gesponnen worden war. In der Küche brannte in einem breiten Herd ein kräftiges Feuer, auf dem der Inhalt mehrerer Töpfe vor sich hinbrodelte.

„Hier stimmt etwas nicht“, raunte Carl Melchior zu. „Wo sind die Bediensteten geblieben?“

Im gleichen Augenblick erhob sich draußen im Hausflur ein wildes Lärmen und Rufen.

„Raus hier“, rief Melchior. „Hermann ist in Bedrängnis!“

Die drei eilten hinaus in den Gang, wo Hermann sich gegen eine Gruppe von vier Angreifern, alle in der Kleidung der Briganten, mit kräftigen Hieben verteidigte. Als die Angreifer sahen, dass Unterstützung nahte, zogen sie sich gewandt auf die Treppe zurück, denn der Aufgang bot ihnen deutliche Vorteile. Drei der Männer blieben auf dieser Position, während der vierte, wie Junker Carl bemerkte, hastig nach oben verschwand. Er stieß einen der ihn attackierenden Angreifer mit einem überraschenden Tritt zur Seite und schwang sich über das Geländer, um dem Davoneilenden zu folgen. Während unten die Degen aufeinandertrafen, hastete Carl die Treppe nach oben. Er kam dem Verfolgten rasch näher. Als er den zweiten Stock passierte und weiter treppauf dem Flüchtenden folgte, hörte er den gellenden Hilferuf einer Frau. Der Schrei musste aus einem der Zimmer des eben verlassenen Stockwerkes gekommen sein; der Junker zögerte einen Augenblick, da ertönte wieder ein Schrei, der von schrecklicher Not kündete. Carl ließ von der Verfolgung ab und kehrte eilig in das zweite Stockwerk zurück. Dort roch es auf einmal ganz eigentümlich wie bei einem Brand. Er schaute sich prüfend um. Links wie rechts und in der Mitte waren geschlossene Türen. Direkt vor ihm kroch ein grauer Schwaden unter einer Türspalte hervor und wehte ihm entgegen – Rauch, daher roch es so brenzlig! Carl drückte die Klinke nieder, doch das Schloss war versperrt. Wieder dieser entsetzliche Schrei. Mit aller Kraft trat er gegen das Holz – krachend zersplitterte die Tür. Carl schob sie gänzlich auf und stürmte in den mit Rauch durchzogenen Raum. Soweit er erkennen konnte, handelte es sich, dem kostbaren Mobiliar, den Flakons und den zahlreichen Spiegeln nach, um das Ankleidezimmer einer vornehmen Dame. Trotz des Feuergeruchs lag noch der Hauch eines starken Damenparfums in der Luft. Carl durchquerte das Gemach und stieß die nächste Tür auf. Das folgende Zimmer wurde fast gänzlich durch ein breites Himmelbett ausgefüllt, nur an einer Stelle stand ein mächtiger Kachelofen. Dieser war weit geöffnet, prasselnde Feuerglut fiel heraus und hatte begonnen, den Teppich, der den Boden bedeckte, in Brand zu setzen. Inmitten von Rauch und Qualm lag auf dem Bett eine an die Pfosten gefesselte Frau und schrie um Hilfe – Baronesse Sylvia von Korff!

Flammenzungen leckten an der Bordüre des Bettes in die Höhe, die Umrandung fing bereits Feuer. Carl riss seinen Dolch aus dem Gürtel, schnitt die Fesseln durch, packte die hysterisch schreiende Baronesse und zog sie im letzten Augenblick aus den Flammen. Dann eilte er mit der Geretteten aus dem jetzt überall brennenden Raum durch das Vorzimmer hinaus auf den Gang.

Die Frau in seinen Armen schluchzte und klammerte sich angstvoll an ihn. Draußen kamen ihm Geoffroy und Melchior entgegen, die ihre Arbeit im Parterre beendet hatten. Sie starrten Carl und die Frau auf seinen Armen überrascht an.

„Was um alles in der Welt ist …?“, begann Melchior.

„Es brennt, schnell, wir brauchen Wasser!“, unterbrach ihn Carl und eilte hustend mit seiner zarten Last die Treppe hinab. Im ersten Stock setzte er das Fräulein kurz ab, riss einen der Vorhänge vom Fenster und legte der Zitternden den Stoff behutsam um den Leib. Dann fasste Carl sie vorsichtig um die Taille und trug die Halbohnmächtige weiter nach unten. Dort hatte inzwischen Hermann die Dienstboten im Keller entdeckt und diese aus einem Verlies, in dem sie eingesperrt gewesen waren, befreit. Auf des Junkers Feuer-Rufe hin eilten sofort einige Knechte mit Wassereimern nach oben, während die Mägde weitere Behältnisse an der Hauspumpe füllten.

Es war ein harter Kampf. Nur mithilfe der Nachbarn gelang es unter großen Mühen, die Flammen zu bändigen, bevor das Feuer vom gesamten Stockwerk und somit vom ganzen Haus Besitz ergreifen konnte. Nach zwei Stunden endlich war die Brandgefahr gebannt und alles, was noch glomm und rauchte, aus dem Gebäude entfernt.

Jetzt erst war Zeit, nach dem Verbleib des vierten Briganten zu forschen, von dem Carl vermutete, es sei Morante. Sie stiegen in das oberste Geschoss des Hauses, wo Melchior an einem Fenster ein am Holz befestigtes Seil entdeckte, an dem sich der Flüchtende hinabgelassen hatte. Trotz des Postens, der die Außenpforte bewachte, schien er erneut entkommen zu sein.

„Wir müssen hinterher!“, rief Hermann, „Worauf warten wir noch?“

„Es ist sinnlos, Morante ziellos nachzujagen, zumal wir nicht wissen, wohin sich der Verbrecher wenden wird“, entgegnete Carl.

„Vielleicht kann uns die Dame, die Ihr aus dem Feuer gerettet habt, nähere Auskunft geben?“, meinte Geoffroy.

„Wir werden die Baronesse eingehend befragen“, bestätigte Carl grimmig. „Ich denke, sie wird uns einiges zu sagen haben, auch wenn sie zuletzt selbst Opfer des Briganten wurde.“

Sie kehrten ins Erdgeschoss zurück. Von den drei verbliebenen Genossen Morantes waren zwei tot und der dritte durch Hermanns Degen außer Gefecht gesetzt, aber am Leben. Junker von Schack ließ aus dem Schloss Wächter und einen Schreiber kommen. Die Toten und der Verletzte wurden abtransportiert. Carl ließ die Baronesse mitsamt einer Magd, die dem Fräulein von Korff frische Kleidung besorgen und ihr beim Reinigen und Anziehen behilflich sein sollte, auf ein Zimmer im unzerstörten Nebentrakt bringen und dieses durch eine Wache sichern.

Melchior hatte sich im Kampf eine leichte, doch stark blutende Wunde am Arm zugezogen, und der Graf war an der linken Hand verletzt worden. Um die Wunden zu versorgen, auch weil sie noch immer von ihrem nächtlichen Gewaltritt ermüdet waren, zogen sich beide in den „Gasthof Lamm" zurück, in dem sie Quartier genommen hatten.

Nachdem der Graf und Melchior gegangen waren, widmeten sich Carl und Hermann der Vernehmung der Mägde und Knechte. Diese wussten nicht viel zu erzählen, nur so viel, dass gestern Abend zwei Männer erschienen seien, die behaupteten, Verwandte des Oberförsters zu sein und derart herrisch auftraten, dass niemand ihnen zu widersprechen gewagt habe. Heute früh sei der eine Mann durch die Außenpforte davongeeilt, und dafür seien ein Herr und eine Dame nebst zwei Bewaffneten ins Haus gekommen. Plötzlich habe man sie mit Waffen bedroht und in das Kellerverlies getrieben, woraus sie erst durch die Herren befreit worden seien.

Viel gab die Geschichte nicht her, sie zeigte nur, dass Morante über die Abwesenheit des Hausherrn unterrichtet gewesen sein musste und die Besetzung des Hauses ein Teil seines Planes gewesen war. Das „Fass" schien lediglich als ein neutraler Treffpunkt gedient zu haben.

Carl und Hermann begaben sich nun zur Baronesse, ein Gang, der dem Junker nicht leicht fiel. Wieder erinnerte er sich an die erste Begegnung mit der Baronesse auf dem Gut des Herrn de Ville und ihrer innigen Gespräche und gemeinsamen Augenblicke. Wieder fühlte er den leidenschaftlichen Kuss ihrer Lippen in jener Pariser Nacht in der Rue Casette. Er sah vor seinem inneren Auge ihr wehendes Blondhaar, und er spürte noch einmal die Wärme ihres Leibes, den er erst vor Kurzem in seinem Arm gehalten hatte. Aber Carl wusste auch, wie die nächtliche Umarmung geendet hatte, und er erinnerte sich der hässlichen Szene im Park zu Versailles und des bösen Verdachtes, die Baronesse habe Conte Caracanti vergiftet und sei eine russische Agentin gewesen. Das alles war lange her und fast vergessen, doch jetzt war Sylvia von Korff wieder aufgetaucht und zusammen mit Giovanni Morante unterwegs gewesen, mit dem Mann, der seinen Mentor, den Grafen Gersdorf ermordet hatte. Die Baronesse würde viel zu erklären haben, daran änderte auch der Zustand, in der Junker von Schack sie vorgefunden, nichts. Er klopfte kurz und trat dann mit Hermann und dem Schreiber im Gefolge ins Zimmer. Der Einrichtung nach zu urteilen, diente der Raum zum Empfang. Links neben dem Kamin stand ein Sofa mit ovalem Tisch und Sesseln, rechts eine Chaiselongue mit kleinem runden Tischchen. Über dem Sofa leuchtete wie Silber ein venezianischer Spiegel auf der dunkelgrünen Sammettapete. Die Baronesse saß in einem schlichten weißen Kleid auf dem Sofa. Ihr sorgsam gebürstetes Haar trug sie offen, sodass es in langen, blonden Locken weit über die Schultern bis zur Hüfte hinabfiel. Ihr Gesicht wirkte traurig, und die hellen blauen Augen blickten in ängstlichem Bangen auf die beiden Junker.

Carl und Hermann setzten sich, der Schreiber nahm etwas abseits auf einem Stuhl Platz. Mit einer kurzen Geste schickte Carl die Magd hinaus und wandte sich dann Fräulein von Korff zu.

„Nun, Baronesse, ich hoffe, Ihr habt Euch etwas von den Schrecken erholt. Ihr versteht sicher, dass wir das eine oder andere zu klären haben. Ich werde Sie daher zusammen mit Herrn von Schottenstein befragen und Ihre Angaben durch einen Schreiber festhalten lassen."

„Bester Carl", unterbrach ihn mit leiser, aber klarer Stimme die Baronesse. „Es mag alles so geschehen, wie Ihr befehlt, aber lasst mich zuerst, so bitte ich Euch, meinem Retter aus höchster Not danken! Ohne Euch, Carl, wäre ich hilflos in den Flammen eines schrecklichen Todes gestorben. Weist meinen Dank also nicht zurück!"

Mit diesen Worten erhob sich die Baronesse, trat zum Stuhl des Junkers und ging dort vor dem Überraschten in die Knie. Sie beugte ihr Haupt voller Demut und verharrte ohne ein weiteres Wort regungslos in dieser Stellung.

Carl starrte hilflos auf das goldene Haar der vor ihm Knienden.

„Steht auf, Baronesse, nur vor Gott soll der Mensch knien, steht auf!"

Sylvia von Korff rührte sich nicht.

Hermann, der das Schauspiel mit einer Mischung aus Faszination und Abscheu betrachtete, wandte sich energisch der Baronesse zu. „Genug, Fräulein von Korff. Ihr habt gedankt, gut. Jetzt lasst uns mit der Vernehmung beginnen. Erhebt Euch vom Boden und setzt Euch wieder auf Euren Platz!"

Langsam verließ die Baronesse ihre kniende Position, wobei sie ihren Blick allein auf Carl von Schack gerichtet hielt.

„Sagt, Carl", sprach sie schließlich. „Wessen bin ich angeklagt, dass Ihr mich so demütigt und in Anwesenheit eines Schreibers befragen wollt?"

Der Junker wusste selbst nicht, was ihn antrieb, dass er zur Antwort den Schreiber aus dem Raum wies. Ein kleines, fast triumphierendes Lächeln huschte über Sylvia von Korffs Gesicht, war aber sofort wieder verschwunden.

„Was wisst Ihr über das Halsband der Reichsgräfin von Hohenheim und die Pläne Giovanni Morantes, auch als angeblicher Cavaliere Alfiere bekannt?", begann Hermann das Verhör. Er hatte das Lächeln, im Gegensatz zum Junker, wohl wahrgenommen und war nicht bereit, sich von den blauen Augen täuschen und von den blonden Locken der Baronesse einwickeln zu lassen.

Sylvia von Korff sah ihn erstaunt an, als habe Hermann sich ungefragt in die Unterhaltung Erwachsener eingemischt.

Carl hatte inzwischen die widersprüchlichen Gefühle von Mitleid, Fürsorge, Zuneigung und Widerwillen, die der Kniefall der Baronesse in ihm hervorrief, unter Kontrolle gebracht. Er lehnte sich zurück und nickte. „Antwortet auf die Fragen Junker von Schottensteins, Baronesse. Es ist an Euch, uns zu erklären, was vorgefallen ist, und zu zeigen, ob Ihr mit den Verbrechen etwas zu tun habt, also sprecht!"

Die Baronesse, die einsah, dass ihre „Mittel" vorerst nicht einzusetzen waren, senkte kurz die Augen, als ob sie nachdächte, dann begann sie, während sie den Blick zwischen Carl von Schack und Junker Hermann hin- und herwandern ließ, mit stockender Stimme folgende Geschichte zu erzählen.

Von dem, was ihr die Herren vorwürfen, wisse sie nichts, erklärte die Baronesse. Richtig sei allein das Folgende. Sie habe sich zusammen mit ihrer Base Josepha von Ellrichshausen von ihrem neuen Gut in der Pfalz, wo sie beide seit drei Jahren mit einigen Bediensteten allein lebten, auf eine Reise nach Leipzig begeben und sei gezwungen gewesen, in Stuttgart haltzumachen, da ihr Kutscher dort erkrankte. Sie habe vor Ort einen neuen Kutscher eingestellt, einen braven Mann aus Biberach. Bei einem Besuch der Stuttgarter Loge sei ihr Cavaliere Alfiere vorgestellt worden. Irgendwie habe sie den Mann gekannt, aber nicht gewusst, woher.

„Cavaliere Alfiere wusste gut zu erzählen, er war amüsant, und wir plauderten den ganzen Abend über sehr angeregt. Am nächsten Tag erhielt ich eine Einladung, der Cavaliere würde sich freuen, meine Base und mich zu einer Teefahrt, genauer zu einem, wie er schrieb, *piquer nique*, einladen zu dürfen. Wir waren gespannt auf die Einladung, Ihr wisst, der Earl of Chesterfield, Philip Dormer Stanhope, der Gatte Melusinas von der Schulenburg, der Countess of Walsingham, hat dieses *piquer nique* gerade gesellschaftsfähig gemacht, und es ist in England große …"

„Wir wissen Bescheid", unterbrach sie Hermann schroff. „Kommt zur Sache, Baronesse!"

Fräulein von Korff nickte demütig und sprach weiter, wobei sie jetzt nur noch Carl von Schack ansah.

„Wir fuhren mit unserer Kutsche los in Richtung Ludwigsburg – das glaube ich wenigstens, denn der Cavaliere hatte meinem Kutscher die Anweisung gegeben, wohin er zu fahren hätte –, als wir plötzlich von einer zweiten Kutsche zum Halten gebracht wurden. Vermummte Gestalten zwangen Josepha und mich zum Aussteigen und zerrten uns in die andere Kutsche, während dem Cavaliere offenbar nichts passierte. Was weiter dort geschah, weiß ich nicht, denn die Kutsche, in die wir gebracht worden waren, setzte sich sofort in Bewegung."

„Und dann?", drängte Hermann.

„Wir fuhren eine gute Stunde und hielten schließlich an einem Haus, das unbewohnt schien. Ich wurde in ein Zimmer gesperrt und Josepha wohl in ein anderes. Stunden später brachte man mich wieder zur Kutsche, und ich musste mit dem Cavaliere weiterfahren. Was mit Josepha passiert ist und welche Pläne mein Entführer hatte und hat, weiß ich nicht, das müsst ihr mir glauben."

Hermann wollte etwas sagen, doch Carl bedeutete ihm, die Baronesse erst enden zu lassen, bevor sie weiter befragt würde.

„Fahrt fort und erzählt alles bis zu dem Augenblick, als ich Euch fand", gebot Carl.

Die Baronesse errötete in Erinnerung an die besonderen Umstände, sprach dann aber weiter.

„Wir fuhren den ganzen Tag, bis wir abends an einem Kloster hielten. Ich wurde gezwungen, mich zu verschleiern, und bedroht, man würde mich auf der Stelle töten, wenn ich nur ein falsches Wort verlauten ließe. Wir blieben bis zum nächsten Tag, wobei mich der Cavaliere in einem Zimmer eingeschlossen hielt. Erst am folgenden Abend reisten wir weiter. Wir fuhren die ganze Nacht, bis am Morgen die Kutsche schließlich hielt. Rohe Fäuste zerrten mich hinaus und zwangen mich, fast eine Stunde in der Kälte im Buschwerk zu warten, bis ich endlich in dieses Haus gebracht wurde. Hier sperrte man mich in ein Zimmer und ließ mich dort allein. Ich bekam mit, dass im Nebenraum eine Besprechung stattfand, und lauschte an einer Zwischentür, um herauszubekommen, was die Männer mit mir vorhätten."

„Konntet Ihr verstehen, worum es ging?", fragte Carl.

„Sie stritten sich, und es fielen die Namen von Städten oder Dörfern."
„Welche Orte wurden genannt?", drängte Junker Hermann voller Ungeduld.

„Blaubeuren und Ulm und ..." Die Baronesse zögerte. „Ich glaube, Crailsheim, da bin ich mir aber nicht sicher. Denn in dem Augenblick wurde die Tür aufgestoßen, und der Cavaliere trat herein. Er merkte, dass ich gelauscht hatte, und wurde schrecklich wütend. Ich eilte an ein Fenster, um nach Hilfe zu rufen, er riss mich brutal zurück, packte mich und trug mich ins Nebenzimmer. Dort ..."

Die Baronesse brach ab.

„Was geschah dort?", hakte Hermann nach.

Doch Sylvia von Korff schwieg und zeigte nur stumm ihre Handgelenke, die dicke rote Striemen aufwiesen.

„Das mag vorerst genügen, Baronesse", sagte Carl. „Wir wollen Euch mit den Erlebnissen, die Ihr in der Kammer hattet, nicht quälen. Offenbar gelang es uns gerade noch rechtzeitig, Morante, den Ihr als Cavaliere Alfiere kennt, von seinem schändlichen Tun abzuhalten."

„Jedenfalls erging es Euch besser als Eurer Base", meinte Hermann ungerührt. „Josepha von Ellrichshausen ist tot, sie wurde von Alfiere oder Morante in Hohenheim ermordet!"

„Josepha ist tot?", rief die Baronesse. „Ermordet?" Sie wandte sich an den Junker. „Sagt mir, Carl, dass er lügt!"

„Herr Schott von Schottenstein spricht die Wahrheit. Fräulein von Ellrichshausen ist tot. Der Cavaliere Alfiere, der in Wahrheit Giovanni Morante heißt, ist ihr Mörder."

Bei diesen Worten brach die Baronesse endgültig zusammen, und weder Carl noch Hermann konnten sie wieder zu sich bringen oder beruhigen. Die Magd wurde herbeigeholt und angewiesen, die Baronesse zu Bett zu bringen. Zusätzlich schickte der Junker nach einem Medikus, denn der Zustand Sylvia von Korffs machte ihm ernsthaft Sorgen. Dann begaben sie sich zum „Haus am Gorisbrunnen", ließen aber vor der Tür der Baronesse eine Wache zurück.

Es war Abend geworden, die vier Freunde saßen im großen Empfangsraum des Hauses, ein Raum, der mit Buchenholz getäfelt war und in dem um einen großen runden Tisch schwere Eichenstühle standen. Friedrich kümmerte sich um das Abendessen. Er ließ die Speisen vom „Gasthaus Fass" kommen und bestellte dazu etliche Flaschen des dort geführten guten Hausweines. Die Herren speisten mit großem Appetit. Anschließend wies Friedrich die Hausknechte an, die Teller und sonstige Reste des Mahles abzuräumen und schickte dann die Bediensteten fort. Die Mundschenkdienste des Abends lagen nun allein in seiner Hand, sodass die Runde vertraulich sprechen konnte.

Im Mittelpunkt stand die Aussage der Baronesse, die die Freunde von allen Seiten betrachteten und unterschiedlich beurteilten.

„Ich sage Euch, Carl", sprach gerade Hermann, „Eurer Baronesse ist nicht zu trauen. Das, was sie sagt, klingt richtig, und die Aussagen über die Ereignisse stimmen mit denen anderer Zeugen weitgehend überein, aber ich nehme ihr die Entführungsgeschichte einfach nicht ab. Und über das Halsband hat Fräulein von Korff keine Silbe verloren, obwohl sie sicher etwas weiß."

„Sie hat Schreckliches erlebt", warf Melchior ein. „Beinahe wäre sie lebendigen Leibes verbrannt und oder gar von Morante geschändet worden. Und sie hat gerade erfahren, dass ihre Vertraute ermordet wurde. Die Frau ist vom Geschehen im Innern berührt und aufgewühlt, das sollten wir bedenken. Ich glaube nicht, dass Sylvia von Korff irgendetwas mit den Verbrechen des Briganten zu tun hat."

„Die Baronesse ist noch immer eine außergewöhnlich schöne Frau", sagte Geoffroy du Breuil und strich sich über den Bart. „Einer solchen Frau verzeiht ein Mann vieles."

„Aber keinen Mord!", erklärte der Junker kategorisch.

„Nun, welche Taten könnt Ihr der Baronesse tatsächlich nachweisen?", fragte Geoffroy. „In dubio pro reo, ohne Beweis gilt die Unschuldsvermutung und wir müssen sie gehen lassen, wohin sie auch will."

„Ihr wollt wirklich, dass die Baronesse unbehelligt bleiben soll?", fragte Hermann ungläubig.

„Warum nicht?", meinte der Graf. „Vielleicht lässt sich auf diese Art eher etwas feststellen, als wenn wir Sylvia von Korff festhalten und vernehmen. Es sei denn, Ihr wollt das Fräulein hochnotpeinlich befragen."

„Die Zeiten der Inquisition sind zum Glück vorbei", erwiderte Carl.

„Ihr scheint der Baronesse noch immer viel zu bedeuten", sagte Melchior mit einem Lächeln. „Befragt sie doch ohne ‚Notpeinlichkeit', ganz freundlich und gütig und nur Ihr allein!"

Allerlei lockende Bilder zeigten sich in Carls Fantasie, und er spürte, wie sein Gesicht rot wurde.

„Das, das ist unmöglich", stieß er hervor. „Ich kann so etwas nicht."

„Ihr behauptet, Ihr könntet mit einer Frau nicht schöntun, sie nicht umschmeicheln und umgarnen?", lachte Geoffroy. „Ei, Freund Carl, Ihr seid doch in Paris und sogar in Versailles gewesen. Da müsstet Ihr doch zur Genüge gesehen und erlebt haben, wie ein Herr von Stand einer Dame die Cour macht. Legt Euer biederes, teutsches Wesen ab und zeigt ein wenig Courtoisie und französische Leichtigkeit, Ihr germanischer Bär!"

Alle lachten und nutzten die Gelegenheit, die Becher zu leeren.

Es klopfte an der Tür und Friedrich öffnete. Draußen stand ein Bote mit einer Nachricht für Carl. Kurz darauf übergab Friedrich dem Junker ein zartrosa, leicht duftendes Schreiben. Carl erbrach das Siegel und las den Inhalt. Er überlegte einen Augenblick, dann erhob er sich.

„Freunde, es könnte sein, dass Geoffroy wie auch Melchior nicht ganz unrecht haben. Die Baronesse bittet mich dringend, zu kommen. Und ich werde zu ihr gehen."

Als der Junker den Raum verließ, schwirrten ihm einige anzügliche Bemerkungen nach, auf die er aber nicht weiter achtete.

Zehn Minuten später klopfte Carl an der Tür des Zimmers, in dem Sylvia von Korff untergebracht war. Es war das gleiche, in dem Hermann und er die Baronesse am Nachmittag verhört hatten.

„Ich freue mich, dass Ihr kommt, Junker", begrüßte ihn Fräulein von Korff. „Nehmt bitte Platz."

Sylvia von Korff trug ein sehr einfaches, locker geschnittenes, blaues Linnenkleid. Um den Hals lag eine schmale Perlenkette, und ihre goldene Haarpracht hatte sie in zwei schweren Zöpfen gebändigt. Ihr Gesichtsausdruck wirkte erschöpft und schutzlos, was in Carl das kaum zu bewältigende Gefühl hervorrief, sie in die Arme zu nehmen, zu trösten und vor dem Unheil der Welt zu behüten und zu bewahren. Ein Hauch von Rosenöl durchzog den Raum. Ein trauriges Lächeln lag auf den schönen Lippen der Baronesse, und sie blickte ihn seelenvoll an.

„Ich weiß, Ihr verdächtigt mich seit unsrem gemeinsamen Besuch von Mömpelgard der Intrige und Untreue, ja sogar des Verbrechens. Ich kann Euch verstehen, auch wenn ich an all dem, was geschah und geschehen ist, vollständig unschuldig bin. Doch ich habe, nachdem Ihr mir von Josephas Tod berichtet habt, noch einmal über alles nachgedacht. Und ich glaube, Carl, Ihr habt recht mit Euren Verdächtigungen, und Ihr habt Euch gleichzeitig geirrt. Es mag Euch unglaubhaft vorkommen, und Ihr könnt meinen, es sei ein Versuch meinerseits, von meiner Schuld abzulenken. Aber habt Ihr schon einmal überlegt, ob hinter alle dem, was sich ereignete, nicht eine ganz andere Person stand? Eine Frau, damit habt Ihr Recht, aber nicht ich bin die Frau, sondern Josepha von Ellrichshausen war wohl die große Unbekannte und Drahtzieherin. Sagt noch nichts", sprach sie, als Carl sich anschickte, etwas zu erwidern. „Hört mir noch einen Augenblick zu. Ich bitte Euch, versucht einmal dem anderen Gedanken zu folgen. Bei allem, was geschah, war Josepha dabei. Josepha war auch diejenige, die der Cavaliere nach Hohenheim mitnahm. Doch nicht, um sie dort zu ermorden, das hätte er einfacher haben können, nein, er nahm sie mit, da sie sich in Hohenheim auskannte und Bescheid wusste. Ich erinnere mich, dass an dem Abend, als der Empfang in der Loge stattfand – ein öffentliches Geschehen, kein Geheimtreffen –, auch eine Kammerfrau der Reichsgräfin vor Ort war, mit der Josepha einige Zeit plauderte. Vielleicht", sagte die Baronesse nachdenklich und griff wie gedankenverloren an ihre Halskette, „erfuhr Josepha von dem jungen Ding dabei etwas über den Perlenschmuck und seinen Aufbewahrungsort? Ihr könnt dies sicher überprüfen. Doch vor allem versprecht mir, dass Ihr den Cavaliere, diesen Morante, wenn Ihr ihn stellt, nach mir befragt. Ihr werdet gewiss merken, ob der Mann lügt, aber wenn er die Wahrheit spricht, kann der Cavaliere mein Wort nur bestätigen. Jetzt geht und findet ihn, auch um meinetwillen. Und dann, das ist das Letzte, worum ich Euch bitte, kehrt zu mir zurück und bestätigt mir, dass ich wahr gesprochen habe!"

Die Baronesse erhob sich graziös, knickste vor Carl, begab sich ins Nebenzimmer und schloss die Tür. Verwirrt stand der Junker auf und ging. Er sah nicht, wie ihm die Baronesse mit einem wehmütigen Lächeln von einem der Fenster nachsah. Carl lief durch die leeren Gassen zurück, und in seinem Kopf wirbelten die Gedanken. Hatte er Sylvia von Korff unrecht getan? War ihr Auftritt damals in Versailles die verständliche Handlung einer zutiefst gekränkten Frau gewesen? War es wirklich Josepha von Ellrichshausen, die für alles verantwortlich zeichnete? Wenn dem so war, hatte er damals die Hand einer schönen und geistvollen Frau zurückgewiesen und sich stattdessen in haltlose Fantasien geflüchtet. Vier Jahre waren seitdem vergangen, aber noch mochte es nicht zu spät sein, noch konnte er alles ändern und Sylvia von Korff mochte ihm verzeihen. Wenn, ja wenn alles stimmte, was sie ihm gesagt hatte! Er musste Morante finden, nicht allein wegen der früheren Morde und wegen des

Halsbandes, sondern um diese Ungewissheit zu beenden und möglicherweise seine Zukunft neu zu bestimmen.

Carl kehrte ins Haus zurück und besprach kurz mit den Freunden das weitere Vorgehen; über das Gespräch mit der Baronesse schwieg er sich aus. Verschiedene im Jägerhaus aufgefundene Schreiben, die Morante bei seinem hastigen Aufbruch zurückgelassen hatte, bestätigten ihre erste Aussage, sein nächstes Ziel sei Ulm.

Am nächsten Morgen brachen vier Reiter in Richtung der Freien Reichsstadt auf. Im Licht des hellen Tages sah manches anders aus. Carl, der die halbe Nacht über die Worte der Baronesse nachgedacht hatte und fürchtete, wieder enttäuscht zu werden, wies Friedrich an, die Baronesse und deren Tun unauffällig zu beobachten und ihm nötigenfalls per Bote Bericht zu erstatten. Sie ritten also los, und die Verfolgung Giovanni Morantes nahm ihre Fortsetzung.

Franziska von Hohenheim ließ ihre Blicke sinnend über ihr Gut schweifen. Es war Samstag, der 8. April. Bereits beim Aufstehen war eine Nachricht aus Bayreuth von der erkrankten Herzogin eingetroffen. Ein Kammerlakai brachte ein Schreiben vom Oberhofmeister, dass die Herzogin dringend einen Angehörigen des Hofes zu sehen und zu sprechen wünsche. Der Herzog schien von dem Anliegen durchaus berührt, war aber nicht bereit, selbst nach Bayreuth zu reisen, und beauftragte Geheimrat von Bühler, sich an seiner Stelle dorthin zu begeben. Eine traurige Geschichte. Sie hoffte, dass Bühler die Herzogin noch lebendig anträfe. Aber irgendwie hatte Franziska, ohne dass sie dies begründen konnte, das Gefühl, als weile Elisabeth Friederike Sophie nicht mehr unter den Lebenden. Sicher war, ihrem eigenen Leben stand eine Wende bevor. Und dennoch, alles war so vergänglich, war Tand und Staub. Ihre Gedanken sprangen weiter. Gut, dass sie diesen französischen Schmuck abgelehnt hatte. Als Landesmutter konnte sie eine derart auffällige Kostbarkeit nicht guten Gewissens tragen. Aber das Halsband mit den Perlen, das ihr Ihro Durchlaucht stattdessen schenkte, hätte Franziska gern wiedergehabt. Ob Herr von Schack bereits eine Spur von den Räubern gefunden hatte? Sie sollte sich beim Kammerherrn von Erlenburg darüber erkundigen. Er war ein guter Freund des Junkers und gewöhnlich über alles am Hofe gut unterrichtet. Demnächst wollte sie Herrn von Seeger und den Konsistorialrat LeBret zu einer Besichtigung einladen, am besten, Erlenburg wurde dazu geladen, dann konnte sie ihn unauffällig zur Seite nehmen und über den aktuellen Sachstand befragen.

Der Morgen war wie am Tag zuvor sehr frisch. Schweigsam ritten die Freunde hoch auf die Alb. Nach rund einer Meile passierten sie den Flecken Römerstein, später den Leinenweberort Laichingen und das Dörfchen Suppingen. In Blaubeuren machten sie, da es Mittag war, beim Kloster Rast. Sie banden die Pferde an und setzten sich mit Speis und Trank direkt an der Mühle ans Ufer des Blautopfs. Junker von Schack zog die mitgeführte Karte des „Wirttemberg Ducatus" hervor und überprüfte ihren Reiseweg. Am besten, sie folgten weiter dem Lauf der Blau, die sie auf Württemberger Gebiet direkt nach Ulm führte.

„Das erinnert mich an den Abend am Titisee", sagte Hermann und deutete auf das herrliche Blau des Wassers, „als uns Junker Maximilian seine Schwarzwaldgeschichten erzählte."

„Ich mag vielleicht nicht so gut erzählen können wie Maximilian, der Herr sei seiner Seele gnädig", meldete sich Melchior zu Wort, „aber zum Blautopf weiß ich ein nettes Märchen."

„Nun denn, erzählt, Freund Melchior", spornte ihn Geoffroy an. „‚Muttergansgeschichten', wie wir solche Märlein in Frankreich nennen, hör ich für mein Leben gern."

„Der Blautopf", begann Melchior von Talheim, „ist, wie Ihr seht, ein großer runder Kessel einer eifrig sprudelnden Quelle. Gegen Osten geht von ihm ein kleiner Fluss aus, die Blau, welche zu der Donau fließt. Der Teich selbst ist nach innen wie ein tiefer Trichter, sein Wasser ist von einer nicht zu beschreibenden Bläue; doch wenn man das Wasser mit einem Eimer schöpft, sieht es ganz hell und durchsichtig, manchmal auch ein wenig silbrig aus. Tief unten auf dem Grunde des Topfes, so erzählen die Alten, lebte einst eine wundersame Nixe mit langen, fließenden Haaren. Ihr schlanker, heller Leib war überall wie der eines schönen Weibes geformt, nur dass die Nixe zwischen Zehen und Fingern eine weiße Schwimmhaut besaß, wodurch sie trefflich zu schwimmen und zu tauchen verstand. Beim Volk hieß die Wasserfrau die ‚schöne Lau'. Den Menschen gegenüber verhielt sie sich meist wohlwollend und freundlich. Mitunter schenkte sie sogar einer jungen Braut kostbare Steine, wie sie in den Tiefen der südlichen Meere zu finden sind. Es geschah nun, dass die Nixe selbst großes Gefallen an einem Burschen fand, der in der Mühle dort drüben als Müller lebte. Als der hübsche Jüngling eines

Tages am Ufer Wasser schöpfte, konnte sie nicht an sich halten und zog ihn mit sich in die Tiefe, damit er auf immer bei ihr bliebe. Doch wie erschrak die schöne Lau, als der junge Müller, da es ihm an Luft mangelte, umgehend starb. Sie weinte bittere Tränen, die als Perlen aus ihren Augen strömten. Dann stieg sie voller Zorn und Trauer in die Höhe und ließ das Wasser im Blautopf aufquellen und überfließen. Verängstigt brachten ihr die Bürger Geschenke, um sie wieder gütlich zu stimmen, vor allem Gold, Silber und andere Kostbarkeiten. Die Seefrau erkannte, was sie angerichtet hatte, und tauchte voller Reue nieder in die Tiefe. Seit dieser Zeit schien sie verschwunden. Doch wenn im nahen Kloster die Orgel spielt und kein Mensch zu sehen ist, kann es sein, dass die schöne Lau mit halbem Leib aus der blauen Tiefe heraufkommt und der wundersamen Musik lauscht. Dabei trägt sie zumeist einen Kranz von breiten Seerosenblättern auf dem Kopf und als Erinnerung an ihren Liebsten ein kostbares Perlengeschmeide um den Hals. Wer sie dabei antrifft und die Nixe höflich fragt, dem, so mag es sein, erfüllt die Wasserfrau einen Herzenswunsch oder sie zeigt ihm im Spiegel des Wassers seine Liebste oder ihr den Liebsten", beendete Melchior seine Erzählung.

Die drei Freunde schwiegen und blickten eine Weile sinnend in das Blau des Sees.

„Ein nettes Märlein", meinte Geoffroy schließlich. „Das Richtige für Jungverliebte, aber nichts für uns raue Gesellen. Obwohl ich, das sei Euch gestanden, das liebliche Wasserweib in ihrer ganzen Schönheit allzu gerne einmal auftauchen sehen würde."

Hermann, dessen Gedanken wohl weit weg bei seiner Schweizer Liebsten gewesen waren, löste ebenfalls seinen Blick und errötete leicht. Nur Carl schien noch immer vom blauen Wasser gebannt zu sein.

„Nun, Carl", neckte ihn Melchior, „bei Euch scheint es wohl schwierig zu sein, dass Ihr das richtige Frauenbildnis schaut. Doch rate ich Euch, zumindest im Hinblick auf die Haarfarbe zu einem Entscheid zu kommen."

Die anderen lachten, und der Junker hob endlich auch den Blick. Die Rast wurde beendet, und die Ritter lenkten ihre Pferde weiter in Richtung der Freien Reichsstadt Ulm. Carls Gedanken verharrten jedoch bei der Geschichte. Dabei ging es weniger um die Frage, welches Bild er im Blautopf zu sehen gehofft hatte, sondern um die Stelle im Märchen, an der Melchior die Wasserjungfer beschrieben hatte. „Zumeist trägt sie ein Perlengeschmeide um den Hals", murmelte der Junker. Sylvia von Korff hatte bei ihrem letzten Treffen gestern Abend ebenfalls Perlenschmuck getragen. Er sah die Szene genau vor sich. Die Baronesse griff an ihre Halskette und erzählte, sie glaube, Josepha habe von der Kammerjungfer der Reichsgräfin Näheres über den Perlenschmuck erfahren. Woher wusste Sylvia von Korff, dass es sich bei dem geraubten Halsband um ein Perlencollier handelte? Oder hatten Hermann und er diese Tatsache angesprochen, sodass ihr Wissen ohne Bedeutung war? Carl konnte sich nicht recht daran erinnern, was beim Verhör sie genau gesagt oder nicht gesagt hatten. Selbst wenn er Hermann fragte, konnte er nicht sicher sein. Der Freund hatte gegenüber der Baronesse eine starke Abneigung entwickelt und hielt alles, was sie sagte, für Lügen. Gestern Abend war Carl fast von Sylvias Unschuld überzeugt gewesen, doch die jetzige Ungewissheit säte neuen Zweifel in ihm. War sie wie eine Seefrau, die ihren Liebsten in dunkle Tiefen zog, sodass dieser dort elendig endete? Carl wusste die Antwort nicht. Auch glaubte er, für einen kurzen Augenblick im Blautopf ein verführerisches Frauenbildnis erblickt zu haben. Hatte dies nicht der schönen Baronesse von Korff geähnelt? Er war sich der Ähnlichkeit nicht sicher; jedenfalls hatte das Gesicht nicht seiner Jugendliebe Aurelie von Weilingen geglichen – oder einer der anderen Frauen, welchen er bisher begegnet war. Das Leben schien für ihn noch Überraschungen bereitzuhalten – wenn man an Ammenmärchen glaubte, rief er sich sogleich zur Ordnung!

Am Spätnachmittag erreichte die Gruppe die Mauern der alten Reichsstadt Ulm. Die einst mächtige und reiche Stadt stand seit zehn Jahren nahezu vor dem Bankrott. Nach dem Siebenjährigen Krieg und mehreren Missernten hatte sich das Stadtsäckel empfindlich geleert und sich ein Schuldenberg von vier Millionen Gulden aufgetürmt. Angesichts der bedrohlichen Finanzsituation sah sich Kaiser Joseph II. gezwungen, persönlich in die Belange der Reichsstadt einzugreifen, und ordnete einen Schuldentilgungsplan an. Die Sanierung der Stadtkasse gelang nur bedingt und 1773 musste Ulm die Herrschaft Wain mit ihren Waldungen, Gütern und Gerechtigkeiten an den Freiherrn Benedikt von Herman für 432 350 Gulden verkaufen.

Die vier Reisenden ritten zum rechts der Blaumündung gelegenen Glöcklertor, wo sie die Wächter ohne große Formalität Brücke und Tor passieren ließen. Hinter der Stadtmauer zügelten sie die Pferde.

„Wohin jetzt?", fragte Hermann Schott von Schottenstein. „Ulm ist riesig, wo wollen wir mit unserer Suche beginnen?"

„Vor allem, welche Unterkunft beziehen wir und wo essen wir?", meinte Melchior von Talheim. „Ich muss gestehen, ich bin ziemlich hungrig."

„Grüß Gott, die Herren Junker", sprach sie plötzlich jemand von der Seite an. Überrascht wandte sich Carl zum Sprechenden und erblickte zu seiner Verblüffung Jakob Willibald Werner, den Buchhändler aus Esslingen und ehemaligen Tübinger Studenten. Werner schien es in den letzten Jahren gut gegangen zu sein, denn aus dem schlanken Jüngling von einst war ein wohlbeleibter Bürger geworden.

„Herr Werner, was macht Ihr hier? Zuletzt sah ich Euch in der Schweiz!"

„Das ist eine Geschichte, die schlecht im Stehen zu erzählen ist. Die Herren sind hungrig und suchen eine Unterkunft. Kommt mit mir, ich führe Euch zum ‚Gasthaus zum Schwanen', wo Ihr eine vorzügliche Küche findet. Als Unterkunft empfehle ich Herren von Stande allerdings eher die ‚Goldene Krone', in der die Kaiser Ruprecht, Sigismund und Maximilian bereits übernachteten. Wenn Ihr mit mir kommen wollt?"

Sie stimmten zu, und so ritt der Trupp langsam stadteinwärts.

Die „Goldene Krone" lag in der Nähe des Rathauses. Die Herren stellten ihre Pferde unter und bezogen vier artige Zimmer und folgten dann Werner, der draußen auf sie gewartet hatte, zum „Gasthaus zum Schwanen". Die Wirtschaft lag, wie fast alle wichtigen Gebäude, nicht weit vom Münster entfernt, und bald saßen der Graf, Melchior und die Junker in der großen Gaststube bei einem deftigen Mahl. Carl lud Jakob Willibald Werner ein, mit ihnen am Tisch zu sitzen und zu speisen, was ihm vom Grafen einen tadelnden Blick eintrug. Doch der „Roschtbroata auf Krautspätzle" besänftigte ihn rasch und wurde von Geoffroy wie von den übrigen Tischgenossen sehr gelobt. Dazu tranken sie das kräftige, vom Wirt selbst gebraute Dunkelbier des Gasthofes. Schließlich waren die Teller und Schüsseln geleert, und die Herren lehnten sich satt und zufrieden zurück.

„Ihr kennt wohl nicht die Geschichte des Hauses", nahm der Buchhändler das Wort. „Der Wirt ist ein Nachfahre der Sabina Heilbronnerin, der alten Schwanenwirtin. 1703 wurde Ulm von den Bayern besetzt, und die Wirtin bot den Feinden Paroli, als diese hier im ‚Gasthaus zum Schwanen' tafelten. Das Gasthaus hatte einen guten Ruf, und deshalb kehrte der bayerische Kurfürst Max Emanuel mit seinen obersten Offizieren hier zum Essen ein. Sie aßen und tranken viel, die Stimmung stieg, und schließlich hob der Kurfürst das Glas auf seinen Verbündeten Ludwig XIV., den König von Frankreich, und auf die Kriegslist, mit der es den Bayern gelungen war, die Reichsstadt Ulm ohne große Verluste zu besetzen. Danach warfen der Kurfürst und seine Offiziere die geleerten Gläser durch das Fenster auf die Straße, wo sie klirrend zersprangen. Darauf forderten die Bayern die Schwanenwirtin Sabina Heilbronnerin auf, ihnen dies nachzutun. Doch die mutige Wirtin hob stattdessen das Glas auf Kaiser Leopold und trotzte mit einem lauten ‚Vivat Leopoldus', bevor sie ihr Glas ebenfalls durchs Fenster warf. Ihr Glas blieb unversehrt und aufrecht auf dem Pflaster des Hofs stehen."

„Heute Mittag die Mär von der schönen Lau und jetzt diese Ulmer Sage", meinte Geoffroy geringschätzig, dem die Geschichte als Franzose nicht besonders zusagte. „Euer Land scheint reich an putzigen Märchen und heimeligen Legenden."

„Das mag gut sein", antwortete Carl ruhig, „und erklärt, warum in Deutschland die Literatur so hoch in Blüte steht. Doch sagt, Herr Werner, wolltet Ihr nicht Eure eigene Geschichte erzählen?"

„Die ist recht lang, Herr von Schack", antwortete der junge Buchhändler mit einem Blick auf den Grafen, „und womöglich nicht für jedermann von Interesse. Ihr wisst noch, dass ich, als wir zusammen nach Basel und Dornach reisten, dort einen Bekannten traf, den Konrad Baumgartner. Während Ihr Räuber und Mörder jagtet, nahm mich Konrad auf eine Hochzeit mit nach Bern. Dort … " Werner lächelte. „Nun, ich mache es kurz. Ich lernte ein nettes, braves Maidschi kennen. Wir heirateten nach Jahr und Tag und zogen nach Esslingen, wo meine Grethe mir alsbald ein Zwillingspärchen gebar. Nach des Vaters Tod übernahm ich den Buchhandel und habe damit ein gutes Auskommen. Das Buchgeschäft ist auch die Ursache, weshalb ich hier bin."

„Seid Ihr wieder auf der Suche nach einem Buch?", fragte Hermann neugierig. „Ich hoffe, es handelt sich nicht wieder um ein Kräuterbuch mit einem ellenlangen Namen!"

„Nein, das nicht", erwiderte Werner lachend. „Diesmal bin ich auf der Suche nach einem Autor. Ich will den hier in Ulm lebenden Johann Martin Miller für ein Buch gewinnen. Ihr wisst, ich bin auch Verleger, und Miller hat vor vier Jahren den schwärmerischen Roman ‚Siegwart. Eine

Klostergeschichte', veröffentlicht, in gebildeten Kreisen die größte Buchsensation nach dem ‚Werther' und mindestens so oft verkauft."

„Miller", sagte Carl überrascht. „Ihr meint den Mitbegründer des Göttinger Hainbundes? Den Freund von Matthias Claudius und Friedrich Gottlieb Klopstock?"

„Genau den meine ich", antwortete Werner. „Miller hat in Göttingen sowie in Leipzig Theologie studiert und stand auch mit Nicolai, Klinger und Matthisson in enger Verbindung. Jetzt ist er Pfarrer in Jungingen, einem Ort, der gut eine halbe Meile nördlich von Ulm liegt, und ich bin mit ihm morgen Mittag im ‚Schwörhaus', dem Treffpunkt der ehemaligen Steinmetzbruderschaft, verabredet."

„Wieso im Haus einer Steinmetzbruderschaft und nicht in der heimischen Pfarre Millers in Jungingen?", fragte Hermann.

„Seine Schreibtätigkeit wird von der Kirchenbehörde nicht gern gesehen, zumal Miller in Göttingen der Freimaurerloge ‚Zum goldenen Zirkel' beigetreten sein soll und dort angeblich sogar die Meisterwürde erlangt hat."

„Johann Martin Miller ist Freimaurer und Logenmitglied?", forschte der Junker nach.

„Das wird zumindest behauptet", antwortete der Buchhändler. Er senkte seine Stimme zu einem Flüstern. „Angeblich soll er in Ulm die Gründung einer neuen Loge vorbereiten."

„Das hieße, wenn jemand zu einer Loge oder zur Ulmer Freimaurerei Verbindung aufnehmen wollte, würde er versuchen, mit Miller in Kontakt zu treten?"

„Das ist sicher richtig", sagte Werner. „Aber worauf wollt Ihr hinaus, Herr von Schack?"

„Das müsst Ihr im Moment nicht wissen. Aber ich bitte Euch, nehmt mich mit zu Eurem Treffen mit Herrn Miller. Ich habe mit ihm zu sprechen."

„Gern, wenn Ihr das wünscht", erwiderte der Buchhändler. „Erzählen müsst Ihr mir ohnehin nichts; Ihr scheint", er warf einen Blick auf den Verband an Geoffroys linker Hand, „wieder in gefährliche Abenteuer verstrickt zu sein, und das ist nichts für einen braven Bürgersmann wie mich. Ich bin jedenfalls mit Miller, der nach der Sonntagspredigt nach Ulm kommen will, Schlag ein Uhr verabredet. Ich werde Euch vorher im Gasthof abholen und zu ihm führen. Dann mögt Ihr mit Miller besprechen, was Ihr wollt. Jetzt aber entschuldigt mich. Ich bin bei einem Studienfreund untergekommen, den ich lange nicht gesehen habe. Wir wollen über alte Zeiten plaudern – Ihr kennt ihn aus Tübingen, es ist Cornelius Krauss, der im letzten Jahr am Ulmer Gymnasium Professor geworden ist." Werner verbeugte sich und ging.

„Ein komischer Vogel, Euer Buchhändler", sagte Melchior. „Doch sagt, Carl, warum wollt Ihr diesen Miller treffen?"

„Morante reist als Cavaliere mit der Behauptung, er sei ein Logenmitglied und in geheimer Mission unterwegs. Wenn Miller wirklich ein Freimaurer-Meister ist, liegt es auf der Hand, dass Morante sich mit ihm in Verbindung setzt."

„Das kann sein oder auch nicht", meldete Geoffroy Zweifel an.

„Aber es könnte eine Möglichkeit sein, und andere Ansätze haben wir nicht", erklärte Hermann.

Der Graf musste ihm zustimmen. Es war spät und der Tag lang gewesen. Die Herren erhoben sich, zahlten und begaben sich zu ihrer Unterkunft in der „Goldenen Krone".

Am nächsten Vormittag, nach dem Frühstück und dem Kirchgang im Münster, durchstreiften die vier Freunde die alte Reichsstadt, denn bis Mittag war reichlich Zeit. Prächtige Gebäude zeugten von der Macht und dem Reichtum der Stadt in ihrer großen Zeit. Das waren neben dem Münster und dem Rathaus die zahlreichen Patriziergebäude, die Zunfthäuser und Stadthöfe wie der Ehinger Hof mit dem Meistersinger-Saal und das Kiechel-Haus. In der Stadt herrschte, obwohl Sonntag war, großes Gedränge. Viel Volk war unterwegs, zudem sich das Wetter deutlich gebessert hatte und die Sonne recht warm schien. Doch so sehr die Junker auch Ausschau hielten, von Morante und seinen Spießgesellen war nichts zu sehen.

„Ich fürchte, wir vertun hier nur unsere Zeit", murrte Melchior. „Außer der Aussage der Baronesse gibt es nur diese Briefe, aus denen hervorgeht, dass Morante sich hierher gewendet haben könnte. Aber sicher scheint mir das nicht. Und was das Abenteuer betrifft, bis auf die kleine Degenübung vorgestern in Urach ist bislang kaum etwas passiert, das auch im Entferntesten an ein Abenteuer erinnert."

„Nicht so ungeduldig, werter Freund", erwiderte Hermann. „Abenteuer kommen stets überraschend und wenn man sie nicht erwartet."

„Nun, so wollen wir so tun, als ob wir auf nichts warteten und nichts erhofften", sagte Melchior „und, während Carl den Pfarrer Miller trifft, ein Wirtshaus aufsuchen und uns dort ein wenig stärken."

Während der Junker zur „Goldenen Krone" zurückkehrte, um dort den Buchhändler Werner zu treffen, suchten sich Melchior, Hermann und Graf Geoffroy ein passendes Gasthaus.

Vor der „Goldenen Krone" wartete bereits Jakob Willibald Werner. Der Buchhändler führte den Junker direkt zum Schwörhaus, das nicht weit entfernt vom Rathaus lag.

„Ich dachte, wir würden Herrn Miller in einem Haus der ehemaligen Steinmetzbruderschaft treffen? Das hier scheint mir eher eine Art Lagerhaus zu sein."

„Die Bauhütte ist bereits seit fast 250 Jahren geschlossen, als die Arbeiten am Münster eingestellt wurden", erklärte Werner. „Das Schwörhaus wurde hundert Jahre später erbaut und wird seitdem von der sogenannten Steinmetzbruderschaft genutzt. Kommt, Herr Junker, wir wollen hineingehen, Johann Martin Miller wird schon auf uns warten."

Die Schenke, die Melchior auswählte, der „Hirsch", wurde eher von einfachen Leuten besucht. Der Graf zögerte, einzutreten, aber Melchior meinte, unter Umständen könnten sie hier eher etwas erfahren als in einem nobleren Wirtshaus. Also betraten die Freunde das Gasthaus, wo sie gleich in den Schankraum gelangten. Dieser war ein weiter, hell gestrichener, saalartiger Raum, an dessen Wänden schwere eichene Tische und Bänke standen. Eine große Menge von Kannen und Bechern befand sich blank gescheuert auf den Gestellen; das Wirtshaus musste vom Publikum sehr geschätzt sein, auch duftete es angenehm nach Gesottenem und Gebratenem. Es saßen, obgleich es gerade Mittag war, schon etliche Gäste beim Wein. Sie schauten die Eintretenden neugierig an, als diese an ihren Tischen vorüber zu einem freien Eckplatz gingen, der sich in einem sechseckigen, mit Fenstern umgebenen Erker befand.

Die Wirtin, eine schlanke Frau in rotem Schnürmieder und dunklem Haar, schien an ihren neuen Gästen, in denen sie unschwer Herren von Stande erkannte, besonderen Gefallen zu finden. Sie schaute ihnen mit lächelnder Miene nach und eilte, nachdem sie Platz genommen hatten, sogleich zum Erker, um ihnen eine Kanne ihres besten Weines und Zinnbecher hinzustellen. Dabei begrüßte sie die drei Ankömmlinge mit großer Höflichkeit und einem freundlichen Lächeln, und versprach, wenn die Herren es wünschten, den Tisch mit frischem Linnen zu decken und sogleich drei junge Hühner zu braten. Sie müssten sich nur ein wenig gedulden; einstweilen sollten die Herren so gut sein und sich den Wein bekommen lassen.

Der Wein mundete in der Tat und war von einer solchen Qualität, die vor allem Geoffroy an diesem Ort nicht erwartet hätte. Ihre Stimmung stieg, und sie orderten bei der Wirtin die empfohlenen Brathühner. Dann sahen sie sich im Wirtsraum um. Ihr Erker lag um drei Stufen höher als die übrige Stube, und die Freunde konnten somit in Muße die Tische übersehen und in Ruhe die Gäste mustern.

Ihnen fiel eine größere Gesellschaft auf, die in der Mitte des Raumes um einen der großen eichenen Tische saß. Sie zählte etwa acht bis zehn Männer. Es handelte sich offenbar um eine Runde einfacher und braver Bürger, die ruhig ihren Wein tranken und über verschiedene Tagesgeschäfte sprachen. Die Bürger sahen einander auf den ersten Anblick sehr ähnlich. Große Bärte und langes Haupthaar, runde Mützen und dunkle Wämser trugen der eine wie der andere. Doch beim genauen Betrachten fielen zwei Männer der Gruppe besonders auf. Der eine von ihnen, er saß ihrem Eckplatz am nächsten, war ein kleiner, sehr runder, freundlich wirkender Mann. Sein Haar hatte er sorgfältig gekämmt, und sein blonder Bart schien besonders gepflegt zu sein. Ein feiner, dunkler Tuchmantel und ein Filzhut mit breiter Krempe, die an der Wand hinter ihm an einem Nagel hingen, zeigten, dass er ein Mann von einer gewissen Bedeutung war. Er trank wohl auch eine bessere Sorte Wein als die übrigen Tischgenossen, denn er schlürfte diesen mit Kennermiene langsam und bedächtig. Er wirkte bei allem, was am Tisch gesprochen wurde, überaus zurückhaltend und überlegen, als wisse er über das Gesagte besser Bescheid, ohne dass er es nötig habe, dies gerade preiszugeben. Der zweite Mann, der ihnen auffiel, sah hingegen ziemlich zerrissen und zerlumpt aus. Er hatte etwas Listiges in seinem Auftreten und Wesen, das ihn von der gutmütigen, behaglichen Ruhe der anderen Gesellen am Tisch sehr unterschied. Er trug über dem einen Auge ein großes Pflaster, mit dem anderen aber blickte er sehr wach um sich. Ein großer Reisestock mit eiserner Spitze, der neben ihm lag, und ein mit Leder besetzter Rucksack ließen darauf schließen, dass der Mann häufig unterwegs sein mochte. Entweder war er ein Bote oder einer jener herumziehenden Vaganten, die sich mit allerlei Kunststücken auf Märkten und Kirchweihen durchschlugen und den Leuten Liebeszauber, Amulette und angeblich wirksame Mittel gegen Krankheit, Untreue und verhextes Vieh verkauften. Er blickte immer wieder zu der Gruppe herüber und stand schließlich auf, um zu ihrem Tisch zu humpeln.

„Seid mir gegrüßt, Ihr hohen Herren. Ihr scheint mir fremd in der Stadt zu sein, und wenn ich Euch mit meinen geringen Kräften zu Diensten sein könnte, werde ich es gerne tun. Mein Lohn ist bescheiden und fällt für vornehme Herren Eures Standes kaum ins Gewicht."

„Ei, guter Mann", sagte Hermann Schott von Schottenstein belustigt. „Er will sich also ungefragt in unsere Dienste begeben, ohne zu wissen, wer wir sind und was unser Bestreben ist? Was kann er denn, das wir benötigen könnten?"

„Ich bin, hoher Herr, zu allem zu gebrauchen. Ob als Bote, als jemand, der Dinge in Erfahrung bringt, oder als Diener, Kutscher, Pferdeknecht, was immer Ihr Herren wollt, Balthasar Landerer ist Euch umfassend zu Diensten!"

„Dann nimm dies hier", sagte Hermann und holte aus seinem Beutel einige Münzen hervor, die er Landerer zuwarf. „Bringe in Erfahrung, ob sich in der Stadt ein Cavaliere Alfiere oder ein gewisser Giovanni Morante aufhält. Deine Antwort melde mir bis heute Abend. Dann sehen wir weiter. "

„Gewiss Herr, danke Herr", sagte der Vagant und machte eine tiefe Verbeugung. „Wo finde ich Euch, Herr?"

„Komm zum Gasthaus ‚Goldene Krone' und frage dort nach Junker Schott von Schottenstein", erwiderte Hermann kurz und wandte sich der Wirtin zu, die soeben die knusprig gebratenen Hühner höchstpersönlich an den Tisch brachte, dazu frisches, duftendes Brot stellte und den werten Gästen einen guten Appetit wünschte.

Währenddessen trafen Junker von Schack und der Buchhändler in einem stillen Raum des Schwörhauses auf den Autor des „Siegwarts", Johann Martin Miller. Er war noch keine dreißig und wirkte von seinem Äußeren und seinem Auftreten zum Teil wie ein Pfarrer, zum anderen mehr wie eine Figur aus dem „Werther". Miller war schlank, von mittlerer Größe und modisch gekleidet. Das Haar trug er wohlfrisiert und gepudert. Das Gesicht war angenehm, wenn auch um den Mund ein leicht melancholischer Zug lag und die mandelförmigen Augen ihm etwas Fremdartiges gaben. Ein wenig mochte Miller dabei seinem Helden Siegwart gleichen, von dem der damalige Vikar geschrieben hatte, dieser sei „für das Männliche und Charakteristische des Deutschen geschaffen und liebe auch das Sanfte, und die schöne stille Natur".

Miller begrüßte die Herren, und falls er überrascht war, statt Werner allein gleich zwei Fremde vorzufinden, verbarg er dies gut. Carl, der den Buchhändler bei seinen Geschäften nicht länger als nötig stören wollte, stellte sich vor und kam gleich auf den Grund für seine Anwesenheit zu sprechen. Er erzählte Miller in groben Umrissen von Morante und seinen Taten sowie von seinem Verdacht, dass dieser sich als Cavaliere Alfiere bei ihm als Logenmeister einschleichen könne.

„Es ist erstaunlich, Herr von Schack", entgegnete Miller, „wie sich die Dinge manchmal finden und so zum Guten führen. So schrieb ich einst vor Jahren", er deklamierte das Folgende mit kräftiger Stimme: „Süß ist der Name Vaterland, wo Einigkeit mit festem Band die Bürgerherzen kettet. Wo jeder gern durch eignes Blut des Nebenbürgers Hab und Gut von Räuberhänden rettet." Miller hielt kurz inne, um im normalen Tonfall weiterzusprechen. „Das also waren meine Worte, und nun kann ich selbst dazu beitragen, dass ein geraubtes Gut aus Räuberhänden gerettet und dem rechtmäßigen Eigentümer zurückgebracht wird. Denn Ihr habt recht mit Eurer Vermutung; besagter Cavaliere Alfiere, also der von Euch gesuchte Räuber Morante, hat bei mir vorgesprochen und als angebliches Logenmitglied um Quartier gebeten."

„Wann war das?", unterbrach ihn der Junker. „Können wir den Mann noch fassen?"

„Vorgestern zur Nacht erschien ein einzelner Reiter auf abgekämpftem Ross, der sich Cavaliere Alfiere nannte und mir Papiere vorwies, in denen ich von den Stuttgarter Logenbrüdern, namentlich von Georg Heinrich von Roßkampff, dem Bürgermeister der Freien Reichsstadt Heilbronn und führendem Mitglied der Loge ‚Zu den drei Cedern' gebeten wurde, Bruder Alfiere jede nur denkbare Unterstützung angedeihen zu lassen. Das tat ich, und ich muss sagen, der Cavaliere erwies sich als angenehmer Gesprächspartner, sodass ich Euren Verdacht nicht hätte teilen können, wenn – wenn ich nicht nach seiner plötzlichen Abreise ein Papier in seinem Zimmer gefunden hätte, das mir seltsam vorkam. Erst nach Euren Erklärungen verstehe ich den Inhalt und weiß nun, dass ich einem gefährlichen Verbrecher Herberge gewährt habe. Einem Manne, der möglicherweise so schrecklich ist wie der Räuber Franz Antoni Stahl."

Der Junker hörte Millers Ausführungen mit wachsender Ungeduld zu. Wenn er als Schriftsteller genauso weitschweifig schrieb, wie er sprach …

„Wisst Ihr, wohin Morante sich gewandt hat?", fragte er rasch, als Miller eine kurze Sprechpause einlegte.

„Seinem Schreiben nach ist der Cavaliere in Richtung der alten Stadt Nürnberg aufgebrochen. Ich …"

„Wo habt Ihr das Schreiben?", unterbrach ihn Carl.

„Ich führe das Papier mit mir, wollte ich gerade sagen", entgegnete Pfarrer Miller in vorwurfsvollem Ton. „Wartet, hier habe ich es."

Er fasste in die Innentasche seines Rockes und holte eine lederne Brieftasche hervor, in der er umständlich zu blättern begann. Schließlich zog Miller ein gefaltetes Blatt hervor, welches er dem Junker reichte. Der Junker entfaltete es und las, was dort in rascher Schrift hingeworfen war.

Mit dem Schmuck Treffen in Nürnberg. Nur im Notfall in B. Ansonsten in L. Vorsicht vor … An dieser Stelle fehlte ein Stück des Papiers.

„Wann ist Morante aufgebrochen?", forschte der Junker.

„Ich vermisste ihn gestern beim Mittagsmahl und schickte meine Magd zu seinem Zimmer; doch er war fort, nur dieses Blatt fand sich am Boden. Ihr könnt es behalten."

„Ich danke Euch", sagte der Junker und steckte das Papier ein. „Ihr habt mir sehr geholfen. Und auch Euch, Herr Werner, sei Dank. Ohne die Begegnung mit Euch hätte es kein Treffen mit Pfarrer Miller gegeben. Ich wünsche Euch alles Gute für Eure Geschäfte, doch jetzt entschuldigt mich. Meine Freunde und ich müssen sofort aufbrechen und dem Flüchtenden folgen. Wir werden uns sicher einmal wiedersehen."

Carl eilte zurück zum Gasthaus „Goldene Krone", wo er im Gastraum voller Ungeduld auf das Eintreffen der Freunde wartete. Melchior, Hermann und Geoffroy erschienen erst nach einer Stunde, gerade schlug es vom Münster drei Uhr.

„Da seid Ihr endlich", begrüßte sie der Junker. „Auf, packt alles zusammen. Wir müssen sofort weiter. Morante war hier und hat schon wieder einen Tag Vorsprung."

„Immer langsam mit den jungen Pferden", erwiderte Melchior. „Könnt Ihr uns zunächst mitteilen, was Ihr in Erfahrung gebracht habt, Carl? Ich möchte erst Bescheid wissen, bevor ich wie ein wilder Stier losstürme!"

Der Junker sah ein, dass er kurz berichten müsse, und erzählte, was Miller mitgeteilt und was er ihm gegeben habe.

„Schon wieder ein zufällig gefundenes Blatt, dessen Angaben uns zur nächsten Station führen", sagte Hermann nachdenklich. „Die Situation ähnelt der in Stuttgart, als Neipperg im Logenhaus die Hinweise auf Schorndorf und Urach entdeckte. Denkt auch an die Briefe, die Morante im Jägerhaus liegen ließ. Fast meinte ich, an einer papierenen Jagd beteiligt zu sein – wenn der Hintergrund nicht so ernst wäre."

„Hermann hat recht, hier stimmt etwas nicht", schloss sich der Graf an. „Allerdings waren die Hinweise bislang richtig."

„Genau deswegen halte ich das Ganze für eine Häufung von Zufällen", entgegnete Carl. „Ich bin sicher, Morante schreckt nicht davor zurück, falsche Briefe, Empfehlungen und andere Papiere herzustellen. Doch was hätte der Brigant davon, uns auf seine Spur zu locken?"

Die Gasthoftür wurde aufgestoßen und der zerlumpte Bote, der sich Balthasar Landerer nannte, kam, ungeachtet des Versuchs eines Hausknechts, ihn am Eintritt zu hindern, eilig in den Gastraum gehumpelt.

„Herr Junker", rief er laut bei seinem Eintritt. „Ich weiß, wo sich Euer Gesuchter befand und wohin er sich gewendet hat!"

„Da kommt Ihr ein wenig zu spät, Landerer", erwiderte Hermann Schott von Schottenstein. „Wir wissen, dass unser Mann nach Nürnberg abgereist ist."

„Gewiss Herr, nach Nürnberg und von dort will er nach Bayreuth", entgegnete rasch der Zerlumpte. „Der ehemalige Stadtschreiber Nottinger, er saß mit mir am Tisch, der mit dem blonden Bart, hat es von seinem Vetter, der Torwächter ist, gehört."

„Bayreuth", wiederholte Carl, der nicht weiter auf das Geschwätz Landerers achtete. „Das würde erklären, was *im Notfall in B.* bedeutet. Jetzt fehlt noch das *L.* Doch sagt, Hermann, wer ist der Mann und was hat er mit unserer Suche zu schaffen?"

„Ich bin Balthasar Landerer, gnädiger Herr, und zu allem zu gebrauchen. Was immer Ihr braucht, Balthasar Landerer ist Euch umfassend zu Diensten!"

„Landerer ist ab sofort mein neuer Diener", erklärte Hermann. „Wenn er auch etwas verwildert aussieht, scheint er mir doch recht brauchbar zu sein."

Er wandte sich dem ehemaligen Boten zu. „Hör zu, ich nehme dich in meine Dienste. Kümmere dich um unsere Pferde und besorge dir ein eigenes. In einer halben Stunde brechen wir auf. Hier", er warf ihm einen Beutel zu. „Das müsste reichen. Für den Rest kannst du dir bei Gelegenheit anständige Kleidung kaufen. Ein Bediensteter des Hauses Schott von Schottenstein läuft nicht in Lumpen umher!"

Balthasar Landerer verbeugte sich und eilte aus dem Gastraum.

„Na, ob Ihr den wiederseht?", meinte Melchior skeptisch.

„Das ist ein echter Sancho Panza", sagt Geoffroy. „Ein Schlitzohr, das Euch, wenn er zurückkommt, sicher noch Vergnügen bereiten wird."

Sie packten ihre Sachen, zahlten und verließen das Gasthaus. Es war die halbe Stunde noch nicht vergangen, doch draußen erwarteten sie ihre bereits gesattelten Tiere und ein ebenfalls auf einer passablen Stute sitzender Balthasar, der dazu in einem einfachen, aber neuen Gewand steckte. Auch das Augenpflaster hatte er abgelegt und schien wieder mit beiden Augen sehen zu können.

„Du scheinst ein wahrer Hexenmeister zu sein, Balthasar", lobte ihn Hermann. „Mach so weiter und du wirst den Eintritt in meinen Dienst nicht bereuen."

Die Reisenden ritten durch die Straßen und Gassen der Reichsstadt hoch zum Frauentor und weiter nach Norden in Richtung Heidenheim.

Der Ritt war anstrengend, denn es begann zu regnen und die Wege verschlammten. Erst gegen Abend erreichten sie südlich von Dettingen wieder Württemberger Gebiet. Das Dorf hatten einst die Grafen von Helfenstein regiert, aber das war fast zweihundert Jahre her. Obwohl die Freunde alle müde waren, beschlossen sie noch die gut anderthalb Meilen bis Heidenheim zu reiten, wo sie auf bessere Unterkunft hofften. Im Regen und in der Dunkelheit mussten sie an einer Kreuzung fehlgeritten sein, denn als der Trupp endlich an einen Gasthof gelangte, waren sie in Oggenhausen, in der Brauerei des „Unteren Schlosses" gelandet, dem ehemaligen Gut der Deutschordenskommende Giengen. Nach einem kurzen Imbiss legten sich die Junker völlig erschöpft zu Bett.

Am nächsten Morgen brachen sie mit frischen Kräften zu ihrer nächsten Station, dem zum Fürstentum Ansbach gehörenden Crailsheim auf. In gut drei Tagen wollten die Reiter nach Nürnberg gelangen. Von dem flüchtenden Morante hatte sich unterwegs nirgends eine Spur gezeigt.

Am 11. April, die Frist, die Herzog Karl Eugen für das Finden des Schmuckes gesetzt hatte, war nahezu vorüber, erreichten die Junker die

Residenz Ansbach. Dort regierte Markgraf Christian Friedrich Karl Alexander von Brandenburg-Ansbach, der mit Friederike Caroline von Sachsen-Coburg-Saalfeld verehelicht war. Geoffroy du Breuil hatte den leidenschaftlichen Jäger vor einigen Jahren anlässlich einer Treibjagd in Savoyen kennengelernt, und beide Männer hatten sich auf Anhieb gut verstanden. Es war daher für ihn selbstverständlich, Karl Alexander in seiner Residenz aufzusuchen. Zurzeit allerdings hielt sich der Markgraf auf seinem Jagd- und Landsitz Triesdorf auf, wohin die Freunden ritten.

In Triesdorf bot sich dem Markgrafen ein weites Betätigungsfeld. Neben der Falkenjagd, der er im nahe gelegenen Altmühltal nachging, widmete Karl Alexander sich hier vor allem der Bautätigkeit. Unter seiner Herrschaft wurde die von seinem Vater Carl Wilhelm Friedrich ausgebaute Sommerresidenz um Bauten wie das sogenannte Weiße Schloss für seine Geliebte Hippolyte und das als Wohnhaus gedachte Rote Schloss erweitert.

Karl Alexander war ein Mann von Mitte vierzig, mit frischen, gesunden Gesichtszügen, denen man ansah, dass der Herrscher sich gerne in der freien Natur aufhielt. Voller warmer Herzlichkeit begrüßte er Graf du Breuil und zeigte sich auch gegenüber Junker von Schack, Hermann Schott von Schottenstein und Melchior von Talheim von vollendeter Höflichkeit. Er ließ Wein und Speisen auftragen, damit sich seine Gäste nach ihrer anstrengenden Reise stärken und erholen konnten. Bald waren die Herren in ein heiteres Gespräch vertieft, in dessen Verlauf der Junker dem Markgrafen von ihrer Verfolgungsjagd und den dabei erlebten Abenteuern erzählte. Karl Alexander war von der Geschichte sehr angetan und schien ernsthaft zu überlegen, ob er sich der „Jagdgesellschaft", wie er sagte, nicht kurzerhand anschließen solle.

„Doch leider, meine Herren, wird mir dies nicht möglich sein, denn ich habe einige Geschäfte, die ich im aktuellen Zustand unter keinen Umständen vernachlässigen darf."

„Darf ich fragen, Fürst", sagte der Graf, „um welche Geschäfte es sich handelt?"

„Ihr wart in der Freien Reichsstadt Ulm und habt sicher gehört, wie verschuldet die Stadt ist. 30000 Gulden müssen jährlich an Gläubiger gezahlt werden. Die hiesigen Staatsschulden betrugen bei meiner Amtsübernahme allerdings fünf Millionen Gulden. Das musste ich ändern. Ich habe daher eine Porzellanfabrik gegründet, mich um die Landwirtschaft gekümmert, dem englischen König Soldaten für seinen nordamerikanischen Krieg vermietet und ein wenig meine Hofhaltung gestrafft. Nun, Ihr versteht, bester Graf, ein kleines Plaisier muss der Mensch – und besonders ein Fürst – im Leben doch haben! Deswegen plane ich die Gründung einer Bank!"

„Ihr wollt ins Bankgeschäft einsteigen, Fürst?", fragte Carl überrascht.

„Warum nicht?", antwortete der Markgraf lächelnd. „Meine Geldgeschäfte will ich nicht den führenden Bankhäusern in Frankfurt überlassen, sondern selbst agieren und als Privatbankier die erzielten Einkünfte für mich behalten. Ich habe mir einiges Wissen erworben und bei meiner letzten Italienreise einen Venezianer kennengelernt, der im Bankwesen trefflich Bescheid weiß und der mich beraten wird. Im Sommer soll es soweit sein, die Hochfürstlich-Brandenburg-Anspach-Bayreuthische Hofbanco wird ins Leben gerufen werden. Aber genug der Geschäfte, es gibt zum Glück noch anderes im Leben, zum Beispiel die edle Profession der Jagd. Ich hoffe, die Herren werden mich morgen bei einer kleinen Schwarzwild- und Bockshatz begleiten, das Wild hat sich in letzter Zeit stark vermehrt, wir können also auf ein echtes Vergnügen hoffen. Auf der Jagd mache ich Euch mit dem venezianischen Conte bekannt. Euer Räuber kann sicher einen Tag warten."

Der Fürst duldete keinen Widerspruch, und so bereitete sich die Gesellschaft auf die morgige Jagd vor. Die notwendige Ausrüstung und die Gewehre stellte der Fürst, und nach den langen Ritten der vergangenen Tage sah unsere kleine Gesellschaft in der Einladung eine angenehme Abwechslung, auf die man sich freuen konnte.

Am folgenden Morgen brach die Gesellschaft zum fröhlichen Jagen auf. Die Sonne stieg gerade am Horizont empor, und es war recht frisch, doch allmählich wurde es wärmer, und das Treiben der Jäger und der Hundemeute füllte die Wälder mit ihrem munteren Lärmen. Der erste Keiler und einige Böcke wurden aufgescheucht und flüchteten in die Tiefe des Waldes. Der Fürst und Geoffroy sowie Melchior, deren Uracher Wunden so gut wie verheilt waren, und das ganze Gefolge eilten, vom Jagdfieber gepackt, dem davonspringendem Wild hinterher. Junker von Schack und Junker Hermann, die beide keine großen Hubertusjünger waren, blieben zurück und gerieten bald an den Rand des Jagdreviers. Sie ritten langsam durch den Wald und über einsame Heidelandschaften, unterhielten sich über dies und das und folgten dem fröhlichen Jagdgewirre von Weitem nach. Die Wälder rauschten, hin und wieder fielen Schüsse und zwischen dem Gebell der Hunde tönten von Zeit zu Zeit die Hörner.

Unterdes stieg die Sonne hoch über die Wipfel des Waldes, nur noch da und dort gaben die Hunde einzelne Laute, schließlich fiel kein Schuss mehr, und in der Ferne riefen die Jäger mit ihren Hifthörnern die zerstreuten Schützen zusammen. Die beiden Reiter strebten dem Ort zu, von dem die Hörner erklangen. Ihr Weg führte jetzt durch hüfthohes Gras, Himbeeren und sprießenden Buchenausschlag. Der Boden war zum Teil aufgeweicht, Zweige hingen im Bogen herab, die den Nacken der Reiter mit Güssen versahen. Mal ging es durch ein Dickicht, mal durch Gestrüpp von Brennnesseln und Brombeerranken. Nun kreuzte ein tiefer Wasserlauf ihren Weg, und sie mussten einen Bogen schlagen. Es ging einen lehmigen Hang hinab, dann wieder hinauf durch ein Gewirr von Tollkirschen und quer durch silberne Spinnennetze. Erneut zeigte sich ein Bach, der flacher zu sein schien. Sie ritten hindurch. Plötzlich zügelte Junker von Schack sein Pferd. Direkt ihnen gegenüber stand am Rande einer Wiese ein schlanker Rehbock, das Gras äsend. Keine vierzig Schritt vor ihnen hob er den Kopf mit dem schwarzbraunen Gehörn, äugte misstrauisch in ihre Richtung und verschwand, ehe sie zum Schuss kommen konnten, mit einem gewaltigen Satz.

Aber es waren nicht die Reiter, welche den Bock verscheucht hatten. Hinter ihnen, aus dem jenseitigen Waldstück, aus dem sie gerade gekommen war, hörte Carl es knacken. Er drehte sich im Sattel um, da fuhr es wie ein Feuerstrahl an ihm vorbei, ein Schuss! Hermann schrie auf und griff sich mit beiden Händen an die Schulter, wo ihn die Kugel getroffen hatte. Gleichzeitig scheute sein Pferd und bäumte sich steil in die Höhe. Sein Reiter, von der jähen Bewegung überrascht, verlor den Halt und stürzte zu Boden. Ohne nachzudenken, gab Carl seinem Tier die Sporen und sprengte, die Jagdpistole in der Hand, mitten in das Gebüsch hinein, aus dem die Schüsse gekommen waren. Da fiel erneut ein Schuss, sein braver Apfelschimmel wurde getroffen, stolperte und stürzte mitten im Sprung. Carl glitt gerade noch zur Seite und landete knapp neben dem um sich schlagenden Tier im weichen Moos. Ein weiterer Schuss verfehlte ihn, und das Geschoss krachte klatschend in den nächsten Baum. Carl sprang auf die Füße, hob die Reiterpistole und jagte, ohne groß zu zielen, eine Kugel in das vor ihm liegende Buschwerk. Ein Aufschrei zeigte an, dass er getroffen haben musste. Der Junker zog sein Jagdmesser aus dem Gürtel und rannte vorwärts, doch als er das Gesträuch erreichte, war dieses leer. Zweige brachen, und jemand rief etwas, das Carl nicht verstand. Hastig verließ er das Gebüsch und blickte sich suchend um. Niemand war zu sehen, nur der scharfe Geruch von Pulver lag in der Luft. Aus einem in der Nähe liegendem Tannendickicht erklang das Wiehern eines Pferdes und bald darauf das vom moosigen Waldboden gedämpfte Geräusch sich entfernender Hufe.

Er eilte zurück zu Hermann, um diesem zu helfen. Die Kugel hatte den Freund an der Schulter verletzt. Die Wunde blutete stark, schien aber nicht weiter gefährlich. Doch beim Sturz vom Pferd musste sich Hermann das Bein verstaucht oder gebrochen haben, denn es war ihm nicht möglich, aufzustehen. Carl verband den Freund notdürftig, nahm dann Hermanns Gewehr und schoss damit in die Luft. Das Signal schien gehört und verstanden worden zu sein, denn bald darauf erschienen etliche Reiter, um zu schauen, was vorgefallen war.

Junker Hermann wurde zurück ins Schloss transportiert, und auch um Carls Apfelschimmel kümmerte man sich. Das Pferd war zum Glück nur leicht verletzt, der Schuss hatte seine Flanke lediglich gestreift, und ein kundiger Stallknecht beruhigte und versorgte es.

Der Markgraf war über den Zwischenfall sehr betroffen und gab unverzüglich Anweisung, Wälder und Felder nach dem heimtückischen Schützen absuchen zu lassen, doch sollte die Suche trotz aller Mühen vergeblich bleiben. Hermann wurde in ein prächtiges Zimmer gebracht und vom Leibarzt des Fürsten höchstpersönlich behandelt. Der Arzt meinte, die Schussverletzung sei oberflächlich und werde rasch heilen; das Bein sei nicht gebrochen, aber die Stauchung sei heftig, und es bräuchte einige Zeit, bis das Bein wieder zu belasten wäre.

„Ich bedauere sehr, was geschehen ist, Junker Schott von Schottenstein", versicherte Markgraf Karl Alexander dem Verletzten, „und werde alles Nötige veranlassen, den Mordbuben zu fassen. Da Ihr nicht weiterreiten könnt, bleibt im Schlosse. Ihr seid selbstverständlich mein Gast."

Junker Hermann dankte dem Fürsten für sein freundliches Angebot. Der Fürst entschuldigte sich mit dringenden Geschäften und verließ den Raum.

Die Freunde berieten, wie es weitergehen könne. Geoffroy erklärte sich bereit, bei Hermann zu bleiben, während Melchior zusammen mit Carl weiter Giovanni Morante folgen würde.

„Wer könnte auf uns geschossen haben?", fragte Carl in die Runde. „War es ein Strauchdieb oder steckt etwa Morante hinter dem Mordanschlag?"

„Woher sollte Morante gewusst haben, dass Ihr beiden dort vorbeikommen würdet?", erwiderte Melchior. „Andererseits, warum hätte ein ‚gewöhnlicher' Räuber auf Euch schießen sollen?"

„Vielleicht wurde Morante von jemandem informiert?", überlegte Hermann.

„Das kann ich mir nicht vorstellen", sagte Carl. „Ich muss auf jeden Fall noch mal in den Wald und den Schauplatz genauer betrachten. Vielleicht habe ich bei der ersten Untersuchung etwas übersehen. Ich werde Hermanns neuen Diener mitnehmen. Der Bursche scheint mir sehr gewitzt zu sein und ist sicher eine Hilfe. Gut möglich, dass wir gemeinsam etwas entdecken."

6

In dunklen Gewölben

Der Junker und Balthasar ritten also zum Ort des Anschlags. Mittlerweile war es später Nachmittag geworden und der Himmel hatte sich bewölkt. Im Wald war es dämmrig, doch das Licht reichte noch aus, um etwaige Spuren erkennen zu können. Sie stiegen von den Pferden, banden die Tiere an und begannen mit ihrer Suche. Die Helfer hatten Gras und Moos vielfach zertreten, und die Männer erkannten bald, dass kaum Hoffnung bestand, irgendeinen Hinweis oder eine Spur zu finden oder zu entdecken. Nach einer halben Stunde vergeblichen Suchens fanden die beiden Männer schließlich in dem Tannendickicht, aus dem Carl das Hufgetrappel gehört hatte, einige Pferdeäpfel; nicht gerade das, wonach der Junker suchte, aber ein Zeichen dafür, dass ein oder mehrere Fremde vor Ort gewesen waren.

„Was meinst du, Balthasar, in welche Richtung ist der Reiter wohl entflohen?"

„Das ist schwer zu sagen", antwortete Landerer. „Ich jedenfalls hätte in sicherer Deckung gewartet, bis andere Jäger hierher gekommen wären und mich dann unter sie gemischt."

„Das ist eine gute Idee, aber der Mann muss verletzt gewesen sein. Ich bin sicher, dass meine Kugel ihn getroffen hat. Ein Verletzter wäre aufgefallen."

„Ich könnte mich bei den anderen Jagdknechten und Treibern erkunden, Herr. Mir erzählen die Leute eher etwas als einem Junker."

„Da magst du recht haben, Balthasar", antwortete Carl. Er bemühte sich noch immer vergeblich, auf dem Boden irgendeinen Hinweis zu finden.

Schließlich wurde es gänzlich dunkel, und Carl brach die Suche ab. Sie ritten langsam zurück zum Schloss.

Der Mond ging soeben auf und übergoss das Land mit seinem milchig-silbrigem Licht. Das Schloss kam in Sicht, direkt vor seinem Tor lag ein schmales Wiesenstück, das zum Weg hin von einer Hecke eingezäunt war. Dort erblickten sie zwei Männer, die Carl, er wusste nicht warum, sofort verdächtig vorkamen. Einer von ihnen hielt ihre Pferde am Zügel und schien Wache zu halten. Der andere kniete am Boden und war, seinem Verhalten nach, auf der Suche nach etwas. Der Pferdehalter meldete offenbar dem Sucher ihr Kommen. Dieser sprang auf und blickte in ihre Richtung. Da kam von der anderen Seite ein weiterer Reitertrupp, und die beiden Männer stiegen eilig auf die Pferde und ritten im schnellen Trab davon. Dem Junker schien durch ihr Verhalten sein Verdacht bestätigt, und er wollte ihnen schon folgen, da hielt ihn ein Ruf Landerers zurück.

„Herr, wartet!", rief der Diener. „Dort im Buschwerk leuchtet etwas, seht nur, was dort ist!"

Balthasar wies auf die Hecke, in deren Nähe der eine Mann den Boden abgesucht hatte. Im Gesträuch war im Licht des Mondes ein eigenartiges Glitzern und Schimmern zu erkennen. Carl hielt sein Ross an und schwang sich aus dem Sattel. Er näherte sich dem Buschwerk und griff beherzt nach dem leuchtenden Etwas. Vorsichtig zog der Junker hervor, was er gefunden hatte. Im Licht des Mondes erkannte Carl ein Perlenhalsband, in dessen Mitte ein großer Smaragd funkelte: das Halsband der Reichsgräfin von Hohenheim!

Der Junker und Balthasar kehrten ins Schloss zurück, der Fund des Halsbandes wurde von den Freunden mit Jubel aufgenommen; der herzogliche Auftrag war endlich erfüllt. Allerdings stellten sich so viele Fragen zu den Umständen des Fundes, dass sie mit diesem Zufall nicht recht zufrieden sein konnten.

Die Herren zogen sich um, denn der Markgraf hatte zum Essen geladen. Das Wildbret war sogleich zubereitet worden und wurde den Jagdteilnehmern in deftiger Form mit Pilzen und Klößen sowie einheimischem Bier aufgetragen. Außer den Freunden nahmen verschiedene Offiziere sowie der Gesandte Karl Siegmund von Seckendorff und sein preußischer „Kollege" Graf Görtz nebst drei Mitgliedern des Hofes an der Tafel teil. Den Raum erfüllte der Duft des gebratenen Wildbrets. Man aß und trank ausgiebig, sprach über die Jagd und das eigene Jagdglück und kam endlich auf den Anschlag, der von der Gesellschaft verschieden beurteilt wurde. Die Gesandten hielten sich diplomatisch zurück, zumal Bayern und Preußen beide insgeheim die Herrschaft im Lande zu übernehmen dachten und in allem und jedem das Tun der anderen Seite sahen und deren Konkurrenz witterten. Die anwesenden Offiziere waren zumeist der Meinung, die Junker hätten Wilderer überrascht und das Ganze sei für Herrn von Schottenstein ärgerlich, aber ohne Bedeutung. Einzig ein junger Fähnrich am unteren Ende der Tafel mit Namen Neidhardt von Gneisenau äußerte, es müsse sich um ein gezieltes Attentat gehandelt haben.

Markgraf Karl Alexander, der aufmerksam die verschiedenen Aussagen verfolgt hatte, warf dem Fähnrich einen kurzen, anerkennenden Blick zu, bevor er sich an Carl von Schack wandte und fragte, ob denn seine Spurensuche Erfolg gezeigt habe. „Direkt nein, fürstliche Hoheit, doch indirekt ja", antwortete der Junker und berichtete von den Männern und dem glücklichen Juwelenfund.

„Das wird Karl Eugen freuen", meinte der Markgraf und nickte anerkennend.

„Seine Durchlaucht und insbesondere die Reichsgräfin von Hohenheim werden zufrieden sein", bestätigte Carl.

„Nun", erwiderte der Fürst kühl, „die herzogliche Mätresse ist sicher zufrieden, zumal, wie gestern gemeldet wurde, meine Cousine, die Herzogin Elisabeth Friederike Sophie von Brandenburg-Bayreuth am letzten Donnerstag abends verstorben ist und sich die staatsrechtliche Position der Freifrau Leutrum von Ertingen durch den Tod der Herzogin, wie ich fürchte, deutlich verändert."

Die Nachricht überraschte die Runde, und sie schwiegen einen Augenblick. Dann sprach Junker von Schack.

„Wir bedauern den Tod Ihrer Durchlaucht und sprechen Ihnen, fürstliche Hoheit unser Beileid aus. Doch unser Auftrag besteht nach wie vor und geklärt ist eigentlich nichts. Wir haben den Schmuck, aber warum wurde er geraubt? Ist jener Morante wirklich der Dieb? Wer waren die Männer, Fürst, die ich beobachtet haben? Sind sie die Schützen, die am Mittag auf Hermann und mich geschossen haben?"

„Ihr habt recht, Junker", sagte der Fürst nun wieder freundlicher. „Euer Abenteuer ist noch nicht zu Ende. Ihr werdet morgen früh aufbrechen wollen, und es mag sein, dass wir uns nicht mehr sehen. Wenn Ihr

Euren Fall und alle Fragen gelöst habt, kommt wieder in meine Residenz und erzählt, was Ihr dabei erlebtet. Ihr seid herzlich eingeladen. Für jetzt entschuldigt mich. Man", erklärte Karl Alexander mit einem leichten Lächeln, „man erwartet mich im ‚Weißen Schloss'."

Der Markgraf erhob sich und verließ die Tafel. Damit war das Mahl beendet, und die meisten der Runde gingen in ihre Gemächer oder kehrten nach Hause oder in die Kaserne zurück. Die Freunde jedoch setzten sich in den Gästesalon, um die unerwartete Nachricht vom Tod der Herzogin und die Folgen zu betrachten und zu überlegen, wie sie jetzt weiter vorgehen sollten.

„Der Fund des Halsbandes war allzu einfach", meinte Carl nachdenklich. „Ich fürchte, hinter dem Geschehen steckt mehr, als wir bisher wissen. Daher denke ich, unabhängig von allem anderen, dass wir Morante unverzüglich folgen sollten."

„Das sehe ich ebenso", sagte Melchior. „Daher lasst uns gleich morgen früh von hier aufbrechen. Aber es wäre gut, wenn einer von uns das Halsband rasch nach Stuttgart brächte."

„Wenn ich mit einer Kutsche zurückfahre, könnte ich diesen Teil der Aufgabe übernehmen", schlug Hermann vor. „An allem anderen hindert mich das verflixte Bein."

„Ihr wollt allein nach Stuttgart?", fragte Carl bedenklich.

„Ihr könnt unbesorgt aufbrechen", versicherte Hermann, „Es genügt, dass Balthasar mich auf der Reise begleitet."

„Und dazu ein Detachement meiner besten Soldaten", ergänzte der Fürst, der eben überraschend den Salon betrat. Alle erhoben sich.

„Doch nicht deswegen komme ich, meine Herren, sondern weil etwas Unerwartetes geschehen ist. Ihr erinnert Euch gewiss, dass ich Euch meinen venezianischen Finanzberater, den Conte vorstellen wollte. Auf der Jagd habe ich den Conte aber nicht gesehen, und bei Tisch fehlte er auch, was an sich merkwürdig war und ist. Nun erhielt ich soeben ein Schreiben von seiner Hand mit dem Inhalt, der Conte habe unverzüglich aufbrechen müssen und lasse sich vorerst entschuldigen. Wann er zurückkehre, wisse er nicht zu sagen."

„Aber das ist nicht alles, Fürst, was Euch beunruhigt, oder?", fragte Graf Geoffroy du Breuil.

„Leider habt Ihr recht, Graf", erwiderte Karl Alexander. „Ich habe dem Conte eine Schatulle mit 50 000 Gulden als Bankeinlage übergeben, und ich fürchte sehr ..."

„Ihr fürchtet, einem Betrüger aufgesessen zu sein", ergänzte Geoffroy du Breuil.

„So ist es", sagte der Fürst, „Aber setzen wir uns. Im Sitzen lassen sich solche Angelegenheiten besser besprechen."

„Wie heißt Euer Venezianer, fürstliche Hoheit?", fragte Carl.

„Es ist der Conte Caracanti in Begleitung seines Dieners Alessandro."

Alle starrten den Markgrafen an. Schließlich nahm Junker von Schack wieder das Wort.

„Das, fürstliche Hoheit, ist unmöglich. Der Conte Caracanti wurde vor vier Jahren in Gegenwart von Junker Schott von Schottenstein und mir vergiftet!"

In Kurzform erzählte Carl dem perplexen Fürsten, was sich damals in Mömpelgard ereignet hatte.

Der Markgraf hörte zu und schüttelte dann fast resignierend den Kopf. „Es sieht wirklich so aus, als hättet Ihr mit Euren Vermutungen, Herr von Schack, recht. Dieser angebliche Conte und sein Spießgeselle sind Betrüger! Dabei legte mir der Mann verschiedene beglaubigte Schreiben vor, die ihn alle sehr empfahlen. Unter anderem von der Hand des Grafen Cagliostro, der vor einigen Jahren an meinem Hofe erfolgreich experimentierte."

„Der Graf Cagliostro war Ihr Gast, fürstliche Hoheit?", fragte Carl erstaunt.

„Gewiss, Cagliostro ist ein hochbegabter Mann, der große Fähigkeiten besitzt und über unbeschreibliche Kräfte verfügt", erwiderte der Fürst mit Überzeugung.

Angesichts des fürstlichen Enthusiasmus schwieg Carl.

„Jedenfalls werden wir die Betrüger fassen, Fürst", rief Geoffroy du Breuil. „So wahr ich ein du Breuil bin!"

Die Freunde schlossen sich seiner Zusicherung an, und dann erörterten sie mit dem Fürsten gemeinsam die eingetretene Situation. Es schien erwiesen, dass der falsche Caracanti und Morante miteinander in Verbindung standen. Der Schmuckfund wies deutlich in diese Richtung, und Carl von Schack war zudem sicher, dass es sich bei dem Duo am Busch um den falschen Conte und den falschen Alessandro gehandelt haben musste.

„Bei ihrem schnellen Aufbruch ist dem Venezianer, aus welchem Grund auch immer, der Schmuck entfallen. Ich habe sie beim Suchen überrascht und beide flüchteten", erklärte Carl.

„Das heißt, jener falsche Conte hätte Euch bereits vorher gesehen und erkannt", meinte der Fürst. „Wahrscheinlich hat er oder sein Begleiter auch auf Euch geschossen. Als sein Attentat schiefging, entschloss er sich mitsamt seinem Komplizen und leider auch mit meiner Schatulle zur Flucht!"

„So muss es gewesen sein, fürstliche Hoheit", bestätigte Carl die Vermutung des Markgrafen. „Ich glaube sogar, gesehen zu haben, dass der Mann, der die Pferde hielt, ein Tuch um den Arm trug. Eine Folge meines Schusses."

Das eine oder andere Detail wurde noch betrachtet, dann kam man schließlich überein, dass Junker von Schack, Melchior von Talheim und Graf Geoffroy du Breuil gleich am nächsten Morgen nach Nürnberg beziehungsweise Bayreuth aufbrechen sollten.

Der Fürst war's zufrieden und meinte, die Freunde würden bei der Verfolgung des Briganten Morante gewiss auch auf den falschen Caracanti stoßen und von ihm die Schatulle mit den 50 000 Gulden zurückgewinnen können. Hermann hingegen sollte erst einmal ausruhen, bevor er mit seinem Diener, mit dem Schmuck und der soldatischen Begleitung in den nächsten Tagen nach Stuttgart abreiste.

„Da Herr Schott von Schottenstein bei Euren weiteren Unternehmungen ausfällt, biete ich Euch einen meiner Offiziere als Begleitung an", sagte Karl Alexander abschließend.

„An wen dachtet Ihr, fürstliche Hoheit?"

„An den jungen Neidhardt von Gneisenau", erwiderte der Markgraf. „Er scheint ein heller Kopf zu sein, aus dem vielleicht einmal etwas Großes werden kann."

Der Vorschlag wurde angenommen, und der Fürst verabschiedete die Freunde und kehrte in seine Gemächer zurück.

Mit Sonnenaufgang verließen vier Reiter die fürstliche Residenz. Rund sieben Meilen waren bis Nürnberg zurückzulegen. Carls Apfelschimmel hatte wegen seiner Verletzung in Ansbach bleiben müssen, und der Fürst hatte alle mit frischen Pferden versorgen lassen, die nun im munteren Tempo vorwärts trabten.

Der neue Kamerad Gneisenau saß in seiner Uniform gut im Sattel. Das leicht rundliche Gesicht wirkte offen und wach, die hohe Stirn ließ auf Geistesgaben schließen, das energische Kinn und die große Nase auf einen festen Willen und Ausdauer. Das lockige Haar trug Gneisenau kurz und gescheitelt. August Neidhardt von Gneisenau war gebürtiger Sachse. Ursprünglich hatte er an der Universität Erfurt Artilleriewesen, Befestigungskunst, Mathematik und Kartografie studiert. Durch seinen studentisch-lockeren Lebenswandel brachte er rasch das großväterliche Erbe durch und musste sein Studium abbrechen. Darauf trat er in das in Erfurt stationierte österreichische Husaren-Regiment Graf Wurmsers ein und zog mit diesem als einfacher Soldat in den Bayerischen Erbfolgekrieg. Vor einem Jahr war Gneisenau in den Dienst des Markgrafen gekommen, und der Neunzehnjährige hatte sich im Jägerbataillon rasch den Ruf eines guten Soldaten und fähigen Kopfes erworben.

Gegen Mittag erreichten die Reiter Veitsaurach im Aurachtal und aßen eine kräftige Suppe in der dortigen Wirtschaft „Zum Goldenen Hirschen".

Gegen halb zwei setzten sie ihre Reise fort und gelangten endlich gegen Abend, kurz vor Einbruch der Dunkelheit, in der alten Reichsstadt Nürnberg an. Vor ihnen erstreckte sich im letzten Licht des Tages die beeindruckende Silhouette der Stadt. Vorn waren die riesigen Festungswälle der Stadtmauer, an diesem lag das Frauentor und links davon weiter hinten das Spittlertor, ganz rechts außen war die Spitze des Laufertores zu sehen. Hoch oben thronte die mächtige Burg, umgeben von zahlreichen Kirchtürmen, die die Giebel der reichen Bürgerhäuser weit überragten.

Die Freunde passierten das Tor und ritten in die Stadt hinein, ihr Ziel war das „Goldene Posthorn", ein wohlbeleumundetes Gasthaus mitten in der Stadt unterhalb der Burg.

Eine lange Geschichte prägte die Reichsstadt. Kaiser wie Karl IV. oder Kaiser Sigismund wählten Nürnberg als zeitweiligen Aufenthaltsort. Hier fanden Reichstage statt, und seit über dreihundertfünfzig Jahren wurden in den Mauern die Reichskleinodien aufbewahrt. Um 1500 zählte Nürnberg zusammen mit Prag und Köln zu den größten und reichsten Städten des Heiligen Römischen Reiches Deutscher Nation, und auch jetzt herrschten in der Stadt Wohlstand und solider Reichtum. Kurz, Nürnberg war eine Stadt, in der es sich leben ließ.

Ein wenig später saßen die vier Herren an einem breiten Tisch ihrer Herberge und speisten zur Nacht. Melchior hatte für alle Rostbratwürste mit Weinkraut bestellt, damit der Westfranke, wie er den französischen Grafen scherzhaft nannte, einmal die original fränkische Küche kennenlerne. Dazu tranken sie einen würzigen Bocksbeutel.

„Wie wollen wir vorgehen?", fragte Melchior die Runde. „Die Stadt ist weitläufig und größer als Ulm. Wie sollen wir da einen Hinweis auf unsere Flüchtenden finden?"

„Wir werden uns aufteilen müssen und nach Morante und seinen Gesellen fragen. Irgendeine Spur wird es geben", erwiderte Carl. „Am besten, wir beginnen damit, in den Herbergen nachzuforschen."

„Da werden wir einiges zu tun haben", warf Neidhardt von Gneisenau ein. „Ich schätze, dass es in der Stadt mehrere Dutzend Häuser gibt, in denen übernachtet werden kann. Übrigens gut, dass Euer Gefährte Hermann Schott von Schottenstein nicht ebenfalls mit nach Nürnberg gekommen ist. Sein Namensahne Konrad Schott von Schottenstein ist hier wegen der von ihm verübten Grausamkeiten als ein ungemein bösartiger, händelsüchtiger und rauflustiger, ja seelenloser Raubritter in Erinnerung geblieben."

„Der herzensgute Hermann hat einen Raubritter in seiner Ahnenreihe, wer hätte das gedacht?", lachte Melchior. „Erzählt, Neidhardt, was Ihr von diesem üblen Burschen wisst!"

„Nun", begann der Fähnrich, „wann besagter Ritter geboren wurde, weiß heute kein Mensch mehr zu sagen. Jedenfalls wählten 1497 vierundvierzig Ritter der Burg Rothenberg Konrad zu ihrem Burggrafen. Von dieser Burg aus konnte man die Stadt Nürnberg innerhalb von drei Stunden erreichen, was die Ritter reichlich nutzten. Burggraf Konrad begann alsbald einen äußerst heftigen und sehr blutig ausgetragenen Raubkrieg gegen die mächtige Stadt, in dessen Verlauf er nicht nur die reichen Pfeffersäcke plünderte, sondern das Städtchen Stein nahe Nürnberg vollständig niederbrannte. Die Fehde wurde nach langen Kämpfen endlich förmlich beigelegt, doch Konrads Helfer setzten ihre Fehde gegen Nürnberg fort. Der Ritter selbst aber schloss nach Leistung einer Urfehde mit dem Markgrafen von Brandenburg 1501 einen regelrechten Dienstvertrag ab und war jetzt sozusagen ein Teil der Obrigkeit, was ihn aber nicht hinderte, den einen oder anderen Kaufmann auszurauben und notfalls auch zu töten. Drei Jahre später dann kämpften Schott von Schottenstein und die Stadt Nürnberg im Bayerischen Krieg plötzlich gemeinsam auf kaiserlicher Seite gegen Bayern. Kaum war der Krieg zu Ende, bekam der Ritter wegen der Kriegsbeute erneut Streit mit der Stadt Nürnberg, und die Fehde ging weiter. In der Folge verübte Konrad jede Menge Grausamkeiten an Nürnberger Händlern und Kaufleuten, an einfachen Bürgen wie Ratsherren – gänzlich ohne Maß und Ziel. Im

Jahre 1523 soll er schließlich geköpft worden sein; andere erzählen, Konrad Schott von Schottenstein sei erst drei Jahre später an einer Krankheit verstorben."

„Nun, für die Taten der Ahnen kann keiner von uns etwas", meinte Carl daraufhin. „Das Geschlecht derer von Schack zum Beispiel wurde im Braunschweig'schen und Lüneburg'schen schon 1281 erwähnt, später auch in Holstein, Mecklenburg und Pommern. Was aber meine Vorfahren dort alles für Taten begangen haben, ist mir, ob ruhmvoll oder schändlich, letztlich gleichgültig. Ich denke, ein wahrer Edelmann ist fähig, sein Glück mit Geist, Feder und Degen selbst in die Hand zu nehmen!"

„Wohl gesprochen, Carl", rief Geoffroy du Breuil. „Denn edles Blut lässt sich, glaubt mir, auf Dauer nicht verleugnen."

Carl hob stumm den Becher. Er kannte Geoffroys Ahnenstolz und wie sehr es der Graf liebte, über die unendliche Reihe seiner Vorfahren und vor allem seine Verwandten zu sprechen, wenn man ihm nur den kleinsten Anlass dazu gab. Melchior, der das Gleiche wusste, wechselte rasch das Thema, und Geoffroy musste auf seine Ahnensicht verzichten. Der Rest des Abends verging in fröhlichen Scherzen, und auch der Fähnrich, der beim Trinken wacker mithielt und einige Schwänke zu erzählen wusste, war bald in der Runde aufgenommen.

Ihre Suche am nächsten Morgen schien indes unter keinem guten Stern zu stehen. Das Wetter war schlecht, es fiel ein kalter Nieselregen – und Nürnberg war einfach eine zu große Stadt. Die Gruppe machte sich dennoch paarweise auf die Suche, spätestens gegen Abend wollte man sich wieder im „Goldenen Posthorn" treffen. Sie suchten in allen Gassen und Straßen, in angesehenen und noblen Gasthäusern sowie in einfachen Herbergen. Doch wo sie auch vorsprachen, niemand wollte Morante oder den falschen Conte kennen oder gesehen haben.

Carl fiel bei dem Rundgang auf, wie viele Kirchen die Stadt dem staunenden Betrachter bot – die ehemalige Klosterkirche Sankt Klara, eine der ältesten Kirchen der Stadt, schräg gegenüber die Martha-Kirche, die dreischiffige Lorenzkirche, die Frauenkirche, die Sebalduskirche, die Kirchen Sankt Jakob sowie Sankt Katharina und noch andere Kirchen mehr. Dazu, ähnlich wie in Ulm, eine Vielzahl edler Patrizierhäuser wie das „Pellerhaus", das „Schürstabhaus" der Juristenfamilie Fetzer oder das „Fembohaus" und natürlich der imposante Renaissancebau des neuen Rathauses mit dem „Schönen Brunnen" und seiner kunstvollen Turmpyramide am Hauptmarkt.

Der Junker und der Fähnrich standen vor dem Kirchenportal der Frauenkirche an der Ostseite des Hauptmarkts, als es eben zwölf Uhr schlug. Oben öffnete sich an der dort angebrachten Uhr ein Tor, und bunte Figuren erschienen – als erstes ein Herold, der das folgende muntere Spiel mit dem Geläut eines Glöckleins eröffnete, wozu er sichtbar den Mund bewegte. Kurz darauf zeigte sich in einem anderen Fenster ein Ordner und gab mit seinem Stab den nachkommenden zwei Posaunenbläsern, einem Flötenpfeifer und dem Trommelschläger den Takt für ihr lautloses Spiel vor. Nun erschienen die sieben Kurfürsten mit den Reichskleinodien, verneigten sich und umrundeten dreimal den Kaiser, der alle mit dem Zepter grüßte. Zwei in türkische Tracht gekleidete Männer schlugen in dem schmiedeeisernen Türmchen abwechselnd mit einem Hammer auf eine Glocke. Dann erklangen endlich die Schläge der vollen Stunde, der ganze Zug verschwand im Innern der Uhr, und die Türen schlossen sich wieder.

Während ein Großteil der Besucher des Marktes in die Höhe hin zum Schauspiel starrte, hatte Carl aus einem Instinkt heraus die Menschen auf dem Markt unauffällig betrachtet. Einige Bürger und etliche Bauern sowie eine große Anzahl Weiber und Bürgermädchen in ihren Trachten standen herum und hielten Maulaffen feil. Dazwischen strichen einige Lehrburschen durch die Menge, die für ihre Meister etwas besorgen sollten, aber lieber müßig umherliefen und vor allem die jungen Mädchen begafften oder den Mägden nachstiegen. Fünf oder sechs Schritte entfernt glotzte ein Mann in dunkler Samtkleidung nach oben, der dem Junker irgendwie bekannt vorkam, obwohl er nicht wusste, woher die Bekanntschaft rührte. Carl stieß den Fähnrich an.

„Sagt", flüsterte er leise, „kennt Ihr den Mann dort drüben?"

„Ei, wisst Ihr es nicht?", stieß Neidhardt von Gneisenau hervor. „Das ist der Begleiter des falschen Conte. Der war mit beim Markgrafen. Auf, packen wir den Burschen!"

„Nicht so hastig und vor allem still", hielt ihn der Junker am Arm zurück. „Es ist besser, wir heften uns dem Kerl an die Fersen, damit er uns zu seinem Komplizen führt."

Der Fähnrich nickte, und beide Männer zogen sich zurück, sodass sie von dem Mann im schwarzen Samt nicht sogleich gesehen werden konnten. Dieser wandte sich, als das Schauspiel der laufenden Figuren der

Uhr vorüber war, zum Gehen in Richtung der Burg. Carl und Gneisenau ließen ihm etwas Vorsprung, dann folgten sie ihm vorsichtig.

Die Straße führte zwischen hohen Fachwerkhäusern hindurch und recht steil den Berg hinauf. Der gepflasterte Weg war holprig und mühsam zu begehen, dennoch lief der Mann mit schnellen Schritten nach oben, gerade als ob er in Eile sei. Kurz vor dem Zugang zum Burgtor bog der Verfolgte plötzlich in eine schmale Gasse nach links und kam ihnen so völlig außer Sicht.

„Los, hinterher!", rief der Junker seinem Begleiter zu. „Der Kerl entkommt uns."

Sie rannten über das Pflaster zur Gassenmündung und bogen ebenfalls um die Ecke. Gerade noch konnte Carl sehen, wie der Mann eine Tür an einem der schmalen Häuser unterhalb des Himmelstores öffnete und eintrat. Ohne weiter darauf zu achten, ob sie gesehen oder gehört wurden, liefen die beiden Männer hinterher. Sie hatten Glück, die Tür war nicht völlig zugeschlagen, und sie folgten ins Innere. Drinnen lag ein breiter, nahezu leerer Flur, von dem eine enge Holztreppe in den ersten Stock führte. Im Haus war es völlig still, nur ihr eigener Atem war zu hören. Carl hielt inne, dämpfte den Atem und lauschte, ob er irgendwo Schritte hörte. Doch es herrschte eine eigentümliche Stille, kein Geräusch war zu vernehmen, über dem Haus lag ein fast beängstigendes Schweigen und der Geruch von altem Holz und Schimmel. Da, der Fähnrich stieß Carl an und deutete nach unten. Aus der Tiefe waren Laute gekommen, ein anhaltendes Knarren, gefolgt von einem Ton, der wie das Schleifen von Holz auf Stein klang.

„Das kam aus dem Keller", raunte der Junker dem Fähnrich zu. „Dort ist der Kerl also hin. Irgendwo muss ein Zugang sein, aber ich sehe keine Tür."

Sie untersuchten hastig die Wände und den Boden und entdeckten schließlich in einem seitlichen Winkel des Flures hinter der Treppe einen Verschlag, in dessen Innerem sich eine Falltür befand. Gneisenau hob die schwere, mit einem Seilzug verbundene Türplatte hoch und klappte sie zur Seite. Vor den beiden zeigte sich eine dunkle Tiefe, in die grünlich bewachsene Steinstufen hinabführten.

„Seht, dort gibt es sogar Licht", sagte der Fähnrich und wies auf eine Anzahl von Öllampen, die zusammen mit einer Zunderbüchse seitlich des Zugangs auf einem Holzbrett standen. Die Männer griffen jeweils eine der Lampen, entzündeten sie und stiegen in das Gewölbe hinab.

Dreizehn ausgetretene, glitschige Stufen führten in die Tiefe. Vorsichtig bewegten Carl und Gneisenau sich vorwärts, und als sie unten ankamen, ertönte das Geräusch von vorhin, nur lauter und näher. Das schwache Licht, das bis eben von oben herabgefallen war, schwand plötzlich, denn die schwere Klappe am Eingang schloss sich mit einem lauten Knall. Carl hob die Lampe. In ihrem Licht sah er, dass sie sich in einem runden Raum von etwa fünfzehn Fuß Durchmesser befanden. Einen Ausgang schien es nicht zu geben.

„Wir sind in einer echten Mausefalle, würde mein Freund Johann Blasius sagen", meinte der Fähnrich lässig.

„Und was würde Euer Freund vorschlagen, wie wir aus dieser Falle kommen können?", erwiderte Carl trocken und richtete den Schein seiner Laterne auf die umgebenden Wände.

„Da zitiere ich lieber einen Bekannten meines Großonkels, den ehemaligen Rittmeister Blücher: Vorwärts oder zum Teufel!", antwortete Gneisenau.

„In der Hölle werden wir nicht gleich landen, aber wie wir vorwärtskommen wollen, weiß ich nicht."

„Vielleicht geht es dort weiter?", fragte der Fähnrich und wies mit der Lampe auf den Boden und von dort nach links, wo undeutlich Fußspuren zu erkennen waren, die direkt in die Wand zu führen schienen.

Der Junker und der Fähnrich untersuchten die kalkige Wand Spann für Spann, ohne zunächst einen Riegel oder Knauf oder sonst einen Mechanismus ausfindig zu machen, der ihnen eine Pforte geöffnet hätte.

„Wie lässt sich diese verdammte Tür nur öffnen?", rief Carl. „Ich finde nichts. Wahrscheinlich", überlegte er, „müssen wir nach etwas völlig Anderem suchen."

Wieder ließ er den Schein seiner Lampe über das Mauergestein wandern.

„Ihr habt recht, dort oben ist etwas, eine Kuhle oder Vertiefung", rief der Fähnrich und verdeutlichte mit dem Licht seiner Lampe, was er meinte.

„Mit dem Degen könnte ich die Stelle erreichen", meinte der Junker. Er zog den Degen, richtete sich auf und stieß mit der Spitze in die Öffnung. Es knarzte, und die Wandtür schwang langsam auf. Ein kalter Hauch und der Geruch von Fäulnis wehten ihnen entgegen. Vor ihnen lag ein schmaler Tunnel, der sich in dunkler Ferne verlor.

„Vorwärts!", kommandierte Carl. „Worauf warten wir noch, es gibt nur diesen Weg!" Die beiden Männer betraten den Gang, hinter ihnen schloss sich die Pforte wieder.

Melchior von Talheim und Graf Geoffroy hatten bald genug vom Umherlaufen. Gegen Mittag, Carl und der Fähnrich waren gerade beim Männleinlaufen und nahmen soeben die Verfolgung des Verdächtigen auf, setzten sie sich in ein respektables Wirtshaus, um ein wenig auszuruhen sowie etwas zu trinken und zu speisen. Das Haus „Zum Gulden Stern" lag „auf dem hohen Pflaster" und bot auf seiner Tafel vor allem die bekannten Rostbratwürste und Schweinelende an.

Die Gaststube zierte eine dunkle Balkendecke. Die Einrichtung selbst bestand aus einfachen Holztischen und -stühlen und an den Wänden hingen allerlei kupferne Teller, Kannen und anderes Geschirr sowie das Zunftwappen der Metzger. Melchior und Graf Geoffroy bestellten eine große Portion der Würste mit Kraut, dazu tranken die Herren einen Humpen frischen Bieres.

„Die Würste sind gut", meinte der Graf. „Doch sagt, Freund Melchior, warum sind sie nur so groß wie mein kleiner Finger?"

„Darüber, edle Herren, gibt es einige Geschichten", ließ sich eine bekannte Stimme von der Seite vernehmen. Melchior blickte in die Richtung, aus der die Stimme ertönt war, dort saß wahrhaftig der fahrende Scholast, den sie in Urach getroffen hatten. Sein Gesicht war noch spitzer geworden, und sein Schnurrbart wirkte ausgedünnt und ziemlich zerrupft. Er trug noch immer das gleiche dunkle Gewand, das er bereits in Urach angehabt hatte. Überhaupt schien es ihm in den vergangenen zehn Tagen nicht gut gegangen zu sein. Die ehemals saubere Kleidung war fleckig geworden, und über der Stirn zeigte sich eine frische Narbe. „Ach, Ihr seid es, Nicodemus Kunckel, der Herr Scholast", sagte Melchior mit strengem Blick. „Wir hätten noch ein Wörtchen miteinander zu reden. Doch setzt Euch erst einmal her und erzählt Eure Geschichte! Esst auch etwas und trinkt", fügte Melchior gutmütig hinzu, denn er sah dem Scholasten an, dass ihm der Magen zu Boden hing. Begierig zog dieser den Geruch der Speisen ein. Er ließ sich nicht zweimal bitten, setzte sich zu ihnen an den Tisch und aß mit einem derartigen Heißhunger, dass Melchior schon fürchtete, der Mann würde platzen. Dazu trank Kunckel mehrere Humpen, bis er sich schließlich zurücklehnte, sich über den Bauch strich und den Grafen und Melchior keck ansah.

„Ich danke Euch, Ihr hohen Herren. Das war seit drei Tagen meine erste Mahlzeit. Ich will Euch zum Dank erst die Geschichten der Rostbratwürste erzählen und dann etwas Anderes, was Euch vielleicht zum Nutzen sein mag. Also hört gut zu: Vor über sechshundert Jahren, als ein findiger Metzgermeister die ersten Rostbratwürste erfand, machte er, da es schon damals Sperrstunden für Gaststätten gab, die Bratwürstchen so klein, dass sie durchs Schlüsselloch geschoben und heimlich an die hungrigen Händler, die auch noch nachts in der Stadt unterwegs waren, verkauft werden konnten. Bösartige Neider brachten den Mann um sein Geschäft, und er landete schließlich im Schuldturm. Da zeigte sich, wie gut es war, dass er die Würste derart klein gemacht hatte, denn Freunde schoben ihm nun die Bratwürste heimlich durchs Schlüsselloch des Verlieses."

„Ein spaßiger Schwank", spendete der Graf Beifall, der heute weniger adelsstolz schien. „Jetzt aber, Herr fahrender Scholast, erzählt, warum es Ihn hierher verschlagen hat und wie es Ihm gelang, noch vor uns, die wir sicher gut beritten sind, in Nürnberg anzukommen."

„Das ist in der Tat eine kurzweilige Geschichte, mit der ich die hohen Herren gern erfreuen will", antwortete der Scholast. „Doch sagt mir zuerst, ob Ihr noch immer auf der Suche nach jenem Räuber namens Morante seid."

„Kerl", rief Geoffroy du Breuil. „Was fällt dir ein, uns Fragen zu stellen!" Er packte den Scholasten am Kragen.

„Wartet, Geoffroy!", mischte sich Melchior ein. „Der Mann kann nicht anders, lasst ihn reden, wie ihm der Schnabel gewachsen ist."

„Gut", brummte der Graf, „doch sollte sich der Herr Scholast bei seinen Reden bemühen, seine Zunge nicht allzu locker laufen zu lassen!"

Nicodemus Kunckel nickte scheinbar demütig und begann seine Geschichte, wobei er sich bemühte, den Grafen nicht erneut zu verärgern.

„Ich verließ Euch in Urach, hohe Herren, da ich mich einer Gruppe Tübinger Studenten anschließen wollte, die wie ich in Richtung Leipzig unterwegs waren, um dort nach Arbeit und Brot zu suchen. Ihr letztes Geld hatten sie für den Kauf von Pferden ausgegeben, denn zu Fuß war die Reise allzu weit und beschwerlich. Unser Weg führte über Göppingen, Aalen und Feuchtwangen zunächst nach Ansbach, und von dort sollte es weiter nach Nürnberg gehen. Wir waren unser sechse, die Namen sind für die edlen Herren nicht von Bedeutung. Nur einen möchte ich näher beschreiben. Dieser, ein grimmig aussehender, groß gewachsener Kerl mit feuerrotem Haar und kräftigem Körperbau fiel mir gleich von Anfang an auf, denn ein Studiosus war der Mann unter keinen Umständen. Ich fürchtete, er sei vielmehr in anderen Geschäften unterwegs, und als ich seinen Namen erfuhr, er hieß Peter Linse, und dass er einen weitläufigen Vetter namens Johann David Linse habe, der ein Wirtshaus in Großbottwar bei Ludwigsburg betreibe, ahnte ich Übles."

„Meint Ihr das Gasthaus ‚Rößle', das für das fahrende Volk Treffpunkt ist?", fragte Melchior. „Soviel ich weiß, ist dieser Johann David Linse ein heimlicher Hehler und Dieb."

„Genau den Mann meine ich, hoher Herr", bestätigte Nicodemus Kunckel. „Und dass ich mit meiner Befürchtung, Peter Linse sei in gleicher Profession tätig, richtig lag, musste ich zu meinem Leidwesen bald erfahren. Wir waren am 8. April von Urach aufgebrochen und erreichten nach drei Tagen Ansbach. Dort führte uns Linse zu einem, wie er sagte, respektablen Haus, in dem eine Muhme von ihm wohne, die gern bereit sei, uns für die Nacht eine billige Unterkunft zu gewähren."

„Ihr wart am 11. April in Ansbach?", fragte Melchior verwundert nach. Der Weg der Freunde und der des Scholasten schien sich mehrfach gekreuzt zu haben.

„Ja, Herr", nickte Kunckel. „Es war bereits dunkel, als wir die Stadt erreichten, und Linse führte uns zu einem abgelegenen Haus außerhalb der Mauern der Stadt. Das Gebäude musste eine ehemalige Wassermühle gewesen sein, denn ein mächtiges Mühlenrad war außen zu sehen. Sonst wirkte alles sehr zerfallen und unsauber. Wir kamen in eine große, verrußte, stinkende Stube, in der in einem Kamin ein mattes Feuer glomm. Vor dem Kamin saß in einem Schaukelstuhl ein hässliches, altes Weib von vielleicht sechzig Jahren, Linses Muhme. Ein fetter schwarzer Kater hockte neben ihr. Die Alte rauchte eine stinkende Tabakpfeife und schien auf dem rechten Auge blind zu sein, denn sie trug über diesem eine schwarze Augenklappe. Ihr zur Seite saß eine schmutzige Dirne in liederlichem Aufzug und mit struppigem Haar an einem Spinnroggen und spann. Bei unserem Eintritt sprang sie auf und eilte auf Linse zu.

‚Ei, Herr Vetter, was führt Euch zu uns und in unsere Gegend?', sprach sie mit einer unangenehm kreischenden Stimme. ‚Bringt Ihr uns edle Gäste mit?'

‚Schwatz nicht so dumm umher, Else!', fuhr Linse das junge Weib an. ‚Bring uns lieber etwas zu trinken und zu essen. Wir sind den ganzen Tag geritten und kommen schier um vor Hunger und Durst.'

Dann wandte er sich an die Alte, die bislang nichts gesagt hatte und nur stumm an ihrer Pfeife ziehend mit dem verbliebenen Auge uns forschend betrachtete.

‚Geht es Euch gut, beste Muhme? Wir brauchen für die Nacht ein Lager, ist der Schuppen frei?'

‚Gewiss, gewiss, mein Junge', antwortete die Alte mit meckernder Stimme. ‚Alles ist wie immer bestens vorbereitet', fügte sie mit einem abscheulichen Kichern hinzu. Mir lief bei diesen Worten ein Schauder den Rücken hinunter, und ich glaube, den anderen ging es ebenso. Da kehrte die schmutzige Dirne in Begleitung eines Kindes, das ihr tragen half, mit einem großen Krug Wein nebst Bechern sowie Brot und Wurst zurück. Sie stellten alles auf einen Holztisch, und Linse lud uns ein, Platz zu nehmen und kräftig zuzulangen. Das taten wir, und Linse füllte die Becher, und alle tranken auf das Wohl des Hauses, auch wenn dieses zweifelhaft schien. Während meine Mitreisenden eifrig aßen und Becher um Becher des schweren Weines leerten, hielt ich mich vorsichtig zurück. Mein Augenmerk galt dem Kind, welches tragen geholfen. Es war ein Mädchen von vielleicht zehn, elf Jahren. Sie steckte in den schmutzigsten Lumpen, die man sich denken kann. Doch ihre langen blonden Locken waren, im Gegensatz zu den Haaren der Dirne, wohl gebürstet und geflochten. Das Gesicht der Kleinen war allerliebst, nur wirkte sie sehr verängstigt, und der Blick ihrer großen blauen Augen war vor steter Sorge und Angst auf uns und vor allem auf Linse gerichtet. Dieser hatte, wie auch meine Genossen, dem Wein kräftig zugesprochen und forderte plötzlich mit rauer Stimme das Kind auf, ein Lied zu singen.

‚Aber hörst du, du Ding, kein Kinderlied, sondern etwas für richtige Männer!', befahl er mit einem widerlichen Grinsen.

‚Ich weiß nicht, was Ihr meint, Herr', antwortete die Kleine mit einem eigenartigen Akzent. Ihre Stimme war kaum hörbar und das Kind wich ängstlich in eine Ecke des Raumes zurück.

‚Du weißt nicht, was ich meine?', schrie er trunken und sprang in der Absicht, das Mädchen zu schlagen, schwankend auf. Ich erhob mich ebenfalls und trat ihm in den Weg.

‚Lasst das Kind, Linse', sprach ich. ‚Was kann die Kleine schon singen? Eure Base Else wird eher wissen, was Männer hören wollen.'

Der riesige Kerl glotzte mich aus seinen blutunterlaufenen Augen an. Er hob die Fäuste, und ich dachte schon, er wolle mich packen, da lachte der Kerl schallend.

‚Gefällt dir das Ding? Kannst es haben, ich mag lieber ein richtiges Weib in meinen Armen halten, als mit so einem Lumpenbündel spielen. Elsa!', rief er dann und winkte der Dirne. ‚Komm zu mir und wärm mich. Aber erst schenk uns ein, die Luft ist trocken und ich muss meinen Kameraden noch etwas erzählen.'

Währenddessen hatte sich die Kleine aus dem Raum gestohlen und war verschwunden. Linse leerte seinen Becher und begann, Elsa auf dem Schoss, lautstark die Freiheit des Räuberlebens zu preisen! Ich hatte mir bereits gedacht, dass er in solchen Kreisen verkehrte, doch dass Linse so offen darüber sprechen würde, verwunderte mich, auch wusste ich nicht, was er mit seinen Worten bezweckte. Die anderen schien dies jedoch nicht zu stören, mehr noch, mir war, als stimmten sie Linse und seinen Reden zu.

‚Es ist etwas Herrliches um ein Leben in stolzer Freiheit', sprach er voll scheinbarer Begeisterung. ‚Wenn noch ein Tropfen Mannesblut in Euren Adern rinnt – macht mit! Wollt Ihr denn ewig im studentischen Schuldturm stecken und fasten und darben bis zum Jüngsten Tag? Wollt Ihr Euch mit der Feder täglich durch Abschreiben öder Texte um einen Bissen trocken Brot abquälen? Wollt Ihr an den Fenstern der Leute mit einem Bänkellied ein mageres Almosen erbetteln? Das alles sind Possen, nur Possen! Überlegt, Ihr armen Schlucker, mein Plan wird Euch Reichtum, Freiheit und Ruhm bringen.'

‚Aber was ist mit der Ehrlichkeit?', wandte ich ein. ‚Meine Eltern hielten viel auf die Tugend der Ehrlichkeit. Ich denke, Ihr seid ein guter Redner, Linse. Euch gelingt es leicht, einen Mann zu einen Halunken zu machen ...'

‚Ehrlich, sagst du?', unterbrach mich der Kerl. ‚Meinst du, du bist als Räuber weniger ehrlich, als du jetzt bist? Was ist überhaupt ehrlich? Reichen Geldsäcken zu nehmen, was sie in der Nacht nicht schlafen lässt? Das von den Armen abgepresste Geld frisch in Umlauf zu bringen, das Gleichgewicht des Besitzes wiederherstellen, das nenne ich wahrhaftig ehrlich, gut und edel gehandelt! Ab und zu jemandem Not, Hunger, Elend, Krieg und Doktores ersparen und ihn direkt ins Himmelreich zu expedieren – siehst du, das nenne ich, ehrlich zu sein und somit ein würdiges Werkzeug der höheren Mächte abzugeben. Also', wandte er sich wieder allen zu, lasst von Eurem mühevollem Tun ab und werdet freie Räuber. Ein guter Freund von mir, ein freier Brigant, sucht eben neue Männer für eine kühne Tat. Er ist in der Gegend, und wir könnten ihn morgen treffen, wenn Ihr einschlagen wollt, werde ich ihm Bescheid geben und Ihr seid dabei!'

Die Trunkenheit schien alle übermannt zu haben, denn sie stimmten Linse zu, und er richtete seinen Blick auf mich, der ich zögerte.

‚Was ist mit Euch, Nicodemus, traut Ihr Euch nicht oder was hindert Euch, jetzt einzuschlagen?'

‚Ein wenig mehr müsste ich schon wissen', antwortete ich vorsichtig, denn ich war sicher, dass wenn ich jetzt ablehnte, Linse nicht zögern würde, einen, wie er es wohl nennen würde, lästigen Kostgänger auszuschalten.

‚Und was wollt Ihr wissen?', fragte er drohend mit finsterer Miene.

‚Wie heißt Euer Freund, und was hat er genau vor? Ich muss schon wissen, wem und wozu ich mich verpflichte', erwiderte ich.

Linse lachte lauthals. ‚Ihr scheint ein Vorsichtiger zu sein. Aber keine Sorge, Giovanni Morante ist ein Mann, der genau weiß, was er will, und dessen Pläne stets aufgehen!'"

„Der Name Giovanni Morante fiel?", unterbrach Melchior überrascht die Erzählung des Scholasten. „Wisst Ihr das genau?"

„Der Name wurde genannt", bestätigte Nicodemus Kunckel. „Ich erinnerte mich an Euer Gespräch in Urach, das ich absichtslos belauschte, und Linse musste meinem Gesicht wohl angesehen haben, dass mir Morante bekannt war, denn er fragte mich mit drohender Stimme, ob ich den Namen schon gehört hätte und was ich über Morante wisse. Ich sagte, ich wüsste nichts, sei jetzt müde und wolle über das Ganze erst einmal eine Nacht schlafen.

‚Das tut', erwiderte der Räuber mit einem schmierigen Grinsen. ‚Schlaft gut und fest!'"

„Das heißt, Ihr habt Linses Lockungen widerstanden und Euch in der Nacht abgesetzt", fasste Melchior das weitere Geschehen zusammen. „Sonst säßet Ihr wohl nicht hier."

„So ungefähr war es", entgegnete Nicodemus Kunckel. „Nur dass das Kind mich warnte, Linse wolle mich im Mühlbach ertränken. So schlich ich mich davon, musste aber alle meine Habe und mein Pferd dabei zurücklassen. Dass ich auch die Kleine in den Händen dieser Kerle ließ, kann ich mir kaum verzeihen. Doch sagt selbst, was ich hätte tun können? Ich habe mich zu Fuß nach Nürnberg durchgeschlagen, bis ich hier halb verhungert ankam. Ich hoffte, im Haus ‚Zum Gulden Stern' einen alten Freund zu treffen, aber der scheint nicht mehr in Nürnberg zu wohnen."

„Dafür traft Ihr uns und habt uns mit Eurer Geschichte gut unterhalten und einen Hinweis auf den von uns gesuchten Räuber und Mörder gegeben. Über das Mädchen würde ich mir keine Gedanken machen. So ein Ding kommt überall durch."

Melchior reichte dem Scholasten einigen Münzen.

„Nehmt dies fürs Erste, wir müssen weiter. Kommt morgen früh zum ‚Goldenen Posthorn'; es könnte sein, dass wir Aufträge für Euch haben."

Der Graf und von Talheim erhoben sich und verließen die Gaststätte.

Der Gang, in den Junker von Schack und Fähnrich Neidhardt von Gneisenau traten, war schmal und führte, dem Boden nach zu urteilen, weiter in die Tiefe. Nach etwa sechzig Fuß bog der Gang scharf nach rechts und öffnete sich hin zu einer Art kleinem Platz, von dem links wie rechts und direkt vor ihnen weitere Wege abzweigten.

„Wir müssen in einem der alten Stollengänge sein", meinte der Fähnrich. „Unter der Stadt gibt es eine Vielzahl von Gewölben und Gängen. Es sind zum Teil die in Sandstein gegrabenen Kellerräume der Brauereien, zum anderen begehbare Stollen, welche vor Jahrhunderten zur Gewinnung und Weiterleitung von Wasser angelegt worden sind. Unter manchen Häusern wurden bis zu vier Stockwerke tiefe Gänge gegraben und horizontal über Tausende von Fuß weitergetrieben."

„Das klingt nach einem wahrem Labyrinth", sagte der Junker. „Doch woher wisst Ihr das alles so genau?"

„Vergesst nicht, dass ich in Erfurt Befestigungskunst und Kartografie studierte. Dabei habe ich mich unter anderem mit dem Baumeister Antonio Fazuni beschäftigt, der hinter der Burg gewaltige Basteien errichtete. Im Inneren der Basteien führen Treppen hinab in die beschusssicheren Verteidigungsgänge, in die Kasematten tief unter der Kaiserburg. Doch kein Mensch weiß, wohin diese Gänge genau führen und wo überall in der Stadt unterirdische Stollensysteme gebaut wurden und wie verzweigt sie insgesamt sind. Die Größe des Netzes aller jemals angelegten Stollen kann wahrscheinlich niemals vollständig geklärt werden. Die unterirdischen Felsengänge gelten als absolut geheim, und der Rat der Stadt hat es streng verboten, Karten der Anlagen zu zeichnen oder gar zu veröffentlichen."

Während dieser Rede hatten die beiden Männer im Schein ihrer Öllampen den felsigen Boden untersucht. Spuren waren auf dem Sandstein nicht zu erkennen, daher entschieden sie sich, auf gut Glück dem Gang direkt vor ihnen zu folgen. Dieser führte in einigen Windungen weiter nach unten. Von den Wänden tropfte es stetig, und auf dem Boden floss ein dünnes Wasserrinnsal. Ab und zu kreuzten schmale, mitunter kaum zwei Fuß breite Stollen, aus denen kühle Luft strömte.

„Das könnten Zugänge zu den Braukellern sein oder deren Lüftungen", sagte der Fähnrich. „Zu Luthers Zeiten gab es in Nürnberg über zweihundert Brauereien, die zur Kühlung ihres Bieres eigene Kelleranlagen betrieben."

Wieder gelangten die beiden an eine größere Gabelung, von der Stollen in alle Richtungen führten.

„Langsam geht das Öl in unseren Lampen zur Neige", meinte der Junker und wies auf seine Lampe. „Am besten wir löschen eine, um etwas länger Licht zu haben. Im Dunkeln möchte ich hier nicht umherirren."

Der Fähnrich schraubte den Docht seiner Laterne herunter, und ihr Licht erlosch.

„Wohin jetzt?", fragte er. „Unseren Mann in Samt haben wir längst verloren."

„Das ist richtig, der Bursche ist uns entkommen", erwiderte Carl. „Jetzt geht es nur darum, aus diesem Irrgarten hinauszugelangen."

Er leuchtete den Boden ab. Der zweite Stollen links stieg sichtlich an.

„Der hier scheint nach oben zu führen, versuchen wir unser Glück."

Sie bogen in den neuen Gang ein, der in Schlangenlinien langsam, dann immer steiler nach oben führte. Je höher sie stiegen, desto besser wurde die Luft. Erneut erreichten die beiden Männer eine Kreuzung – und blieben stehen. Direkt vor ihnen leuchtete es hell aus einem Stollen, ja es schien, als ob sich ein Licht auf ihren Standort zubewege. Der Junker löschte rasch seine Lampe, und sie zogen sich in das Dunkel des eben begangenen Schachtes zurück. Das Leuchten wurde heller und heller, schließlich traten zwei Gestalten auf die Kreuzung. Die eine war ein groß gewachsener, grimmiger Kerl mit feuerrotem Haar und kräftigem Körperbau. Sein kleinerer Begleiter war der Mann im dunklen Samt, der den falschen Conte in Ansbach begleitet und den der Junker auf dem Markt gesehen hatte. Er wirkte mit seiner rundlichen Gestalt eher wie ein biederer Bürger. Das Haar war sorgfältig gekämmt, und der blonde Bart schien gepflegt zu sein.

„Das ist wahrlich ein teuflisches Labyrinth, Luciano", fluchte soeben der Feuerrote. „Das reinste Höllengewirr; allein würde ich mich hier nie zurechtfinden."

„Ohne die geheime Karte wüsste ich mitunter auch nicht Bescheid", erwiderte sein Begleiter und sah sich prüfend um. „Doch ich denke, wir müssen dort entlang. Zu dumm, dass dein Schuss den Junker nicht getroffen hat, denn dann hätte dieser verfluchte Mensch mich heute nicht gesehen. Zum Glück habe ich bemerkt, dass er mir folgte und ihn abgehängt. Aber komm, wir sollten weiter."

In diesem Augenblick stürzte der Fähnrich mit gezogenem Degen vor und drang auf die beiden Kerle ein. „Halt, Ihr Schurken, ergebt Euch!"

Der Junker konnte nicht anders, als ihm zu folgen. Die Räuber starrten den so plötzlich auftauchenden Feind kurz an, dann warf der Mann im schwarzen Samt Neidhardt von Gneisenau die brennende Lampe entgegen und sprang hurtig in den nächsten Gang. Der Rothaarige, den die Aktion seines Komplizen überraschte, riss ein Pistol aus seinem Gürtel, spannte den Hahn und drückte ab, doch die Waffe versagte, und schon war Carl über ihm und stieß dem Kerl die Klinge in den fetten Wanst. Der Fähnrich wich instinktiv der Lampe aus. Diese schlug direkt neben ihm an die Steinwand, zerbrach und ging dabei in Flammen auf. Im Licht des gespenstischen Brandes wollte Gneisenau den Fliehenden nacheilen, doch ein gebieterisches „Halt!" des Junkers ließ ihn zögern.

„Lasst den Mann", gebot Carl. „Euer Übereifer hat genug verdorben. Der Kerl hat eine Karte, und er kennt sich in den Gängen aus. Den fangt Ihr nicht mehr ein."

„Eine Karte hat der Bursche nicht mehr", erwiderte Gneisenau und bückte sich. Auf dem Boden lag eine lederne Rolle, die Karte der geheimen Gänge. „Aber sein Vorsprung ist wahrscheinlich zu groß geworden, als dass ich ihn noch ergreifen könnte."

Der Junker untersuchte währenddessen den Rothaarigen. Die Stichwunde schien tödlich zu sein, denn der Mann hatte die Augen geschlossen und gab nur noch röchelnde Laute von sich.

„Kerl", sprach ihn der Junker an und beugte sich vorsichtig über den Sterbenden. „Mit dir geht es zu Ende. Bald stehst du vor deinem Schöpfer und musst dich für deine Taten verantworten. Wenn du deine Seele noch erleichtern willst, dann jetzt!"

Der Bursche schlug bei diesen Worten die Augen auf, und Junker von Schack traf ein solcher Blick voll Zorn, Wut und Hass, dass er unwillkürlich zurückzuckte. Ein höhnisches Grinsen zeigte sich auf dem feisten Gesicht des Mannes. „Ihr findet es nie!“, stieß er mit letzter Kraft hervor, dann versagte ihm die Stimme, der Kopf, den er kurz gehoben, fiel zur Seite. Blutiger Schaum trat auf seine Lippen – der Verbrecher war tot.

„Was hat er gemeint mit ‚Ihr findet es nie‘?“, fragte der Fähnrich.

„Das werden wir herausfinden“, antwortete Carl. „Doch zunächst erklärt mir, warum Ihr auf einmal losstürztet? Womöglich hätten wir noch einiges erfahren, oder die Kerle hätten uns zu ihren Genossen geführt.“

„Oder sie wären aufgrund der Karte und der besseren Ortskenntnisse erneut entkommen!“, widersprach Gneisenau.

Carl hatte keine Lust, sich mit dem Jüngling auf eine längere Diskussion einzulassen. Er entzündete seine Lampen an den eben verlöschenden Flammen der zerbrochene Laterne.

„Gebt einmal die Karte“, forderte er den Fähnrich auf.

Dieser reichte ihm die Lederrolle.

„Gut, und nun leuchtet!“

Gneisenau hielt das Licht und Carl entrollte die Karte. Ein wahres Labyrinth von Strichen und Linien zeigte sich und schien auf den ersten Blick kaum entwirrbar zu sein. Nach einigem Suchen, Überlegen und Vergleichen der Karte mit der aktuellen Umgebung meinten sie, ihren Standort gefunden zu haben, wobei ihnen die kartografischen Kenntnisse des Fähnrichs sehr zu Hilfe kamen. Sie mussten sich unweit eines Ausgangs befinden, der mit einem Hornsymbol versehen war. Kurz durchsuchte Carl die Kleidung des Toten, fand aber außer ein paar Hellern nichts von Belang. Dann machten sich die beiden Männer auf den Weg nach draußen. Den Leichnam ließen sie liegen, die Stadtwache mochte sich um den Toten kümmern.

Der Weg war weiter, als sie dachten. Ein- oder zweimal gingen sie sogar in die Irre. Es dauerte fast eine Stunde, bis sie den auf der Karte eingezeichneten Ausgang erreichten. Doch dieser war durch eine schwere, verriegelte Eichentür verschlossen.

„Was nun?“, fragte Gneisenau. „Unsere zweite Lampe ist kurz vor dem Erlöschen, und hier kommen wir nicht durch.“

Carl berührte vorsichtig die Klinke und versuchte sie niederzudrücken; sie musste verrostet sein, denn nichts rührte sich. Darauf tastete er mit den Fingern das Mauerwerk seitlich der Tür ab, wo er endlich in einem Spalt einen mehr als handlangen Bartschlüssel erspürte und diesen hervorzog. Er steckte ihn in das kunstvoll geschmiedete Kastenschloss, wendete ihn langsam mit zwei Händen, bis sich die Eisenzunge des Schlosses zurückschob und die Pforte mit einem Knarren aufschwang.

„Woher habt Ihr gewusst, dass dort ein Schlüssel verborgen ist?", fragte der Fähnrich verblüfft.

„Das war reine Intuition", erwiderte der Junker. „Doch lasst uns weitergehen."

Beide traten durch die Tür und gelangten direkt in einen mit Fässern gefüllten Gewölbekeller. Rasch verließen sie die Tiefe und stiegen über eine steile Steintreppe nach oben. Eine letzte Tür wurde geöffnet, und Carl und der Fähnrich fanden sich zur ihrer Überraschung im Gastraum des ‚Goldenen Posthorns' wieder.

„Wo kommt Ihr denn her?", fragte Melchior von Talheim, der breitbeinig vor ihnen stand. „Habt Ihr Euch im Keller des Hauses selbst versorgt oder was habt Ihr in den Tiefen gesucht? Jedenfalls seht Ihr aus, als wäret Ihr entlaufene Müllersburschen."

Der Junker schaute an sich herab und dann auf den Fähnrich; die schmalen Gänge hatten sie kräftig eingestäubt. Beide begaben sich auf ihre Zimmer, um sich dort zu reinigen und umzuziehen.

Eine halbe Stunde später saßen alle beim Abendessen und sprachen über die Erlebnisse und Ergebnisse des Tages. Melchior und der Graf erzählten von der erneuten Begegnung mit dem Scholasten Nicodemus Kunckel und was dieser alles erlebt haben wollte. Am Nachmittag hätten sie weiter die Stadt durchstreift, doch sei ihre Suche nach Morante und dem falschen Conte erfolglos geblieben.

„Wenigstens hat uns die Geschichte des Scholasten bestätigt, dass unsere Vermutungen, Morante sei hier, richtig sind", schloss Melchior die Darstellung.

„Die Beschreibung, die er Euch von diesem Linse gegeben hat, passt exakt zu unserem toten Meuchelmörder", sagte der Junker nachdenklich und berichtete nun seinerseits von ihrem Katakombenabenteuer.

„Den Mann im schwarzen Samt habe ich, so wie Ihr ihn schildert, auch schon einmal gesehen", sagte Melchior, „Ich weiß bloß nicht mehr wo und wann."

„Das geht mir ähnlich", meinte Geoffroy. „Jedenfalls habt Ihr, während wir Geschichten hörten und erfolglos umherliefen, wieder einmal ein richtiges Abenteuer mit unterirdischen Gängen, loderndem Feuer und sogar einem Toten erlebt. Wenn ich allerdings das Ganze betrachte, habe ich den Eindruck, dass die Fäden des Geschehens auf eine eigentümliche Art und Weise zusammenlaufen." Geoffroy schwieg einen Moment. „Aber wisst Ihr", sagte er dann und nahm einen tiefen Schluck aus seinem Weinbecher, „worüber ich mir am meisten Gedanken mache, ist dieses arme Kind, das der Scholast in den Händen jener schmutzigen Weiber zurückließ."

Melchior schaute den Freund erstaunt an. Der Graf schien sonst nicht besonders gemüthaft zu sein und wenig am Schicksal anderer interessiert, besonders, wenn diese einer unteren Schicht angehörten.

„Ihr glaubt, mir seien andere Menschen außerhalb unseres Standes gleichgültig", sprach Geoffroy weiter. „Aber dem ist nicht so, zumal in diesem Fall mich eine schreckliche Erfahrung geprägt hat."

Der Graf schüttelte den Kopf und schwieg. Er nahm einen neuen Schluck, machte aber keine Anstalten, weiterzusprechen.

Carl und Melchior sahen sich an, schließlich fasste sich Melchior ein Herz und sprach Geoffroy direkt an. „Erzählt, Freund, was Euch passiert ist. Manchmal ist es gut, die Dinge auszusprechen und mit anderen zu teilen, was einen bedrückt."

Der Graf fuhr sich über die dunklen Locken, überlegte noch einen Augenblick, warf dabei einen forschenden Blick auf den Fähnrich und schüttelte nochmals den Kopf. Dann rief er den Wirt und bestellte einen neuen Krug Wein: „Doch bring diesmal von deinem besten!"

Der Wirt eilte davon und kehrte alsbald mit einem neuen Krug wieder, aus dem er die Becher der Runde füllte. Geoffroy hob den seinen, trank und begann endlich seine Geschichte.

„Ihr, Carl und Melchior, habt mich vor bald vier Jahren als einen strengen und ernsten Mann kennengelernt. Damals war ich Anfang dreißig und hatte im Leben einige Abenteuer erlebt: eine Vielzahl von Kämpfen, Duellen, Kriegen und Schlachten, von denen ich bislang nie gesprochen habe und die mich hart werden ließen. Doch das wichtigste Erlebnis, das ich je hatte und das mein Leben völlig veränderte, ereignete sich in jenem Jahr, als ich gerade so alt war, wie unser junger Fähnrich. Es geschah auf dem ersten Ball, an dem ich in Versailles teilnahm. Ich war Louis Ferdinand de Bourbon, dem Dauphin, der im Dezember des gleichen Jahres starb, bei einer Reise begegnet. Wir kamen ins Gespräch, der Dauphin war ein geistvoller, vielseitig interessierter Mann, und wir stellten in vielem eine gewisse Gleichheit der Auffassungen, ja fast eine Art von Seelenverwandtschaft fest. Kurz, ich gefiel Louis; auch seiner Frau, Maria Josepha von Polen und Sachsen, schien ich angenehm, und so lud mich der Dauphin für den Mai an den Hof zu Versailles. Welche Pläne er mit meiner Person hatte, wenn er überhaupt welche hatte, entzieht sich allerdings meiner Kenntnis. Angeblich wollte Louis schon frühzeitig eine eigene Gesellschaft von Hofleuten um sich versammeln, auf die er sich bei seinem in absehbarer Zeit erwarteten Regierungsantritt verlassen konnte. Louis wäre sicher ein guter Herrscher geworden, doch da er früh starb, lösten sich diese Pläne, wie leider so vieles in dieser Welt, in Luft auf.

Es war ein herrlicher Maiabend, als ich im Ballsaal des von Ludwig XIV. errichteten Zauberschlosses meine ersten, wie ich heute zugeben muss, reichlich unbeholfenen Schritte vollführte. Natürlich machten sich einige blasierte Hofschranzen die Freude, mein linkisches Auftreten zu kommentieren und sich abfällig über den jungen Mann vom Lande zu äußern. Ich aber überhörte dies im Rausch des glänzenden Festes und hatte nur Augen und Ohren für das aufgeführte Schauspiel, ich glaube, es war von Molière, für die Musik und die wunderbaren Roben der Damen und für die zierlichen Figuren der sich im Tanze Drehenden. Mit hungrigen Augen trank ich den Anblick der unzählbaren Kerzen, deren wundersamer Glanz sich in den Spiegeln tausendfach widerspiegelte und sich über kostbare Seidenmöbel, über goldene, silberne, edelsteingeschmückte Ziergeräte und schwere Brokatstoffe ergoss. Mein Hauptaugenmerk aber galt, der Herr Fähnrich wird dies gut verstehen, vor allem der Damenwelt und den im Saale versammelten Schönheiten. Es waren dies gewiss die schönsten Frauen Frankreichs, ja vielleicht ganz Europas, die sich hier in Versailles zeigten und mich mit einer bis dahin nie gekannten Sehnsucht erfüllten. Atemlos betrachtete ich das Weiß herrlicher Schultern und die schlanken Hälse voll glitzernden Schmucks. Dunkle Augen blitzten mir entgegen, blaue und grüne; verlegen senkte ich meinen Blick. Kleider in allen Farben und Formen rauschten an mir vorüber, Frauen in weiten Reifröcken, mit Blumenfestons und einer unzählbaren Menge von Volants und Rüschen geschmückt. Samtene Stoffe betonten und verbargen die herrlichsten Ahnungen, und rot waren die Lippen, die mich lockten und bannten. Der Duft von Rosen und Amber strömte auf mich ein. Doch keine von all diesen herrlichen und wunderbaren Frauen konnte länger meine Aufmerksamkeit fesseln, als ich Solveig Sophie erblickte, die Cousine Sophie Albertines von Schweden, wie ich der Bemerkung eines Nebenstehenden entnahm. Ihr hochgeschlossenes, schwarzes Kleid wirkte in dieser Fülle von Formen und Dekolletés in seiner Sitte und Strenge wie ein faszinierender Kontrapunkt. Zudem hatte Solveig auf alles verzichtet, was die übrige Hofwelt in schierem Übermaß verwendete: Schminke, Puder, Gold, Silber und sonstigen Schmuck. Ihr Blondhaar trug sie sittsam streng zurückgekämmt; sie stand wie beobachtend an der Seite des Saales, wobei ein kleines, belustigtes Lächeln über ihrem zarten Gesicht lag. Wie ein Stich durchfuhr es mich. Diese Frau war schön, schön in einem Ausmaß, das sich kaum beschreiben ließ. Die blaugrünen Augen hatten den Schimmer des kühlen und doch so klaren Nordmeers. Ihre feine Nase und die Wangen wie auch die Stirn schienen einem Madonnengemälde der alten Meister entsprungen. Und die dunkle, fast nonnenartige Tracht vermochte nicht zu verbergen, welch herrlicher Schatz sich unter dem dunklen Stoff verbarg. Ich sah sie an, und unsere Blicke kreuzten sich und dann ... Ein Hofgalan, ein junger Geck, nicht viel älter als ich, trat eben in diesem Augenblicke an die nordische Schöne und ergriff, ohne lange zu fragen, ihren Arm. Er sprach etwas, das ich aufgrund des zwischen uns liegenden Abstands nicht verstand. Sie schüttelte ihr stolzes Haupt und wollte sich abwenden, doch der Höfling hielt weiter den Arm, offenbar unzufrieden mit ihrer Antwort. Ich weiß nicht, was mich trieb, oder ich weiß es doch; schon war ich auf dem Weg zu ihr, um den Gecken in seine Schranken zu weisen. Eben wollte ich den Zudringlichen zur Rede stellen und streckte meinen Arm aus, um ihn von der Schwedin, die er immer noch bedrängte, zurückzuziehen, da legte sich eine Hand auf meine Schulter.

‚Lasst das, du Breuil', sagte eine harte Stimme. ‚Es geht um eine Wette, und da haltet Ihr Euch besser heraus.'

‚Das sagt wer?', entgegnete ich hitzig und drehte mich zum Sprecher um. Vor mir stand ein hochgewachsener Mann. Er war in einem blauen Rock mit roter Weste und Hose gekleidet und trug dazu rote Strümpfe und Schnallenschuhe sowie einen Stichdegen: die Uniform der Garde du Corps du roi, der Leibgarde des Königs.

‚Ich bin Graf François de Broglie, mein Bester und gern zu Euren Diensten', sagte er grinsend.

‚Dann lasst mich vorbei!', rief ich zornig. ‚Sonst ...'

‚Sonst geschieht was?', fragte mein Gegenüber, und seine Augen blitzten böse.

‚Wir können uns morgen früh treffen, um sechs am …‘, ich zögerte, kannte ich mich in Versailles doch nicht aus.

‚Am dritten Brunnen beim Labyrinth‘, erwiderte mein Kontrahent kalt und ließ mich endlich passieren.

Ich kam zu dem Platz, an dem ich die Schöne in Bedrängnis gesehen hatte. Solveig Sophie stand noch immer dort, doch der Hofgalan war verschwunden.

‚Sucht Ihr Euren Freund?‘, fragte mich die Schwedin mit sanfter Stimme und einem allerliebsten Akzent. ‚Ich habe ihn fortgeschickt, denn er war wirklich sehr aufdringlich.‘

‚Nein … es ist nicht mein Freund‘, stotterte ich. ‚Ich sah Euch in Bedrängnis und wollte helfen …‘

Ein helles Lachen unterbrach mich. ‚Oh, Ihr Franzosen‘, sagte die Dame in spöttischem Ton. ‚Der eine will mir unbedingt den nächtlichen Park zeigen. Der nächste möchte mir das neueste Menuett erklären, und Ihr gebt Euch als Beschützer aus und wollt mich sicher gern in meine Kammer geleiten.‘

Sie schüttelte lachend den Kopf, wandte sich an eine ältere, sehr streng aussehende Dame, die neben ihr stand, und sagte etwas in einer fremden Sprache zu ihr; es wird wohl Schwedisch gewesen sein. Die Dame kniff die Lippen zusammen und bewegte in einer tadelnden Geste ihr Haupt. ‚Meine‘ Schönheit wandte sich wieder zu mir. ‚Ich bedauere, mein Herr, doch ich werde jetzt gehen und kann daher unsere interessante Unterhaltung nicht fortführen. Gute Nacht, mein Herr, und träumt schön weiter!‘

Beide Damen drehten sich um und verschwanden in der Menge. Ich stand da wie ein begossener Pudel. Sie hatte mich nicht ernst genommen, sondern mit den übrigen Hofschranzen in einen Topf geworfen. Dazu hatte ich noch ein Duell in der Tasche; der Abend, der so verheißungsvoll begonnen hatte, endete voller Melancholie. Dies auch, weil ich mich in jene kühle nordische Schönheit mit aller Kraft meiner neunzehn Lenze hoffnungslos verliebt hatte. Ich verließ das Fest und wanderte stundenlang einsam durch den Park. Dieser war in jener warmen Mainacht wenig verlassen, überall wisperte und seufzte es, und alle Anderen schienen glücklicher, als ich zu sein. Schließlich flüchtete ich voller Verzweiflung in meine schmale Kammer und warf mich dort auf mein Bett. Allein der Schlaf wollte mich nicht finden, ich lag wach und dachte an die Schöne, und so begab ich mich am nächsten Morgen völlig übermüdet zu meinem Renkontre am dritten Brunnen nahe des Labyrinths.

Über das Duell ist wenig zu sagen. Ich schlug mich wacker, doch mein Gegner war ein erfahrener Haudegen, der mich schließlich mit einem Treffer an der Brust außer Gefecht setzte. Drei Wochen lag ich im Wundfieber, und als ich endlich die Augen aufschlug, sah ich über mir das schönste Gesicht, das ich je gesehen hatte, es war das von Solveig Sophie. Sie hatte, ich weiß nicht wie, vom wahren Ablauf des Abends erfahren und war an mein Lager geeilt, um mich zu pflegen.

Solveig Sophie, gerade achtzehn geworden, öffnete mir ihr Herz. Es folgten die drei schönsten Jahre meines Lebens. Als ich genesen war, reiste ich nach Schweden, um bei ihrem Vater, der noch den uralten Titel eines Jarls führte, um ihre Hand anzuhalten. Der Alte, ein wahrer Hüne, verlangte zwei Dutzend Unzen Gold als Brautpreis. Ich ließ drei unserer Höfe in der Normandie verkaufen und gab Jarl Harald, was er verlangte. Wir heirateten im Jahr darauf kurz vor der Tag- und Nachtgleiche und blieben bis zum Julfest im Norden. Sodann kehrten wir durch Eis und Schnee zurück in den warmen Süden. Zu Johanni gebar mir Solveig Sophie ein Mädchen, wir tauften das Kind auf ihren Wunsch hin Ann-Britt. Ein Jahr lebten wir in der sonnigen Provence. Da bekam Solveig Sophie Sehnsucht nach dem Norden und ihrem Vater, dem sie endlich seine Enkelin zeigen wollte. Ich musste sie allein reisen lassen, denn ich gehörte einer Gruppe an, die im Auftrag des Königs in Genua über Korsika zu verhandeln hatte. Daher brachen Solveig Sophie und Ann-Britt mit einem guten Trupp ausgesuchter Männer Ende April 1768 allein nach Schweden auf. Korsika wurde nach zähen Verhandlungen von Frankreich gekauft, und ich reiste schließlich nach Brest, von wo ich Anfang Juni ein Schiff nach Schweden nahm.

Nach zwei Wochen erreichten wir Stockholm, und nach einer weiteren Woche kam ich in der Burg nördlich von Bollnäs an, in dem der alte Jarl mit seiner ganzen Sippe lebte."

Der Graf schwieg und blickte finster vor sich hin. Dann griff er den Becher, füllte ihn und leerte ihn hastig auf einen Zug.

„Ich will es kurz machen. Solveig Sophie und Ann-Britt sind nie in Bollnäs angekommen. Sie und der ganze Trupp verschwanden spurlos. Drei Jahre zog ich umher, forschte entlang der Strecke, die der Trupp genommen haben musste. Ich weiß, dass sie bei Straßburg den Rhein überquerten, dann verlor sich die Spur. Schließlich gab ich die Suche nach ihnen auf und suchte stattdessen Gefahr und Tod. Ich kämpfte im Russisch-Osmanischen Krieg, ich kämpfte im fernen Siam und ließ keinen Zweikampf aus, allein, der Tod wollte mich nicht. Irgendwann glaubte ich vergessen zu haben, doch mitunter kommt die Erinnerung wieder, und ich sehe Solveigs wehendes Haar, höre Ann-Britts helles Lachen und weiß, dass dies alles verloren ist."

Der Graf leerte einen letzten Becher. Dann erhob er sich schwerfällig und taumelte hoch in seine Kammer. Sprachlos starrten ihm seine Zuhörer nach und gingen schließlich selbst zu Bett.

7

„Zum Weißen Schwan“ in Weimar

Aus dem geheimen Tagebuch der Reichsgräfin Franziska von Hohenheim:

Samstag, der 15. April 1780
Das Wetter war heute Nacht und den ganzen Tag über wieder sehr stürmisch. Am Mittag gegen 2 Uhr kam der Fürst Dimitrij Aleksejewitsch Golizyn, dessen Frau Amalie eine sehr geistreiche Persönlichkeit sein soll und in Münster lebt, dazu der Intendant der Hohen Karlsschule Oberst Dionysius von Seeger und der Konsistorialrat und Oberbibliothekar Johann Friedrich LeBret, endlich auch der Kammerherr von Erlenburg. Die Herren wurden überall herumgeführt und mit allen Dingen des Dörfles vertraut gemacht, welches sie sehr lobten. Als der Fürst um sechs Uhr mit Oberst Seeger, dem Konsistorialrat und dem Kammerherrn aufbrechen wollte, bat ich Herrn von Erlenburg noch ein wenig zu bleiben. Ich befragte ihn ausführlich nach dem Stand der Untersuchungen in der Halsbandaffäre, und er berichtete mir, ihn habe am Morgen eine Stafette erreicht mit dem Inhalt, dass mein Perlenhalsband in Ansbach gefunden worden sei, der Räuber sich jedoch auf der Flucht befinde und verfolgt werde. Über die Nachricht war ich sehr froh, allein der Name Ansbach stimmte mich bedenklich, ob nicht der Markgraf und die verstorbene Herzogin, Gott habe sie selig, hinter dem Geschehen steckten. Ich verschwieg aber dem Kammerherrn mein Vermuten, auch weil ich mich schämte, über die verstorbene Durchlaucht solches zu denken. Erlenburg verabschiedete sich mit dem Versprechen, das Halsband werde bald zurückgebracht und mir übergeben werden.

Hermann Schott von Schottenstein ließ sich von seinem Diener Balthasar in die Kutsche helfen. Neben ihm ruhte in einer mit Samt ausgelegten Schatulle das geraubte und wiedergefundene Halsband der Reichsgräfin. Balthasar schloss die Tür und nahm vorn auf dem Bock neben dem Kutscher Platz. Die Pferde trabten an, und die Kutsche, begleitet von einem guten Trupp Soldaten unter der Führung eines schnauzbärtigen Feldwebels, nahm Fahrt auf. Bis Mittag sollte die Amtsstadt Feuchtwangen erreicht werden, wo die Pferde gewechselt werden sollten. Die Nacht wollte der Junker bereits in dem ebenfalls noch zum Ansbacher Besitz gehörigen Crailsheim an der Jagst verbringen.

Der Tag war verregnet und die Fahrt auf schlechten Wegen mühsam. Dennoch erreichte die Kutsche und ihr Begleittrupp pünktlich gegen Mittag ihr erstes Etappenziel. Während der Junker im Gasthaus „Zum Grünen Baum" etwas aß und trank und auch den Soldaten einen guten Trunk und eine kräftige Suppe reichen ließ, wurden die Pferde gewechselt und die Vorräte aufgefüllt. Gegen ein Uhr fuhren sie weiter. Das Wetter verschlechterte sich mehr und mehr, der Regen fiel schließlich in Strömen und der Boden weichte völlig auf, sodass die Räder immer häufiger stecken blieben und die Kutsche, als auch noch ein Rad brach, nicht mehr weiter konnte.

Nicht weit von ihnen entfernt lagen einige zerfallene Bauernhütten, die sich um eine Kapelle mit einem Fachwerkaufsatz drängten. Der Junker befahl, ihn in eines der zerfallenen Häuser zu bringen, um dort die Instandsetzung des Rades abzuwarten und notfalls zu übernachten. Die armseligen Gebäude schienen allesamt baufällig und zum Teil verlassen. Erst nach langem Klopfen und Rufen öffnete sich die Tür des schmalsten und am meisten zerfallenen Hauses, und ein gebeugter Greis mit schlohweißem Haar schaute ängstlich hervor.

„Lass uns ein, Alter", forderte Hermann. „Meine Kutsche hatte einen Schaden, und ich will hier warten, bis wir weiterkönnen."

„Es ist niemand da, Herr, und ich kann Euch nichts bieten, Herr", antwortete der Alte mit weinerlicher Stimme.

„Das stört mich nicht", entgegnete der Junker ungeduldig, denn der Regen fiel stärker. „Gehen wir hinein", befahl er.

Die Soldaten drängten den Alten zur Seite, und Hermann Schott von Schottenstein humpelte mithilfe eines Stockes und Balthasars Unterstützung ins Innere. Im Haus war es bitterkalt, dunkel und unbeschreiblich schmutzig. Einzig ein bleckender Kienspan brannte, und es stank nach

Fäulnis und Unrat. Der Junker ließ aus seinem mitgeführten Vorrat Kerzen und Speisen sowie einige Flaschen Wein bringen. Balthasar säuberte mit zwei Soldaten die Stube und plünderte, trotz des Geschreis des Alten, den Holzvorrat. Bald brannte ein wärmendes Feuer und ein halbes Dutzend Kerzen erhellten den niedrigen, armseligen Raum. Am Feuer briet ein Soldat für alle Würste. Ihr Duft durchzog die Stube. Hermann sah sich um. Unweit der Herdstelle stand ein grob gehauener Tisch, um den zwei einfach gezimmerte Holzbänke gestellt waren. An der Lehmwand befand sich ein Schrank, und auf der anderen Seite lagen Lumpen zu einem Lager aufgeschichtet; offenbar das Bett des Alten.

„Wie heißt der Ort, und wo sind die anderen Bewohner?", wandte sich Junker Hermann an den Alten, der mit zahnlosem Mund gierig seine Wurst und das ihm dazu gereichte Brot verschlang.

„Ihr seid in Bergertshofen, hoher Herr", nuschelte er. „Die anderen sind alle fort. Es ist eine schlimme Zeit", greinte er, „und es wird alles böse enden!"

Mehr war aus ihm nicht herauszubekommen.

Die Reparatur des Rades zog sich hin. Es dunkelte, und es wurde deutlich, dass der Trupp wirklich in diesem verlassenen Flecken übernachten musste. Die Kate des Alten bot nicht genug Platz für alle, und so befahl der Junker kurzerhand, in der Kapelle das Lager aufzuschlagen. Der Befehl wurde ausgeführt, der Feldwebel stellte eine Wache auf, und alle begaben sich zur Ruhe.

Die Wache, wie auch die militärische Begleitung des Junkers, war in dem hiesigen Gebiet eine Notwendigkeit, denn in den letzten Monaten war es immer wieder zu Überfällen auf Reisende und zu ziemlich dreisten Einbrüchen und anderen Räubereien gekommen. Neben den direkten Überfällen lebten die Banden vor allem als Marktdiebe – als sogenannte G´schockgänger – einträglich von ihren Beutezügen. Sie traten stets in Gruppen auf, während einer von ihnen die Rolle des Fladuschmachers, des scheinbaren Käufers, spielte und so den Händler ablenkte, näherten sich zur Bande gehörende Weiber dem Stand und ließen die Ware unter ihren weiten Röcken verschwinden. Das Ganze hatte sich für die Bevölkerung zu einer regelrechten Landplage entwickelt, denn es gab in diesem Teil Schwabens besonders viel fahrendes Volk. Unter diesen stachen vor allem die Jenischen hervor, eine Gruppe von Menschen, die als Korbmacher, Scherenschleifer, Kesselflicker, Abdecker oder als Gaukler oder Spielleute unterwegs waren. Ihr Gewerbe war beim

Landvolk übel beleumdet, und die Akten der Justiz zeigten, dass ihre fahrende Lebensform sie häufig mit dem Recht in Konflikte brachte. In Rotten zu zehn oder mehr Personen zogen sie durch die Lande, aßen, was sie irgendwie bekommen konnten, und ließen ihre Weiber und Kinder für sich betteln. Manche wurden auch sesshaft und lebten mehr schlecht als recht auf kargem Boden. Auch die Sesshaften suchten häufig, wie andere arme Bevölkerungsteile auch, ihr mageres Einkommen durch Betrügereien und Diebstahl aufzustocken.

Es war gegen Mitternacht, als der Junker von Balthasar geweckt wurde. „Herr, aufgewacht!", sagte er mit gedämpfter Stimme. „Hier stimmt etwas nicht!"

Der Junker richtete sich auf und blickte sich um. Das Innere der Kapelle war durch das bleiche Licht des abnehmenden Mondes notdürftig erhellt, welches durch die schmalen Maueröffnungen fiel. Ringsherum lagen die Soldaten und schliefen, einige schnarchten, sonst war es still.

„Da ist etwas draußen Herr", raunte der Diener und wies auf die Tür. Hermann griff nach seiner Reiterpistole, die er beim Reisen nachts stets geladen neben sich liegen hatte, und steckte diese ebenso wie seinen Degen in den Gürtel. Mit der Hilfe Balthasars erhob er sich und kam mit einiger Mühe auf die Füße. Der Diener reichte ihm den Stock, und vorsichtig, bemüht keinen Lärm zu machen, humpelte Hermann zur Pforte, wobei ihm der Diener folgte. Die Außentür war eine Handbreit geöffnet, und von draußen klang das Geräusch von zahlreichen Füßen, und das Wispern vieler Stimmen war zu vernehmen. Der Junker spähte durch den Türspalt. Die Wache fehlte, statt ihrer waren vor der Kapelle gut zwei Dutzend Männer versammelt, die leise beratschlagten und auf etwas oder jemanden warteten. Soweit es Hermann erkennen konnte, handelte es sich um verwegen aussehende, größtenteils in Lumpen gekleidete Kerle, die mit langen Messern und Beilen bewaffnet waren und zu allem bereit schienen. Allerdings sah Hermann nirgends Schusswaffen, was seine Gruppe in Vorteil brachte.

„Weck die anderen!", befahl er Balthasar leise.

Im gleichen Augenblick sprengten zwei Reiter ins Dorf und gaben laut ein Kommando, woraufhin die Horde schreiend auf die Kapelle zurannte. Hermann hob ruhig seine Pistole, spannte den Hahn, zielte auf den ersten der Räuber und drückte ab. Laut hallte der Schuss durch die Nacht. Der Kerl griff sich an die Brust und stürzte zur Erde, wodurch zwei seiner Kumpane, die über ihn stolperten, ebenfalls zu Boden gingen. Hinter dem Junker rumorte es, die Soldaten waren teils durch Balthasar, teils durch den Lärm aus dem Schlaf aufgeschreckt worden und griffen sogleich zu ihren Waffen.

Gerade erreichte ein bärtiger, ungeschlachteter Gesell die Pforte und schlug mit einem schweren Beil nach Hermann. Dieser wich zurück und fiel, da ihm der Stock entglitt, hilflos wie ein Käfer zu Boden. Der Angreifer, im Glauben, er habe Hermann erledigt, sprang über ihn hinweg, und weitere Männer folgten ihm. Im Dunkeln gelang es Hermann, sich zur Seite zu wälzen und sich an der Mauer ein Stück aufzurichten. Mittlerweile war der Kampf in vollem Gange. Schüsse hallten und Schreie ertönten. Eine Gestalt wandte sich dem Junker zu und hob eine Art Keule, doch bevor der Angreifer zuschlagen konnte, knallte es. Er stürzte vor Hermann nieder, und Balthasar erschien, mit einem Pistol in der Hand; seine Kugel hatte den Räuber niedergestreckt.

„Auf Euch muss man aufpassen, Herr", rief der Diener, „am besten, ich bleibe an Eurer Seite."

Er warf die abgeschossene Waffe fort, zog eine zweite Pistole aus dem Gürtel und stellte sich als Schutz neben den Junker. Die Eingangspforte stand jetzt weit offen, und von draußen leuchtete es glutrot – eine der Hütten war in Brand gesteckt worden. Auch auf dem Vorplatz der Kapelle wurde jetzt heftig gekämpft, und Hermann verfluchte sein Bein, das ihn zwang, untätiger Beobachter zu sein. Da ertönte ein scharfes Kommando, worauf mehrere Männer in Hast die Kapelle verließen und mit anderen in der von Flammen durchzuckten Dunkelheit verschwanden. Die Bande floh, und der nächtliche Spuk war mit einem Mal vorbei.

Carl von Schack saß mit Melchior, dem Grafen und Fähnrich von Gneisenau an einem Tisch im Gastraum und studierte zum wiederholten Male den Zettel, den er von Pfarrer Miller in Ulm erhalten hatte.

„Mit dem Schmuck Treffen in Nürnberg. Nur im Notfall in B. Ansonsten in L. Vorsicht vor ...", las er laut vor.

„Der Buchstabe B kann für vieles stehen", sagte Carl dann und schaute die anderen am Tisch nachdenklich an. „Ich denke, dies ist ein Hinweis auf eine Stadt, aber auf welche?"

„Meiner Meinung nach könnte der Buchstabe B Bamberg bedeuten", meinte der Fähnrich. „Das sind etwas mehr als sieben Meilen in nördlicher Richtung, mit frischem Pferd etwas mehr als ein halber Tagesritt."

„Warum Bamberg?", entgegnete der Junker. „Es könnte doch auch Bayreuth gemeint sein, neun Meilen nach Nordosten. Was meint Ihr, Geoffroy?", wandte sich Carl an den Grafen.

Der Angesprochene schüttelte den Kopf. „Ich kenne mich hier nicht gut aus, mir fällt nur Braunschweig oder Breslau zu B ein."

„Warum nicht gleich Berlin?", rief Melchior. „Oder, gesetzt den Fall, unser Mann sei mit der richtigen Schreibweise von Ortsnamen wenig vertraut, könnte es nicht Botsdam sein?"

„Seid nicht albern, Melchior", entgegnete Carl. „B ist nicht P, also kein Potsdam und auch kein Petersburg."

Die Tür des „Goldenen Posthorns" öffnete sich, und herein trat Nicodemus Kunckel, der Scholast. Er schaute sich suchend um, erblickte die Gruppe und kam zielstrebig auf sie zu.

„Guten Morgen, Ihr werten Herren", grüßte er mit einer Verbeugung.

„Was gibt's?", erwiderte Melchior von Talheim kurz.

„Ihr sagtet, wenn ich heute früh ins Gasthaus käme, hättet Ihr Aufträge für mich ..."

„Das ist richtig", antwortete Melchior in abweisendem Ton; an den Scholasten hatte er nicht mehr gedacht. „Im Moment jedoch plagen uns andere Probleme."

„Wenn ich den hohen Herren helfen kann ...", bot sich Nicodemus als Hilfe an.

„Wie wollt Ihr uns helfen?", wehrte Melchior ihn ab. Er zog einige Münzen hervor, die er Kunckel hinstreckte. „Hier, nehmt das Geld und geht Eurer Wege. Wir bedürfen Euer nicht."

Der Mann verbeugte sich wortlos und wandte sich mit enttäuschter Miene zum Gehen. Er war fast an der Tür, da ertönte die gebieterische Stimme des Grafen: „Wartet, Herr Scholast, auf ein Wort!"

Er winkte Kunckel zurück an den Tisch. Der Scholast folgte der Geste du Breuils und setzte sich.

„Ihr habt mit Peter Linse gesprochen, der Euch für eine Bande anzuwerben versuchte. Wo sollten er und seine Leute den neuen Anführer treffen? Wisst Ihr das?"

„Ei freilich", antwortete Kunckel. „Deswegen wollte er uns ja anwerben. Wir wollten nach Weimar und Leipzig, und Linse sagte, das träfe sich gut, denn dann könnten wir direkt mit dem Hauptmann zusammenkommen."

„Wo wolltet Ihr Morante treffen, in Weimar oder in Leipzig?“, hakte Junker von Schack nach.

„Ich wollte ihm gar nicht begegnen“, beteuerte Nicodemus. „Und ich weiß auch nicht, ob Linse nach Weimar oder nach Leipzig wollte.“

„Das ist gleich“, rief Melchior. „Ob Weimar oder Leipzig, wir haben eine neue Spur! Herr Scholast, Ihr wart wirklich eine Hilfe!“

„Dann lasst uns aufbrechen“, sagte Carl. „Sonst wird der Vorsprung zu groß.“

„Reitet nur schon voran“, ließ sich Graf Geoffroy vernehmen. „Ich habe mit dem Herrn Scholasten noch ein anderes Geschäft abzumachen und werde Euch später folgen.“

Melchior, Carl und der Fähnrich sahen den Grafen verwundert an. Dieser erklärte aber weiter nichts, sondern nahm Kunckel zur Seite und begann ihn intensiv auszufragen. Die Freunde gingen auf ihre Zimmer, um zu packen, und als sie mit ihrem Gepäck nach unten kamen, waren der Graf und Nicodemus Kunckel noch immer am Reden und Verhandeln. Für einen Augenblick unterbrach Geoffroy du Breuil das Gespräch und wandte sich Melchior zu.

„Ich habe Euch gestern von meinem Schicksal berichtet und geschildert, wie eigenartig mich die Geschichte des Kindes berührte, das der Scholast in jenem verrufenen Hause zurückließ. Ich will hin und die Kleine retten; wenn es meine Ann-Britt wäre, würde ich Gleiches von anderen erhoffen. Das Ganze mag zwei, drei Tage dauern. Ich hole das Kind aus dem Loch und bringe es in Ansbach unter, dann reite ich Euch hinterher und werde Euch in Weimar oder Leipzig zu finden wissen. Der Scholast wird mich führen.“

Melchior sah den Freund erstaunt an. Geoffroy war ein aufrechter Kamerad und konnte, wenn es darauf ankam, Armen und Bedürftigen gegenüber großzügig und hilfsbereit sein. Doch dass er sich derart um ein fremdes Kind sorgte, hätte Melchior nicht erwartet.

Gerührt umarmte er den Freund. „Ich wünsche Euch alles Gute und Erfolg bei Eurem edlen Werk“, sagte er mit Wärme. „Wir sehen uns dann hoffentlich bald in Weimar oder in Leipzig.“

Auch Carl und der Fähnrich wünschten dem Grafen viel Glück und Erfolg bei seinem Vorhaben. Sie verabschiedeten sich von Geoffroy du Breuil, verließen das Gasthaus und ritten endlich nach Weimar davon.

Von Nürnberg nach Weimar waren es gute vierundzwanzig Meilen Weges, das heißt etwa zwei bis drei Tagesritte. Es traf sich gut, dass ihr erstes Ziel Bayreuth war, der Ort, wo die jüngst verstorbene Herzogin Elisabeth Friederike Sophie von Brandenburg-Bayreuth seit fast einem Vierteljahrhundert von Herzog Karl Eugen getrennt gelebt hatte.

Die Straße war breit genug, und die drei Reiter ritten Seite an Seite und unterhielten sich über dies und jenes. Fähnrich Gneisenau wandte sich schließlich an Carl von Schack.

„Warum ist eigentlich Eure Herzogin in Bayreuth verstorben?", fragte er. „Ich weiß, dass in Stuttgart jetzt die Reichsgräfin herrscht, doch was ist wirklich geschehen?"

„Nun", sagte Carl, der derartige pikante Geschichten nicht schätzte. „Da wäre viel zu erzählen ..."

„Wenn Euch das Erzählen zu viel ist", meldete sich Melchior von Talheim zu Wort, „will ich gerne aushelfen. Ihr wisst sicher", begann er, „dass Prinzessin Elisabeth Friederike Sophie von Brandenburg-Bayreuth das einzige Kind des Markgrafen Friedrich von Brandenburg-Bayreuth und der Prinzessin Friederike Sophie Wilhelmine von Preußen war. Sie wurde in Bayreuth geboren und wuchs in der behüteten Hofwelt der kleinen Residenz zu einer wahren Schönheit heran. Es war wie im Märchen, von allen Seiten kamen Prinzen und warben um die Schöne, doch Elisabeth Friederike Sophie wies alle ab, nur nicht unseren Herzog. Sie war gerade sechzehn Jahre alt, als sie sich in Bayreuth mit Karl Eugen von Württemberg vermählte. Die Ehe schien zunächst sehr glücklich zu sein. Doch bald langweilte sich der Herzog in seinem Ehestand und wandte sich immer neuen Mätressen zu. Die Herzogin war darüber sehr betrübt, und das Paar entfremdete sich mehr und mehr; auch, weil ein Erbe ausblieb. Zum endgültigen Bruch kam es, als Herzog Karl Eugen die engste Vertraute der Herzogin, die bekannte Sängerin Marianne Pirker, die wohl der Freundin von einem Seitensprung des Herzogs erzählt hatte, mit ihrem Mann verhaften und ohne Gerichtsverfahren für Jahre auf die Festung Hohenasperg bringen ließ. Im gleichen Jahr trat Karl Eugen auch noch der Allianz von Österreich, Sachsen, Russland und Frankreich gegen Preußen und England bei. Dadurch zerstörte der Herzog die freundschaftliche Beziehung zu Friedrich II., dem Onkel Elisabeth Friederike Sophies, bei dem Karl Eugen als Jüngling erzogen worden war. Die Herzogin floh verbittert und enttäuscht nach Bayreuth und kehrte nie mehr nach Württemberg zurück."

„Ein herzloser Mann, Euer Herzog", sagte der Fähnrich.

„Nun", erklärte Carl, der sich aus Loyalitätsgründen verpflichtet fühlte, seinen Landesvater in Schutz zu nehmen, „ein jedes Ding hat zwei Seiten. Uns steht es nicht an, das Verhalten Seiner und Ihrer Durchlaucht zu beurteilen."

Sie erreichten gerade das Städtchen Pottenstein, das zum Bistum Bamberg gehörte, und legten eine kurze Rast ein. Über der Stadt ragte auf einem Felsen die gleichnamige Burg auf.

„Dort soll vor mehr als einem halben Jahrtausend die heiligen Elisabeth von Thüringen für ein Jahr gelebt haben", erklärte der Fähnrich und zeigte auf die trutzigen Burgmauern.

„Strategisch ein gut gewählter Platz", meinte Carl von Schack.

„Deswegen war die Burg mehrfach im Mittelpunkt der verschiedenen Konflikte", erwiderte Gneisenau. „Hier sollen unter anderem der spätere Kaiser Lothar III. und sein staufischer Gegenkönig Konrad III. gekämpft haben."

„Da geht es heute geradezu friedlich in der Welt zu", sagte Melchior. „Die großen Schlachten sind alle geschlagen."

„Das will ich nicht hoffen", rief der Fähnrich. „Wie soll unsereins denn je zu Ruhm und Ehre gelangen, wenn es keine Kriege mehr gibt?"

„Ihr habt doch Mathematik studiert", entgegnete der Junker. „Warum konstruiert und erfindet Ihr nicht etwas? Das könnte unter Umständen ebenso ruhmvoll sein."

„Wie dieser Amerikaner, der eine Vorrichtung entwickelt hat, um den Blitz einzufangen, und der als Politiker und Diplomat erfolgreich wirkt", sagte Melchior. „Ich weiß nur gerade nicht, wie der Mann heißt."

„Ihr meint Benjamin Franklin, einen der amerikanischen Rebellen", gab Gneisenau zurück. „Der ist gewiss nicht mein Vorbild."

Sie brachen auf und ritten weiter auf Bayreuth zu. Bald erreichten sie wieder Ansbacher Gebiet und langten am Abend endlich in der Stadt an. Bayreuth war in den letzten Jahrzehnten unter Leitung der Hofarchitekten Joseph Saint-Pierre und Carl von Gontard prächtig ausgebaut worden. Zahlreiche neue Bauten wie das Markgräfliche Opernhaus, die Neue Eremitage und das Neue Stadtschloss schmückten die Stadt.

An diesem 15. April aber war die alte Residenz in Trauer um Elisabeth Friederike Sophie von Brandenburg-Bayreuth, die wunschgemäß in der Bayreuther Schlosskirche an der Seite ihrer Eltern beigesetzt wurde. Die drei Reisenden hielten sich daher nicht lange auf und ritten am nächsten Morgen weiter in Richtung Weimar.

Graf Geoffroy du Breuil und sein Begleiter Nicodemus Kunckel, den der Graf mit einem Pferd versorgt hatte, erreichten am Abend Ansbach.

„Wo liegt Euer Mühlenhaus, Herr Scholast?, fragte du Breuil. „Wir wollen sofort dorthin!"

„Wollen Herr Graf nicht lieber warten, bis es vollständig dunkel geworden ist?", erwiderte Kunckel.

„Wozu soll das gut sein? Im Dunkeln entweicht uns die Bande leichter, also los!"

Eine halbe Stunde später zügelten sie ihre Pferde vor dem verfallenen Haus mit dem großen Wasserrad. Die beiden Männer stiegen vom Sattel. Der Graf warf Kunckel die Zügel zu und reichte ihm aus seiner Satteltasche eine geladene Reiterpistole.

„Kunckel, Ihr bleibt draußen bei den Pferden und passt auf, ob jemand kommt. Wenn es Schwierigkeiten gibt, schießt."

„Ihr wollt allein ins Haus? Das könnte gefährlich sein, Herr Graf."

„Mit solchen Halunken wird ein Geoffroy du Breuil spielend fertig, also wartet."

Ohne ein weiteres Wort ging der Graf zur Tür und stieß diese auf. Mit der Hand am Degen betrat er das Räuberloch. Vor ihm zeigte sich die schmutzige, stinkende Stube, von welcher der Scholast erzählt hatte. Auch die hässliche Alte war zu sehen. Sie stand am Feuer und rührte in einem Kessel, in dem es dampfte und brodelte. An einem Tisch saß die liederliche Dirne und betrachtete etwas, das sie schnell in ihren Rockfalten verschwinden ließ, als der Graf hereinkam. Sonst war niemand im Raum, und von dem Kind war nichts zu sehen.

„Wer seid Ihr und was wollt Ihr?", rief das alte Weib mit widrig meckernder Stimme. „Verlasst mein Haus, wir empfangen um die Zeit keine Gäste."

„Ja, geht sofort hinaus", fiel die Dirne mit kreischendem Ton ein. „Sonst hole ich die Nachbarn, um Euch hinauszuprügeln!"

Mit einem schnellen Schritt war der Graf am Tisch und packte das unverschämte Weib am Kragen.

„Hör auf, dummes Zeug zu schwätzen", fuhr er die Dirne an und schüttelte sie. „Sag mir lieber, wo das Kind, das kleine Mädchen, ist?"

„Gnade, Herr", winselte das Weib. „Hier ist weder ein Kind noch ein Mädchen."

Geoffroy stieß die Dirne zur Seite, dass sie zu Boden fiel, und sprang mit gezogenem Degen zur Alten hin, die eben versuchte, durch eine Hintertür aus dem Zimmer zu schlüpfen.

„Halt, hiergeblieben, alte Hexe! Ich frage nur noch einmal: Wo ist das Kind?"

Die Alte starrte den Grafen mit ihren roten Hexenaugen an und lachte höhnisch: „Ich weiß von keinem Kinde, und wenn ich es wüsste, würde ich es Euch nicht sagen."

Da sprang das jüngere Weib, das sich während des Wortwechsels heimlich an den Grafen herangeschlichen hatte, diesen von hinten an. Geoffroy schüttelte sie mit einer schnellen Bewegung ab. Sie taumelte und fiel gegen den Kessel. Durch den Stoß kippte dieser, und sein heißer Inhalt ergoss sich ins Feuer und auf das Weib, das durch die kochende Flüssigkeit verbrüht wurde und vor Schmerzen laut aufschrie. Gleichzeitig führte Geoffroy einen Degenstoß und durchbohrte der Alten, die soeben ein Beil nach ihm schwang, die linke Schulter. Die Hexe heulte auf und warf sich kreischend zu Boden. Das Feuer erlosch, und es wurde stockfinster im Raum. Da krachte draußen ein Schuss.

Der Graf rannte zur Tür, riss sie auf und sprang mit dem Degen in der einen Hand und gespannter Reiterpistole in der anderen hinaus. Dort kämpfte der Scholast gegen drei Kerle an, die mit Knüppeln auf ihn einschlugen. Gerade stürzte er zu Boden, wo bereits einer der Angreifer lag. Geoffroy feuerte seine Waffe ab, traf einen der drei tödlich und griff mit dem Degen das verbliebene Paar an. Die beiden Männer wandten sich zur Flucht und sprangen in das seitliche Buschwerk, um in dessen Schutz zu verschwinden. Der Graf sah ein, dass eine Verfolgung sinnlos wäre, und eilte zu Nicodemus Kunckel, der wie tot am Boden lag. Er kniete hastig nieder und tastete nach dem Puls – der Scholast lebte! Du Breuil schleppte ihn in die Hütte und legte den Verwundeten auf den Holztisch. Dort fand er auch eine Unschlittkerze, die Geoffroy an der letzten Glut des Feuers entzündete. Im unsteten Licht sah er, dass Kunckels Gesicht blutüberströmt war.

„Ist der Mann tot?", fragte eine zarte Stimme hinter ihm. Geoffroy wandte sich um und erblickte ein Mädchen von vielleicht zehn Jahren mit langen, goldgelockten Haaren; es musste das Kind sein, von dem der Scholast erzählt hatte.

„Nein, Kind, er lebt noch, doch er ist schwer verwundet. Gibt es hier Wasser?“

„Draußen im Bach, Herr. Soll ich einen Eimer holen?“

„So ein Eimer ist doch viel zu schwer für dich.“

„Der Eimer ist sehr schwer, das stimmt. Aber wenn ich ihn nicht hole, wird die Muhme böse und schlägt mich“, antwortete die Kleine ruhig.

Dem Grafen lief es heiß über die Seele.

„Die alte Hexe wird dich nicht mehr schlagen“, erwiderte er entschieden. „Wie heißt du denn, Kleine?“

„Die Muhme ruft mich ‚Balg‘ oder ‚Ding‘, auch ‚Kind‘ und ‚Luder‘. Meist ‚du da‘.“

„Ich werde dich Anne nennen“, sagte der Graf mit belegter Stimme. „Jetzt komm, Anne, wir holen Wasser für den Mann dort auf dem Tisch.“

„Ich kenne ihn, er ist ein guter Mann“, sagte das Mädchen. „Er schützte mich vor dem roten Peter.“

„Deswegen müssen wir uns eilen, denn dem Mann geht es sehr schlecht, Anne.“

Gemeinsam holten sie Wasser vom Bach. Der Graf und „Anne“ wuschen Kunckel das Blut aus dem Gesicht und verbanden ihn notdürftig. Dann band Geoffroy den Scholasten auf das Pferd, hob das Kind vor sich in den Sattel und ritt langsam nach Ansbach hinein. Ohne weiteren Zwischenfall erreichten sie ein Gasthaus.

Der Graf ließ Nicodemus Kunckel auf ein Zimmer bringen und befahl, einen Arzt zu holen. Das Kind vertraute er vorerst der Wirtin, einer dicken, gutmütigen Person an, die sich sofort der Kleinen annahm. Ein Doktor kam und untersuchte den Scholasten. Durch die Knüppelschläge waren ihm mehrere Rippen gebrochen worden, und er hatte eine Schnittwunde an der rechten Stirnseite. Die ganze Sache hatte also zum Glück schlimmer ausgesehen, als sie war. Kunckel wurde frisch verbunden und gut versorgt zu Bett gebracht.

„Die Rippen werden schnell wieder heilen, und die Stirnwunde ist nicht besonders tief“, erklärte der Arzt. „Zwei, drei Wochen Ruhe, dann wird es Eurem Diener sicher wieder gut gehen.“

Der Graf drückte dem Mann einen Gulden in die Hand, worauf dieser sich unter vielen Verbeugungen verabschiedete. Geoffroy schaute kurz nach dem Kind, das bereits schlief. Er trank noch einen Becher und legte sich ebenfalls zur Ruhe.

Hermann Schott von Schottenstein betrachtete am Morgen das rauchende Trümmerfeld des nächtlichen Überfalls. Vier Soldaten waren getötet worden, die übrigen hatten vom Kampf zum Teil schwere Verwundungen davongetragen. Es stank nach kaltem Brand, denn zwei der armseligen Dorfhäuser waren wie die Kutsche ein Raub der nächtlichen Flammen geworden. Von den Räubern lagen allerdings sieben tot am Boden und drei Schwerverletzte waren gefangen worden. Sie hatten also dem Überfall getrotzt; dennoch war an eine Weitereise nicht zu denken. Der Junker beriet sich mit dem Feldwebel, der seinen linken Arm in der Schlinge trug und einen Verband am Kopf hatte, und mit Balthasar, der sich lediglich einen kleinen Kratzer eingefangen hatte.

„Der Weg ist nicht sicher, Herr Junker", sagte gerade der Feldwebel. „Ich habe den Flüchtenden einen Aufklärer nachgeschickt. Der Mann erzählt, die Bande habe sich mit einer zweiten Räubermeute vereint und verlege den Weg nach Crailsheim."

„Wie viele Männer hat Euer Trupp noch, Feldwebel?"

„Noch zehn Mann, davon sind zwei wegen ihrer schweren Verwundungen nicht einsetzbar und brauchen dringend einen Arzt."

„Und die Pferde?"

„Zwölf konnten eingefangen werden. Der Rest ist entlaufen oder geraubt worden."

„Pferde haben wir also genug", sagte Junker von Schottenstein. „Dann sollten wir zurück nach Feuchtwangen. Bis dorthin ist es eine Meile. Selbst wenn wir die Verwundeten auf die Pferde binden und nur langsam reiten, sind wir in spätestens zwei Stunden dort. Balthasar", wandte er sich an den Diener. „Ihr nehmt das beste Pferd und reitet voraus. Ich gebe Euch ein Schreiben an den dortigen Amtmann mit, dass dieser uns Hilfe entgegenschickt."

Hermann ließ sich vom Feldwebel Schreibzeug und ein Blatt geben und schrieb auf die Rückseite rasch einige Zeilen, die er anschließend mit seinem Wappenring versiegelte. Balthasar steckte das Papier ein, bestieg einen Braunen und galoppierte los. Der Feldwebel ließ die übrigen Soldaten antreten und befahl den Aufbruch. Der Junker wurde auf ein Pferd gehoben. Je zwei Mann nahmen die Verwundeten in ihre Mitte, zwei bildeten die Avantgarde, und der Feldwebel sicherte den Rücken – dann ritten sie langsam auf Feuchtwangen zu.

Auf der Hälfte der Strecke kam ihnen ein vom Amtmann eilig ausgesandter Reitertrupp entgegen, der sie nach Feuchtwangen geleitete und den Junker dort sofort ins Haus des Amtmanns brachte. Dieser, ein gewisser Herr Pachelbel oder Pabel, der Junker verstand den Namen nicht, da der Amtmann stark in der Mundart der Region sprach, gab sich über den nächtlichen Angriff sehr empört, empfahl dem Junker aber, lieber nach Ansbach zurückzukehren, da die Gegend derzeit sehr unsicher sei und er ihm nicht genügend Schutz zur Verfügung stellen könne. So habe im vergangenen Monat März eine Diebesrotte zwischen Feuchtwangen und Crailsheim über zwanzig Einbrüche und Überfälle verübt, und man sei ihrer bislang einfach nicht habhaft geworden. Hermann, der wohl merkte, dass der Amtmann wenig geneigt war, sich mit ihrer Angelegenheit näher zu beschäftigen, bat darum, ihm am nächsten Tag lediglich eine Kutsche nebst Bedeckung zur Verfügung zu stellen, da das Reiten mit dem Bein sehr schwierig sei, mehr sei nicht nötig; für heute müsse er ausruhen. Der Amtmann, sichtlich froh, derart leicht davongekommen zu sein, versprach, die Kutsche sogleich zu beschaffen, und bot dem Junker überdies an, ihm ein gutes Privatquartier zu besorgen, da die hiesigen Gasthäuser wenig für einen Herren von Stand geeignet seien. Ein entfernter Verwandter von ihm, der hiesige erste Diakon Samuel Pinggiser habe in seinem Haus genügend Platz. Er besitze zudem einen guten Keller, und seine Ehegattin Johanna sei eine treffliche Köchin. Der Junker willigte ein und ließ durch Balthasar das Gepäck ins Hause Pinggiser tragen.

Der Amtmann hatte Haus, Keller und Küche zu Recht empfohlen, und am Abend saß der Junker mit dem Diakon, der sich als ein gebildeter Mann zeigte, bei einem guten Glas im fast vertraulichen Gespräch. Pinggiser erzählte von seinen Studienzeiten manch deftige Anekdote und fragte dies und das und nach dem Woher und Wohin; dabei tranken die Herren einiges. Schließlich berichtete der Junker weitläufig von dem Schmuck der Königin und wie die Juweliere Bassenge und Böhmer behauptet hätten, dass das zurückgegebene Collier einer Fälschung sei.

Der Diakon lachte. „Diesen Juwelieren ist nicht zu trauen", sagte er. „Kennt Ihr die Geschichte vom tollen Markgrafen und seinem Hofjuwelier? Der Juwelier sollte für den englischen König als Geschenk ein Juwelenband fertigen. Der Schmuck wurde kunstvoll gefertigt und nach England gebracht. Monate vergingen, ohne dass auf die Gabe eine Antwort kam. Da ließ der Markgraf in London nachfragen und erfuhr, der König habe sich über den Schmuck, der als Fälschung erkannt wurde, sehr verärgert gezeigt. Daraufhin ließ der Fürst den Hofjuwelier ohne große Vernehmung und ohne Urteil an einen Stuhl fesseln und soll ihm mit eigener Hand das Haupt abgeschlagen haben!"

„Unglaublich!", rief der Junker. „Ein Fürst kann doch kein Scharfrichter sein!"

„Karl Wilhelm Friedrich von Brandenburg-Ansbach war jedenfalls ein sehr eigenwilliger Herrscher, bei dem alles denkbar schien", entgegnete der Diakon. „Er war offiziell mit Friederike Luise von Preußen verheiratet, lebte aber mit Elisabeth Wünsch, einer Mühlknechtstochter, zusammen, mit der er vier Kinder zeugte."

„Friedrich August I. von Sachsen hat angeblich 354 Kinder gehabt", entgegnete lachend Junker von Schottenstein.

Nach diesen und einigen anderen Geschichten legten sich die Herren zur Ruhe.

Graf Geoffroy du Breuil machte sich am nächsten Morgen auf, eine vorläufige Bleibe für das befreite Kind zu finden. Im markgräflichen Schloss, der Fürst war verreist und offenbar in Bankgeschäften unterwegs, traf er auf den Kammerjunker Friedrich Ferdinand Ludwig Freiherr von Falkenhausen. Dieser bot ihm an, das Kind Anne in seinem Haushalt aufzunehmen. Seine Frau sei kinderlieb und würde der Kleinen die notwendige Erziehung angedeihen lassen. Der Graf brachte das Mädchen persönlich zu Freifrau Sophie Dorothea, einer freundlichen Dame von gerade 26 Jahren, die selbst schon vier Kindern das Leben geschenkt hatte und erkennbar mit einem weiteren schwanger ging. Geoffroy hinterließ eine ausreichende Summe für die Verpflegung sowie andere Kosten und versprach dem Kind, das sich nur unschwer von ihm trennen mochte, auf seiner Rückreise wieder vorbeizukommen.

Er kehrte nach Ansbach und in das Gasthaus zu Nicodemus Kunckel zurück, wo er zu seiner Überraschung Hermann Schott von Schottenstein und dessen Diener Balthasar antraf. Hermann und der Graf tauschten sich über ihr Erlebnisse aus, wobei Geoffroy sich sehr über die unsicheren Wegverhältnisse verwunderte. Sie berieten sich ausführlich und entschlossen sich, am nächsten Tag gemeinsam in einer Kutsche und mit den Dienern nebst einem Kutscher auf einer anderen Route nach Stuttgart aufzubrechen.

„Eine einzelne Kutsche fällt weniger auf als ein Riesentross mit Soldaten", meinte Geoffroy.

„In fünf oder sechs Tagen sind wir in Hohenheim und überbringen den Schmuck. Was dann wird, sehen wir vor Ort", stimmte Hermann der Lösung zu.

„So halten wir es", bestätigte Geoffroy. „Heute Abend dagegen werden wir uns einmal von den Geschäften des Reisens und Kämpfens ausruhen. Die Gräfin Maria Theresia Ahlefeldt gibt in kleinem Kreis im Schloss ein Konzert. Sie gilt mit ihren fünfundzwanzig Jahren als eine wirkliche einmalige Tonkünstlerin und zarte Klaviervirtuosin; ihr Spiel soll hörenswert sein."

„Sicher spielt die Gräfin etwas von Antonio Salieri oder Mozart. Am liebsten wäre mir etwas aus der ‚Armide' des Ritters von Gluck", schwärmte der Junker.

„Die ‚Armide' hat Gluck vor drei Jahren in Paris aufgeführt", entgegnete der Graf. „Aber Ihr überrascht mich, Hermann, ich wusste nicht, dass Ihr Euch derart für die Musik begeistert. Vielleicht fällt es Euch doch nicht so schwer, die Kompositionsaufgabe zu lösen, die Herr Silbermann von Euch verlangt."

„Wenn ich wie Gluck kaiserlich-königlicher Hofkomponist wäre, dann könntet Ihr Recht haben", erwiderte der Junker mit einem Seufzer.

Während Hermann und Geoffroy solches besprachen, erreichten Carl von Schack, Melchior von Talheim und Fähnrich Neidhardt von Gneisenau die Tore der Stadt Weimar. Vor ihnen zeigte sich die Stadtsilhouette: Der Fluss Ilm, dahinter die breit daliegende fürstliche Residenz mit dem hoch aufragenden Turm und der Stadtkirche, am Horizont die Hügel des Ettersbergs. Die Hauptstadt des Herzogtums Sachsen-Weimar-Eisenach zählte knapp siebentausend Einwohner, das gesamte Herzogtum etwas mehr als hunderttausend. Doch die Stadt war dank des Wirkens der Herzoginmutter Anna Amalia zu einem kulturellen Zentrum geworden. Seit dem Tode ihres Mannes führte die Herzogin die Regentschaft in den Herzogtümern Weimar und Eisenach für ihre unmündigen Söhne. Um deren Erziehung zu vervollkommnen, holte sie verschiedene Literaten und Künstler an ihren Hof. Feste, Bälle und Redouten, Lesungen, Theateraufführungen, Konzerte und Kammermusiken sowie Vorträge und Vorführungen waren feste Bestandteile des Hoflebens im Wittumspalais. Ansonsten war Weimar ein beschauliches und ruhiges Städtchen inmitten einer sanften Hügellandschaft.

Die Reisenden nahmen Quartier im Gasthaus „Zum Weißen Schwan" in der Frauentorstraße.

„Wo fangen wir mit der Suche an?", fragte Melchior, als sie aus dem Eingang des Gasthofes traten.

„Wir sehen uns am besten die Stadt an, allzu groß ist der Ort nicht, und Fremde fallen bestimmt auf", schlug Carl vor. „Der Flüchtende ist sicher gesehen worden."

Sie wandten sich in Richtung Markt. In den winkligen Straßen um den Platz herum hatten sich viele Handwerkerläden angesiedelt. Am Platz selbst standen zahlreiche Bürgerhäuser; neben dem Rathaus fiel dem Betrachter vor allem ein grün-weißes Renaissance-Gebäude an der Ostseite des Marktes, das dem Handel diente, auf. Mitten auf dem weiten Platz sprudelte das Wasser des Neptunbrunnens. Zu dieser sonntäglichen Abendstunde spazierten die Bürger über den Markt, blieben ab und zu zum Gespräch stehen und um Neuigkeiten auszutauschen. Ein schlanker Herr in den besten Jahren bog soeben um die Ecke und überquerte gemessenen Schrittes den breiten Platz. Jeder, an dem er vorüberkam, griff zum Hut und grüßte, und der Herr grüßte seinerseits freundlich zurück. Carl blieb stehen und zog ebenfalls seinen Hut. Der Herr nickte würdevoll und begab sich in den Gasthof „Zum Elephanten".

„Wer war das, den Ihr da eben gegrüßt habt?", fragte Melchior verwundert.

„Das war Christoph Martin Wieland", erwiderte Carl, „der Autor des ‚Agathon' und der ‚Alceste' sowie Herausgeber der Zeitschrift *Der Teutsche Merkur*. In der herzoglichen Bibliothek in Stuttgart habe ich sein Konterfei gesehen, daher erkannte ich ihn. Wieland war hier in Weimar als Erzieher des Herzogs tätig, nach dessen Amtsantritt zog er sich von öffentlichen Ämtern zurück und widmet sich nun ganz seiner schriftstellerischen Arbeit."

„Wenn wir in die Stadtkirche St. Peter und Paul gehen, treffen wir vielleicht auch Johann Gottfried Herder", warf der Fähnrich aufgeregt ein. „Herder ist Oberpfarrer und Ephorus der Schulen des gesamten Herzogtums Sachsen-Weimar-Eisenach."

„Und", fragte Melchior vorsichtig, „hat der Herr Pfarrer auch etwas geschrieben?"

„Er schreibt immer noch", entgegnete der Fähnrich enthusiastisch. „‚Von deutscher Art und Kunst'."

„Nun, das mag alles richtig sein", brummte Melchior, dem seine Wissenslücken peinlich waren. „Aber hilft uns das bei unserer Suche nach Giovanni Morante und dem falschen Conte? Im Übrigen bin ich für heute genug unterwegs gewesen. Lasst uns ins Wirtshaus zurückkehren und etwas Ordentliches essen und trinken!"

Sie begaben sich zum „Weißen Schwan" zurück. Dort setzten sich die Herren an einen Fensterplatz und bestellten, wonach es ihnen beliebte. Gerade als die Wirtstochter mit den Getränken kam, betrat ein würdevoll aussehender, jüngerer Herr das Gasthaus und nahm an einem Tisch, der seitlich hinter ihnen stand, Platz. Die Kellnerin schien ihn zu kennen, denn sie brachte ihm unaufgefordert eine Flasche Rheinwein, einen Rüdesheimer. Der Mann war von hohem Wuchs und besaß eine wohlproportionierte Gestalt. Seine Stirn war ebenfalls hoch und das mittelbraune Haar leicht gewellt. Gekleidet war der junge Herr in einen Rock von grünem Berkan, wozu er schwarze Unterkleider, feine baumwollene Strümpfe und um den Hals ein lose geschlungenes, seidenes Halstuch trug. Mit seinen braunschwarzen Augen musterte er aufmerksam die übrigen Gäste.

„Wohl bekomm es den Herren", grüßte er zu ihnen hinüber und kostete mit Genießermiene den Wein. „Es geht doch nichts über einen echten deutschen Wein, einen Assmannshauser, Johannisberger, Würzburger oder einen Rüdesheimer."

„Wobei Ihr die Schwaben nicht vergessen solltet, ein guter Tropfen aus den Löwensteiner Bergen, dem Bottwartal oder von den Stuttgarter Hängen ist nicht zu verachten", gab Junker Carl zurück.

„Ein gutes Bier sollte aber auch nicht zu gering geschätzt werden", warf Melchior ein und nahm einen kräftigen Zug aus seinem Krug.

„Mir selbst mundet Bier wenig", sprach der fremde Herr. „Das schwere Merseburger Bier, welches man hier im ‚Schwarzen Bären' ausschenkt, verdüstert mir nur mein Gehirn. Drum verkehre ich nur im ‚Weißen Schwan'. Ich bevorzuge den Wein, und der Württemberger, von dem Ihr spracht, ist auch zu loben. Wiewohl der Weinstock der allerschlimmste Tyrann ist. Die ersten Züge seines Blutes munden Euch, aber ein Tropfen lockt den andern unaufhaltsam nach; sie folgen sich wie eine Perlenschnur, die man zu zerreißen fürchtet. Dennoch, ein Glas oder zwei mag nicht schaden. Ihr erwähntet die Stuttgarter Hänge und die Löwensteiner Berge. Sind die Herren vielleicht selbst aus Schwaben? Ihr sprecht, wie ich es im letzten Jahr in Stuttgart gehört habe, und wenn Ihr dazu noch den dortigen Wein lobt …"

„Ihr habt unsere Landeshauptstadt besucht?", rief Melchior. „Kommt, setzt Euch zu uns und erzählt, wie Ihr alles dort gefunden. Ein fremdes Urteil ist stets interessant zu hören."

„Gern folge ich Euerer Einladung und berichte, wenn Ihr mir erzählt, was Euch in unser beschauliches Weimar führt."

„Das wollen wir gewiss tun", antwortete der Junker. „Aber erlaubt noch die Frage, Ihr seid Eurer Sprache nach auch nicht aus Sachsen, sondern eher, so mein ich, aus dem Fränkischen oder Hessischen."

„Dem ist so", sagte der Fremde, während er umständlich am Tisch der drei Platz nahm. „Meine Wiege stand in der Freien Reichsstadt Frankfurt am Main, am 28. August vor über dreißig Jahren, mittags mit dem Glockenschlage zwölf kam ich dort auf die Welt. Die Konstellation war glücklich; die Sonne stand im Zeichen der Jungfrau und kulminierte für den Tag; Jupiter und Venus blickten sie freundlich an – doch verzeiht", unterbrach er sich, „ich erzähle und erzähle, und Ihr nanntet noch nicht Eure Namen."

Carl musste über das selbstbewusste Auftreten des Fremden insgeheim lächeln, der zum einen sein Geburtshoroskop preisgab, zum anderen aber erwartete, dass sie sich ihm vorstellten. Allein, der Mann war hier zu Hause und schien der Sprache und seinen Worten nach den gebildeten Ständen anzugehören. Vielleicht mochte er ihnen sogar bei ihrer Suche behilflich sein.

„Mein Name ist Carl von Schack, herzoglicher Kammerherr seiner gnädigsten Durchlaucht Herzog Karl Eugen von Württemberg", stellte der Junker dem Fremden sich vor. „Neben mir sitzen mein Freund Melchior von Talheim und der Fähnrich im Ansbacher Regiment Neidhard von Gneisenau."

„Ah", entgegnete der Fremde und machte keine Anstalten sich seinerseits vorzustellen. „Euren Herzog habe ich im letzten Jahr kennengelernt, als ich mit Karl August von Sachsen-Weimar-Eisenach die Hohe Karlsschule besuchte."

„Mit seiner Durchlaucht, dem Herzog von Sachsen-Weimar-Eisenach?", fragte Carl erstaunt. „Dann seid Ihr womöglich der Herr Goethe, der Autor des bekannten Werther-Romans?"

„Der bin ich in der Tat", erwiderte Goethe nicht ohne eine gewisse Selbstgefälligkeit. „Ein Jugendwerk, das durchaus verdienten Erfolg hatte. Doch sagt jetzt, warum seid Ihr hier in Weimar?"

„Das ist eine lange und komplizierte Geschichte", antwortete Carl und begann Goethe in Umrissen zu erzählen, was sie alles in den letzten Wochen erlebt hatten. Als er endete, schüttelte der Dichter verwundert den Kopf.

„Das ist eine Geschichte, die viel abenteuerlicher ist als das durchaus vortreffliche Manuskript von Diderot, ‚Jacques le fataliste et son maître', welches ich kürzlich las. Eure Geschichte ist von der Art, wie sie der junge Vulpius liebt, ein wahrer und wilder Räuberroman!"

Goethe schwieg einen Moment und nahm nachdenklich einen Schluck aus seinem Glas.

„Vielleicht, dass einer meiner Kollegen aus dem Consilium, Jakob Friedrich von Fritsch oder Christian Friedrich Schnauß, Euch helfen könnte. Jakob Friedrich ist allerdings kein Freund von mir, doch kennt er sich in Logen- und Geheimdingen trefflich aus. Am besten, ich gebe Euch eine Empfehlung für Schnauß, der Euch an Fritsch weiterempfiehlt. Dem müsst Ihr andeuten, dass ich Euer Anliegen nicht betrachten wolle, und schon wird er aktiv werden. Ja, so machen wir es!", rief Goethe und klatschte in die Hände. Er ließ sich sogleich von der Wirtstochter Feder, Papier und Tinte sowie eine Sandbüchse bringen und schrieb einen kurzen Brief an Friedrich Schnauß, den er bat, seinerseits die württembergischen Herren an Herrn von Fritsch weiterzuempfehlen. Er streute das Papier ab, siegelte es und überreichte das Schreiben Carl von Schack. „So, das wäre getan. Entschuldigt mich nun, meine Herren. Ich muss zurück in mein Gartenhaus und mich umkleiden, denn heute esse ich bei der Herzoginmutter."

Goethe erhob sich und eilte mit elastischen Schritten davon.

Melchior von Talheim starrte dem Staatsrat nach. „Das war also der Herr Goethe, der erfolgreiche Autor und Prinzenerzieher. Ein erstaunlicher Mann!"

„Und so gut aussehend", meinte die Wirtstochter, die soeben die leeren Flaschen abräumte. „Alle Fräulein und Mädchen schwärmen von ihm."

Am nächsten Morgen, es war ein Montag, ließen sie sich gegen elf bei Christian Friedrich Schnauß melden. Er gehörte seit acht Jahren dem

Conseil an und war ferner mit der Oberaufsicht der herzoglichen Bibliothek und des Münzkabinetts betraut. Schnauß war ein kleiner, etwas fülliger Herr von knapp sechzig. Er begrüßte sie freundlich und meinte, nachdem er das Empfehlungsschreiben eingehend studiert hatte, so ganz sei ihm nicht deutlich, was ihm sein werter Kollege und Freund der Staatsrat Goethe eigentlich habe mitteilen wollen. Carl berichtete in Grundzügen, worum es gehe, und erzählte ohne Umschweife, was Goethe zum weiteren Vorgehen und insbesondere im Hinblick auf Jakob Friedrich von Fritsch gesagt habe.

„Es stimmt, Geheimrat von Fritsch ist Goethe nicht wohlgesonnen und meiner Empfehlung gegenüber wohl offener. Doch wenn es Euch nicht gelingt, sein Interesse für Eure Angelegenheit zu wecken, werdet Ihr kaum auf seine Hilfe rechnen können."

Es wurde Nachmittag, bis sie endlich im Hause des Wirklichen Geheimen Rats Jakob Friedrich von Fritsch Einlass fanden. Der Wirkliche Geheime Rat ließ die drei Besucher in sein Kabinett führen und begrüßte sie höflich, wobei er sie prüfend betrachtete. Der Freiherr selbst war ein untersetzter Mann mit blühender Gesichtsfarbe von bald fünfzig Jahren und dem Auftreten eines gesetzten Mannes. Er wandte sich an Carl von Schack, in dem er zu Recht den Anführer der kleinen Gruppe vermutete.

„Herr von Schack, Ihr seid Kammerherr im Dienste des Herzogs von Württemberg. Sagt mir, was Euch zu mir führt und was ich mit meinen bescheidenen Kräften tun kann. Aber setzen wir uns zuerst", sagte er und verwies auf eine Stuhlgruppe.

„Verehrter Geheimer Rat, Herr von Fritsch", begann der Junker betont langsam, denn er vermutete ein gewisses Phlegma bei seinem Gegenüber. „Wir sind einem gefährlichen Verschwörer gegen die von Gott gegebene Ordnung auf der Spur. Einem Manne, der sich erdreistete, unserem allergnädigsten Landesherrn, seiner Durchlaucht Herzog Karl Eugen von Württemberg, ein kostbares Juwel zu rauben. Zu dem Raub kamen bald noch mehrere Morde hinzu, und er legte falsch Zeugnis ab und behauptete, Angehöriger der Londoner Loge zu sein."

„Gewiss ein übles Subjekt", meinte Herr von Fritsch, „doch verstehe ich nicht, wie ich Euch helfen kann."

„Seine Spuren führen nach Weimar und Leipzig. Es könnte sein, dass er hier unter falschem Namen versucht, von Logenbrüdern Hilfe für seine weitere Flucht zu erhalten. Vielleicht habt Ihr davon Kenntnis."

Der Geheime Rat überlegte. „Es könnte sein, dass ich Euch unter Umständen zu helfen vermag“, sagte er schließlich. „Ich habe gewisse Verbindungen zur ‚Anna Amalia zu den drei Rosen Loge‘, und wenn dort ein Fremder vorstellig würde – wie heißt der Gesuchte?“

„Wir suchen einen gewissen Giovanni Morante, der gern unter dem Namen Cavaliere Alfiere auftritt und behauptet, er sei Sonderbotschafter der Republik Venedig und vom Dogen Alvise Giovanni Mocenigo bevollmächtigt.“

Der Wirkliche Geheime Rat Jakob Friedrich von Fritsch erblasste. „Cavaliere Alfiere?“, wiederholte er. „Seid Ihr sicher?“

„Alfiere oder Morante, neuerdings nennt der Mann sich auch Conte Caracanti. Ist er Euch begegnet?“

„Es könnte sein, dass ...“, setzte Herr von Fritsch zu einer Erklärung an und hielt dann inne. „Ihr seid Euch auch wirklich sicher?“, fragte er den Junker nochmals.

„Das bin ich!“, bestätigte Carl.

Herr von Fritsch griff hastig zur Klingel und läutete heftig. Ein Diener erschien.

„Schnell!“, rief der Geheime Rat. „Schickt Stadtwächter zum Gasthof ‚Zum Elephanten‘ und lasst einen gewissen Cavaliere Alfiere und mögliche Spießgesellen festnehmen!“

Der Diener verließ rasch das Kabinett, um den Befehl auszuführen. Der Rat ließ sich erschöpft auf den Stuhl zurücksinken. Er zog ein Tuch hervor und wischte sich damit über die Stirn. Die Situation schien ihm sehr zu schaffen zu machen. Carl wartete auf eine Erklärung, doch Herr von Fritsch schwieg. Also erhoben sich der Junker und seine Begleiter, um ihrerseits nach dem Gasthof zu gehen.

„Ihr entschuldigt uns, Herr von Fritsch“, sagte Carl. „Der Mann ist gefährlich, und wir sind lieber dabei, wenn Eure Leute ihn festsetzen.“

Sie verbeugten sich vor dem noch immer sehr betroffen wirkenden Rat und verließen das Haus. Draußen nahmen die drei die Richtung zum Marktplatz.

Mittlerweile war es dunkel geworden, und die Straßen wurden nur durch vereinzelte Hauslaternen beleuchtet. Etliche Ecken und Winkel lagen im Finstern, und man musste gut auf den Weg achten, um nicht über die Unebenheiten des schlechten Straßenpflasters zu stolpern. Sie bogen auf den Markt ein. Dieser war besser beleuchtet, und vor allem am Eingang des Gasthofes „Zum Elephanten" brannte eine helle Laterne. Carl schaute sich suchend um. Von den Stadtwächtern war weit und breit nichts zu sehen.

„Melchior und ich gehen hinein, Herr Fähnrich, Ihr wartet auf die Wächter. Los!"

Carl und Melchior stürmten mit gezogenem Degen ins Haus. Im Eingangsbereich zum Treppenhaus trat ihnen der Wirt entgegen, ein kräftiger Mann, dem man ansah, dass er durchaus zuzupacken verstand.

„Was wünschen die Herren?", fragte er misstrauisch und starrte dabei auf die Waffen.

„Wir sind auf der Suche nach einem gewissen Cavaliere Alfiere, der hier wohnen soll", entgegnete der Junker. „Sagt uns, wo wir ihn finden!"

„Mit Waffen kommt mir niemand in mein Haus", erwiderte der Wirt und ergriff einen Knüppel, den er drohend schwang.

„Aus dem Weg, Kerl", rief Melchior ärgerlich. „Wir haben keine Zeit für Seine Spiele!"

Bei diesen Worten drängte er sich an dem Mann vorbei. Aber dieser hob seine Waffe und hieb kräftig nach Melchior. Melchior riss reflexartig seinen Arm hoch und fing so den Schlag auf, wobei er einen Schmerzensschrei ausstieß. Er wandte sich dem Angreifer zu, der erneut ausholte. Melchior hob den Degen, doch währenddessen hatte Carl einen Stuhl ergriffen und ließ diesen mit voller Wucht auf den Schädel des Wirtes sausen. Der Stuhl zerbrach, und der schwere Mann ging zu Boden.

„Der verfluchte Tölpel hat mir den Arm gebrochen!", rief Melchior mit schmerzverzerrtem Gesicht.

„Wir schauen später nach Eurem Arm, weiter jetzt!", befahl Carl und stürmte die Treppe nach oben.

Melchior folgte ihm. Sie erreichten das erste Stockwerk. Oben kam ihnen eine Magd entgegen.

„Schnell, wo wohnt der Cavaliere Alfiere?", fragte der Junker sie und hob drohend den Degen.

„Im letzten Zimmer links", antwortete die Magd verängstigt.

Sie eilten den Gang hinunter bis zu dem genannten Raum. Carl drückte die Klinke nieder, die Tür war verschlossen.

„Öffnet, Morante, Ihr seid in der Falle!"

Ein Schuss krachte und eine Kugel durchbrach das Holz der Tür nahe der Stelle, an der Carl stand.

Carl zögerte keinen Augenblick, sondern nahm einen kurzen Anlauf und warf sich mit voller Kraft gegen die Tür. Diese gab nach, sprang aus den Angeln, und Carl stürzte regelrecht in das Zimmer hinein. Der Raum war leer, nur der Geruch nach Schießpulver hing in der Luft, und die Flügel des Fensters standen weit offen. Von der Straße ertönten Schreie und Schüsse, dann das Geräusch eines davongaloppierenden Pferdes. Die beiden Männer eilten ans Fenster. Unten lag ein Mann am Boden, um den sich Uniformierte kümmerten. Mehrere andere rannten einem Reiter nach, der gerade in der Dunkelheit wohl in Richtung des roten Schlosses verschwand. Zwei der Uniformträger hielten den Fähnrich, der sich gegen seine Verhaftung mit allen Kräften wehrte.

„Aufhören!", rief der Junker den Soldaten zu. „Das ist der Falsche!"

Rasch verließen er und Melchior das Zimmer und eilten nach unten. Dort war gerade die Magd dabei, dem Wirt auf die Beine zu helfen.

„Ihr habt mir den Arm gebrochen, Kerl!", fuhr ihn Melchior an. „Und einem Verbrecher zur Flucht verholfen. Das wird Folgen haben!"

„Lasst den Mann, Melchior, wir haben anderes zu tun", mahnte Carl.

Sie eilten auf die Straße, um die irrtümliche Festnahme des Fähnrichs zu klären. Gneisenau hatte sich wie ein Löwe verteidigt. Nur mit Mühe gelang es Carl, den Anführer der Wache, einen braven Sergeanten, von der Unschuld des Fähnrichs zu überzeugen. Die Sache musste sich wohl so zugetragen haben, dass der Diener lediglich gemeldet hatte, im Gasthof wohne ein Betrüger, den die Wache festnehmen solle. Diese eilten zum „Elephanten"; dort stürzte gerade die Magd aus der Tür und rief, Bewaffnete hätten ihren Herrn niedergestreckt und dieser dort – sie zeigte auf den Fähnrich – gehöre zu ihnen. Warum das Weib den Fähnrich verdächtigt hatte, blieb ungeklärt. Ohne groß zu zögern, stürzten sich die Wächter auf Gneisenau. Da krachte ein Schuss, ein Fenster wurde aufgerissen und ein Mann schaute heraus, um die Lage zu prüfen. Soeben kam ein Reiter vorbei, der Mann sprang gewandt hinab, sodass er hinter ihm auf dem Rücken seines Tieres landete. Er packte den Reiter, warf ihn kurzerhand vom Pferd und galoppierte davon. Die ihm nachgesandten Kugeln verfehlten ihr Ziel – Giovanni Morante war erneut entkommen.

Offenbar war er allein in Weimar gewesen, eine nächtliche Verfolgung schien auf jeden Fall sinnlos. Melchiors Arm wurde versorgt. Zum Glück war dieser nicht gebrochen, sondern nur stark geprellt, doch Melchior musste ihn in einem Tuch tragen. Sie begaben sich müde zu Bett. Morgen früh wollten sie nach Leipzig aufbrechen – das sie als Morantes nächstes Ziel vermuteten.

Am Dienstagmorgen, dem 18. April, brachen sie früh von Weimar auf; doch aufgrund von Melchiors „Einarmigkeit“ kam der kleine Trupp nur langsam voran. Gegen Mittag erreichten sie die Glockengießerstadt Apolda und gegen Abend Naumburg an der Saale. Die Männer ritten in das Flusstal hinab. Vor ihnen zeigten sich die Spitzen des Naumburger Doms St. Peter und Paul. Seit dem 16. Jahrhundert gehörte das frühere Bistum dem Kurfürsten von Sachsen. Rund fünfzig Jahre herrschte über das Naumburger Stiftsgebiet die Sekundogenitur Sachsen-Zeitz. Zu Beginn des Jahrhunderts war die Stadt an die Dresdner Kurlinie zurückgefallen, und seit 1763 regierte der Kurfürst Friedrich August III. Die drei Reiter nahmen im Gasthaus „Zum grünen Kranze“ direkt an der Saale Quartier.

Abends machte Carl noch einen Rundgang durch die Stadt. Er lenkte seine Schritte zum Dom, über den er unlängst einige Reiseberichte gelesen hatte, und dort vor allem zu den Stifterfiguren. Lange blieb Carl vor der Skulptur der Uta stehen, der Gemahlin des Markgrafen von Meißen. Vor über 700 Jahren hatte die Frau, deren Gesicht so rätselhaft in eine unbekannte Ferne schaute, gelebt, und doch wirkte ihre ganze Haltung und Gestik, als könne sie jeden Augenblick aus der Skulptur in die reale Welt treten. Es war wahrlich die Zeit ein seltsames Ding! Nachdenklich kehrte der Junker in den Gasthof zurück.

Am nächsten Tag führte sie ihr Ritt über Weißenfels und Lützen, wo der Schwedenkönig Gustav Adolf in der dortigen Schlacht gefallen war, direkt nach Leipzig, das sie am frühen Nachmittag erreichten.

Der heutige Tag war kalt und es schneite sogar in der Frühe, schrieb Franziska von Hohenheim am 19. April in ihr geheimes Tagebuch und setzte hinzu, dass ihr Halsband leider noch nicht zurückgebracht worden sei, obwohl es der Kammerherr von Erlenburg doch in Aussicht gestellt habe. Sie hoffe nur, schrieb die Reichsgräfin weiter, dass dem Überbringer nicht etwas zugestoßen sei, denn der Herzog werde allmählich ungeduldig und frage fast täglich, wie es um das Halsband stehe. Anlässlich des Besuches des Prinzen von Nassau, der bald erwartet werde, wünsche er sehr, seine Franziska mit dem Halsband geschmückt zu sehen. Ansonsten, schrieb sie, habe sie viel im Dörfle zu tun.

Die Stadt an der Pleiße öffnete für die Reisenden ihre Tore. Leipzig war jüngst die Bücherstadt geworden. Waren die Händler früher aus allen Teilen des Reiches nach Frankfurt gereist, so hatte 1765 Philipp Erasmus Reich begonnen, zusammen mit zwölf anderen Verlegern Bücher nur noch auf der Messe in Leipzig vorzustellen. Auf diese Weise gelang es ihm, eine anerkannte Alternative einzurichten. Philipp Erasmus Reich war der Geschäftsführer und Teilhaber der Weidmann'schen Buchhandlung, von der Carl seit einigen Jahren den alljährlichen Katalog bezog. Einige bekannteste Schriftsteller wie Christian Fürchtegott Gellert, Johann Kaspar Lavater und Christoph Martin Wieland ließen ihre Bücher bei Weidmann und Reich verlegen. Der Junker hatte den Verleger vor zwei oder drei Jahren auf einer Reise einmal selbst kennengelernt. Der rundliche Reich war ein Schöngeist mit einem ausgeprägten Geschäftssinn und besaß einen feinen Humor. Gern hätte Carl den Buchhändler aufgesucht, doch die Dringlichkeit ihrer Reise ließ einen solchen Besuch nicht zu, zumal er in Weimar gehört hatte, Reich sei derzeit nicht in Leipzig, sondern halte sich auf seinem Schlösschen in Sellerhausen auf. Sie ritten daher zum Gasthof „Grüne Linde", der ihnen gleichfalls in Weimar empfohlen worden war, um dort Logis zu beziehen. Wie erstaunt war der Junker, als ihnen aus dem Eingangstor des Hauses sein guter Friedrich entgegentrat.

„Friedrich, was machst du hier?", rief er. „Ich glaubte, du wärst der Baronesse auf der Spur, und sehe dich jetzt in Leipzig!"

„Herr, ich folge der Baronesse seit Urach und gelangte so bis nach Leipzig!", meldete der Diener.

„Komm gleich mit auf mein Zimmer", wies ihn Carl an. „Deinen Bericht über die letzte Woche solltest du ohne neugierige Zuhörer geben."

Bald saßen sie alle in Carls Kammer, und Friedrich erzählte, was er erlebt und welche Schritte vor allem die Baronesse unternommen habe.

„Ihr hattet Urach kaum verlassen, Herr", begann Friedrich, „als das Fräulein von Korff eine Kutsche anspannen und ihr Gepäck verladen ließ. Gegen Mittag fuhr sie in Begleitung von einigen Berittenen in Richtung Göppingen davon. Ich folgte so unauffällig wie möglich. In Wäschenbeuren, einem Flecken vor Schwäbisch Gmünd, übernachtete die Baronesse. Mir gelang es, im Gespräch mit einem Stallknecht zu erfahren, was ihr nächstes Ziel sein würde, und ich ritt die halbe Nacht hindurch bis nach Crailsheim. So führte mich die Reise, teils als Verfolger der Baronesse, teils als ihr ‚Vorreiter' über Feuchtwangen, Ansbach, Heilsbronn, Nürnberg, Bayreuth und Gera bis hierher."

„Die Baronesse hat nicht gemerkt, dass sie von dir verfolgt wurde?"

„Da bin ich mir sicher, Herr", antwortete Friedrich. „In Ansbach und Bayreuth legte sie eine etwas längere Pause ein. Gestern Nachmittag erreichte sie schließlich Leipzig, wobei ich bereits vor Ort war und ihre Ankunft am Ranstädter Tor beobachtete."

„Sylvia von Korff war in Ansbach und Bayreuth!", rief Melchior überrascht aus.

„Und sie war auch in Nürnberg", sagte Carl. „Unsere Wege müssen sich fast gekreuzt haben. Weißt du, mit wem die Baronesse in Ansbach und Bayreuth gesprochen hat?", wandte er sich wieder an Friedrich.

„In Ansbach wurde die Baronesse in ihrem Quartier selbst besucht. Ich habe das Haus, in dem sie wohnte, beobachtet. Gerade wollte ich in meine eigene Unterkunft zurückkehren, denn es war später Abend, da fuhr eine Kutsche vor, der ein militärisch wirkender Herr entstieg. Dieser klopfte an die Tür und fragte mit lauter Stimme nach Frau von Korff. Ihm wurde rasch geöffnet, und er blieb eine gute Stunde im Haus."

„Du weißt nicht, wer der Herr war?"

„Nein, ich habe aber die Kutsche genauer betrachtet. An ihrer Seite war ein Wappen angebracht. Es war ein schwarzer, doppelschwänziger Löwe auf goldenem Grund, der eine rote Krone trug."

„Das Wappen des Markgrafen", entfuhr es dem Fähnrich. „Es muss sich um einen hohen Hofbeamten gehandelt haben."

„Ein hoher Hofbeamter", wiederholte Carl nachdenklich. „Und in Bayreuth?", fragte er Friedrich. „Wen traf die Baronesse in Bayreuth?"

„Das weiß ich nicht. Ich weiß nur, dass sie sich zum Neuen Schloss fahren ließ und dort über Nacht blieb."

Carl nickte. Bayreuth und Ansbach, die Herzogin Elisabeth Friederike Sophie von Brandenburg-Bayreuth, der Markgraf Christian Friedrich Karl Alexander von Brandenburg-Ansbach – und das gestohlene Halsband der Reichsgräfin von Hohenheim, dachte er. Die Mosaikteile gehörten zusammen, aber wie?

„Du hast deine Aufgabe gut gelöst", lobte Carl seinen Diener. „Sag mir noch, in welchem Gasthaus ist denn die Baronesse in Leipzig abgestiegen?"

„Im Gasthof ‚Drey Schwanen' am Brühl, Herr", antwortete Friedrich. „Dort hat sie drei Zimmer gemietet."

„Drei Zimmer?", wiederholte Melchior. „Die Dame scheint einiges vorzuhaben."

„Das sollten wir überprüfen", meinte Carl. „Am besten, ich statte Sylvia von Korff einen Besuch ab", sagte er entschlossen. „Ihr kommt alle mit. Wir wollen das Fräulein direkt mit unserer Anwesenheit konfrontieren. Ich bin gespannt, wie sie auf uns reagiert und wie sie ihr Hiersein erklärt."

Die Herren verließen die „Grüne Linde" und begaben sich zu Fuß zum Gasthof „Drey Schwanen". Der Weg war nicht weit, und nach zehn Minuten standen sie vor dem Gasthof. Doch sie trafen die Baronesse nicht mehr an; Sylvia von Korff hatte die Rechnung bezahlt und den „Drey Schwanen" vor einer Stunde mit unbekanntem Ziel verlassen.

„Der Vogel ist ausgeflogen, offenbar hat die Baronesse von unserer Ankunft erfahren", sagte Melchior.

„Das ist gut möglich, ich hoffe nur, dass sie Morante nicht gewarnt hat", meinte Carl düster. Mittlerweile hatten ihn im Hinblick auf die Baronesse wieder alle Zweifel der Welt gepackt, und seine Stimmung glitt langsam ins Melancholische ab. Melchior, der wohl merkte, was in dem Freund vorging, sann auf Ablenkung.

„Warum lassen wir heute Abend nicht mal alles sein, wie es ist, und gehen in ein echtes Studentenlokal? In ‚Auerbachs Keller' soll sich früher der Teufel gezeigt haben. Der rechte Ort für Morante – und wenn er nicht dort ist, können wir uns mit einem guten Trunk trösten."

Die Freunde stimmten zu, und so brachen die drei Reisenden am Abend zum Kellerlokal des Herrn Auerbach auf.

8

Von „Auerbachs Keller“ in die Hexenküche

Graf Geoffroy du Breuil und Hermann Schott von Schottenstein waren noch immer in Ansbach. Ihr Aufbruch nach Stuttgart verzögerte sich, denn ihr Aufenthalt in der Residenz gestaltete sich länger, als die Herren geplant hatten. Nicodemus Kunckel lag seit der Befreiungsaktion mit hohem Fieber im Bett, und der Graf betrachtete es als seine Pflicht, sich persönlich darum zu kümmern, dass der Scholast gut versorgt und behandelt wurde. Der eigentliche Grund aber, warum er bislang mit dem Aufbruch gezögert hatte, war das Kind, die kleine Anne, wie der Graf sie nannte. Das Mädchen fühlte sich in der Familie des Freiherrn von Falkenhausen sichtlich wohl und blühte unter der liebevollen Zuwendung von Freifrau Sophie Dorothea regelrecht auf. Doch es hing ebenso sehr an Geoffroy, und auch er selbst fühlte sich auf eine Weise zu der Kleinen hingezogen, die er kaum erklären konnte. Anne auf die Reise nach Stuttgart mitzunehmen, schien dem Grafen aufgrund der unsicheren Wegverhältnisse zu gefährlich; jedenfalls wollte er warten, bis Hermanns Bein wiederhergestellt sein würde. Der Arzt meinte, das könne bereits nächste Woche der Fall sein; so beschlossen Geoffroy und Hermann, vorerst zu bleiben. Balthasar wurde beauftragt, nach einem geeigneten Haus oder einer Wohnung zu suchen und sie anzumieten. Zwar hatte der Fürst ihnen gastfreundlich Unterkunft geboten, doch Graf Geoffroy zog es vor, eine gewisse Unabhängigkeit zu wahren, zumal der Markgraf derzeit in München weilte, um einige geschäftliche Dinge zu regeln, die die Bank, die er zu gründen plante, betrafen.

Das Haus war bald gefunden. Es gehörte einer verwitweten, älteren Hofdame, die gern ihre Beletage dem Grafen und Hermann vermietete.

Der heutige Tag war kalt, und der April zeigte sich von seiner schlechten Seite, denn es schneite morgens. Zum Glück blieb der Schnee nicht liegen, und am Mittag unternahm Geoffroy einen Ritt zum Hause des Freiherrn, um Anne zu besuchen. Hermann schrieb währenddessen einige Briefe. Er wollte die Zeit nutzen, um die Lösung der einen oder anderen seiner „Schweizer Aufgaben“ vorzubereiten.

Geoffroy unterhielt sich eine Stunde mit Anne. Die Freifrau, eine schöne Dame von Geist, hatte begonnen, ihr Schreiben und Lesen beizubringen, und das Kind demonstrierte mit Stolz seine ersten Kenntnisse. Geoffroy lobte es und gewann im Gespräch den Eindruck, die Kleine sei überhaupt sehr verständig. Dann wandte sich Anne den anderen Kindern des Hauses zu und lief mit ihnen zum Spielen hinaus. Der Kammerjunker und Geoffroy zogen sich in das Herrenkabinett zurück und plauderten über das politische Tagesgeschehen.

„Der Tod der Herzogin Elisabeth Friederike Sophie wird in Württemberg sicher Folgen zeigen“, meinte der Freiherr von Falkenhausen. „Für die Reichsgräfin ist das die Gelegenheit, auf die sie schon lange wartet und hofft.“

„Ihr glaubt, Herzog Karl Eugen wird seine Mätresse ehelichen?“, fragte der Graf. „Verzeiht, aber was ändert sich dadurch? Karl Eugen hat diese Dame seit Jahren überall hin mitgeschleppt, sogar nach Paris. Unsre Königin war darüber wenig erfreut und hat, trotz Drängens des Herzogs, sich geweigert, Franziska von Hohenheim zu empfangen.“

Der Freiherr verzog das Gesicht. Die Antwort des Grafen berührte bei ihm einen empfindlichen Punkt. Sein Vater war der Markgraf Carl Wilhelm Friedrich. Seine Mutter Elisabeth Wünsch war jedoch „lediglich“ die Geliebte des Landesherrn gewesen, und der Adel hatte die Mühlknechtstochter verachtet und verspottet. Dabei betrachtete der Fürst Elisabeth als seine eigentliche Frau und lebte mit ihr und den von ihm gezeugten Kindern zusammen. Als seine „Frau“ wurde sie von ihm bestens versorgt: Nach der Geburt ihres ersten Sohnes Friedrich Carl erhielt sie 2500 Gulden. Die Einrichtung des Jagdschlösschens Georgenthal mit Möbeln, teuerem Porzellan, Kücheninventar sowie ihre persönliche Garderobe wurden ebenfalls aus der Staatskasse bezahlt. Ferner erhielt Elisabeth monatlich fünfhundert Gulden und somit ein ähnliches Gehalt wie ein Minister. Dazu erwirkte der Markgraf beim Kaiser in Wien für seine Söhne Adelsbriefe mit dem Titel Freiherr von Falkenhausen.

„Es mag mitunter ganz gut sein, wenn altes Blut durch frisches neu gestärkt wird", erwiderte von Falkenhausen kühl. „Doch glaube ich nicht", fuhr er rasch fort, „dass die Reichsgräfin dem Herzog noch den ersehnten Sohn schenken wird. Zumal dieser nicht erbberechtigt wäre", fügte der Freiherr mit leicht bitterem Ton hinzu. „Aber sagt mir, Graf", fragte er dann, „was haltet Ihr von dieser ganzen Halsbandaffäre?"

„Was soll ich davon halten?", erwiderte Geoffroy locker. „Es war ein dreister Raub, doch ist das Schmuckstück zum Glück gefunden, und Junker Schott von Schottenstein und ich werden es nächste Woche nach Stuttgart zurückbringen."

„Findet Ihr es nicht merkwürdig, dass der Schmuck ausgerechnet in Triesdorf, vor dem Schloss des Markgrafen gefunden wurde? Fünf oder sechs Tage, nachdem in Bayreuth die Herzogin verstorben ist?"

„Ihr glaubt an eine Verbindung des Fürsten mit dem Raub?", fragte der Graf, plötzlich aufmerksam geworden. „Eine Intrige? Aber mit welchem Ziel?"

„Ja, ich glaube an eine Intrige", meinte der Freiherr mit einem Lächeln. „Die Stoßrichtung ist doch deutlich. Die Reichsgräfin sollte blamiert und bloßgestellt werden. Dahinter kann nur der Ansbacher Hof stecken. Vielleicht hoffte die Herzogin, sich so der Mätresse ihres Mannes entledigen zu können."

„Ihr scheint von Euren Überlegungen überzeugt zu sein", erwiderte Graf Geoffroy. „Habt Ihr für Eure Behauptungen Beweise? Und, erlaubt mir die Frage, Ihr seid Kammerjunker im Dienst des Fürsten, wie könnt Ihr Euren Fürsten verdächtigen?"

„Versteht mich nicht falsch", entgegnete der Freiherr. „Ich verdächtige nicht meinen fürstlichen Verwandten und Kriegsherrn. Ich bin überzeugt, dass der Markgraf von alledem nichts weiß. Doch in Bayreuth im Schloss Fantaisie wurde schon seit Langem die eine oder andere Kabale entwickelt. Wenn auch nicht von der Herzogin selbst, dann sicher von jemandem aus ihrem Gefolge."

„Nun ja", meinte Geoffroy wenig überzeugt, „das erscheint mir zu spekulativ. Auch kenne ich mich mit den hiesigen Verhältnissen zu wenig aus, um ein Urteil fällen zu können. In Versailles allerdings könntet Ihr recht haben. Neidische Höflinge gibt es dort genug, Intriganten natürlich auch. Ich könnte mir gut den Kardinal de Rohan in der Rolle eines Ränkeschmiedes vorstellen. Dazu noch ein heimliches Liebesarrangement, diverse Doppelgängerspiele und im Hintergrund natürlich ein geheimnisvoller Magier oder Alchemist; das lieben wir Franzosen. Voilà, da habt Ihr die Zutaten für eine wahre Halsbandaffäre!"

Die beiden Männer lachten, und ihr Gespräch wandte sich anderen Themen zu.

Am Abend des gleichen Tages saß eine fröhliche Gruppe junger Leute in der Gewölbehalle von Auerbachs Keller in Leipzig. Die Herren an dem breiten, eichenen Holztisch rauchten qualmende Tabakpfeifen, tranken aus großen Humpen oder Bechern und übten sich, wenn sie nicht lärmende Reden führten, im lauten Rundgesang. Bei den Sängern handelte es sich ihrem Auftreten und Habitus nach um Studenten der Universität. Am wildesten aber gebärdete sich ein schon etwas älter seiender Sänger, der ehemalige Hofmeister und jetzige Schriftsteller Johann Karl Wezel, Autor der Romane „Lebensgeschichte Tobias Knauts des Weisen, sonst der Stammler genannt" und „Belphegor, oder die wahrscheinlichste Geschichte unter der Sonne". Neben ihm saßen die jungen Theologiestudenten Johann Gottfried Seume und Johann Gottlieb Fichte – letzterer war gerade aus Jena angekommen – und gegenüber der Theologe und Magister Johann Friedrich Köhler sowie zwei weitere Studiosi aus der juristischen und medizinischen Fakultät. Die Herren Studenten waren bester Stimmung, man hatte manch guten Becher Wein geleert, und vor allem Johann Karl Wezel feierte den Abschluss seines neuesten Werkes „Hermann und Ulrike". Gerade aber schwieg der Gesang, denn die Gruppe diskutierte eifrig über das weitere Liedgut.

„Singt, trinkt und lacht, und macht mir nicht solche Gesichter", rief Wezel und hob den Becher hoch zum Trunk. „Ihr seid heut ganz wie nasses Stroh, sonst brennet Ihr doch meist! Singt, Freunde, singt! Wer weiß, was der morgige Tag uns bringen mag. Trinkt und singt!"

Der junge, erst siebzehnjährige Johann Gottfried Seume lachte laut. „Das liegt an dir, wenn wir nicht singen; du bist der Schreiber und der Dichter, so sing du uns denn ein neues Lied!"

„Ja, lasst uns ein neues Lied anstimmen", stimmte sein Sitznachbar Johann Gottlieb Fichte zu und strich seine wirren Locken aus dem Gesicht. „Ich liebe es, wenn das Gewölbe von frischen Liedern widerschallt. Da fühlt man erst so richtig die Gewalt des Basses. Tara lara da!", schmetterte er los, hielt dann inne und nahm einen tiefen Schluck aus seinem Becher.

„Gut gesungen", meinte der etwas rundliche Magister Johann Friedrich Köhler. „Die Kehlen sind gestimmt." Er erhob sich und begann im Stehen ein neues Lied: „Das große Deutsche Reich, wie hält es nur zusammen? Das große ..."

„Still da!", rief vom Nebentisch ein älterer, gut gekleideter Mann und winkte ihm mit gebieterischer Geste, zu schweigen. „Lass Er das grässliche Gesinge", fuhr der Alte fort und richtete sich zur vollen Körpergröße auf. „Ich will hier kein garstiges Lied hören. Ein politisches Lied ist stets ein leidiges Lied. Dankt Gott mit jedem Morgen, Ihr Studenten, dass Ihr nicht fürs Deutsche Reich zu sorgen braucht! Also schweigt still!"

Köhler setzte sich verblüfft und auch die Runde schwieg zunächst; doch schon sprang Wezel in die Höhe.

„Wenn Ihr das Politische nicht schätzt, alter Herr", erwiderte er, „dann mögt Ihr vielleicht lieber ein Liebeslied hören!" Aus voller Kehle schmetterte er: „Schwing dich auf, o Nachtigall, grüß mir die Liebste, grüß mir die Liebste, viel hundertmal."

Die anderen am Tisch fielen begeistert in den Gesang mit ein: „Türe auf in tiefer Nacht. Türe auf! Die Liebst' erwacht. Türe zu! Der Morgen naht."

Der ältere Herr schaute böse drein und wollt mit seinem Tadel neu beginnen, doch seine beiden Begleiter am Tisch schüttelten den Kopf und sprachen beruhigend auf ihn ein. Dann standen die drei auf und wandten sich, vom Applaus und Gelächter der Studentenrunde begleitet, mit würdevollen Schritten zur Tür.

„Denen haben wir's gegeben", lachte der Student Fichte. „Die Alten werden sich's künftig gut überlegen, ob sie biederen, teutschen Männergesang zu stören wagen."

„Ich weiß nicht, ob wir nicht einen großen Fehler begangen haben", meinte Seume skeptisch. „Ich glaube, der Alte war der bekannte Historiker Professor Schröckh."

„Und die anderen Herren am Tisch", ließ sich der blasse Jurastudent vernehmen, „waren der außerordentliche Professor für Mathematik Borz und der Professor Böhme, der Ephorus der Stipendiaten und der Schrecken derselben bei allen öffentlichen Prüfungen."

„Auweia", sagte Fichte kleinlaut. „Das könnte Ärger geben."

„Was sitzen Herren Professoren auch in einem Studentenkeller und stören sich an unserem Gesang?“, rief Karl Wezel hitzig. „In ‚Auerbachs Keller‘ wurde schon immer fröhlich gesungen!“

Er nahm seinen Becher, leerte ihn bis auf den Grund und schmetterte das nächste Lied:

Gloriantur et laetantur
In melle dulcedinis
Qui conantur ut utantur
Praemio Cupidinis;
Simus jussu Cypridis
Gloriantes et laetantes
Pares esse Paridis.

„*Pares esse Paridis*“, fielen die übrigen Studenten in den Gesang ein.

„Hört“, sagte Melchior von Talheim zu Carl von Schack und dem Fähnrich von Gneisenau, die soeben die Treppe in das Kellergewölbe herabkamen. „Man singt uralte Lieder und scherzt, da ist eine fröhliche Gesellschaft versammelt. Auf, wir wollen uns zu den Herren setzen. Es sind Studenten, die viel herumkommen. Vielleicht, dass sie etwas von einem auffälligen Fremden gehört haben.“

Melchior trat an den Tisch und grüßte. „Ist es erlaubt, uns zu den Herren zu setzen? Nebst guter Speis und gutem Trunk, die man freilich nicht überall haben kann, ist eine gute Gesellschaft oft ergötzlich!“

„Ihr seid auf einer Reise, seid gerade in Leipzig angekommen?“, fragte der Magister Johann Friedrich Köhler. „Das ist recht, unser Leipzig lob’ ich mir, es ist ein klein Paris und bildet seine Leute. Setzt Euch nur zu uns, Ihr seid uns willkommen, solange Ihr nicht auf einem Fasse durch die Gänge reiten wollt!“, forderte er sie auf.

Melchior und Carl versicherten, dass dies nicht ihre Absicht sei, stellten sich und den Fähnrich kurz vor und nahmen am Tisch Platz.

„So, ein Herr von Schack?“, meinte Köhler skeptisch. „Die Herren sind von Adel. Ich sag’s Euch gleich, das ficht uns hier nicht an, an diesem Tische zählt allein, was ein Mann so kann und wie er ist. Wir jedenfalls sind eine fröhliche Runde, die heute ein wenig feiert. Freund Wezel hat seinen neuesten Roman so gut wie beendet, ein Werk, das Magister Dyck in der Buchhandlung seines Vaters herausbringen wird. Die anderen Herren …", er deutete in die Runde, „sind dagegen alles noch Grünschnäbel, die sich gerade erst an den Busen der Alma Mater begeben haben. Dort der Lockenkopf ist Johann Gottlieb Fichte, der in diesem Semester von Jena nach Leipzig wechselt. Daneben sitzt der andere Johann, der Johann Gottfried Seume. Ein siebzehnjähriger Jüngling, aus dem vielleicht etwas werden kann."

„Werden wird!", unterbrach ihn Seume.

„Gut", korrigierte sich der Magister lächelnd. „Aus dem sicher etwas werden wird, aber bestimmt kein Soldat", sagte er mit einer Verbeugung gegenüber Gneisenau.

„Vielleicht auch das", intervenierte der Student erneut. „In Amerika für die Sache des Rechts zu kämpfen, scheint mir die rechte Aufgabe für einen freiheitsliebenden Mann."

„Werdet besser ein Jurist", mahnte der Jurastudent. „Das ist ein Metier, das einen Mann zu nähren weiß."

„Was ist das im Vergleich zum Wert der Freiheit?", rief der Student Fichte begeistert aus. „Für sie allein lohnt es zu kämpfen. Denn der Wille bringt sein Wesen, indem er sich ein Gesetz gibt, zugleich als Vernunftwille hervor. Und dieser macht unser Ich aus. Das absolute Ich allein führt zur Freiheit, mithin zu uns selbst …"

„Ihr solltet Eure Gedanken niederschreiben, Johann Gottfried", unterbrach ihn Johann Karl Wezel, bevor sich Fichte völlig in seiner Philosophie verlor.

„Am besten, Ihr haltet gleich eine Rede an die ganze deutsche Nation", neckte ihn der Medizinstudent.

An dieser Stelle des Gesprächs stürmte ein Trupp Bewaffneter, vorweg ihr Anführer, ein beleibter Mann mit Dreispitz und großem Säbel, in das Lokal.

„Der Pedell und ein Trupp seiner Häscher", rief Wezel. „Heraus mit den Stöcken und sich wacker verteidigt, Studenten!"

Carl und seine Begleiter blieben ruhig sitzen, während sich die übrigen Tischgenossen in eine wilde Rauferei mit dem Universitätspersonal stürzten. Die Universität Leipzig genoss seit ihrer Gründung das Privileg, von der städtischen Gerichtsbarkeit weitgehend autonom zu sein. Kein Mitglied der Universität durfte ohne Einverständnis des Rektors von den Stadtwächtern in Haft genommen werden. Doch es gab genügend Anlass, gegen unbotmäßige Studenten vorzugehen, weshalb ein eigenes Gerichtswesen eingesetzt wurde. In den meisten Fällen wurde wegen groben Unfugs ermittelt. Dazu gehörte das mutwillige Auslöschen der seit 1701 in Leipzig stehenden Laternen, das Entfernen von Zunft- und Wirtshausschildern, nächtliche Klingelzüge und andere, meist mit Ruhestörung verbundene Delikte, mit denen die Studenten ihre Sonderstellung und Ungebundenheit gegenüber den biederen Spießbürgern und der städtischen Polizei zeigten. Die Strafe – der Aufenthalt in der Karzer genannten kalten Kellerzelle von ein oder zwei Tagen – nahm man als Student als selbstverständliche Ehrensache in Kauf. Auch ein sogenannter unsittlicher Lebenswandel wie das lärmende, trunkene Umherziehen in den Schankwirtschaften, das öffentliche Urinieren auf der Straße und die Belästigung von Frauenzimmern wurde streng geahndet. Bei Schlägereien, Beleidigungen des Pedells und anderer Ordnungshüter, Verletzung von studentischen Pflichten und Nichtbefolgung von Anordnungen der akademischen Behörden konnte der Karzeraufenthalt bis zu drei Wochen dauern. Oder der Übeltäter wurde gar ganz von der Leipziger Universität ausgeschlossen!

An diesem Abend hatten offenbar die Gesangesübungen und das aufmüpfige Auftreten der Studenten gegenüber den Herren Professores die Mühle der universitären Justiz in Bewegung gesetzt. Die Studenten leisteten wacker Widerstand, konnten sich aber auf Dauer gegenüber dem Pedell und seinen Männern nicht behaupten und mussten sich schließlich geschlagen geben. Nur Johann Karl Wezel gelang es, in einem unbeachteten Augenblick durch eine Seitentür zu entwischen.

Carl sah dem Treiben kopfschüttelnd zu. Sie waren keine Studenten und sahen auch keinen Anlass, gegen die Ordnungsgewalt vorzugehen. Er griff eben zum Glas, um zu trinken, als sich eine Hand auf seine Schulter legte und eine Bassstimme ihn und seine Freunde barsch aufforderte, dem Pedell sofort zu folgen. Mit einer lässigen Gebärde streifte der Junker die Hand ab und erhob sich. Vor ihm stand der dicke Mann mit dem Dreispitz, ein älterer Kerl mit großem Schnurrbart und gewichtiger Miene.

„Was gibt es?“, fragte der Junker ruhig, wobei er die Hand an seinen Degen legte.

„Ihr habt alle mitzukommen und Euch wegen groben Unfugs zu verantworten!“, herrschte ihn der Pedell an. „Her mit dem Degen!“, forderte er und griff nach des Junkers Waffe. Nicht schnell genug, denn schon hatte Carl den Degen gezogen und schlug dem unverschämten Burschen mit der flachen Klinge auf die Hand, dass dieser sie mit einem

Aufschrei zurückzog. Auch der Fähnrich und Melchior zogen ihre Waffen und traten dem Trupp, der jetzt auf sie eindrang, mit entschlossenen Mienen entgegen.

„Halt!“, rief da eine gebieterische Stimme aus dem Hintergrund. Ein stattlicher Herr um die fünfzig trat auf den Pedell zu.

„Er kennt mich, Wilhelmi, oder?“

„Herr Professor Seydlitz!“, antwortete der Pedell erschrocken und verbeugte sich tief.

„Gut, dann lass er sich gesagt sein, dass diese Herren, Herren von Stand, nichts mit dem Geschehen zu tun haben. Nimm er seine Leute und trolle sich rasch!“

Der Pedell gehorchte, verneigte sich erneut vor dem Professor und dem Junker und wandte sich seinen Leuten zu. „Wir gehen, nehmt die Gefangenen mit“, sagte er und blickte sich suchend um.

Doch die Studenten hatten die kurze Verwirrung genutzt und waren verschwunden. Wie begossene Pudel zogen der Pedell und seine Häscher ab.

Der Professor, ein biederer Mann um die fünfzig, trat an den Tisch der Freunde. „Die Herren erlauben?“, sprach er und nahm Platz. „Man darf die jungen Leute wegen des bisschen Gesinges nicht so scharf verurteilen. Wir alle sind einmal jung gewesen. Doch ich sehe, wir sitzen auf dem Trockenen.“ Er winkte dem Wirt, dass dieser neue Getränke bringen solle, und sprach dann weiter.

„Meine Herren, ich habe Ihre Vorstellung vorhin mitbekommen. Mein Name ist Christian Gottlieb Seydlitz, Professor der Logik und der Metaphysik. Ihr Name, Herr von Schack ist mir geläufig. Seid Ihr ein Verwandter des Malteserritters Otto Friedrich Ludwig von Schack?“

„Das ist mein Vetter aus der dänischen Linie der Familie“, bestätigte Carl überrascht. „Woher kennt Ihr Otto Friedrich?“

„Ich habe Euren Vetter einmal in Gera getroffen, doch das ist Jahre her“, antwortete Seydlitz. „Was führt Euch nach Leipzig? Ihr wollt Euch sicher nicht immatrikulieren, oder?“

„Nein“, erwiderte Carl. „In unsrem Alter ist es mit studentischen Possen vorbei, zu sehr bemoost sind unsere Häupter. Wir sind auf der Suche nach einem Verbrecher, den wir seit Stuttgart über Ulm, Nürnberg und Weimar bis hierher verfolgten.“

„Ei, das klingt nach einem Roman“, entgegnete der Professor. „Wie heißt der Gesuchte, und was hat er getan?“

Der Junker erzählte in groben Zügen, was sie in letzter Zeit erlebt hatten. Professor Seydlitz hörte aufmerksam zu.

Als Carl endete, schüttelte Seydlitz den Kopf. „Das klingt beinahe noch mehr nach einem metaphysischen Problem. Einmal ist Giovanni Morante, so hieß er doch ...?" Carl nickte. „Ist dieser Morante also da und leibhaftig zu sehen, dann wieder scheint er eine Art Phantom zu sein, nicht greifbar und nicht auffindbar."

Der Professor nahm einen Schluck aus seinem Glas, dann wandte er sich wieder an Carl. „Ihr deutetet an, Euer Räuber gebe vor, Logenbruder zu sein. Ich selbst trage mich mit dem Gedanken, in die hiesige Loge ‚Minerva zu den drei Palmen' einzutreten. Ich bin mit dem Hofrat Johann Hieronymus Hetzer bekannt, der sich mit der Minerva-Loge gut auskennt. Vielleicht kann der Hofrat den Herren weiterhelfen. Ich werde, wenn die Herren erlauben, Euch Hetzer morgen Mittag vorstellen."

Der Vorschlag wurde dankend angenommen. Der Rest des Abends verging in allgemeinen Gesprächen über Politik und das aktuelle Gesellschaftsgeschehen, welches der Professor scharfsinnig zu kommentieren wusste, und mit dem Trinken etlicher Flaschen Leipziger Gose.

Am nächsten Morgen saßen die Herren beim Frühstück im dunklen Gastraum der „Grünen Linde" bei Brot und warmer Milch, wozu der Wirt die hiesige Spezialität, die Lerchenpastete servierte, welche Carl mit gutem Appetit aß. Melchior dagegen schob seinen Teller zur Seite. Das trübe Weißbier von gestern Abend war ihm nicht gut bekommen. Dafür konnte er seinen Arm wieder frei, und ohne ihn in der Schlinge tragen zu müssen, bewegen. Carl hingegen hatte den Tag mit einem Kübel eiskalten Brunnenwassers begonnen und fühlte sich ausgesprochen frisch, zumal er mit dem Bier vorsichtig umgegangen war. Sie sprachen über den geplanten Tagesablauf. Am Mittag wollte sie ihr neuer Bekannter, Professor Seydlitz, mit Hofrat Hetzer bekannt machen. Hetzers Haus lag am Markt schräg gegenüber dem „Goldenen Brunnen". Anschließend – ja, das wussten sie noch nicht, was sie dann tun würden. Es hing davon ab, ob der Hofrat ihnen wirklich würde helfen können oder ob sie mit ihrer Suche nach Morante völlig ins Leere liefen. Eine Magd kam an den Tisch, knickste und übergab Carl ein Schreiben.

„Das soll ich Euch, Herr, von einer Dame bringen", sagte sie und knickste erneut.

„Von einer Dame? Woher weißt du, mein Kind, dass der Brief für mich ist?", fragte Carl erstaunt.

„Ihr seid doch der Junker von Schack, Herr? Der Bote der Dame hat mir Euch genau beschrieben. Ihr seid dunkelblond, habt eine hohe Stirn und ein kantiges Gesicht mit einer aus dem Gesicht scharf hervortretenden Nase", wiederholte sie etwas stockend die ihr genannte Beschreibung.

„Ja, dann werde ich der Gesuchte wohl sein!", antwortete Carl lachend und gab der Magd ein paar Kreuzer.

„Ihr scheint bei Leipzigs Damen bekannt, Junker von Schack", meinte Fähnrich Gneisenau. „Wie habt Ihr das nur geschafft, wo wir doch den ganzen Abend zusammen waren?"

Carl winkte ab und öffnete den veilchenblauen, leicht duftenden Briefumschlag. Geruch und Schrift kannte er – es waren das Parfum und die Handschrift Sylvia von Korffs. Mit einem Stirnrunzeln überflog er die Zeilen.

Bester Carl!
Nachdem Ihr mich aus der schrecklichen Feuersnot gerettet habt und davongeritten seid, erhielt ich die Nachricht, dass ich dringend eine gute Freundin in Ansbach aufsuchen solle. Das tat ich und erfuhr dort, dass die Angelegenheit, um die es gehe, eine weitere Klärung in Nürnberg und Bayreuth notwendig machten. Dann ergab es sich, ohne mein Zutun, dass ich nach Leipzig musste und hier einer weiteren Angelegenheit auf die Spur kam, die zum einen meine dringende Abreise erforderlich machte, zum anderen, wie ich jetzt bemerke, eng mit Euch verbunden ist. Doch kann und darf ich nicht schreiben, um was es sich handelt, denn der Brief könnte in falsche Hände geraten. Aber ich bitte Euch dringend, kommt zu mir und erfahrt direkt, in welche Tiefen ich unwissentlich vorgestoßen bin und welche Gefahren aus dieser Tiefe drohen. Eilt Euch, denn ich weiß nicht, was geschehen wird. Ihr findet mich im Schloss Oranienbaum, wo ich als Gast der Prinzessin Louise Henriette Wilhelmine weile. Kommt bald, ich fürchte sonst Schlimmes. Und kommt allein, sonst gefährdet Ihr alles.
Eure Euch in tiefer Zuneigung verbundene Sylvia von Korff

Carl legte das Schreiben zur Seite. Der ganze Inhalt war typisch für die Baronesse. Ein Brief, der alles zu erklären vorgab, jedoch alles noch mehr verwirrte und stattdessen eine wahre Kette von schier unendlichen Mystifikationen schuf.

„Was ist Carl, wer ist die geheimnisvolle Dame, die Euch nach Leipzig schreibt?“, fragte Melchior.

„Wer könnte es wohl sein?“, erwiderte Carl sarkastisch. „Niemand anderes als unsere reizvolle Baronesse.

„Ich sag es ja, die Dame liebt Euch!“, erwiderte Melchior grinsend, dem es offenbar wieder besser ging.

„Das glaube ich weniger“, entgegnete Carl trocken. „Doch lest selbst, was Fräulein von Korff mir Wichtiges mitteilt.“

Er reichte Melchior den Brief, der ihn zweimal las und ihn dann Carl zurückgab. „Die Baronesse will, dass Ihr zu ihr kommt, aber sonst ... Nein, es tut mir leid, ich verstehe kein Wort. Woher weiß sie eigentlich, dass Ihr in Leipzig seid?“

Gneisenau hatte verwundert von einem zum anderen geschaut. Carl gab auch ihm den Brief zum Lesen; der Fähnrich kannte die Vorgeschichte nicht, vielleicht sah er das Ganze klarer. Gneisenau las und schüttelte den Kopf.

„Das ist ganz klar eine Falle, in die Ihr gelockt werden sollt. Ich nehme an, die Dame ist schön?“

„Das steht außer Zweifel“, erklärte Carl.

„Mit Speck fängt man Mäuse und mit Honig einen Bären ...“, meinte Melchior süffisant. „Und das mit Leipzig gibt schon zu denken ...“

„Aber was ist, wenn Sylvia wirklich in Gefahr ist?“, unterbrach ihn Carl. „Durch Morantes Tun wäre sie beinahe eines schrecklichen Feuertods gestorben!“

„Ihr seid der Dame bereits auf den Leim gegangen, Carl“, lachte Melchior. „Und das wohl nicht zum ersten Mal!“

„Das würde ich nicht sagen“, erwiderte der Junker.

Doch Melchior winkte ab. „Lasst nur, Euch ist nicht zu helfen. Wo sollt Ihr sie noch einmal treffen?“

„Fräulein von Korff ist Gast der Prinzessin Louise Henriette Wilhelmine.“

„Das ist die Fürstin von Dessau“, erklärte der Fähnrich. „Eine sehr gebildete und belesene Dame, die sich am liebsten im Schloss Oranienbaum, dem ehemaligen Witwensitz der Fürstin Henriette Catharina aufhält. Von Leipzig aus sind das gute sieben, wenn nicht gar acht Meilen.“

„Ich breche sofort in Begleitung von Friedrich auf", entschied Carl. „Ihr besucht diesen Hofrat, vielleicht weiß der Mann etwas Neues zu vermelden."

Eine halbe Stunde später waren der Junker und sein braver Friedrich bereits in Richtung Dessau unterwegs.

Ihr Ritt brachte sie rasch vorwärts, und nach etwas mehr als einer Stunde erreichten die beiden den Flecken Benndorf. In der freien Landschaft lag eine unbeschreibliche Stille; Morgenwolken hingen still am leuchtenden Himmel, und zwischen Baumgruppen, die erstes Grün zeigten, waren verfallene Häuser und die Konturen einer Kirche oder Kapelle zu erkennen. Sie ritten ins Dorf, alles blieb totenstill; kein Mensch war zu sehen, kein Vogel sang, nirgends war ein Lufthauch zu spüren, und es stank erbärmlich nach Unrat und Verfall. Rechts und links der schlechten Straße standen schmutzige Häuser, von deren Wänden der Mörtel abgefallen war und deren Dächer schadhaft schienen. An manchen Häusern standen die Türen weit offen und gaben den Blick ins Innere frei. Carl sah im Vorüberreiten merkwürdig verrenkt wirkende Gestalten, die an Tischen saßen oder schwerfällig durch die Zimmer gingen. Viele Häuser schienen auch verlassen zu sein. Die Straße, auf der sie ritten, hatte tiefe Löcher und war zum Teil verschlammt.

Carls Pferd ging schwer und schleppend, so als ob seine Beine aus Blei wären. Er hatte fast den Eindruck, dass es lahme. Das Tier schien ein Eisen verloren zu haben; Carl hielt an, um nach den Hufen zu sehen. Der Junker sprang vom Pferd. Da vernahm er schlurfende Schritte aus dem Haus, vor dem er hielt, und als er sich aufrichtete, ging dicht vor seinem Pferd ein buckliger Alter vorüber, dessen Gesicht Carl nicht sehen konnte. Der Mann schien ein Bettler zu sein, denn er war nur halb bekleidet. Seine schmutzige, abgerissene Hose von grauem Stoff schleifte im Dreck der Gasse. Die nackten Füße steckten in zerfetztem Schuhwerk. Der Alte ging so dicht am Pferd vorbei, dass er dieses fast streifte. Ein Wind kam auf, dessen Hauch seine fettigen Haare zu bewegen schien, die ihm unter einem alten Hut grau in den Nacken hingen. Ein widerlicher Pfeffergeruch stieg Carl in die Nase, sodass er niesen musste. Dass Menschen in diesem üblen Ort leben konnten – die Armut schien groß zu sein. Ein unangenehmes, quiekendes Geräusch lenkte Carls Aufmerksamkeit und damit seinen Blick zur Seite. Über eine Türschwelle links von ihm rollten zwei ineinander verbissene, blutende Katzen in die Mitte der Straße. Die größere von beiden, ein wahrer roter Teufel, setzte der kleineren mit scharfen Bissen zu, und die unterliegende schrie jämmerlich auf.

Carl beendete rasch die Untersuchung der Hufe und schwang sich wieder in den Sattel, zumal Friedrich, der den Halt nicht bemerkt hatte, ein gehöriges Stück weitergeritten war. Ein Schenkeldruck brachte sein Pferd vorwärts. Mittlerweile war der Alte in einem der vielen Hausflure verschwunden, ohne dass der Junker sein Gesicht hatte sehen können. Die Straße führte plötzlich scharf nach links. Aus einem Haus an der Biegung sprang ein Hund heraus, der einen Knochen in der Mitte der Straße fallen ließ und dann versuchte, ihn im Dreck zu verscharren. Es war ein widerlicher, mit Warzen übersäter Köter. Er scharrte und scharrte, ohne dass es dem Tier gelang, den Boden aufzugraben. Schließlich packte der Hund den Knochen mit dem Maul und trug ihn ins Haus zurück.

Während Carl dem stinkenden Tier auswich, hörte er von weiter vorn lautes Schreien. Das Schreien wurde stärker, dann fiel ein Schuss. Carl gab dem Pferd beide Sporen und jagte auf die Richtung zu, aus welcher der Lärm kam und wo er Friedrich vermutete. Er bog um eine weitere Ecke und hatte nun das letzte Haus des Dorfes hinter sich, sah aber noch immer nicht, woher das Lärmen gekommen und was die Ursache für den Schuss gewesen war. Zwischen zwei niedrigen, abgebröckelten Mauern reitend, jenseits einer alten gebogenen Steinbrücke konnte er den weiteren Verlauf des Weges erkennen. Friedrich war nirgends zu erblicken, und Carl begann, sich um ihn zu sorgen. Vorsichtig ritt er zur Brücke, da ertönte plötzlich vor und hinter ihm lauter Hufschlag. Im nächsten Augenblick sah sich Carl von einer größeren Gruppe Reiter umdrängt, deren gezückte Waffen ihre feindseligen Absichten deutlich machten. Angesichts der großen Überzahl war der Widerstand sinnlos, doch Carl zog seinen Degen und sprengte mitten in die Schar hinein, in der Hoffnung, sich vielleicht irgendwie durchkämpfen zu können. Ein Reiter schlug mit einem Säbel nach ihm, Carl parierte und holte seinerseits zum Hieb aus, da traf ihn von hinten ein fürchterlicher Schlag, und alles wurde dunkel.

Der Besuch im Hause des Hofrats Johann Hieronymus Hetzer am Markt brachte keine neuen Erkenntnisse. Der Hofrat, ein gesetzter Mann in den besten Jahren, schien sogar etwas irritiert zu sein, dass Professor Seydlitz den Fremden von der Logensituation erzählt hatte. Dies, so sagte er leicht verstimmt, sei im Eigentlichen keine öffentlich zu diskutierende Angelegenheit. Von einem Cavaliere Alfiere oder Morante habe er zudem noch nie gehört, versicherte der Hofrat. Die Herren möchten ihn jetzt entschuldigen, er wolle heute noch seine Schwester Regina in Gohlis besuchen, wo diese in einem allerliebsten Schlösschen wohne, einem wahren Musenhof am Rosental.

Melchior und der Fähnrich bedankten sich bei dem Hofrat und bei Professor Seydlitz und verließen das Haus. Es schlug soeben zwei Uhr, und sie waren sich nicht ganz sicher, was sie weiter tun sollten, und kehrten daher in ihren Gasthof zurück, um zu speisen. Die Hauptmahlzeit war vorüber, doch bot ihnen der Wirt ein buntes Eintopfgemisch aus Erbsen, Karotten und Morcheln sowie Blumenkohl mit Flusskrebsen und Semmelklößchen an, ein wahres Allerlei. Melchior, der am Morgen sozusagen gefastet hatte, langte mit gutem Appetit zu, und auch der Fähnrich rühmte das durchaus schmackhafte Gericht.

Sie waren mitten beim Essen, als ein ärmlich gekleideter Bauernbursche in die „Grüne Linde" trat, zur Schankmagd ging und diese etwas fragte. Die Magd wies in die Richtung von Melchior, und der Bursche kam an ihren Tisch, blieb ehrerbietig stehen und wartete, dass er angesprochen würde. Melchior wischte sich den Mund, trank einen Schluck vom Hausbier und wandte sich dem leicht dümmlich aussehenden Bauern zu.

„Was gibt es, Kerl? Hast du eine Nachricht für uns oder worauf wartest du?"

Der Bursche verbeugte sich und reichte Melchior stumm einen schmierigen Zettel. *Bin in Benndorf, der Junker wurde entführt, kommt zur Hilfe. Friedrich* entzifferte Melchior die kaum lesbare Schrift.

„Was ist passiert, sprich, Mann, was ist in deinem vermaledeiten Dorf geschehen?" fuhr Melchior den Burschen an.

„Ich weiß es nicht, Herr", stotterte dieser verschreckt. „Ich sollte Euch nur die Botschaft bringen."

Nach einigem Hin und Her und intensivem Befragen des Mannes erfuhr Melchior, dass die ältere Schwester des Burschen Friedrich offenbar schwer verwundet am Wegrand gefunden und mit in ihr Haus genommen habe, wo dieser im Fieberrasen liege. Der Verwundete habe, bevor das Fieber von ihm endgültig Besitz nahm, den Zettel geschrieben und gebeten, ihn unverzüglich nach Leipzig zu bringen, wo er im Gasthaus „Zur grünen Linde" Junker von Talheim das Papier übergeben solle.

Auch eine Belohnung sei ihm versprochen worden, fügte der Bursche mit einem einfältigen Grinsen hinzu.

„Hier diesen halben Gulden sollst du haben", rief Melchior und zückte eine Münze, „doch du musst uns sofort nach Benndorf zum Verwundeten und zu der Stelle führen, wo dieser gefunden wurde!"

Sie ließen die Pferde satteln und ritten mit dem Burschen, der auf einer ziemlich üblen Mähre saß, nach Benndorf, so rasch dessen Tier laufen konnte. Nach zwei Stunden, von der Kapelle läutete es zur Vesper, erreichten sie den armseligen Flecken.

„Seht nur diese hässlichen Häuser!", rief der Fähnrich. „Hier scheint alles zerfallen, überall Schmutz, Dreck, verderbte Gerüche und Verfall. Und diese Straße, voller Löcher und Schlamm."

„Die Menschen hier wirken ebenfalls sehr eigen, ja beinah missraten", sagte Melchior und zeigte auf einige zerlumpte Gestalten, die beim Vorüberreiten rasch aus dem Blickfeld flüchteten. Andere wiederum drängten zur Straße, um den Reitern nachzuglotzen. Vieh lief zwischen den Häuser umher, und etliche Katzen, einige räudig oder sonst wie verunstaltet, huschten durch Zäune und Mauerlöcher. Über dem ganzen Dorf lag eine irgendwie ungute Atmosphäre, und es stank penetrant nach Fäkalien und Blut. Sie durchquerten den Ort auf der sich windenden Straße, und schließlich hielt ihr Führer vor einem etwas außerhalb gelegenen Haus, das sauberer und weniger verfallen als die anderen zu sein schien.

„Hier ist der Verwundete", sagte der Bursche, „und dort drüben", er deutete auf mehrere Mauern, die sich weiter an der Straße entlangzogen und auf eine in der Ferne zu sehende Steinbrücke zuführten, „haben wir ihn gefunden."

Melchior zügelte sein Pferd. Er dankte dem Kerl und warf ihm den versprochenen Halbgulden zu. Dann sprang Melchior aus dem Sattel, band das Pferd an einen Pfosten und ging, gefolgt von Gneisenau, in das Haus hinein. Schon am Eingang roch es kräftig nach Kräutern und Gewürzen, und überall waren fremdartige Pflanzen und seltsam geformte Wurzeln sowie Zwiebel- und Knoblauchgebinde. Je weiter sie in das Innere des Hauses kamen, das wohl größer war, als es von außen den Anschein hatte, desto merkwürdiger wurden die Dinge, die Melchior und der Fähnrich zu sehen bekamen. Im nächsten Raum hingen von der Decke allerlei ausgestopfte Tiere herab, und unbekannte Geräte lagen wild durcheinander auf dem Boden. In einem großen Kamin brannte ein helles Feuer, aus dem dann und wann gelbe Funken emporschlugen. Mitunter leckten die Flammen herauf an der rußigen Mauer, und dann erklangen eigenartige Heultöne.

„Sind wir in einer Hexenküche gelandet?", raunte der Fähnrich. „Das Haus scheint mir wenig geheuer. Fehlt nur noch, dass so ein altes Hexenweib zur Tür hereinschleicht und, einen aus roten Augen scheel anblickend, böse Zaubersprüche mit dem zahllosen Maule murmelt."

Wie auf Gneisenaus Worte hin wurde die Tür des Nebenzimmers geöffnet und eine helle Stimme, die so gar nicht mit dem Krächzen eines alten Weibes gemein hatte, hieß die Herren willkommen und bat sie in die Krankenstube hinein. Diese war hell und sauber, der Boden war mit frischem Sand gestreut und durch ein Fenster fiel golden das Sonnenlicht. Direkt am Fenster lag auf einem frischen, weißen Linnen Friedrich. Sein Oberkörper war bandagiert, und er schien zu schlafen, da die Augen geschlossen waren. Doch hatte er wohl starkes Fieber, denn auf seiner Stirn zeigten sich stete Tropfen. Ein junges Weib von vielleicht zwanzig Jahren saß auf einem Stuhl am Bett und fuhr mit einem feuchten Tuch ab und zu über die heiße Stirn, um dem Kranken Linderung zu verschaffen. Sie hielt in ihrem Tun inne, wandte sich lächelnd den Eintretenden zu und erhob sich, um ihnen zur Begrüßung die Hand zu reichen. Das Weib war von schlanker Gestalt, und ihr Bewegungen besaßen eine ganz eigene Grazie und Schmiegsamkeit. Ihr langes, rotblondes Haar floss wie eine goldschimmernde Flut auf den Hals und die leicht gebräunten Schultern herab. Das Gesicht war klar und offen und regelmäßig geformt. Nur ihre grünen Augen wirkten rastlos, fast verängstigt in der Art, wie sie beide Männer musterte.

„Gut, dass Ihr gekommen seid, nach Eurem Gefährten zu schauen", sagte sie mit melodischer Stimme ohne eine Spur des örtlichen Dialektes. „Ihm geht es schlecht, denn die Wunde ist schwer und tief. Ich habe sie verbunden und ihm einen Kräuterverband angelegt. Doch hat Euer Freund, bevor ich ihn fand, viel Blut verloren. Sein Fieber steigt stetig und dies, obwohl er kühle Wickel bekam."

„Ich danke Euch, Jungfer", erwiderte Melchior höflich und stellte sich und den Fähnrich vor. Ihre Namen schienen auf das junge Weib wenig Eindruck zu machen, denn sie nickte nur, nannte auch nicht den eigenen Namen, sondern wandte sich Friedrich zu, der im Fieber stöhnte. Rasch legte sie ihm das Tuch auf die Stirn. Erst dann wandte sie sich wieder den beiden Männern zu.

„Ich heiße Liane und bin ein Kräuterweib. Manche nennen mich Hexe, andere sagen, ich sei eine Heilerin. Doch wie man mich nennt, das tut nichts zur Sache. Ich helfe, wie und wo ich kann, und den meisten vermag ich zu helfen, leider nicht allen."

„Ist unserem Diener zu helfen?", fragte Melchior.

Bei dem Wort „Diener" ging ein Stirnrunzeln über das Gesicht Lianes.

„Ich sagte schon", erwiderte sie, „er ist schwer verwundet, und ich weiß nicht, ob er die Nacht übersteht. Nein, Ihr könnt ihn nicht transportieren", kam das junge Kräuterweib einer Frage Melchiors zuvor. „Sicher gibt es einen Wundarzt in Leipzig, doch ich zweifle, ob dieser Eurem Gefährten mehr zu helfen vermag. Geht jetzt hinaus, der Kranke braucht Ruhe."

Melchior und der Fähnrich verließen das Zimmer und gingen durch den Vorraum und den Flur wieder hinaus. Draußen hatte sich allerlei Gesindel versammelt, das mit gierigen Blicken die Pferde der Männer betrachtete. Als die Menge sich auch ihnen näherte, zog Melchior seinen Degen. Er hieb dem ersten, der zu nahe kam, die flache Klinge über die Brust, dass dieser mit einem Aufschrei zurücktaumelte und mit den Übrigen eilig davonlief.

„Ein übles Dorf", meinte Melchior und schob den Degen zurück in die Scheide. „Wie kommt nur dieses junge Weib hierher?"

„Sie ist wunderschön", erwiderte Gneisenau und blickte zurück zum Haus.

„Ihre Sprache klingt wie die eines gebildeten Fräuleins von Stand", sagte Melchior nachdenklich. „Ich kann nicht glauben, dass dieser Tölpel ihr Bruder ist. He, du!", rief er dem Burschen zu, der vor dem Haus auf dem Boden saß und an einem Kanten Brot kaute. „Zeig uns jetzt genau die Stelle, wo ihr unsren Diener gefunden habt."

Der Mann erhob sich umständlich und führte die beiden einen Hügel hoch, dann durch ein Gesträuch und ein gutes Stück die Straße entlang bis zu einem Flüsschen, über das die bereits gesehene Steinbrücke führte. Dort blieb er stehen und deutete mit der Hand auf einen Busch abseits des Weges.

„Da lag der Mann", sagte er knapp.

„Gut, du schaust nach unseren Pferden, und wehe dir, wenn ihnen auch nur ein Haar gekrümmt wird!", wies Melchior den Kerl an. Der nickte, drehte sich um und schlurfte mit hängenden Schultern langsam den Weg in Richtung Haus zurück.

Sie wandten sich dem angegebenen Busch zu und untersuchten dort sorgfältig das nähere Umfeld. Der Boden war aufgewühlt und vielfach zertreten. Den Hufspuren nach musste sich hier eine größere Anzahl von Reitern aufgehalten haben. Am Rande waren Sandalen- und Stiefelabdrücke zu erkennen. An einer Stelle war die Erde dunkel verfärbt, das musste der Platz sein, wo Friedrich in seinem Blut gelegen hatte. Melchior bückte sich und begann, das umliegende Buschwerk genauer zu durchsuchen. Doch außer alten, welken Blättern, Steinen und Unrat konnte er nichts finden und wollte sich gerade erheben, da fiel sein Blick auf einen blauen Stofffetzen, der an einem Ast hing. Er löste ihn, richtete sich auf und hielt den Streifen ans Licht. Es schien der Ausriss einer Uniform oder Livree zu sein. Der Stoff war allerdings abgetragen und ausgebleicht, sodass es sich gut um ein abgelegtes und weitergegebenes Kleidungsstück handeln konnte. Melchior steckte den Stoff ein und ging zusammen mit dem Fähnrich die Straße in verschiedene Richtungen ab. Doch es gab nichts weiter zu entdecken. Sie entschlossen sich, ins Dorf zurückzukehren, um dort die Bewohner weiter zu befragen. Einer von ihnen musste doch gesehen haben, was hier geschehen war.

Sie durchquerten gerade die Büsche, als sie lautes Geschrei und Hilferufe aus der Richtung des Kräuterhauses hörten. Eilig liefen beide den Hügel hinab und auf das Gebäude zu. Der Bauernbursche lag in einer Blutlache leblos am Boden, und ein triefäugiger Schurke führte ihre Pferde weg. Die Tür des Hauses hing in den Angeln, und gerade zerrten einige Kerle das junge Weib gewaltsam aus der Tür. Liane schrie um Hilfe und wehrte sich mit allen Kräften, doch die Männer waren stärker und banden sie. Andere trugen Reisige zusammen. Ringsherum stand eine johlende Menge.

„Tötet die Hexe, sie hat unser Dorf verhext! Lasst sie nicht entkommen, verbrennt sie!“, riefen sie hasserfüllt.

Melchior und Gneisenau verständigten sich mit kurzen Blicken. Sie sprangen zu dem Scheeläugigen und ihren Pferden. Ein kräftiger Fausthieb streckte ihn nieder. Der Fähnrich schwang sich als Erster in den Sattel und galoppierte, gefolgt von Melchior, mit gezogener Waffe auf Lianes Peiniger los. Zwei ritt er nieder und schlug dem Dritten den Degen über den Kopf, dass dieser tot zu Boden stürzte. Melchior stach einen weiteren Angreifer in die Brust und erschoss mit seinem Pistol einen fünften Mann, der eben mit einem Beil nach Gneisenau hieb.

„Was ist mit Friedrich?", fragte Melchior, der sein Pferd zügelte, um ins Haus zu eilen, die Jungfer.

„Er liegt tot in seinem Bett, sie haben ihn ermordet", antwortete das blonde Mädchen schluchzend, „und meinen Bruder auch! Glaubt mir, Ihr Herren, ich konnte sie nicht zurückhalten. Flieht um Euer Leben!"

„Nicht ohne Euch, Jungfer!", rief Gneisenau, packte Liane und hob sie vor sich aufs Pferd.

Die Menge war inzwischen größer geworden und auf ein paar Dutzend Männer und noch mehr Weiber angewachsen. Mit Mistgabeln, Fackeln und Sensen bewaffnet, schoben sie sich immer drohender an das Haus heran. Nur an einer Stelle war der Ring noch nicht geschlossen; Melchior sah ein, dass Friedrich nicht mehr zu helfen war. Er und der Fähnrich gaben ihren Tieren die Sporen, um aus der drohenden Umzingelung zu entkommen. Ein riesiger Kerl sprang ihnen in den Weg und schwenkte eine mit Eisen bestückte Keule. Gneisenau hob seine Jagdpistole, zielte kurz und drückte ab. Der Schuss krachte, der Mann schrie auf, ließ fluchend seine Waffe fallen und sank zu Boden. Die Kugel hatte seine Schulter zerschmettert. Schon war der Ring durchbrochen, und die beiden Reiter sprengten mit ihrem Schützling in Richtung der Steinbrücke davon.

Der kleine Trupp ritt eine gute Meile, und es dunkelte schon, da sahen sie vor sich einen kleinen Weiler mit ein paar Häusern liegen.

„Das ist Zwebendorf", erklärte die Jungfer, die sich etwas beruhigt hatte. „Dort wohnt eine Muhme von mir, wo wir unterkommen könnten."

Ein wenig später pochten sie an die Tür eines kleinen Hauses. Eine uralte Frau mit schlohweißen Haaren öffnete langsam die Tür.

„Ja, Töchterlein, besuchst du deine alte Liese einmal wieder? Das ist recht, ich habe dich lang nicht mehr gesehen. Groß bist du geworden, groß und schlank. Wer sind die beiden Herren dort? Ist der eine dein Bräutigam und der andere sein Bruder?"

Liane versuchte, die gute Alte über ihren Irrtum aufzuklären, doch das Weib blieb bei ihrem Glauben und machte sich daran, für die Kinder, wie sie sagte, eine Abendsuppe zu kochen. Bald saßen alle vier in der reinlichen Stube an einem blanken Tisch, aßen eine nach Kräutern duftende Suppe mit frischem Brot und tranken dazu kühles Quellwasser.

Dann, als die Schüssel leer und die Teller fortgeräumt waren, sah die Alte Gneisenau plötzlich forschend an. Sie streckte die welke Greisenhand aus und berührte das Gesicht des Überraschten. Dann schloss sie die Augen, verharrte einen Moment und hub endlich mit einer gänzlich anderen Stimme zu sprechen an.

„Ich spüre, du bist ein guter Mensch“, sagte sie, immer noch die Augen geschlossen, „du wirst eine ganz besondere Zukunft haben. Warte, die Nebel sind undeutlich … jetzt steigen sie langsam … Jetzt sehe ich ein großes Meer, über das du fahren wirst. Ein Schloss mit einem weiten Park und einen Ort mit Namen Löwenberg. Eine Frau, ach, es ist nicht Liane! Ihr werdet Kinder haben, viele, sechs, nein, sieben Kinder. Krieg herrscht, Schlachten werden geschlagen, eine Festung liegt am Meer. Große Städte sehe ich, du kämpfst in einer Schlacht gar nicht weit von hier. Gold sehe ich, Ruhm und Ehre. Doch auch Freunde fallen, und Neid wächst in der Welt und Unheil. Ferne Nachkommen werden gegen das Böse kämpfen und siegend untergehen. Am Ende wartet immer der Tod …“

Ein Augenblick verstrich, dann öffnete die Alte die Augen, wandte sich ab und sagte mit normaler Greisinnenstimme, dass sie jetzt für die Herren die Kammern herrichten werde. Damit schlurfte sie aus dem Zimmer.

„Was war denn das?“, fragte Gneisenau, der bei den Reden der Alten sehr bleich geworden war.

„Manchmal hat die Muhme Gesichter“, erklärte Liane, wobei sie mit traurigem Blick den Fähnrich ansah, denn die Worte der Alten waren in ihr Herz gedrungen. „Ich kann mit Kräutern umgehen und heilen, was den Leuten oft Angst macht. Die Muhme aber sieht mitunter in andere Zeiten, das ängstigt die Menschen noch mehr.“

„Wahrlich, eine seltsame Kunst“, sagte Melchior. „Doch für heute wollen wir zur Ruhe gehen“, entschied er, bevor Gneisenau weitere Fragen stellen konnte. „Morgen nehmen wir uns das Dorf noch einmal vor. Wir können Friedrichs Leichnam nicht bei den Hunden lassen. Er und Euer Bruder verdienen ein ehrliches Begräbnis, das sind wir ihnen auf jeden Fall schuldig.“

Sie suchten ihre Kammern auf und legten sich zum Schlafen. Aber Fähnrich von Gneisenau fand keine Ruhe, zu viele Gedanken gingen ihm durch den Kopf, und er wälzte sich hin und her. Schließlich stand er auf und trat ans Fenster. Draußen schien hell der Mond und tauchte die Landschaft in ein gespenstisches Licht. Gneisenau dachte an die Ereignisse des Tages, an die Entführung Carls und den Tod Friedrichs. Doch immer kamen seine Gedanken auf die Alte und ihre Prophezeiungen zurück, und auch das Bild der schönen Liane trat ihm vor die Augen. Und wie er so an die Jungfer dachte, sah er sie wahrhaftig; sie stand unten im weißen Kleid direkt vor einem Beet mit Frühlingsblumen und schaute hinauf zum Mond. Nach einer Weile wandte das junge Mädchen sich ab und verließ mit ruhigem Schritt den Garten durch eine seitliche Pforte. Der Fähnrich öffnete leise das Fenster und beugte sich hinaus, um zu sehen, wohin die Jungfer wohl ging. Diese trat gerade auf die Straße und schlug die Richtung ein, die vom Dorfe wegging. Ohne weiter nachzudenken, schwang sich Gneisenau in die Äste eines in der Nähe stehenden Apfelbaums und kletterte flugs am Stamm zu Boden. Mit schneller, doch leiser Bewegung folgte er der hellen Silhouette des Mädchens.

Sie ließen bald die letzten Häuser des Dorfes hinter sich und kamen an einen Kreuzweg, an dem die Jungfer links abbog. Bislang hatte der Mond hell geleuchtet. Doch nun zogen Wolken auf und verdeckten ihn, und es wurde merklich dunkler. Der Fähnrich hatte Mühe, nicht fehlzutreten und in der Finsternis auf dem rechten Weg zu bleiben. Plötzlich stieg etwas dicht über ihm auf, und ein Nachtvogel, wahrscheinlich eine Eule, flog mit schrillem Ruf davon. Liane, deren Schritten er die ganze Zeit über fast unbewusst gefolgt war, hielte inne. Der Fähnrich verbarg sich rasch hinter einem Baum und beobachtete mit angehaltenem Atem die weiße Gestalt vor sich. Die Jungfer stand einfach da, und es schien, als lausche sie oder warte auf etwas. Eine Weile blieb sie so stehen, dann wandte sie sich plötzlich nach rechts und verschwand in den Büschen. Gneisenau folgte ihr zu dem Gesträuch und zwängte sich vorsichtig hindurch. Nach etwa dreißig Fuß endeten die Büsche, und vor ihm lag ein breiter Teich. Die Bäume rauschten im Nachtwind, ein süßlicher Duft stieg aus den Büschen. Da brach der Mond frisch hervor und seine Strahlen fielen auf das glitzernde Wasser des Sees. In ihm sah er jetzt eine Bewegung und ward inne, dass zu seinen Füßen ein helles Bündel lag. Er bückte sich danach, es war das Kleid der Jungfer, die hier in den See gestiegen war und offenbar dort im Wasser schwamm. Ihr Ziel musste eine kleine Insel sein, die in der Mitte des Sees lag und auf der einige Bäume wuchsen. Das Kleid duftete seltsam nach Räucherwerk und unbekannten Spezereien.

Gneisenau zog sich zu den Büschen zurück und setzte sich in den Schatten eines Baumes, um von dort ungesehen das weitere Geschehen zu beobachten. Er konnte sich keinen Reim darauf machen, was die geheimnisvolle Szene bedeutete und was die Jungfer antrieb, in dieser kühlen Aprilnacht durch das Wasser zu jener Insel zu schwimmen. Auch konnte er sich nicht vorstellen, was Liane dort drüben wollte oder täte. Der Fähnrich lehnte sich zurück. Die Zeit verging, der Mond wanderte langsam dem Westen zu. Gneisenau schloss kurz die Augen – und schlief endlich ein.

Junker Carl von Schack öffnete die Augen. Sein Kopf schmerzte, und alles um ihn war in ein seltsam milchiges Licht getaucht. Er lag auf kaltem Steinboden. Sein ganzer Körper fühlte sich matt, beinahe taub an, und er verspürte eine große Übelkeit. Was war passiert? Wo befand er sich? Mühsam richtete Carl sich auf; ihm wurde schwindelig, er lehnte sich an die raue Steinwand und schloss kurz die Augen. Alles drehte sich, erst nach einer geraumen Weile gelang es Carl, den Schwindel zu überwinden. Er hob die Lider und blickte sich um.

Er befand sich in einem engen Raum, dessen kalte Wände aus festem Gestein waren. Zu seiner Rechten war eine Tür. Carl tastete sich an der Wand entlang zu ihr hin, die Beine gehorchten ihm kaum, und er kam nur mit Mühe vorwärts. Schließlich erreichte er die Tür und berührte mit den Fingern ihre Oberfläche. Sie war aus kaltem Metall, wahrscheinlich aus Eisen, und die Klinke fehlte. Die Tür zeigte sich verschlossen und ließ sich, so sehr er auch suchte und sich bemühte, auf keine Weise öffnen – er war eingesperrt, war ein Gefangener!

Langsam kam Carl die Erinnerung an das Erlebte. Ein Trupp Männer hatte ihn, und möglicherweise auch Friedrich, überfallen, im Kampf überwältigt und anschließend hierher in diesen Kerker verschleppt. Ob auch Friedrich gefangen und was mit ihm geschehen war, wusste er nicht. Er lehnte sich an die Tür und blickte zur anderen Seite. Oben war ein Fenster zu sehen, das wohl vergittert war. Von dort schien der Mond herein und beleuchtete den kargen Raum. Dieser maß rund zehn Fuß in der Länge und etwa sechs Fuß in der Breite und vielleicht acht oder neun in die Höhe. Die eine Mauerseite war deutlich gerundet, möglicherweise befand er sich in einem Turm. In der Ecke links von ihm stand ein irdener Krug mit Wasser, sonst befand sich nichts weiter im Raum. Carl griff nach dem Krug und trank gierig. Darauf wusch er sich das Gesicht.

Sogleich merkte er, wie seine Lebensgeister ein wenig zurückkehrten. Als Erstes versuchte er, seine Gedanken zu sammeln und die Lage, in der er sich befand, zu analysieren. Er war von Unbekannten in eine Falle gelockt und gefangen worden, und er befand sich in einem Kerkerraum an einem unbekannten Ort. Er musste hier raus, aber wie? Zunächst sollte er sich einen Überblick verschaffen, und das ging nur, wenn es ihm gelang, aus dem Fenster zu schauen. Doch dieses lag ziemlich hoch oben und war, wenn überhaupt, nur durch einen Sprung erreichbar. Carl sprang in die Höhe und versuchte, den Sims zu packen, um sich festzuhalten und weiter nach oben zu ziehen, doch er rutschte ab. Auch ein zweiter und dritter Versuch misslang. Vielleicht sollte er besser versuchen, an der Wand emporzuklettern, indem er Mauervorsprünge nutzte.

Schwer atmend ließ Carl sich auf den Boden sinken, um kurz eine Pause einzulegen, in der er Kraft für einen Kletterversuch sammeln wollte. In diesem Augenblick hörte er ein Geräusch. Es kam von links und schien direkt aus der Mauer hervorzuquellen. Es klang wie menschliche Laute. Carl erhob sich, strich mit den Händen über die groben Steine der Wand und fühlte schließlich eine Art Nische, die mit einem Lumpen verstopft war. Als er ihn hervorzog, wurde eine schmale, etwa kinderkopfgroße Öffnung in Höhe seiner Brust freigelegt. Vorsichtig beugte er sich zu der Öffnung und spähte hindurch. Die Röhre führte wohl in einen Nachbarkerker, doch in dessen dämmrigem Dunkel konnte Carl nichts erkennen. Zu welchem Zweck das Loch diente, wusste er nicht. Vielleicht waren früher mit seiner Hilfe die Gefangenen belauscht und beobachtet worden. Er legte sein Ohr an das Mauerloch und horchte angestrengt. Da war es wieder, das Geräusch, es klang wie ein Schluchzen. Dort drüben befand sich ein Mensch, der wie er gefangen schien. Vielleicht Friedrich? Carl beugte sich vor und versuchte, mit dem anderen Gefangenen Kontakt aufzunehmen.

„Hallo? Ist dort jemand?", rief er halblaut. „Seid Ihr ein Gefangener? Antwortet!"

Dann legte er wieder sein Ohr an die Öffnung. Das klagende Geräusch im Nebenkerker endete abrupt, und er hörte undeutlich eine Frauenstimme rufen: „Wer ist da? Hört Ihr mich? Ich bin eine Gefangene. Rettet mich!"

An den Geräuschen konnte Carl hören, dass die Sprecherin aufgestanden und zur Wand getreten war, die sie jetzt abtastete. Nun schien sie die Öffnung gefunden zu haben und ihren Mund an diese zu legen, denn die Stimme war jetzt klar und deutlich zu vernehmen.

„Ist dort jemand? Sagt etwas!“, sprach die Stimme.

Carl zuckte zusammen. Er kannte die Sprecherin: Es war Sylvia von Korff!

„Sylvia, seid Ihr es? Ich vermutete Euch in Dessau, dabei seid Ihr gefangen; was ist Euch passiert?“

„Carl? Carl! Ihr seid es, seid Ihr es wirklich? Oh Carl!“ Die Baronesse brach in Schluchzen aus.

„Ja, ich bin es. Beruhigt Euch und verzweifelt nicht, ich werde alles tun, um Euch zu retten. Doch ich muss gestehen, ich bin selbst gefangen.“

„Wenn Ihr nur hier seid, wird alles gut werden!“, antwortete Sylvia von Korff. „Ob gefangen oder nicht, Ihr werdet mich aus diesem Kerker befreien!“

Der Junker fühlte sich durch das schier grenzenlose Vertrauen, welches das Fräulein ihm entgegenbrachte, gleichermaßen berührt und betroffen. Nebenan, durch dicke Mauern von ihm getrennt, saß, wahrscheinlich in einem ähnlich engen Kerker gefangen, die Frau, die er für eine gefährliche Intrigantin, wenn nicht sogar für eine Verbrecherin hielt, und sie vertraute ihm. Dazu schien sie erneut selbst zum Opfer geworden zu sein; er musste sich in seiner Einschätzung der Baronesse völlig geirrt haben.

„Was ist mit Euch passiert, Sylvia?“, wiederholte er seine Frage. „Warum hat man Euch gefangen gesetzt? Berichtet, was geschehen ist. Es könnte für die Bewertung unserer Lage wichtig sein.“

„Das fragt Ihr mich? Ihr habt mich doch in einem Brief nach Dessau eingeladen, um mit mir alles zu klären, wie Ihr schriebt. Ich antwortete Euch und machte mich gleich von Leipzig auf; gestern oder vorgestern, ich weiß die Zeit nicht einzuschätzen, wurde meine Kutsche von Maskierten angehalten und ich gezwungen, auszusteigen. Ein Mann verband mir die Augen, und dann wurde ich fortgebracht und in diesen Kerker gesperrt. Ach, Carl, Ihr müsst mir helfen. Ich halte es hier drinnen nicht mehr aus, und ich habe Angst, schreckliche Angst.“

„Bleibt ruhig, ich werde eine Lösung finden“, versicherte Carl mit mehr Zuversicht, als er in Wirklichkeit verspürte. „Habt Ihr jemanden gesehen? Einen Wächter oder Kerkermeister?“

„Ein altes Weib in Begleitung eines Bewaffneten brachte mir Wasser und Brot. Sonst habe ich niemanden gesehen."

„Eine Alte und ein Wärter, damit könnte man fertig werden", überlegte Carl laut. „Ich strecke jetzt meinen Arm in das Loch, um zu prüfen, wie breit die Mauer ist", sagte er und fuhr mit der Hand in die Öffnung, doch gelangte er nicht zur Gegenseite.

„Die Wände sind offenbar sehr dick, denn mein Arm erreicht Eure Seite nicht. Streckt auch Eure Hand aus, vielleicht, dass wir dann hindurchreichen."

Die Baronesse folgte Carls Anweisung und richtig berührten sich ihrer beiden Hände. Carl spürte das schmale Gelenk ihrer Hand und die schlanken Finger mit den Ringen. Fast zärtlich berührten sich ihre Fingerkuppen, dann zog er die Hand rasch zurück, denn von der Tür erklang das Geräusch eines Schlüssels, der sich schwerfällig im Schloss drehte.

„Man kommt, still!", raunte Carl in die Öffnung, stopfte diese hastig zu und lehnte sich derart gegen die Wand, dass er mit dem Körper die Stelle verdeckte. Die Tür schwang auf und zwei Schwerbewaffnete wurden im gelblichen Licht einer Laterne sichtbar. In ihrer Mitte stand ein Mann in edler Kleidung, der Carl voller Hass anstarrte. Sein Gesicht war bleich und von ungesunder Farbe, und über die Stirn zog sich eine Narbe wie von einem Degenhieb. Carl erkannte in dem Fremden jenen Mann wieder, dem er vor Jahren in einem Zweikampf in Tübingen begegnet war, und er wusste, vor ihm stand Giovanni Morante! Zorn stieg in Carl auf. Das war der Mann, der seinen Mentor Graf von Gersdorf getötet und mehrfach versucht hatte, auch ihn zu ermorden. Der Mann, den Carl seit Jahren suchte und verfolgte, und der ihm immer wieder entkommen war. Nun war er zum Greifen nahe, und Carl konnte nichts tun, denn er war gefangen und unbewaffnet. Der Brigant betrachtete ihn mit höhnischen Blicken, während sich um seinen Mund ein triumphierendes Lächeln zeigte.

„Nun, Junker, Ihr habt mich, wie ich sehe, erkannt", sprach er, „und Ihr hättet Euch wohl nie träumen lassen, dass Ihr so bald mein Gefangener werden würdet. Ich wusste aber, Ihr würdet mir in meine Falle gehen, ich musste nur Sylvia von Korff ins Spiel bringen. Ihre Schrift war leicht zu fälschen, zumal sie auf Euer angebliches Schreiben antwortete und ihre Empfindungen für Euch mir dadurch deutlich wurden. Wie ein echter Gimpel seid Ihr so erneut der schönen Baronesse auf den Leim gegangen. Ihr müsst sicher sehr zornig sein, Herr von Schack", fügte er feixend hinzu.

„Was wollt Ihr von mir, Morante? Ihr glaubt doch nicht, dass Ihr mich hier länger festhalten könntet? Meine Freunde werden mich bald finden und befreien!", erwiderte der Junker kalt.

Der Bandit lachte laut. „Euch wird niemand finden und niemand helfen, schon gar nicht Eure sogenannten Freunde. In diesem Kerkerzimmer werdet Ihr bleiben bis an Euer Ende. Ihr bekommt Wasser, täglich einen Krug voll, Ihr sollt mir nicht verdursten, nein, ganz und gar nicht. Denn ich will Euch leiden sehen und mich daran weiden, wenn der Hunger Euch den Verstand vernebelt und Ihr mehr und mehr zugrunde geht. Wisst, Junker von Schack, Ihr werdet meine Pläne nimmer mehr stören! Vorher aber schicke ich Euch meinen Vogt und dann sollt Ihr für dies hier", er wies auf die rote Narbe, „mit Eurem Blut bezahlen! Keine Sorge, Ihr werdet auf seinen Besuch nicht lange warten müssen!"

Morante lachte hämisch, gab dann den Wächtern ein Zeichen, die Tür zu schließen und ging davon.

Kaum war die Tür geschlossen, zog Carl den Stofffetzen aus der Maueröffnung und legte sein Ohr an, um zu erfahren, ob der Bandit auch die Baronesse aufsuchte. Er hatte sich nicht getäuscht, denn ein schnarrendes Geräusch verriet, dass in der Nebenzelle die Tür geöffnet wurde.

„Ich grüße Euch, Baronesse", hörte er die widrige Stimme Morantes. „Ihr wisst sicher, warum Ihr hier seid und was ich von Euch will."

„Nein, das weiß ich nicht, Cavaliere", erwiderte Sylvia von Korff mit zitternder Stimme. „Was wollt Ihr von mir?"

„Ich benötige gewisse Auskünfte, schöne Baronesse. Vielleicht denkt Ihr ein wenig darüber nach. Ich komme morgen wieder. Und wenn Ihr dann noch immer nicht wisst, was ich erfahren möchte …"

Morante ließ den Satz unvollendet. Dann hörte Carl, ein Geräusch wie einen Schlag und gleichzeitig einen Aufschrei der Baronesse. Er ballte die Fäuste voll ohnmächtiger Wut – er konnte Sylvia nicht helfen.

„Das war eine kleine Kostprobe", hörte er wieder Morante. „Ich muss jetzt aufbrechen, Baronesse. Doch mein Vogt, ein durchaus grausamer Mann und für seine Fähigkeit, von Gefangenen stets alles zu erfahren, was er wissen will, wird Euch morgen erneut befragen. Vielleicht auch noch heute … Wer weiß, ob wir uns wiedersehen. Mein Vogt wird mir jedenfalls berichten, was Ihr zu sagen hattet und wie er Euch denn zum

Sprechen brachte. Es war mir eine Freude, Euch begegnet zu sein. Lebt wohl, Baronesse von Korff!"

Die Tür klappte zu und von der Nachbarzelle war nur das Schluchzen Sylvia von Korffs zu hören.

„Beruhigt Euch, ich bringe uns hier raus, ganz bestimmt", versuchte Carl Trost zu spenden. „Gebt mir Eure Hand."

Wieder berührten sich ihre Hände, und Carl spürte, wie Sylvia zitterte und bebte. Lange hielt er ihre Hand, bis ihr Schrecken abklang und sie wieder zur Ruhe fand.

Vorsichtig zog Carl seine Hand zurück. „Ich muss jetzt überlegen, Sylvia, wie wir entfliehen können. Entschuldigt mich."

Der Junker stellte sich mitten in das Kerkerzimmer und ließ seine Blicke wandern. Wenn er nur das Fenster erreichte … Er betastete das Mauerwerk. Der Stein war roh behauen, da und dort gab es schmale Vorsprünge und Kanten. Zu schmal, um direkt bestiegen zu werden, aber vielleicht breit genug, um übereck einen Queraufstieg zu ermöglichen. Das Fenster oben war leicht versetzt zu der einen Ecke angeordnet. Diese wurde durch die Frontseite und durch die Wand der Nachbarkammer, in der die Baronesse gefangen saß, gebildet. Die beiden Wände standen im spitzen Winkel zueinander. Wenn Carl sich mit dem Rücken an die eine Wand und mit den Füßen an die andere stemmte, konnte er sich möglicherweise wie ein Bergsteiger zum Fenster hinaufarbeiten und dann ... Carl kam eine Idee. Er wandte sich zum Mauerloch, beugte sich nieder und rief leise nach der Baronesse.

„Ihr tragt doch Ringe. Sind unter den Steinen Diamanten?"

„Ich trage nur echte Steine", antwortete sie, „Warum fragt Ihr, Carl?"

„Ich erkläre alles später, jetzt gebt mir einen Diamantring!", bat Carl die Baronesse.

Kurze Zeit danach erhielt er einen Ring von der Hand Fräulein von Korffs. Carl zog sein Hemd aus, das er mithilfe des Diamanten in grobe Streifen zerschnitt. Diese drehte und formte er zu Schlingen, die er aneinander knüpfte. Das so entstandene Seil rollte Carl zusammen und hängte es über seine Schulter. Es konnte sein, dass er bei seinem Ausbruchsversuch ein Seil benötigte. Den Ring steckte er in seine Tasche.

„Baronesse", flüsterte er durch die Mauerröhre. „Ich versuche, nach oben zum Fenster zu gelangen. Vielleicht gelingt mir der Ausbruch, dann hole ich Hilfe und befreie Euch! Harrt aus und vertraut mir!"

„Carl, Ihr wollt gehen?“, hörte er ihre angstverzerrte Stimme. „Ich weiß, es ist anders keine Rettung möglich. Aber ich bitte Euch, vergesst mich nicht und den Ring, den ich Euch gab. Ade, mein Freund, ade!“

Ein Hitzeschwall durchschoss Carls Inneres. Was bisher auch geschehen war und was immer Sylvia von Korff getan hatte, es war seine Pflicht, sie zu retten, ja, seine Verpflichtung ihr gegenüber mochte noch größer sein, denn er hatte ihren Ring genommen.

Carl trat zur Ecke und begann, mit dem Rücken an der einen Wand und unter Zuhilfenahme der Mauerunebenheiten, Zoll für Zoll seinen mühevollen Aufstieg. Es war eine Qual, alle Muskeln schmerzten und mehr als einmal geriet er in Gefahr, wieder hinabzustürzen. Doch schließlich, der Mond war längst verschwunden, und draußen machte sich graues Zwielicht breit, erreichte Carl die Höhe des Fenstersims, packte diesen und zog sich hinüber.

Das Fenster war schmal und vor diesem war eine enge Fläche, die kaum Carls Oberkörper Platz bot. Das Fenster selbst war ein grob in den Stein gehauenes Loch, vor dem drei Gitterstäbe stakten. Seine Flucht schien zu Ende. Voll verzweifelter Wut griff der Junker nach einem der Stäbe, rüttelte mit aller Kraft an diesem – und das rostige Metall zerbrach! Ebenso brach der zweite Stab, nur beim dritten brauchte er mehr Kraft und Zeit, doch auch dieser Stab wich endlich Carls geduldigem Bemühen. Er schob die Reste zur Seite und zwängte sich vorsichtig durch die Öffnung. Unter ihm gähnte die Tiefe, der Kerker, in dem die Baronesse und er gefangen saßen, befand sich, wie er es vermutet hatte, im Turm einer Burg. Ihm gegenüber, jenseits der Zinnen und Wälle ging soeben kraftvoll die Sonne auf.

9

Das Geheimnis von Sanssouci

Aus dem geheimen Tagebuch der Reichsgräfin Franziska von Hohenheim:

Sonntag, der 23. April 1780
Die Feigenbäume sind hinausgebracht worden. Um halb neun fuhren Ihro Durchlaucht und ich nach Stuttgart. Ich besuchte die Akademiekirche und Ihro Durchlaucht die kleine Kapelle. Später gingen wir noch ein wenig spazieren, doch regnete es leider.
Gegen Nachmittag bekam ich Nachricht von meinem Schmuck. Junker Schott von Schottenstein und der französische Graf du Breuil werden mir diesen im Laufe der nächsten Woche überreichen. Kammerherr von Erlenburg, der mir davon berichtete, regte an, Prinz Friedrich August von Nassau-Usingen für das nächste Wochenende einzuladen, und meinte, es könnten sich aus der Begegnung des Grafen mit dem Prinzen für Württemberg nützliche Konnexionen ergeben. Am Abend erfuhr ich von meiner Schwester Marie, dass es der Geheimrätin von Sternenfels nicht gut gehe.

Fähnrich Gneisenau öffnete die Augen und erblickte über sich das besorgte Gesicht der Jungfer Liane.

„Was macht Ihr nur, Herr Fähnrich? Ihr folgt mir heimlich mitten in der Nacht, spioniert mir beim Kräutersammeln nach und schlaft dann ein, sodass ich direkt über Euch stolpere! Ihr seid mir ein schöner Kundschafter! Was hat Euch eigentlich dazu getrieben, mich zu verfolgen? Die Neugier, Eifersucht oder etwa Angst – sagt es mir bitte!"

„Ihr, Ihr seid eine Hexe!", stieß Gneisenau hervor. „Gebt es nur zu, Ihr wart an einem magischen Ort, und wahrscheinlich habt Ihr auch mich verzaubert!"

Die Jungfer sah ihn kopfschüttelnd an und lachte dann. „Redet keinen Unsinn, Herr von Gneisenau. Um Euch zu verzaubern, brauche ich gewiss keine Hexerei. Steht lieber auf, Euer Freund ist soeben erwacht und dort", sie zeigte zum Horizont, „steigt gerade die Sonne empor. Ihr solltet Euch eilen, denn Euer anderer Freund, der entführt wurde, braucht dringend Eure Hilfe. Ich habe heute Nacht in Erfahrung gebracht, wo er sich befindet. Fragt mich nicht, wie dies geschah. Ich weiß, dass der Junker in Gefahr ist, und das sollte Euch genügen. Reitet also sofort los, ich werde mich selbst um Euren Friedrich und meinen Bruder kümmern."

„Aber was ist mit den Dörflern? Ihr könnt nicht zurückkehren, der Mob wollte Euch verbrennen!"

„Das ist eben das Schicksal einer Hexe, so nanntet Ihr mich doch?", erwiderte Liane spöttisch. „Doch seid ohne Sorge", sprach das junge Weib weiter und richtete sich stolz auf. „Sie werden es nicht wagen, mich noch einmal zu behelligen, sonst wird meine neue Kraft sie vernichten!"

Gemeinsam gingen sie ins Dorf zurück. Als sie das Haus erreichten, war Melchior bereits wach und empfing beide grinsend.

„Aha, da kommen unsre mutwilligen Sommervögel. Er ist ihr gewogen und sie ihm auch, das ist der Lauf der Welt."

„Lasst, Junker", wehrte Liane ab. „Denn es ist nicht so, wie Ihr denkt. Sattelt lieber Eure Pferde und reitet sogleich zum Schloss Hohenthurm. Dort ist Eurer Freund zu finden. Eilt Euch, damit Ihr nicht zu spät kommt, denn er ist in großer Gefahr!"

Nach einem kurzen Wortwechsel erkannten Melchior und Gneisenau, dass die Äußerung der Jungfer Liane ernst zu nehmen war, auch wenn beide nicht verstanden, woher diese ihr Wissen und ihre Sicherheit nahm. Die beiden Männer rüsteten die Pferde, saßen auf und galoppierten in Richtung Norden, wo, wie Liane ihnen beschrieben hatte, eine knappe halbe Meile entfernt das Schloss Hohenthurm lag.

Sollte er sich nach unten abseilen, oder gab es einen anderen, besseren Weg? Carl überlegte und entschied sich für die Aufstiegsvariante. Er zog sich unter Aufbietung all seiner Kräfte an den Mauervorsprüngen und Quersteinen des Turmes mühsam Spann um Spann nach oben. Ein Stück über ihm, in vielleicht drei oder vier Fuß Entfernung ragte ein Wasserspeier hervor, ein hässlicher Dämon, dessen steinernes Gesicht im Licht der aufgehenden Sonne feurig rot grinste – sein nächstes Ziel.

Fast hatte Carl den Dämon erreicht, da brach unter seinem linken Fuß eine Steinkante weg, und er rutschte ab. Er sah sich schon in die Tiefe stürzen, doch gelang es ihm, im letzten Augenblick nach dem Wasserspeier zu greifen und dort Halt zu finden. Während der Junker mit der linken Hand krampfhaft den Stein umklammerte, zog er mit der rechten Hand das aus seinem Hemd geknüpfte Seil von der Schulter und schlang es in einer engen und einer breiten Schlaufe um den Speier. Carl schob den Fuß in die Schlaufe und nutzte sie als Tritt. Er stieß sich ab, zog den Fuß auf den Kopf des Wasserdämons und schob sich von dort auf das schräge Kegeldach des Turmes. Dort kletterte Carl vorsichtig ein Stück nach oben. Die von der Nacht feuchten Ziegel ließen ihn erneut rutschen. Wieder geriet Carl in Gefahr, den Halt zu verlieren und nach unten in den Burggraben zu stürzen. Mit einem kräftigen Tritt durchbrach er das Ziegelwerk, wodurch er einen Halt fand. Kurz schöpfte er Atem, dann begann Carl, das Loch mit den Händen zu vergrößern, um in das Innere schlüpfen zu können. Er drang mit den Füßen zuerst in die so entstandene Öffnung, ließ sich fallen und stürzte auf den sich darunter befindlichen Steinboden. Betäubt vom Aufprall blieb Carl zunächst liegen, dann hörte er Schritte von der Treppe her; jemand musste den Aufschlag gehört haben und kam jetzt nach oben.

Der Junker raffte sich, so gut es ging, auf und sah sich hastig im Raum um. Er befand sich in der höchsten Etage des Turmes, der wohl der Bergfried einer Burg war, wie ihm der Blick vorhin gezeigt hatte. Ein muffiger Geruch lag über dem Raum, das Stockwerk diente offenbar als Speicher. In einer Ecke zwischen den Mauerrippen, die das Dach stützten, lagen auf einem unordentlichen Haufen allerlei Werkzeuge und Gerätschaften. Mittendrin entdeckte Carl eine rostige Hellebarde, die er mit Schwung aus dem Durcheinander zog. Dies geschah keine Sekunde zu früh, denn auf der Treppe zeigte sich ein Bewaffneter, der mit einem Degen in der Hand sogleich auf den Junker eindrang. Carl sprang in einer schnellen Bewegung zur Seite und stieß dem Mann die Spitze seiner Waffe so vor die Brust, dass dieser gegen die Mauer taumelte. Dann hieb er ihn mit voller Wucht den Schaft über den Kopf, und der Wächter brach zusammen. Carl eilte zu ihm hin, entwand ihm den Degen und untersuchte seine Taschen. Es musste sich um einen der Wärter gehandelt haben.

Carl fand bei dem Mann einen großen Schlüsselbund, mit dem, so hoffte er, sich die Kerkerzelle der Baronesse würde öffnen lassen. Er steckte den Bund ein und eilte die Treppe hinunter.

Unten saß an einem Tisch ein weiterer Wächter, der gerade aus einem Becher trank, als er den Junker kommen sah. Er wollte aufspringen, doch Carl trat mit seinem Stiefel derart kraftvoll gegen den Tisch, dass dessen Kante den Mann schmerzhaft im Unterleib traf und er ebenfalls zu Boden ging. Der Junker trat über den Wächter hinweg zu der Tür, neben der der Mann gesessen hatte. Er zog den Schlüsselbund des Ersten hervor und begann eilig auszuprobieren, welcher von den Schlüsseln ins Schloss passte. Erst mit dem vierten gelang es ihm, die Tür zu öffnen. Drinnen erblickte Carl die Baronesse, die sich voller Angst in eine Ecke geflüchtet hatte. Doch als Sylvia von Korff ihn erkannte, stürzte sie in seine Arme.

„O Carl! Ich hatte solche Angst, es wäre wieder der Vogt. Und ich fürchtete, Ihr würdet mich zurücklassen!"

„Ich gab Euch mein Wort, Baronesse", erwiderte der Junker. „Der Vogt wird für sein übles Tun büßen. Doch jetzt kommt, wir müssen aus diesem Turm, bevor Morante merkt, was geschehen ist!"

Beide eilten zur Treppe, die ins nächste Stockwerk führte. Sie hatten Glück, die folgenden Etagen waren leer, und nur unten stießen sie auf einen Wächter, den Carl schnell attackierte und mit dem Degen umgehend zu Boden streckte. Dann zog er das Hemd des Mannes, der in etwa die Statur des Junkers besaß, über. Rasch untersuchte er den Raum. Auf einem seitlichen Bord lagen mehrere Jagdpistolen nebst Pulver und Blei. Carl lud zwei von ihnen und steckte diese in seinen Gürtel – eine dritte und eine vierte lud er für die Baronesse, die, wie er wusste, einige Erfahrung im Umgang mit Waffen hatte. Dann öffneten sie vorsichtig die Außentür.

Melchior von Talheim und Fähnrich von Gneisenau erreichten das Dorf Hohenthurm, in dessen Mitte sich in einem unregelmäßigen Fünfeck die Burg erhob. An einem Trakt wurde gebaut, ansonsten wirkte die Anlage zerfallen, einzig die Mauer und der in nordöstlicher Ecke der Burg gelegene Bergfried, der „Hohe Turm", sowie ein Wohngebäude aus schlechtem Stein schienen intakt zu sein. Soeben öffnete sich das Burgtor und ein Trupp Bewaffneter ritt, ohne die beiden Reisenden zu bemerken, in nördlicher Richtung davon. Nachdem die Schar verschwunden war, warteten sie noch eine Viertelstunde, um sicher zu sein, dass niemand mehr käme. Dann ritten sie den Burgweg hoch und auf das Tor zu. Dort sprang Melchior vom Pferd, klopfte kräftig an das Holz und forderte Einlass. Es dauerte eine Weile, und schon wollte er erneut klopfen, da öffnete sich knarrend das Tor. Der rechte Flügel schwang auf, und im Burgeingang gewahrte der erstaunte Melchior Carl von Schack und neben ihm, mit gerafften Röcken, die Baronesse von Korff, beide mit zwei Jagdpistolen im Anschlag!

Eine gute Stunde später saßen alle vier im Wohnzimmer des Pfarrhauses von Brehna, einem kleinen Ort nordöstlich von Hohenthurm. Pastor Weigel, der vor knapp zehn Jahren dem Pfarrer Johann Jakob Köhler im Amt gefolgt war und mit einem Vetter Gneisenaus zusammen in Leipzig studiert hatte, weswegen der Fähnrich die Gruppe ins Pfarrhaus führte, nahm die Reisenden freundlich auf. Der gemüthafte, rundliche Mann fragte nicht viel nach dem Woher und Wohin, sondern setzte ihnen auf dem großen Holztisch, der die eine Hälfte des Raumes ausfüllte, ein gutes Frühstück vor. Der Pastor entschuldigte sich sogleich, er könne ihnen nicht Gesellschaft leisten, denn es sei Sonntag und er habe zu predigen. Die Reisenden, so meinte der gute Pfarrer mit einem prüfenden Blick auf die Baronesse und den Junker, müssten einiges erlebt haben und seien sicherlich zu erschöpft, um am Gottesdienst teilzunehmen, obwohl Gottes Wort immer eine Labsal sei. Für Fräulein von Korff habe er durch eine Magd Kleidung seiner vor einem Jahr verstorbenen Schwester zurechtlegen lassen, denn die Baronesse wolle sich bestimmt frisch machen. Dann brach er zur Kirche auf, und die Gruppe konnte sich ungestört über ihre Erlebnisse austauschen. Während Sylvia von Korff sich umzog, erzählte Carl Melchior und dem Fähnrich vom Überfall, von seinem Erwachen im Kerker und der Entdeckung der Baronesse und von seiner abenteuerlichen Flucht.

„Wir waren jetzt unten angelangt!", berichtete Carl. „Ich öffnete vorsichtig die Außentür des Turmes und hielt sofort inne. Draußen saß auf einem Pferd, inmitten einer Schar von rund einem Dutzend Bewaffneter, Giovanni Morante und schien kurz davor, die Burg zu verlassen. Ich schloss die Tür bis auf einen Spalt, durch den ich beobachtete, wie der Trupp abzog. Lediglich der Vogt nebst zwei Knechten und einigen Mägden blieb zurück. Sobald Morante fort war, stürmten die Baronesse und ich nach draußen. Wir überwältigten die verbliebene Besatzung und trieben sie in den Keller, wo wir sie einschlossen."

„Ohne, dass gekämpft wurde?", fragte der Fähnrich ungläubig.

„Es gab einen Verlust auf der Gegenseite", erwiderte Junker von Schack mit unschuldiger Miene. „Leider ist dem Burgvogt ein Unglück zugestoßen. Er stürzte in den Keller hinab und brach sich das Genick. So wird er nie wieder Gefangene schlagen und foltern können."

Dann berichtete Melchior von ihren Erlebnissen, und Carls Stirn verdunkelte sich, als er vom Tode Friedrichs erfuhr.

„Ich wusste es, als wir so leicht das Halsband fanden, dass noch ein Preis zu zahlen wäre. Doch dieser scheint mir sehr hoch zu sein", sagte er düster. Carl senkte den Kopf und schwieg.

Die Übrigen hüteten sich, sein Schweigen zu brechen.

Schließlich blickte Carl wieder auf und schaute in die Runde. „Das Leben geht weiter, es muss weitergehen. Was sollen wir jetzt tun?"

„Wir sollten das Geschäft mit Morante endlich zu einem Ende bringen", rief Melchior. „Zumal wir dem Kerl seit Jahren nachjagen. Einmal muss Schluss sein!"

„Das klingt plausibel und sagt sich leicht", meinte Carl. „Aber wo ist der Bandit hin? Wir verfolgen und verfolgen ihn, und das Ganze nimmt kein Ende!"

„Morante ist nach Potsdam, genauer zum Schloss Sanssouci unterwegs", sagte Sylvia von Korff, die eben frisch duftend das Zimmer betrat. „Ich bin mir dessen sicher, denn ich weiß, dass Morante jemanden dort treffen will."

„In Sanssouci, im Schloss des preußischen Königs?", fragte Carl ungläubig.

„Genau dort", bestätigte die Baronesse ruhig. „Es geht natürlich um Politik und die Interessen der Mächte der europäischen Pentarchie. Die hohen Herren bedienen sich oft kleiner Geister, um ihre Wünsche durchzusetzen", fügte sie sachlich hinzu.

Carl blickte sie aufmerksam an. Das schlichte graue Kleid stand ihr gut, aber nicht nur ihr Äußeres hatte sich verändert. Seit sie gemeinsam die Burgbesatzung überwältigt hatten, schien Sylvia von Korff wieder ihr altes Selbstbewusstsein zurückgewonnen zu haben. Zwischen ihrem jetzigen Auftreten und dem der im Kerker verzweifelten Frau lagen Welten.

„Ihr wisst, Carl, dass ich mitunter über die eine oder andere politische Begebenheit informiert bin", erklärte sie ohne Umschweife. „Meine Vertrautheit mit den Pariser, Londoner und Petersburger Verhältnissen ist dabei sehr hilfreich. Natürlich kenne ich auch einige der deutschen Fürstenhöfe sowie die eher spartanischen Gepflogenheiten in Potsdam. Wiewohl sich dies schwieriger gestaltet, da König Friedrich der Damenwelt sehr distanziert gegenübersteht."

„Das mag alles stimmen, aber was haben Eure politischen Kenntnisse mit dem Banditen Morante zu tun?", unterbrach sie Melchior ungeduldig. „Oder steht Ihr doch mit dem Schurken in engerer Verbindung? Hattet Ihr nicht bereits in Paris Kontakt mit dem sauberen Herrn?"

„Hört die Baronesse erst einmal an, Melchior, bevor Ihr urteilt", mahnte Carl, worauf ihm Sylvia von Korff einen ihrer rätselhaften Blicke zuwarf, die Carl früher hätten erröten lassen.

„Ich danke Euch, Junker Carl", erwiderte sie. „König Friedrich schätzt, wie gesagt, die Weiblichkeit weniger", fuhr sie fort. „Elisabeth-Christine von Braunschweig-Bevern wurde direkt nach der Hochzeit in ein eigenes Schloss verbannt. Doch zu seiner Nichte Elisabeth Friederike Sophie von Brandenburg-Bayreuth, der jüngst verstorbenen Gemahlin Eures Herzogs Karl Eugen hatte der König ein gutes Verhältnis, und er war sehr erbost über die ehelichen Eskapaden ihres Mannes. Vor allem als sein ehemaliger Zögling im Siebenjährigen Krieg die Seiten wechselte. Nun betreibt der König seit einigen Jahren eine neue Außenpolitik, die darauf abzielt, ein Fürstenbündnis gegen Österreich und gegen Frankreich zu etablieren, aus dem künftig vielleicht ein neuer deutscher Gesamtstaat unter preußischer Führung erwachsen soll."

„Ein kleindeutscher Bund unter preußischer Führung?", fragte Carl interessiert. „Wer soll denn dieser kleinen deutschen Lösung angehören wollen?"

„Details kenne ich nicht. Ich kann nur wiedergeben, was in diplomatischen Kreisen hinter vorgehaltener Hand erzählt wird", gab die Baronesse zur Antwort. „Bislang spricht man von einem geplanten Dreibund zwischen Preußen, Hannover und Sachsen. Dazu sollen die kleineren mitteldeutschen Länder und eventuell auch die süddeutschen Staaten stoßen. Der Markgraf von Baden soll großes Interesse bekundet haben, doch Euer Herzog Karl Eugen sträubt sich, trotz der latenten französischen Bedrohung, gegen derartige Bündnisse, weil er offenbar fürchtet,

Souveränitätsrechte zu verlieren. Daher wurden Gegenmaßnahmen beschlossen."

„Welcher Art?", fragte Carl, der mit immer größerer Aufmerksamkeit den Aussagen der Baronesse folgte. Auch Kammerherr von Erlenburg hatte kürzlich von neuen Bündnissen gesprochen, und ein vor zwei Monaten abgefangener Brief an den preußischen Gesandten in Paris, Graf von Heyden, wies im Lichte der eben von der Baronesse angedeuteten Tatsachen in die gleiche Richtung.

„Das kann ich nicht sagen", antwortete Sylvia von Korff. „Ich weiß, dass es wegen dieser Pläne eine aktive Geheimdiplomatie gibt, in die, so vermute ich, unter anderem Alessandro Graf von Cagliostro verwickelt ist. Mehr ist mir nicht bekannt."

„Und was ist mit Giovanni Morante?"

„Ich traf Morante, wie ich bereits erzählte, in der Loge in Stuttgart. Zuvor habe ich den Mann, obwohl er mir bekannt vorkam, nie gesehen oder getroffen. Er stellte sich als Cavaliere Alfiere vor, war aber nicht der Cavaliere Alfiere, dem ich vor Jahren in Dresden auf einem Ball begegnet bin. Morante behauptete, als ich ihn nach dem Namensvetter fragte, er sei in der Tat ein Cousin des mir bekannten Alfiere. Er erklärte ferner, von der Republik Venedig beauftragt worden zu sein, verschiedene Finanzgeschäfte in Ansbach und anderswo zu tätigen. Was dann geschah, wisst Ihr. Auf meinem Weg von Leipzig nach Potsdam wurde ich erneut Opfer eines von Morante befohlenen Überfalls. Warum dieser erfolgte, kann ich nur vermuten. Offenbar glaubte er, ich sei mit der Halsbandaffäre vertraut und könne ihm Auskunft geben, wer im Hintergrund die Fäden zöge."

„Wie kam Morante auf diese Idee?", fragte Carl. „Er hat doch, wenn ich mich Eurer Aussagen in Urach richtig erinnere, gemeinsam mit Eurer Base, der später von ihm ermordeten Josepha von Ellrichshausen, den Schmuck gestohlen? Oder stimmten Eure Angaben nicht?"

„Er scheint mit Josepha von Ellrichshausen schon früher gut bekannt gewesen zu sein, und ich fürchte, Josepha hat mehrfach in seinem Auftrag spioniert und gemordet. Mitunter muss sie auch unter meinem Namen aufgetreten sein. Ihre Bekanntschaften kamen mir jedenfalls schon immer recht eigenartig vor. Ich kann mich an einen Mann mit einem fast raubvogelartigen Aussehen erinnern, der überraschend auftauchte und ebenso plötzlich wieder verschwand. Im Hinblick auf mich ging es Morante wohl um seine Auftraggeber, über die er Genaueres erfahren wollte", erwiderte Sylvia von Korff ruhig. „Ich kannte und ich kenne sie nicht, Junker, auch wenn Ihr mich erneut verdächtigt oder beschuldigt, kann ich nichts anderes sagen. Aber Morante", fügte sie mit finsterer Miene hinzu, „Morante wird mir für alles bezahlen!"

Alle schwiegen.

„Wie geht es jetzt weiter?", fragte Fähnrich von Gneisenau dann. „Wir wollten Morante fangen, müssen wir jetzt nach Potsdam? Das sind gut zwanzig Meilen von hier!"

„Ich habe noch nicht verstanden, warum Ihr glaubt, Baronesse, Morante hätte sich nach Potsdam gewandt?", fragte Melchior.

„Ich hörte, wie er zu einem seiner Begleiter sagte, dass er am nächsten Donnerstag in Potsdam sein müsse, um dort jemanden zu treffen. Es handelte sich um eine Frau; er nannte einen Namen, aber ich habe ihn nicht verstanden", antwortete die Baronesse nachdenklich.

„Gut", sagte Carl mit ernster Miene. „Ich verlasse mich auf Euer Wort, Baronesse. Am besten, wir reiten noch heute los. Was uns an Ausrüstung fehlt, können wir unterwegs ergänzen. Frische Pferde und Waffen haben wir, dazu ein ordentliches Reisegeld. Stall, Waffenkammer und die Kasse der Burg waren zum Glück gut bestückt. Ich frage mich nur, wie es Morante gelungen ist, die ganze Burg Hohenthurm in Besitz zu nehmen."

„Nach dem Tod des Staatsrates Johann Jacob von Lüdecke, dem letzten Besitzer der Burg, quartierte sich dort allerhand Volk ein", sagte Pastor Weigel, der soeben von der Kirche zurückkehrte und die letzten Worte des Junkers gehört hatte. „Vor einigen Monaten zog ein italienischer Graf mitsamt seinem Hofstaat dort ein und ließ sogleich Teile der Burg renovieren. Die Dörfler der Umgebung loben seine Freigiebigkeit und die vielen Bestellungen an Lebensmitteln und anderen alltäglichen Dingen, die sein Vogt ständig liefern lässt und mit gutem Silber bezahlt. Aber mir gefallen die Blässe des Grafen und sein unsteter Blick nicht."

„Da habt Ihr völlig recht, Herr Pastor", entgegnete der Junker. „Der Mann ist ein Schurke, ein Räuber und mehrfacher Mörder. Aber seid ohne Sorgen, wir werden den Kerl zur Strecke bringen!"

Gegen Mittag brachen sie wieder auf und erreichten am späten Nachmittag Dessau, wo sie, da sich die Baronesse sehr erschöpft fühlte, im Gasthaus „Zum Eichenkranz" Quartier nahmen. Dessau war die Residenz des mittlerweile vierzigjährigen Leopold III., dem Fürsten und Herzog von Anhalt-Dessau, der mit Luise Prinzessin von Brandenburg-Schwedt verheiratet war. Er hatte aus Dessau ein Zentrum der Aufklärung gemacht und versucht, sein Volk durch das Studium der Wissenschaften und im Gedanken der Toleranz zu bilden und zu erziehen. Daher herrschte in der Stadt eine rege Bautätigkeit, was vor allem dem Wirken des Freiherrn von Erdmannsdorff zu verdanken war. Carl von Schack hätte den berühmten Mann gern persönlich kennengelernt, doch dieser war mit den Arbeiten an den Wörlitzer Gartenanlagen beschäftigt, und sie selbst mussten am folgenden Morgen weiter.

Am nächsten Tag kamen die Reiter und die Baronesse bis Niemegk. An der kursächsischen Postmeilensäule stand die Entfernung bis zur sächsischen-preußischen Landesgrenze.

„Noch etwa sieben Meilen, dann sind wir in Potsdam", verkündete der Fähnrich, als sie am Abend in einem Gasthaus speisten.

„Also zum Glück nur noch ein knapper Tagesritt", meinte die Baronesse. „In meiner Jugend in Kurland bin ich viel geritten, doch heute schätze ich die Annehmlichkeiten einer guten Reisekutsche und bin froh, wenn wir endlich am Ziel sind."

„Was wollt Ihr in Potsdam?", fragte Melchior.

„Mir geht es wie Euch darum, Morante zu stellen. Im Eigentlichen aber möchte ich eine Freundin besuchen", antwortete Fräulein von Korff, „die ich vor zwei oder drei Jahren in London kennenlernte und die, wie ich in Leipzig erfuhr, einige Zeit in Potsdam weilt."

„Frauenangelegenheiten, ich verstehe", erwiderte Melchior. „Wie es wohl Hermann und Geoffroy geht?", überlegte er weiter. „Hermann wird sich mit den Aufgaben, die er zu erfüllen hat, allmählich sputen müssen. Sonst wird es nichts mit der Hochzeit."

„Euer Freund Hermann wandelt auf Freiersfüßen?", fragte die Baronesse, die, wie die meisten Damen, an Herzensangelegenheiten sehr interessiert war. „Wer ist die Glückliche?"

„Eine Schweizer Bürgerstochter", antwortete Melchior.

„So, eine Schweizerin." Die Baronesse rümpfte die Nase. „Und wie steht es um Euer Herz, Herr von Talheim?"

„Bemüht Euch nicht um Melchior, beste Baronesse", mischte sich Carl lachend ein. „Herr von Talheim ist in den festen Händen Madeleines von Nassau-Dillenburg und stolzer Vater von Zwillingen."

„Was Euren Freund nicht daran hindert, als Abenteurer durch die Welt zu ziehen", entgegnete Sylvia von Korff trocken.

Am Dienstag, dem 25. April erreichte der Reitertrupp endlich die preußische Residenzstadt Potsdam. Gute zehn Jahre war es her, dass Carl von Schack mit seinem Oheim, dem Major, die Stadt besucht hatte.

Sie war seit der Zeit des Soldatenkönigs Friedrich Wilhelm I. zu der zentralen Garnison des preußischen Staates geworden. Neue Wohnquartiere entstanden und Kirchen wie die Garnisonkirche, die Heilig-Geist-Kirche und die St. Nikolaikirche wurden gebaut. Friedrich II. schließlich bestimmte Potsdam zur Residenzstadt. Straßen und Plätze wurden in großem Stil umgebaut, zahlreiche Handwerksbetriebe und Manufakturen entstanden. Vor allem der Sommersitz des Königs, das Schloss Sanssouci, verlieh der Stadt einen neuen Charakter. Im April 1745 wurde der Grundstein für ein „Lusthaus" gelegt, das Friedrich zwei Jahre später einweihte und an dessen Südfront er den Namen „Sans Souci" meißeln ließ. Im Verlauf der Regierungszeit des Königs nahm der Park des Schlosses mehr und mehr Gestalt an. Friedrich hatte verfügt, den Garten direkt am Schloss als terrassierten Weinberg anlegen zu lassen. Unterhalb, im Parterre, lag ein Ziergarten, dessen Mitte ein Brunnenbecken einnahm. Marmorstatuen säumten das Bassin, Götterfiguren sowie allegorische Darstellungen der vier Elemente. Das Schloss sowie die Terrassen und das Gartenareal bildeten den Mittelpunkt der Anlage. An der etwas mehr als eine Viertelmeile langen Allee reihten sich Zier- und Nutzgärten sowie Waldabschnitte aneinander. In Höhe der verschiedenen Bauten wurde die Allee durch statuengeschmückte Rondelle und Fontänen erweitert. Im Osten markierte das Obeliskenportal den Beginn der Allee, im Westen begrenzte sie das Neue Palais. Mit seinem Bau wurde nach der Beendigung des Siebenjährigen Krieges begonnen, drei Jahre später war das Palais mit vier Festsälen, zweihundert Räumen und einem Rokokotheater fertiggestellt.

Junker Carl von Schack stand im Audienzzimmer des Schlosses Sanssouci und wartete, dass er von seiner Majestät Friedrich II. empfangen würde.

Den Mittelpunkt des prächtigen Schlosses bildeten das rechteckige Vestibül mit seinen korinthischen Säulen aus weißem Stuckmarmor und der ovale Marmorsaal, der Festsaal des Schlosses. Im Osten lag die Königswohnung mit dem Audienzzimmer, dem Konzertzimmer sowie dem Arbeits- und dem Schlafzimmer und der Bibliothek. Im Westen befanden sich Räume für Gäste, und auf der nördlichen Seite erstreckte sich eine breite Galerie. Carl sah sich aufmerksam um. Zahlreiche Gemälde von Antoine Watteau, Pierre Jacques Cazes, Louis de Silvestre und Jean François de Troy sowie von anderen französischen Malern schmückten die mit Damast bespannten Wände. Ein Deckengemälde des Hofmalers Antoine Pesne zeigte den Windgott Zephyr mit der Blumengöttin Flora.

Ein üppiges Gemälde, dachte Carl und schüttelte den Kopf. Dass er je unter diesem Bild stehen und auf eine Audienz mit Friedrich von Preußen warten würde, hätte er nie im Leben zu hoffen gewagt.

Sie waren am gestrigen Tag gegen drei Uhr in Potsdam angekommen. Sylvia von Korff hatte sich sogleich verabschiedet, um sich zum alten Markt zu begeben, wo sie ihre Londoner Freundin treffen wollte, die sich dort in einem der Bürgerhäuser eingemietet hatte. Sie dankte Carl nochmals für ihre Rettung und bat ihn, den Ring, den sie ihm im Kerker gegeben hatte, als Andenken an ihre Freundschaft zu behalten.

„Ihr wisst, bester Carl, wie sehr ich Euch gewogen bin. Doch ich fürchte, Ihr seid mir leider minder zugetan, besonders da Ihr Dinge über mich zu wissen glaubt, die Euch erschrecken und Euer Gefühl dämpfen. Vielleicht, so hoffe ich, kommt einmal die Zeit, wo Ihr die Wahrheit erkennt und Euren Wünschen und Eurem Wollen dann endlich stattgebt. Fürs Erste jedoch lebt wohl. Ich wünsche Euch Erfolg bei Eurer Suche. Mag sein, dass sich unsere Wege bald wieder kreuzen, mag sein, dass wir uns lange nicht mehr sehen", sprach die Baronesse mit belegter Stimme und wandte sich rasch zur Seite. Carl hätte sie am liebsten an sich gezogen und ihr gleichfalls seine Zuneigung gestanden, doch etwas hielt ihn zurück. Wieder war er sich nicht im Klaren, was er Sylvia glauben durfte und was nicht. Womöglich tat er ihr mit seinem Misstrauen Unrecht, doch alles, was die Baronesse erzählt und berichtet hatte, schien ihm zu glatt und zu passend. Warum blieb sie nicht bei ihm und half ihm bei der Suche nach Morante? Scheute sie eine erneute Begegnung mit dem Verbrecher? Carl glaubte, dass Sylvia von Korff mehr von dem ganzen Geschehen und den Intrigen wusste, als sie zugab. So zögerte er, und dann war sie fort.

Der Fähnrich verabschiedete sich ebenfalls. Er wollte einen befreundeten Offizier treffen und vom ihm erfahren, welche Chancen ihm die preußische Armee eventuell bieten könnte. Zudem hatte Gneisenau noch einige Aufträge seines Fürsten zu erledigen. Heute war Mittwoch, man wollte sich morgen Mittag um zwölf am Nauener Tor treffen. Carl und

Melchior begaben sich ins Holländische Viertel, wo Carls Vetter, der Malteserritter Otto Friedrich Ludwig von Schack, in einem winzigen, sehr malerischen Häuschen lebte. Die beiden Cousins hatten sich zuletzt vor zehn Jahren getroffen, in der Zwischenzeit aber eifrig miteinander korrespondiert und so ihren Kontakt nie abreißen lassen. Sein Vetter war im gleichen Metier wie Carl tätig und mit der Politik der Zeit bestens vertraut; allerdings war er nur seinen Ordensoberen verantwortlich, denn er hatte der schwedischen Krone vor zwei Jahren den Dienst aufgekündigt. Er studierte insbesondere die politischen Winkelzüge der europäischen Mächte und ihre Auswirkungen auf Land und Leute und war auf diesem Gebiet ein erfahrener Betrachter und glänzender Analytiker. Carl hatte von Otto Friedrich manch guten Rat erhalten, wofür er sich seinerseits mit Informationen revanchierte. Gemeinsam mit Melchior erzählte er dem Vetter bei einem Glas Wein ihre Erlebnisse. Dieser hörte aufmerksam zu und nahm bedächtig einen Schluck aus seinem Glas, als Carl endete.

„Mein guter Carl, Ihr solltet am besten mit der höchsten Stelle im Staate reden", sagte er dann. „Mein Freund und Gönner, der Minister Graf Finck von Finckenstein, schuldet mir noch einen Gefallen. Er wird für morgen oder übermorgen eine Audienz bei Friedrich erwirken. Erzählt dem König Eure Geschichte, aber bleibt klar und knapp und lasst alles Schmückende weg. Es kann gut sein, dass der Alte hinter allem steckt. Doch mit einem Räuber und Mörder hat sich der König bestimmt nicht verbündet."

Jetzt schlug die Uhr neun, die Tür öffnete sich und ein ältlicher Diener geleitete den Junker in die königliche Bibliothek, in der Friedrich ihn zu empfangen geruhte. Über einen schmalen Gang wurde Carl durch das Arbeitszimmer in den kreisrunden Raum geführt. Die Wände waren hier mit Zedernholz getäfelt, und die aus gleichem Holz in Wandnischen eingelassenen Bücherschränke quollen regelrecht über von Werken der griechischen und römischen Dichtung und Geschichtsschreibung. Außerdem gab es viele Bücher der französischen Literatur, deren Mittelpunkt das Werk Voltaires bildete.

„Er ist also dieser Junker, der ständig in Abenteuer gerät und für Karl Eugen die Kartoffeln aus dem Feuer holt?", begrüßte ihn ein etwas gebückt dastehender, alter Mann in einer schmutzigen, mit Tabakkrümeln übersäten Uniform, aber gut geputzten Stiefeln. Carl verbeugte sich tief, denn der Alte war niemand anders als Friedrich II., der Heldenkönig von Preußen.

„Eigentlich habe ich viel zu tun", fuhr der König im nörgelnden Ton fort und wies mit der rechten Hand auf einen mit Papieren übersäten Tisch. „All diese Eingaben und Gesuche, jeder will etwas von mir, jeder. Und was will Er? Bis halb zehn hat Er Zeit, mir sein Anliegen vorzutragen. Um zehn erhält der Kommandant die Parole, und bis dahin muss ich noch einiges erledigen. Also, nutze Er die Zeit!" Der König zog eine goldene Taschenuhr hervor, legte sie auf den Tisch und setzte sich.

Carl räusperte sich und begann seinen Bericht. Und während er von Juwelenräubern, Morden, Feuersbrünsten und unterirdischen Gängen sowie Degengefechten erzählte, trat ihm eine ähnliche und doch gänzlich andersgeartete Szene vor Augen, als er vor Jahren der französischen Königin Marie Antoinette in ihrem Schlösschen Petit Trianon von seinen damaligen Abenteuern erzählt hatte. Durch diese Erinnerung überkam es ihn, und er musste kurz auflachen.

„Was lacht Er, Junker? Will Er den König von Preußen verulken?", raunzte der Alte ihn an. „Erklär Er sich, sonst lasse ich Ihn umgehend arretieren!"

„Majestät", antwortete Carl kühn. „Ich erinnerte mich an ein Gespräch während einer persönlichen Audienz, welche mir die Königin von Frankreich gewährte und in dem es um ähnliche Abenteuer ging und doch war alles ganz anders, und ich musste ob des Vergleichs lachen."

Der König blickte den Junker erstaunt an und schüttelte dann fast belustigt den Kopf. „Nun, nun", sagte er schmunzelnd. „Er hat schon höchst eigene Gedanken in seinem Kopfe. Mit der schönen Marie Antoinette kann ich freilich nicht mithalten. Es ist ein nettes Ding, das Töchterchen von Maria Theresia, obwohl ich fürchte, sie wird mit ihrer Verschwendungssucht Frankreich und seinen König noch in den Untergang treiben. Die gute Theresia", wiederholte er in der Art alter Leute, die sich in Erinnerungen verlieren. „Meine alte Feindin. In ihrer Jugend war sie eine schöne Frau. Genauso schön wie meine Nichte Elisabeth Friederike Sophie, die Sein Herzog wegen dieses schlechten Frauenzimmers verstoßen hat. Das Sophiechen – nun ist sie tot", murmelte Friedrich, „alle sind tot." Seine Gedanken schienen sich endgültig aus der Gegenwart zu entfernen. Er erhob sich und trat an ein Regal, wo er unter den Büchern suchte. Dann zog er eines hervor und blätterte in ihm, bis er mit zittriger Hand dem Buch ein brüchiges Papier entnahm.

„Kannte Er Hans Hermann von Katte? Den Leutnant?", wandte sich der Alte wieder an Carl. „Er sieht ihm ähnlich, Junker. Nein, Er kann ihn nicht gekannt haben. Mein Freund Katte ist schon lange tot, seit fünfzig Jahren. Der Vater ließ ihn hinrichten, ich habe es mit ansehen müssen. Das sind die letzten Worte, die er schrieb:

Aber alles umsonst! Wie nichtig sind nicht der Menschen Gedanken: mit einmal fällt alles über einen Hauffen, und wie traurig endiget sich nicht die Scene meines Lebens, und wie gar unterschieden ist mein jetziger Stand von dem, womit meine Gedanken schwanger gegangen; ich muß, anstatt den Weg zu Ehren und Ansehen, den Weg der Schmach und eines schändlichen Todes wandeln …"

Friedrich brach ab und verwahrte das Schreiben wieder an seinem Platz.

„Geh Er nun, Junker. Graf Finck von Finckenstein wird ihm bald Antwort auf alle Fragen geben. Er sieht ihm zu ähnlich", murmelte der greise König, „zu ähnlich!"

Der Junker ging und hinter ihm schloss sich die Tür. Ein Diener führte Carl aus dem Schloss. Verwirrt von dem Geschehen trat er in den blühenden Park. Er stieg die Stufen bis zum großen Brunnen hinab und wandte sich dann nach links. Eine eigenartige Begegnung, so richtig verstand er nicht, was den König bewogen hatte, ihm den Brief des Herrn Katte vorzulesen. Welche Erinnerungen er wohl mit Hans Hermann von Katte verband? Ein wenig ziellos lief Carl umher, vorbei an duftenden Blumen und Büschen, bis er schließlich vor einem mit goldenen Säulen und ebensolchen Figuren geschmückten, teils kleeblattartigen, teils runden Pavillon stand, dem Chinesischen Teehaus. Verblüfft blieb Carl stehen. Doch ihn verwunderte nicht der seltsame Bau mit seinem exotischen Schmuck und dem goldenen Mandarin auf der Dachkuppel. Nein, es waren die beiden weiß gekleideten Damen, die unter dem von Säulen getragenen Vordach an einem Tisch saßen und in hauchfeinem Porzellan servierten Tee tranken. Die blonde Frau war die Baronesse Sylvia von Korff. Die andere, dunkelhaarige Dame – Carls Herz stockte fast, als er sie erkannte – war seine große Liebe Aurelie von Weilingen, die spätere Gattin und jetzige Witwe des Herzogs von Worshire.

„Junker Carl", winkte ihm die Baronesse. „Ihr hier? Das ist ein netter Zufall. Kommt, ich stelle Euch meiner Freundin, der Herzoginwitwe von Worshire, vor."

Carl, der nicht wusste, wie ihm geschah, trat zu den Damen und verneigte sich. Er ließ seinen Blick auf Aurelies schönem Gesicht ruhen. Wie damals, als er sie zuletzt gesehen, trug sie ein helles, leicht anliegendes Kleid und hatte ihr dunkles Haar sorgsam geflochten. Ihre braunen Augen lächelten ihn an. Die kirschroten Lippen, der sanft gewölbte Nacken, ihre ganze Erscheinung ließen alles in ihm aufbrechen, was so lange geruht hatte.

„Aurelie!", stieß Carl hervor. „Wo wart Ihr die ganzen Jahre? So lange habe ich umsonst gewartet!"

„Ei", sprach die Baronesse in spöttischem Ton, „Ihr kennt Euch und habt mir das verschwiegen? Junker von Schack, ich entdecke ständig neue Seiten an Euch. Ihr scheint ein wahrer Frauenheld zu sein. Gestern war ich es, heute ist es Aurelie und morgen vielleicht eine Charlotte oder Christiane – wer vermag das zu sagen", rief sie mit zornigem Blick.

„Kommt, Sylvia", sagte Aurelie leise. „Lasst uns gehen, es ist besser so. Entschuldigt uns, Junker von Schack. Wir sind eingeladen und dürfen nicht länger verweilen. Vielleicht ein andermal."

„Aurelie!", rief der Junker verzweifelt. „Hört mich an!"

Doch die beiden Damen standen auf und wandten sich zur Seite, wo, wie Carl erst jetzt entdeckte, eine Kutsche auf sie wartete. Sie stiegen ein, und der Kutscher fuhr im raschen Trab davon. Carl überlegte, ob er der Kutsche folgen sollte, und setzte schon zum Lauf an, da rief von links jemand seinen Namen. Es war Vetter Otto Friedrich, der ihm zuwinkte. Carl blieb stehen und wartete auf den Cousin, innerlich mit seinem Schicksal, der Welt und vor allem mit den Frauenzimmern hadernd.

„Ich bringe gute Nachricht, Vetter Carl", verkündete Otto Friedrich, als er ihn erreichte. „Ihr müsst Friedrich gefallen haben, denn er hat umgehend Minister Graf Finck von Finckenstein ein Billett geschickt und ihn angewiesen, Euch noch heute zu empfangen und alle Fragen, die Ihr haben möget, nach bestem Wissen und Gewissen zu beantworten."

Carl nickte zerstreut, während er in die Richtung blickte, in der die Kutsche mit Aurelie und der Baronesse verschwunden war.

„Carl, wo seid Ihr mit Euren Gedanken?", fragte Vetter Otto Friedrich.

„Wusstet Ihr, dass sich Aurelie von Weilingen, jetzt Witwe des Herzogs von Worshire, in Potsdam befindet?"

„Die Witwe des Herzogs ist Eure Aurelie?", entgegnete der Vetter verwundert. „Nein, das wusste ich nicht, sonst hätte ich Euch davon berichtet. Doch wenn Aurelie Witwe ist, ergeben sich ja völlig neue Möglichkeiten."

„Aurelie und Sylvia von Korff sind befreundet", erwiderte Carl. „Ich bin Ihnen eben begegnet." Kurz erzählte er von seinem Erlebnis.

„Nun, nun, die Reaktion Aurelies dürft Ihr nicht so ernst nehmen. Frauen sind mitunter empfindlich", suchte Otto Friedrich seinen Vetter zu ermutigen. „Lasst mich Euch erst einmal die Stadt zeigen. Heute Nachmittag werdet Ihr sicher mit dem Minister sprechen können. Heute Abend sind wir bei Regierungsrat von Beurmann eingeladen. Die Dichterin Elisa von der Recke wird kommen, und die Herzogin von Worshire ist, soviel ich weiß, ebenfalls Gast. Es findet sich gewiss eine Gelegenheit, wo Ihr Aurelie alles erklären könnt. Jetzt kommt, drüben wartet meine Kutsche, wir wollen zunächst zum Essen fahren. Im ‚Klosterkeller' braut man ein süffiges Bier, und auch die Hausmannskost ist schmackhaft."

Sie fuhren in den „Klosterkeller". Beim Essen erzählte Otto Friedrich das eine oder andere über seine hiesige Tätigkeit. Schließlich kamen sie auf die abendliche Einladung zu sprechen.

„Wer ist diese Frau von Recke? Ich habe ihren Namen noch nie gehört", sagte Carl.

„Oh, das wundert mich. Elisa von der Recke ist die ältere Schwester der jungvermählten Herzogin von Kurland; beide sind Töchter des Reichsgrafen Friedrich von Medem und seiner Frau Louise Dorothea von Korff."

„Von Korff? Ist sie mit der Baronesse verwandt?"

„Die Korffs stammen eigentlich aus dem Westfälischen. Aber ein Vorfahre war königlich-polnischer Gesandter am königlich-dänischen Hof, und sein Sohn Nicolaus erwarb durch Heirat Güter in Ostpreußen und Kurland. Das könnte die Linie sein, aus der die Baronesse stammt. Die Dame, von der ich rede, Elisa von Recke, ist Mitte zwanzig und seit gut neun Jahren mit dem Kammerherrn Georg Magnus von der Recke verheiratet, eine aus Standesgründen arrangierte Konvenienzehe. Das Interessante an der Dame aber ist, dass Frau von Recke eine sehr eigene Begegnung mit dem sogenannten Grafen Cagliostro hatte. Er soll versucht haben, sie in Hypnose zu versetzen, um sich Frau von Recke amourös geneigt zu machen. Es wird erzählt, sie sei dabei, ihr Erlebnis in einem

Buch zu verarbeiten, mit dem sie den Hochstapler zur Strecke bringen möchte."

„Ihr haltet Cagliostro also ebenfalls für einen Betrüger?", fragte Carl.

„Nicht unbedingt", antwortete der Vetter. „Ich glaube eher, der ganze Hokuspokus, den er veranstaltet, ist lediglich geschickte Tarnung und soll von seinen wahren Absichten ablenken. Ich halte Cagliostro für einen Meister der verdeckten Ermittlung, der im Auftrag der französischen Krone die europäischen Höfe besucht und ausspioniert."

„Sein ganzes mystisches Auftreten, die Freimaurerei und die angebliche Verbindung zu den Templern dient demnach nur der Täuschung des Publikums", überlegte Carl. „Eine bizarre Vorstellung, aber möglicherweise die einzig wahre Erklärung."

Nach dem Essen kehrten die beiden Vettern in Otto Friedrichs Haus im Holländischen Viertel zurück, wo Carl ein Schreiben vorfand, das ihn bereits heute für sieben Uhr abends in die Wohnung des Ministers Karl Wilhelm Graf Finck von Finckenstein einlud.

Die Wohnung des Grafen lag unweit von dem königlichen Park entfernt etwas abseits in der Brandenburger Vorstadt. Der Junker fand sich pünktlich um sieben Uhr am Prachtbau ein. Ein Knecht versorgte sein Pferd, und er selbst wurde von einem Diener sogleich in das mit staubigen Akten und Büchern angefüllte Kabinett des Grafen geführt. Der Minister, ein stattlicher Mann von sechsundsechzig Jahren, der auf der Brust den Schwarzen Adlerorden trug, begrüßte Carl mit leutseliger Freundlichkeit und nötigte ihn, in einem der schweren Ledersessel Platz zu nehmen.

„Ich weiß, Herr von Schack!", begann der Minister, „Ihr seid hier, um mehr über diese vermaledeite Halsbandaffäre zu erfahren. Was immer ich Euch erzähle, werde ich nie erzählt haben, Ihr versteht?"

Carl nickte, der Graf würde leugnen, jemals mit ihm ein Gespräch geführt zu haben und alles, was Carl je öffentlich machen würde, sofort als unwahr beziehungsweise nicht korrekt dementieren lassen.

„Gut, ich sehe, wir sind uns einig", sprach der Minister weiter. „Ich persönlich habe von dem Plan des Kollegen von Hertzberg nie viel gehalten. Aber Hertzberg ist derart besessen von seiner Idee der Gründung eines Deutschen Fürstenbundes, dass er alles versucht, um einen etwaigen Widerstand dagegen zu brechen. Euer Herzog Karl Eugen sträubte und sträubt sich dagegen, und Hertzberg kam auf die Idee, ihn durch eine Affäre derart zu kompromittieren, dass Eurem Landesherrn nur der Thronverzicht geblieben wäre. An seiner Stelle sollte sein Bruder Friedrich Eugen treten, ein Mann, den König Friedrich hoch schätzt und der sich im Siebenjährigen Krieg auf preußischer Seite hervorragend bewährt hat; im Gegensatz zu Karl Eugen, der unsere Feinde unterstützte. Auch das Verhalten des Herzogs seiner Frau gegenüber spielte eine Rolle. Minister von Hertzberg nahm sich der Sache an und beauftragte einen Bruder des Grafen von Reden, entsprechende Vorschläge unter dem Decknamen *Stratios* zur Durchführung zu erarbeiten. Graf von Reden nun begegnete auf einer Reise in Petersburg der Baronesse von Korff, die ihn in Mitau mit dem Grafen Cagliostro bekannt machte. Von Reden weihte Cagliostro in seine Aufgabe ein und dieser entwickelte die Idee, das *Collier de la Reine* der Pariser Juweliere Böhmer und Bassenge als Lockmittel einzusetzen. Karl Eugen sollte dazu bewegt werden, das Collier seiner Mätresse Frau von Leutrum zu schenken. Darauf wollte Cagliostro das Halsband derart verschwinden lassen, dass der Verdacht auf die Leutrum fallen solle und diese entweder als Mätresse gestürzt oder der Herzog seinen Thron aufgeben würde müssen. Die Details, wie dabei vorgegangen werden sollte, sind mir nicht geläufig. Doch es kam bei der Durchführung zu einer unerwarteten Komplikation. Eure Reichsgräfin lehnte offenbar das Collier ab, und Herzog Karl Eugen entschädigte sie durch ein einfacheres, wenn auch immer noch sehr kostbares Perlenhalsband. Dieses wurde allerdings auch geraubt; diesmal jedoch handelte es sich meinen Informationen nach um eine Intrige des Ansbacher Hofs. Was dabei im Einzelnen geschah, entzieht sich meiner Kenntnis; in Bezug auf das große Ganze eine Angelegenheit von allenfalls geringer Bedeutung. Soviel ich weiß, kehrten die Juweliere Böhmer und Bassenge nach einem Versuch, die Echtheit des Schmuckes zu bestreiten, mit dem wahren Collier nach Paris zurück. Alle anderen Beteiligten, wo immer sie sich befinden, sind in neuen Missionen unterwegs. Doch lasst Euch gesagt sein, die große Politik, Herr Junker, wird mitnichten in Stuttgart oder Ludwigsburg gemacht. Euer Herzog, mein Herr, spielt keine Rolle mehr, mag er sich mit seiner Mätresse weiterhin vergnügen oder auch nicht. Das ist alles, Junker von Schack, was ich Euch mitteilen darf. Ich denke, Eure Aufgabe ist hier beendet, zumal, wie ich weiß, das Perlenhalsband inzwischen auf dem Weg zurück nach Stuttgart ist."

Der Minister schwieg, erhob sich umständlich und griff nach einer Akte. Carl von Schack stand ebenfalls auf, verneigte sich vor seinem „Gastgeber" und verließ das Haus des Grafen Finck von Finckenstein.

Carl bestieg sein Ross und ritt nachdenklich davon. Die Halsbandaffäre entpuppte sich als eine doppelte Intrige. Sowohl die Preußen als auch der Markgraf von Ansbach beziehungsweise der Bayreuther Hof waren darin verwickelt gewesen. Aber Graf Finck von Finckenstein hatte wohl recht, alle Knoten hatten sich gelöst, und der Schmuck war gefunden; die Angelegenheit konnte somit zu den Akten gelegt werden.

In der Ferne schlug eine Kirchenglocke acht. Acht Uhr, das war die Stunde, zu der Regierungsrat von Beurmann geladen hatte, dessen Wohnung nicht weit entfernt lag.

Kurz darauf wurde Carl in den von Lichtern erfüllten Salon geführt. Mehr als ein Dutzend Damen und Herren der Potsdamer Gesellschaft waren anwesend. Elisa von der Reck las gerade mit tragender Stimme und viel Pathos ein eigenes Poem vor, in dem es um Frühling, Liebe und Entsagung ging. Carl sah sich um. Sein Blick suchte Aurelie, doch sie schien nicht anwesend zu sein. Da berührte eine Hand seine Schulter, es war Melchior von Talheim, der eben zu ihm trat.

„Ich grüße Euch, Carl, sucht Ihr jemanden?"

„Ihr wisst schon, Melchior, nach wem ich Ausschau halte", antwortete Carl. „Die Dame, die Ihr sucht, bester Freund", erwiderte Melchior lächelnd und wies auf eine halb geöffnete Tür, „befindet sich nebenan im Teezimmer. Wenn Ihr Euch eilt, könnt Ihr sie allein antreffen."

Carl dankte Melchior und wandte sich in die angegebene Richtung. Er betrat das Teezimmer. Der Raum war mit verschiedenen Sesseln und Polsterstühlen sowie Lacktischen in chinesischer Manier ausgestattet. An den Wänden hingen feine Tuschezeichnungen. Dunkelgrüne Palmen umgaben eine Récamiere, auf der malerisch hingestreckt Aurelie von Weilingen, die jetzige Herzogin von Worshire, ruhte. Sie betrachtete gerade ein Buch mit chinesischen Zeichnungen, das sie, als sie Carl erblickte, zur Seite legte.

„Junker von Schack", grüßte sie ihn überrascht und richtete sich auf. „Ihr seid hier? Ich wusste nicht, dass sich ein Abenteurer wie Ihr für Dichtung interessiert."

„Aurelie, wisst Ihr wirklich nicht, warum ich gekommen bin?", erwiderte Carl. „Ich habe Euch seit Jahren nicht gesehen und heute Mittag …"

„Heute Mittag waren es gleich zwei Damen, die Eure Aufmerksamkeit hätten in Anspruch nehmen können, Junker", antwortete Aurelie in spöttischem Ton. „Doch erlaubt, dass ich mich zurück in den Salon begebe. Minister von Hertzberg wird erwartet, mit dem ich einige Angelegenheiten von Bedeutung zu klären habe." Sie machte Anstalten, sich zu erheben.

„Und unsere ‚Angelegenheit', Aurelie?", rief Carl. „Habt Ihr denn alles vergessen, was uns verbindet?"

Aurelie stand auf und schüttelte lachend den Kopf. „Mein werter Junker von Schack. Gewiss erinnere ich mich unseres ersten Treffens hier in Potsdam und der kleinen Begebenheit im Park von Ludwigsburg. Es war in der Tat angenehm. Aber sagt selbst, waren wir nicht halbe Kinder? Das alles ist doch Jahre her. Inzwischen habe ich auf Wunsch meines Vaters William von Worshire geheiratet, und nun bin ich seine Witwe."

„Jetzt seid Ihr frei, Aurelie!", rief Carl mit warmer Stimme. „Ihr und ich, wir könnten endlich …"

„Hört auf zu träumen, Junker von Schack", entgegnete Aurelie scharf. „Ich bin eine Herzogin, ich bin jung, schön und reich. Der Prinz von Wales macht mir Komplimente, und Karl Ludwig, Erbprinz von Baden, scheint durchaus gewillt, sich wegen mir von Amalie scheiden zu lassen. Seid jedoch ohne Sorgen, beide sind für mich nicht von Belang. Aber Ihr seht, ich habe andere Möglichkeiten, mein Glück zu machen, als die Frau eines einfachen Junkers an einem mittleren Fürstenhof zu werden. Eines Herrn, der sogar zu einer Dichterlesung mit einer Waffe erscheint", sagte Aurelie und wies mit ihrer Hand auf Carls Degen. „Doch", fuhr sie mit wieder freundlicherer Stimme fort, „schätzt mich nicht falsch ein. Die Wahrheit ist, dass mein Herz längst vergeben ist. Charles Henry Knowles, der Freund meines in der Schlacht von Kap St. Vincent gefallenen Mannes, ist mir ein edler Tröster in den Zeiten der Trauer gewesen. Übers Jahr werden wir heiraten, und dass Charles Karriere machen wird, das steht für mich außer Frage."

Carl wusste nichts zu erwidern, so betroffen hatten ihn ihre Worte gemacht. Aurelie wandte sich zur Tür; dort drehte sie sich noch einmal zu ihm um. „Im Übrigen, Junker von Schack, seid Ihr ein Mann, der sich gewiss zu trösten weiß. Ade!"

Aurelie Herzogin von Worshire trat in den Salon, wo sie sogleich von mehreren Herren umringt wurde. Ohne weiter auf seine Umgebung zu achten, verließ der Junker den Empfang des Regierungsrats von Beurmann. Dass ihm jemand folgte, merkte der Junker nicht.

Draußen dunkelte es. Schwere Wolken zogen am Himmel auf, und es begann zu regnen. Carl nahm das alles nicht wahr, in seinen Gedanken war er noch immer bei der Begegnung mit Aurelie. Über Jahre hinweg hatte er sich der Täuschung hingegeben, Aurelie würde auf ihn warten, würde ihn lieben. Er hatte gehofft, gebangt, mitunter auch gezweifelt; dann hatte sie einen anderen Mann geehelicht. Doch dass Aurelie sich ihm heute gegenüber so kühl und ablehnend zeigen würde, hätte er nie erwartet. Aber sie hatte wohl recht. Aurelie und er waren viel zu jung gewesen, um sich auf immer zu binden. Und er selbst ... nun, Sylvia von Korff hatte ihm mehrfach die Sinne verwirrt, und auch war sie in den letzten Wochen viel realer gewesen als das Traumwesen Aurelie. Der Traum war geplatzt, dachte er bitter. Aurelie würde erneut einen anderen heiraten, diesmal Charles Henry Knowles; an dieser Tatsache war nichts zu deuteln. Aurelies und seine Wege trennten sich für immer.

In seinen Gedanken achtete Carl nicht auf die Richtung, die er nahm, und so fand er sich auf einmal am Park direkt am Charlottenhoftor wieder. Carl zügelte sein Tier, um umzukehren, da hörte er vom Charlottenhof her laute Schreie und dann einen Schuss. Jemand schien in Gefahr zu sein. Ohne zu zögern, trieb der Junker sein Pferd in die Richtung der Schreie in den Park hinein. Dort, direkt auf dem Pfad vor ihm, lag der Körper eines Mannes. Er hielt an und sprang ab, um zu schauen, ob diesem noch zu helfen wäre. Der Mann lag auf dem Rücken, Carl drehte ihn vorsichtig um. Inzwischen waren aus dem Hof Menschen hinzugekommen. Im Licht einer Laterne stellte Carl fest, der Mann war tot – und er erkannte das Gesicht mit dem sorgsam gepflegten Bart. Es war der Begleiter des falschen Conte, den er zuletzt in den unterirdischen Gängen von Nürnberg gesehen und der wohl in Ansbach auf Carl geschossen hatte. Wie kam der Mann hierher? Wer hatte ihn erschossen und warum?

„Habt Ihr jemanden gesehen?“, fragte Carl in die Menge.

„Der Mörder ist in den Park geritten“, antwortete eine Frau.

„Wohin?“

„In Richtung Schloss!“

Carl schwang sich wieder in den Sattel und galoppierte in die Richtung davon, in die das Weib gedeutet hatte. Er überquerte die Brücken an den römischen Bädern und jagte weiter in die Dunkelheit des Parks hinein. Vor ihm erklangen Hufschläge, und dann zeigte sich die Silhouette eines schwarzen Reiters, der in einen Weg nach rechts bog. Carl gab dem Ross die Sporen und folgte dem Reiter. Zum Glück schien sein Pferd der bessere Renner, denn der Abstand zwischen Carl und dem Verfolgten verringerte sich zusehends. Büsche und Bäume flogen vorüber, erneut ging der Ritt über Gewässer. Jetzt betrug der Vorsprung des Flüchtenden nur noch fünf oder sechs Pferdelängen. Da erreichte der dunkle Reiter das Teehaus, vor dem Carl am Morgen Aurelie und die Baronesse getroffen hatte. Der Mann sprang aus dem Sattel, hob mit der Rechten eine Jagdpistole und drückte ab. Der Schuss war gut gezielt. Die Kugel flog haarscharf an Carls rechtem Ohr vorbei.

Doch nun war Carl bei dem Mann angelangt. Er riss an den Zügeln, dass sein Pferd hielt, sprang zu Boden und zog noch im Sprung den Degen. Der Fremde parierte Carls ersten Hieb mit einer lässigen Bewegung, aus der er, offenbar ein hervorragender Fechter, sofort zum Gegenangriff überging. Carl währte seinerseits ab, zog seine Klinge in die Vertikale und ließ einen fallenden Stoß folgen. Sein Gegner sprang zurück, und der Hieb ging ins Leere. Er glitt wie eine Natter unter Carls Klinge hindurch, hob erneut den Degen und führte einen schweren Streich von oben herab, der den Junker an der rechten Schulter getroffen hätte, wenn dieser nicht im letzten Moment hinter eine der goldenen Statuen gehechtet wäre. Dabei stieß Carl mit dem Ellenbogen des rechten Arms an die vordere der Säulen und der empfindliche Schmerz veranlasste ihn, den Degen fallen zu lassen. Der Dunkle nahm seinen Vorteil augenblicklich war, sprang nach vorne, sodass Carl die Waffe nicht mehr ergreifen konnte, und trieb ihn mit der Spitze seines Degens geschickt auf die nächste Wand zu.

Soeben brach der Mond zwischen den Wolken durch, sein Licht fiel auf das Gesicht des Gegners, und Carl erkannte die bleichen Gesichtszüge Giovanni Morantes.

„Da sehen wir uns schon wieder, Junker von Schack. Ihr scheint wahrhaftig meinem Vogt entkommen zu sein. Nun, ich denke, unser erneutes Treffen ist in dieser Form nicht nach Eurem Geschmack", höhnte der Bandit. „Beenden wir das Spiel, es beginnt, mich zu langweilen."

Morante wollte eben zustoßen, da blitzte es an der Seite auf, und ein Schuss krachte durch die stille Nacht. Morante ließ den Degen fallen, griff mit einem Ausdruck der Verwunderung wie des Entsetzens an seine Brust und brach mit einem Stöhnen vor Carl in die Knie. Der Junker stand einen Moment wie erstarrt, dann suchte sein Blick die Richtung, aus der der Schuss gefallen war. Eine weiße Gestalt in wehendem Gewand trat mit einer Waffe in der Hand zu ihm. Im Mondlicht erkannte Carl die Baronesse von Korff.

„Sylvia!", rief er erstaunt. „Wie kommt Ihr hierher? Ihr habt Morante erschossen und mir damit das Leben gerettet!"

Die Baronesse legte ihre Hand auf seinen Arm. „Das tat ich, Carl", sagte sie leise, „so wie Ihr zuvor mich gerettet habt. Jetzt ist das Spiel vorbei, und Giovanni Morante ist endlich tot. Meine Josepha, was immer sie getan haben mag, ist gerächt – und auch der Conte Caracanti sowie Graf von Gersdorf und viele andere, denen Morantes Taten Leid und Not gebracht haben. Aber lasst uns rasch aufbrechen, es könnten Leute kommen, und ich möchte mich nicht mit der hiesigen Justiz plagen müssen. Ich traue den Preußen nicht."

Die Baronesse hatte recht, sie waren fremd hier und befanden sich im Park des Königs. Wer wusste, wie die Justiz auf den Todesfall reagierte? Von der Ferne waren bereits Rufe zu hören, und Lichter näherten sich. Carl bestieg sein Pferd und die Baronesse das ihre. Sie gaben den Tieren die Sporen und ritten gemeinsam in die Nacht davon. Der Regen wurde stärker.

Nach etwas mehr als einer Stunde erreichten sie die Havel, überquerten die Baumgartenbrücke und ritten, den Schwielowsee zur Linken, weiter, bis sie zum Dörfchen Petzow gelangten. Die Baronesse schien sich hier auszukennen, denn sie lenkte ihr Pferd quer durch den Ort zu einem zweiten See und an dessen Ufer entlang auf eine Halbinsel. Dort zügelte sie ihr Tier vor einem einfachen, mit Stroh gedecktem Bauernhaus.

„Wo sind wir?", fragte Carl, während er sich umschaute. „Und was ist das für ein Haus?"

„Das ist der Glindowsee, und dieses Haus gehört zum Besitz der Familie von Korff. Kommt, Carl, steigt ab. Hier wollen wir die Nacht verbringen."

Sie führten die Pferde in einen Stall, sattelten sie ab und gaben den Tieren Heu und Wasser. Dann traten die Baronesse und Carl in das Haus.

Sylvia griff in ein seitliches Regal, holte einen Talglichtleuchter hervor und entzündete ihn. Sie nahm das Licht in die Hand und führte den Junker in das obere Stockwerk des Hauses. Dort öffnete sie eine Tür. Vor ihnen lag das Schlafzimmer. Die Baronesse stellte den Leuchter auf einen Tisch. Mit einem Griff löste sie ihr Haar, dass dieses ihr lang und blond über die Schulter fiel.

„Carl", flüsterte sie mit sanfter Stimme, „liebster Carl!"

Wieder roch der Junker den betörenden Duft ihres Haars wie damals, als er sie aus dem Feuer rettete. Er fühlte ihre Hände, die ihn berührten, erlebte ihre, seine Sinne völlig verwirrende Nähe. Dann spürte Carl ihre zarten, weichen Lippen auf seinem Mund und zog Sylvia fest an sich.

Aus dem geheimen Tagebuch der Reichsgräfin Franziska von Hohenheim:

Hohenheim, der 19. Mai 1780
Es ist etwas Herrliches mit dem Mai. Alles wächst und grünt und blüht in den schönsten Farben. Die Menschen sind fröhlich, suchen einander und finden sich und fühlen sich glücklich und wohl. Auch mir geht es gut. Ich habe viel geträumt in den letzten Tagen und fühle mich so glücklich wie schon lange nicht mehr. Durchlaucht hat mir nochmals versichert, dass er mich heiraten werde. Er sagte, sein Versprechen würde ewig halten und nie verloren gehen. Es sei genau wie das Halsband, welches er mir zu Ostern schenkte. Das mir geraubt wurde und das mir Kammerherr von Erlenburg und Junker Schott von Schottenstein vor drei Wochen zurückgebracht haben. Wie Durchlaucht erzählte, hat Junker von Schack den Räuber sogar bis nach Potsdam verfolgt, wo dieser im Park von Sanssouci ums Leben kam. Der preußische König soll verärgert sein, was mir höchst gleichgültig ist, denn er achtet mich nicht. Sonst ereignete sich heute wenig. Der Geheimrat von Bühler kam am Mittag und gegen drei Uhr Seine Durchlaucht mit dem Prinzen Alexander Alexandrowitsch Prozorovsky. Morgen geht es gemeinsam nach Tübingen, Storr wird zum Professor ernannt. Ob die Baronin von Senft bald niederkommt?

An diesem herrlichen Maitag fuhr ein mit Ruderern bewegter Kahn den Neckar von Cannstatt gemächlich in Richtung Marbach hinab. Von den Ufern klangen Vogelstimmen, und Frühlingsdüfte füllten die Luft. An Bord des Kahns war eine fröhliche Gesellschaft versammelt. In der

Bootsmitte saßen auf gut gepolsterten Bänken Melchior von Talheim nebst seiner Gemahlin, dazu August von Erlenburg, Leutnant von Neipperg, Ferdinand von Montmartin und Junker Carl von Schack. Man aß und trank und schien dem Gelächter nach guter Dinge zu sein. Besonders August von Erlenburg zeigte sich heiter wie schon lange nicht mehr, waren doch am Hofe seine Konkurrenten, die Herren von Gemmingen und von Klinkowström, jüngst in herzogliche Ungnade gefallen.

„Es ist wirklich schade", sagte der Kammerherr soeben und nahm mit Kennermiene einen Schluck von seinem Roten, „dass Hermann und Geoffroy heute bei unserem Ausflug fehlen. Jedoch ist beider Abwesenheit verständlich. Hermann hat seine Zeit in Ansbach gut genutzt und sich von der Gräfin Ahlefeldt in die Kunst des Komponierens einführen lassen. Mit einem artigen Stücklein in der Tasche ist er gleich nach seiner Ankunft am nächsten Tag weiter nach Basel zu seiner Jungfer Silbermann gereist."

„Wie steht es mit den übrigen Aufgaben, die Freund Hermann lösen sollte?", fragte Neipperg.

„Beruhigt Euch, Joseph", meinte Ferdinand von Montmartin. „Hermann hat mir gesagt, dass Geoffroy und ihm auch zu den anderen vier Arbeiten Lösungen eingefallen seien. Übers Jahr würde er uns alle zur Hochzeit laden und dann ausführlich berichten, wie er es geschafft habe, seine Elisabeth trotz aller Widerstände vor den Altar zu führen."

„Was Wasser auf die Mühlen Ferdinands wäre", merkte Melchior an. „Man sagt, Ihr hättet Euch in eine gewisse Kammerjungfer verguckt."

Ferdinand errötete leicht und antwortete nicht.

„Was ist eigentlich mit Geoffroy?", fragte Carl nach. „Warum ist unser Graf so schnell weitergezogen?"

„Was heißt hier schnell, Freund Carl?", rief Melchior lachend. „Ihr seid doch derjenige, der, nachdem er den seit Jahren gesuchten Mörder Morante im nächtlichen Zweikampf niedergestreckt hat, plötzlich ohne eine Nachricht aus Potsdam verschwindet. Ihr lasst mich allein auf einer Lesung zurück und erscheint erst drei Wochen später mit melancholischem Blick, als ob Ihr ein sentimentaler Held wäret, wieder in Stuttgart. Ich sage Euch, es war nicht leicht, all die Fragen der hochlöblichen preußischen Polizei zu beantworten. Ein Glück, dass Euer Vetter Ludwig mir hilfreich zur Seite stand. Erzählt schon, Carl, was war los? Ihr habt lange genug geschwiegen!"

„Erlasst mir vorerst die Antwort“, erwiderte Carl. „Ein andermal erzähl ich vielleicht, was alles an jenem Abend und später geschah. Doch solltet Ihr wissen, dass Morante nicht von meiner Hand starb. Habt aber Verständnis dafür, dass ich nicht mehr berichte. Denn ich muss mir erst selbst darüber im Klaren werden, was ich erlebt oder was ich vielleicht auch nur geträumt habe, bis ich erzählen kann, was sich wirklich ereignet hat.“

Die Freunde nickten.

Nach einer kurzen Pause sprach Carl weiter: „Sagt mir nun, was war mit Geoffroy, dass er nicht mehr hier ist?“

„Der Graf“, erklärte Leutnant von Neipperg, „war und ist felsenfest überzeugt, in jenem Kind, das er Anne nennt und aus dem Räuberhaus befreite, seine verlorene Tochter Ann-Britt wiedergefunden zu haben.“

„Es ist aber auch ein feines Wesen“, mischte sich Madeleine von Talheim in das Gespräch. „Ein verständiges und kluges Kind, dessen Wiege sicher in höherer Gesellschaft gestanden ist.“

„Das glaube ich auch“, bestätigte August von Erlenburg. „Jedenfalls ist der Graf mit seinem neuen Leibdiener Nicodemus Kunckel und dem Kind zu einem seiner Güter an der Loire gereist, wo er sich ganz der Erziehung und Bildung des Kindes in feinster Rousseauscher Manier widmen will.“

„Eine schöne Aufgabe“, sagte Frau von Talheim mit sanfter Stimme, „die auch ein Mann übernehmen kann.“ Dabei strich sie sich über den leicht gewölbten Leib; Melchior war dabei, erneut Vater zu werden.

„Dann wäre wohl alles geklärt“, meinte Ferdinand und hob seinen Becher. „Trinken wir darauf: Der Mörder Giovanni Morante hat endlich für seine Taten mit dem Tod gebüßt. Der von ihm geraubte Schmuck wurde gefunden und zurückgebracht, und unsere Reichsgräfin von Hohenheim scheint berechtigte Aussichten zu haben, von unserem Landesvater geehelicht zu werden.“

„Wir sollten auch“, fügte Carl an, „auf den guten Friedrich anstoßen, den Melchior und ich schon für tot angesehen hatten und der sich wider Erwarten auf dem Weg der Rekonvaleszenz befindet und im Spital zu Leipzig gepflegt wird. Doch sagt erst, was ist mit der Jungfer, die ihn in jenem unglücklichen Dorf rettete und pflegte?“

„Die Jungfer hat das Dorf verlassen, und ich hörte, dass Fähnrich von Gneisenau auf der Suche nach ihr ist“, antwortete Melchior.

„Dann trinken wir auch auf die Jungfer, vor allem aber darauf, dass Friedrich bald wieder auf die Beine kommt!"

„Auf Friedrich! Auf die Jungfer! Auf den Sieg der Tugend!", rief Melchior und alle stimmten ein und leerten ihre Becher.

„Was mich aber noch interessiert", wandte sich Kammerherr von Erlenburg leise an Carl. „Welche Rolle spielte Eure alte Bekannte, die Baronesse Sylvia von Korff, in dieser abenteuerlichen Geschichte? Melchior erzählte, Eure Wege hätten sich mehrfach gekreuzt."

Carl blickte auf das fließende Wasser des Neckars. In dem Glitzern und Tanzen der Wellen meinte er Sylvias schönes Gesicht und ihr Lächeln zu sehen, und im Rauschen des Wassers ihr verwirrendes Lachen zu hören. Und wenn Carl die Augen schloss, meinte er, ihre Küsse zu fühlen, und den Duft ihrer Haut zu riechen. Sieben Tage hatten sie in jenem Haus am Havelsee ihr Glück und ihre Liebe genossen. Sie schwammen im See, ritten durch die weiten Wälder, sprachen und erzählten, lachten und waren in Liebe beisammen. Alles andere, Aurelie, Morante, Fürsten und Räuber, das ganze Geschehen der letzten Wochen, schien zu verblassen und zu verschwinden. Eines Morgens jedoch war das Lager neben ihm leer gewesen. Sylvia war fort; ohne eine Nachricht zu hinterlassen, war sie gegangen. Nur ein Buch lag auf dem Tisch in der „guten" Stube des Hauses. Das Buch war ihm vorher nie aufgefallen. Doch seinen Titel „Orus Apollo, fils de Osiris, roi de Ægipte niliaque, des notes hieroglyphiques" erkannte der Junker wieder. Das war das seltsame Werk, welches er damals am Ort des Kutschenbrandes entdeckt hatte. Wollte Sylvia ihm auf diese Weise etwas mitteilen? Aber soviel er auch rätselte und im Buch blätterte und las, Carl verstand den Sinn der Botschaft nicht. Es ging ihm mit dem „Orus Apollo" wie mit jenem Kräuterbuch, auf dessen Spuren er damals von Mömpelgard bis nach Paris gereist war – nur um festzustellen, dass das geheimnisvolle Werk endgültig verschwunden zu sein schien. Schließlich legte Carl das Buch zur Seite. Eine Woche suchte er nach Sylvia, fragte überall nach ihr und forschte, ob er Spuren finde. Aber nirgends wollte man sie gesehen haben oder etwas von dem Verbleib der Baronesse wissen. Carl hatte trotz allen Suchens Sylvia nicht finden können. Alles Überlegen und Grübeln half nicht, er verstand nicht, was geschehen war und warum sie ihn so plötzlich verlassen hatte. Schließlich kehrte der Junker mit schwerem Gemüt und einem Herzen voll dunkler Melancholie zurück ins schwäbische Herzogtum.

Nein, über das, was er erlebt hatte, konnte Carl nicht sprechen, schon gar nicht über Sylvia von Korff.

„Ihr fragt nach der Baronesse, bester Kammerherr?", erwiderte er leise. „Das ist ein weites Feld, über das ich heute nicht mehr gehen werde."

Der Kahn erreichte Ludwigsburg und legte unweit der Stelle an, an der vor Wochen das Duell zwischen Geoffroy und Charles Henry Knowles stattgefunden hatte. Die Gesellschaft stieg aus, um sich zu Fuß zum Hause der Talheims zu begeben.

„So, so", meinte der Kammerherr zu Carl, als sie vom Neckar zum Haus am Kaffeeberg spazierten. „‚Ein weites Feld'. Ihr müsst zugeben, Carl, das klingt sehr mysteriös. Es scheint mir fast, als habe Sylvia von Korff Euch mehr bewegt, als Ihr zugebt."

„Seid nicht so neugierig, alter Freund", entgegnete Carl ruhig. „Mit der Zeit wird das eine oder andere Geheimnis vielleicht noch enthüllt werden."